외솔 최현배의 문학·논술·논문 전집 2

- 논술 편, 하나: 우리말과 글에 대하여

외솔 최현배의

문학·논술·논문
전집 2

논술 편, 하나:
우리말과 글에 대하여

최현배 지음
외솔회 엮고 옮김

채륜

우리 회의 숙원이던 외솔의 '문학·논술·논문 전집'을 여러분께 드리게 되었습니다. 이 책들은, 먼저 나온 《외솔 최현배 전집》이 저서 중심으로 엮어진 것과는 달리 '시·시조·수필'을 묶어 〈문학〉편으로, '논설문·설명문' 등을 묶어 〈논술 1, 2〉편으로, 작은 논문들을 묶어 〈논문〉편으로 엮었습니다. 그렇게 분류한 것은, 단지 방대한 분량을 한 권으로 만들기 어려운 까닭도 있고, 내용이 달라서인 까닭도 있습니다. 그 책임은 오직 우리 외솔회 편집진에 있습니다.

글쓴 이의 생각과 가르침에 흠집이 되지 않도록 하기 위하여, 원래 실려 있던 신문이나 잡지, 책들에 있는 글들을 원래 모습 그대로 살려 옮겼습니다. 단 그 당시 편집이나 인쇄 때문에 나타난 잘못만은 고치고, 원문이 맞춤법이나 표준어 등 제 규정 때문에 달라져서 생긴 것들은, 이해를 돕기 위하여 고친 곳도 있습니다. 글 쓴 시절의 상황 때문에 한자로 쓴 것은 괄호 안에 한글로 바꾸어서 넣었습니다. 시조에 붙어 있는 각주들은 '외솔 최현배 선생 기념사업추진위원회'에서 낸 《외솔 최현배 시조집》에 있는 것을 그대로 옮기고, 없는 것은 보탰습니다.

외솔 최현배 선생님은 1894년(고종31년) 10월 19일, 경남 울산 하상면 동리에서 최병수님의 맏아드님으로 태어나셨습니다. 이 해는 갑오경장이 일어나서, 폐쇄적인 조선 사회에서 새로운 세계로 나아가는 여명이 열리는 때였으니, 외솔의 개척적이고, 개방적이며, 혁명적인 일생이 우연이 아닌 셈입니다.

선생님은 어려서 고향에 있던 서당에서 한문을 배우고, 초등 교육을 마친 후 1910년 관립 한성고등학교에 다니는 한편, 보성학교 '조선어 강습원'에서 주시경 선생의 강의를 들으며, 애국사상을 정립하였고, 평생 국어 연구와 올바른 쓰기에 매진하는 계기를 갖게 되었습니다. 또한 1908년에 만든 '국어연구학회'가 나중에 '한글모'로 이름을 바꾸었는데, 여기에 가입하여, 한국어를 배우고 연구하였으며, 1913년 '조선어 강습원'에서 '높은 말본'의 과정을 이수하였습니다.

1915년 관립 한성고등학교(경성고등보통학교)를 졸업한 선생님은, 관비 유학으로 '히로시마 고등사범학교 연구과'를 거쳐, '교토 제국대학 철학과'를 졸업하고, 대학원에서 공부하는 등 학자로서의 기틀을 갖추어 나갔으며, 1925년에 졸업논문으로 '페스탈로찌의 교육학설'이라는 졸업논문을 썼습니다.

일본 유학 중 교육학을 접하면서, 민족 계몽의 필요성을 깨달아, 1920년에 사립 동래고등보통학교 교원으로 부임하여, 우리말을 가르치며 연구하였고, 1925년부터 1926년까지 '조선 민족 갱생의 도'라는 장편의 논문을 동아일보에 연재하였습니다. 그리고 국어의 문법 체계를 세울 목적으로 《우리말본》의 저술을 계속해 나갔습니다. 또한 1926년 '조선어학회'의 전신인 '조선어연구회'의 회원이 되어, '한글'지를 창간하고, '한글날' 제정에 참여하였습니다. 1926년 연희전문 교수가 되었으며, 《우리말본》을 집필하여 교육하는 한편, 1929년 조선어 사전편찬회의 준비위원 및 집행위원으로 활동하면서, 1933년까지 '한글 맞춤법 통일안'을 이루어 내기 위해 진력하였습니다. 그리고 마침내 1937년 《우리말본》을 출판하는 등 겨레말을 지키기 위해 헌신적인 노력을 하였습니다.

그러나 1938년 이른바 '흥업구락부'사건으로 경찰에 검거되어, 옥고를 치르고, 연희전문학교 교수직에서 강제 퇴직 당하였습니다. 이렇게 실직해 있는 중에도 선생님은 한글을 역사적으로 또 이론적으로 연구한 《한글갈》을 짓기 시작하여, 1942년 출판하였고, 같은 해 10월 다시 '조선어학회 사건'으로 검거되었습니다. 이 사건으로 선생님은 해방이 될 때까지 옥고를 치러야 했습니다. 이러한 노력으로 일제 36년의 지배를 받고도, 우리는 한 국가로서의 위신을 살리고, 우리 언어의 말본 체제를 만드는 데 성공할 수 있었습니다.

선생님은 해방 후 미군청정 편수국장, 대한민국 수립 후 문교부 편수국장을 지냈으며, 이후 연세대학교 교수, 부총장 등을 역임하면서, 연구와 교육활동을 계속하였습니다. 정부는 선생의 공훈을 기려, 1962년 건국훈장 독립장을 서훈하였으며, 1970년 돌아가신 후 국민훈장 무궁화장을 수여하였습니다.

이처럼 선생님은 우리 말·글의 연구에 큰 업적을 남기신 큰 학자이시자, 나라와 겨레의 사랑에 모든 삶을 바친 애국자이십니다. 그러나 이미 돌아가신 지가 오십 여 년이 지나다 보니, 그 분의 가르침과 얼과 학문이 많이 잊혀져 갑니다. 이제 다시 이 전집의 펴냄을 계기로 하여, 많은 분들이 외솔에 대하여 알게 되고, 나라와 겨레와 우리 말·글에 대해서 사랑하는 마음을 가지게 되기를 바랍니다.

2019년 3월
외솔회 회장 성 낙 수 씀

차례

일러두기

- 이 책은 외솔 최현배 선생이 남긴 글 중 '논설문과 설명문'을 묶은 것이다. 특히 2권은 그 중 '우리말 우리글'에 대해 다룬 글을 모아 담았다.
- 원문에 충실함을 글자 옮김의 기본으로 삼았으나, 당시의 편집 혹은 인쇄상의 문제로 생긴 잘못은 고쳐 넣고, 〈한글 맞춤법 통일안〉이 나오기 전에 쓴 글의 띄어쓰기는 읽는 이의 이해를 위하여 될 수 있는 대로 지금의 맞춤법을 따랐다.
- 원문 가운데 단독 한자로 적힌 부분은 한글로 될 수 있는 대로 음을 달아 읽기 쉽게 하였다.

갈바씨기의 세움

주 시경의 갈바씨기 세움

주 시경 스승의 갈바씨기 세움은 그의 지음에 여기저기 흩어져 있다. 첫째로 그는 거듭닿소리(重子音)를 갈라,

섞검거듭(混合)……ㅊ, ㅋ, ㅌ, ㅍ.

짝거듭(雙合)……ㄲ, ㄸ, ㅃ, ㅆ, ㅉ.

덧거듭(疊合)……ㄺ, ㄻ, ㄼ, ㅄ, ㄵ.

이 셋으로 하고, 된소리는 짝거듭소리임을 밝게 말하였다. 그리고 《국어 문전 음학》(융희 2년)에 〈훈민정음〉의 글귀를 해석한 가운데에,

"初聲合用則並書(초성합용즉병서)는 初聲(초성)을 合用(합용)ᄒ則(즉) 並書(병서)라 ᄒ옴이니, 此(차)는 並書(병서)의 義(의)를 解(해)홈이라. 並書(병서)는 左右(좌우)로 書(서)홈을 謂(위)홈이니, 곳 ㄲㄸ 等(등) 字(자)나라. 終聲同(종성동)은 終聲(종성)으로도 合用(합용)ᄒ면 並書(병서)홈이 初聲(초성)의 並書(병서)홈과 同(동)ᄒ다 홈이니 終聲(종성)으로도 並書(병서)ᄒ다 함인데 國語(국어)에 닦修(수) 엮編(편) 等(등) 字(자)의 終聲(종성)이니라."

고 하였다.

"並書(병서)는 左右(좌우)로 書(서)홈을 謂(위)홈이니"라고 하였으니, 좌우로 씸엔 반드시 같은 글자만에 한할 것은 아니로되, 그 보기(例)로 들기는 두 번이나 다 같은 자 갈바씸만을 들었으니, 주 스승의 해석은 갈바씸의 넓고 좁은 두 뜻 중 항상 그 좁은 뜻으로 풂인 듯하다. 그 뿐 아니라, 같은 책의 끄트머리에,

"正音(정음)에 並書(병서)라 혼 ㄲ, ㅃ, ㅆ, ㅉ, ㄸ을, ㅅ, ㅺ, ㅆ, ㅼ, ㅾ으로 行用(행용)되는디 音理(음리)에는 雙字音(쌍자음)인 것을 單子音(단자음)에 ㅅ을 先合(선합)함이 不當(부당)하니라."
고 한 것을 보면, 주 스승의 생각에는 ㄲ, ㅃ 따위만이 갈바씸이요, ㅅ, ㅺ 따위는 갈바씸이 아니라 하여, 너무 좁은 뜻으로만 해석하려는 혐의(嫌疑)가 없지 아니하다. 그래서, 그는 이런 볼 자리(見地)에서, 〈용비어천가〉에서 된시옷, 된비읍을 쓴 것은 근본적으로 틀린 것이라 하여, "국문(國文)의 폐(弊)가 차가(此歌)에서 시출(始出)하였다"고 하였다. 이러한 일방적 협의적 해석에 인한 주 스승의 갈바씨기 세움은 완전한 학설이라고는 인정할 수는 없지마는, 그가 거듭닿소리를 섞김거듭, 짝거듭, 덧거듭의 셋으로 가르어, 된소리는 짝거듭이라 하여 〈훈민정음〉의 같은 자 갈바씸을 도로 살려, 된소리의 글씨로 정한 것은 그 공이 크다 할 것이다.

-〈고친 한글갈〉에서-

조선사람 치고는 주 시경 선생을 모르는 이가 없을 것이다. 조선사람이 있고 조선의 언어문자가 있는 때까지는 선생의 위업을 잊을 수 없을 것이다.

선생은 한글 연구의 초성(初聲)이시었고, 조선생활을 생활하는 사람의 전형이시었다. 그러므로 우리는 여기에 선생을 경앙

(景仰)하며 그 업적을 찬송하는 것이다.……

　선생은 조선의 말과 글, 조선사람의 마음 속에 영원히 살아
계실 것이다.

-〈신생〉 통권 제11호 9월호-

글월과 월점

1

글월[文章]에다가 월점[文章符號, 句讀點]을 쳐서 그 글월을 알아보기 쉽도록 하는 일은 서양 사람만이 하는 일이었다. 그네들의 사회에서는 문자와 언어를 정리하여서, 일정한 말은 일정한 맞춤법[綴字法]으로 적으며, 또 낱낱의 말은 따로 따로 띄어 적어서 얼른 알아보기에 쉽도록 하여 놓고도 오히려 부족하여서, 다시 여러 가지의 월점을 고안하여서, 각 경우에 향응한 월점을 친다.

이는 비하건대, 길을 넓게 닦아 놓고 그 위에 아스팔트를 깔아서 먼지가 나지 아니하도록 하여 놓고, 다시 그 위에다가 잘 만든 자동차를 달리는 것과 같다. 그러한데, 동양 사람들은 어렵기론 다시없는 한자, 한문을 쓰면서 그것을 다듬어서 낱말로 따로 띄지 않고 월점도 치려고 아니하고, 그 어려운 채로 막 달아 적어 놓고서 그것을 능히 독파함으로써 현학적 괴벽의 만족을 느끼어, 무문자의 대중에 대한 계급적 우월성의 쾌감을 가져왔다. 이는 비하건대 자연의 지형대로 겨우 조심스레 다닐 만한 소로를 만들어 놓고는 다시 그것을 평탄 광대하게 닦으려고도 아니하며, 그 위에 수레[車]를 타고 달리려는 생각도 아니하고, 다만 조로(朝露)를 헤치고 징검다리를 건너 뛰어서 5마장의 인촌(隣村)을 1일의 노정으로 삼음으로써 만족함과 같다.

과연 그렇다! 문자와 문장은 실로 정신 교통과 문화 교류의 길이다. 이 길을 잘 닦아 놓은 사회의 문화는 발달하며 생활은 풍부하여질 것은 말할 것 없이 뻔한 일이라 하겠다. 문자와 문장을 닦는 일이 한두 가지가 아니다.

그런데, 이제 여기에서 문제로 내여진 월점치기〔文章符號 使用〕는 그 치도 공사〔治道工事〕의 한가지이니, 이는 마치 인도기(引道記)와 같으며, 장승과 같으며, 지로표(指路標)와 같은 것이다.

넓게 평탄하게 잘 닦은 길도 지로표가 있음으로 해서 그 길을 가는 사람이 막대한 편익을 입는 것과 같이, 아무리 잘 지은 글월이라도 이 월점이란 지로표의 도움을 입지 아니하고서는 그 사상 감정의 완전·신속한 운수력(運輸力)을 발휘하지 못할 것이다.

2

조선말과 조선글은 근래에 와서 많은 조탁과 연마를 받았다. 어학자의 방면에서, 문학자는 문학의 방면에서 각기 정력을 다하여 이를 갈고 다듬었다.

그리하여 일면에서는 말들이 그 일정한 대중〔標準〕과 맞춤〔綴字〕이 작정되고, 또 다른 일면에서는 말과 글이 생생한 표현력과 아름다운 어감을 가지게 되었다. 그래서, 낱말〔單語〕은 띄어 쓰고, 월〔文〕의 끝나는 데에는 끝점(.)을 치게 되었다. 이는 실로 전대 미증

유의 대개량, 대진보이라 하겠다. 그러나, 우리는 선 것쯤으로써 만족할 수는 없다. 보라, 오늘의 대도시의 교통 정리를. 그 얼마나 주의에 주의를 더하며, 개량에 개량을 더하는가? 길을 넓히고, 길을 고루고, 길을 다지고, 그러고도 부족하여서 다시 안전 지대를 만들어, 노상에선 도회인의 날카로운 신경의 안식처를 주고, 또 넓고 큰 네거리에는 혹은 교통 순사가 서서 혹은 자동 신호로써, 일일이 통행을 지휘하고, 또는 일부러 길뚝[路堤]을 만들어 오는 길과 가는 길을 따로 돌게 마련하여 인파의 횡일과 제차의 충돌을 방지한다. 지금 공사중에 있는 경성서 선대 네거리의 길은 아마도 조선에서 처음 보는 잘 정리된 신식 교통제일 것이다.

사람의 유형한 물화 교통에 대한 개량심이 끝이 없는 바와 같이, 무형한 정신의 교통을 위한 문자 및 문장의 치리의 공정도 끝이 없어야 할 것이다.—오늘의 조선말과 조선 글월은 매우 개선되었지마는, 우리는 한걸음 더 나아가 이를 더욱 아름답게, 구비하게, 더욱 편리하게 가공하지 아니하면 안 된다.

이것이 내가 여기에서 글월에는 반드시 월점치기 필요를 역설하는 소이이다. 오늘의 조선글은 옛날에 비해서는 그 사용의 범위가 넓어지며, 그 사용의 분량이 많아진 것은 사실이다. 그러나 아직 질적·양적으로 말할 것 없이 부족감이 없어지지 아니하다. 이것으로 만반의 과학을 적으며, 각종의 상용문을 적어, 그 정밀과 정확을 기하려면, 이 월점치기를 하지 않고는, 도저히 그 문학적 기능을 완전히 수행할 수가 없을 것이다.

3

　"돈이만원들었다"를 '돈이 만원 들었다'로 이해할 것인가? '돈 이 만원 들었다'로 해석할 것인가? 또 "장비가말을타고"를 '장비가 말을 타고'로 풀 것인가? '장비 가말을 타고'라 풀 것인가? 이러한 석 갈림〔錯亂〕은 옛날의 일로 되었다. 맞춤법이 서고, 띄어쓰기〔單語 分記〕가 마련된 오늘에 있어서는 그러한 암혹(暗惑)에 빠지는 성 가심은 면하게 되었다. 그러나 이로써 온갖 문자적 암혹에서 구출 된 것으로 속단할 것은 아니다. 이를테면 "나의 사랑하는 ㄱ의 딸 ㄴ이여!"를 어떻게 해결할 것인가? 이 글에서 나의 사랑하는 대상은 ㄱ인가 ㄴ인가? 여기에 대하여 보통은 ㄴ이라고 대답할 것이다. 왜 그러냐 하면 ㄴ이란 사람이 ㄱ의 딸이니까, 이 여성이 사랑의 대상 이 되기에 적합하다고 생각하는 때문이다.

　그렇다. 만약 그렇다고 할 것 같으면, "나의 사랑하는 ㄱ의 아들 ㄴ이여!"는 어떻게 해결할 것인가? ㄱ의 아들인 ㄴ이 사랑의 대상 이 되기에 그리 적합하다고 생각되지 아니할 적에, 사람은 ㄱ으로 써 ㄴ의 어머니, 곧 여성으로 잡고서 ㄱ이 사랑의 대상이라고 할 터 인가? 대체 사랑의 대상은 여성뿐일까? 사랑을 설령 성적 사랑으로 국한한다 할지라도, 남성적 사랑의 대상은 여성이 되려니와 여성의 사랑의 대상은 남성이 될 것이 아닌가? 그렇다면 상기와 같은 해석 은 남성 문학자 일류(一流)의 치우친 좁은 해석이 되고 말 것이 아닐 까? 여류 문학자는 이에 대하여 단연 항의를 제출할 것이 아닐까? 더구나, 원래 사랑이란 그리 좁게 해석되는 성적 사랑으로 국한되는 것이 아닌 이상에는 전기와 같은 해석에 대하여 이의를 제기할 사람 이 하필 여성에 한할 것이 아니라, 모든 명석한 두뇌를 가진 남녀 문장가가 한가지로 이의를 제기할 것이다.

이와 같은 평이한 단문의 해석이 이렇게 학의적으로 사람을 암혹하게 함은 대체 무슨 때문인가? 이것은 곧 월점치기[句讀點 使用]를 하지 아니한 때문이다. 이제 만약 월점을 쳐서, "나의 사랑하는 ㄱ의 딸, ㄴ이여!"로 할 것 같으면 사랑의 대상은 분명코 ㄱ이 될 것이다. 이 둘째의 것인즉 맨 앞에 보기에서와 마찬가지로 아무 월점을 치지 아니하였지만, 이 경우에서는 월점을 칠 필요가 없어서 안친 것이니, 아무 월점도 도무지 치지 아니하는 앞의 경우에서와는 판연히 다른 것이다. 아무도 부르지 아니할 적에 문 앞에 선 한 사람이 꼼짝 아니하고 그대로 가만히 있다면, 이는 하등의 의사 표시가 되지 아니하지만, 그 친구가 부름에도 불구하고 그대로 그 자리에 가만히 있다면, 이는 분명한 불응의 의사 표시가 되는 것과 같은 일이다. 이와 같은 보기는 얼마든지 있다. 이를테면

　⑴ 저, 나무를 꺾은, 사람이 저기 온다.
　⑵ 저 나무를 꺾은 사람이 저기 온다.

에서 ⑴의 '저'는 사람을 꾸미는 것이니, '나무를 꺾은'과 같은 자리[位格]에 서는 것이오, ⑵의 '저'는 바로 '나무'를 꾸미는 것이다. 또,

　⑴ 나는 조금, 재미난 이야기를 들었다.
　⑵ 나는 조금 재미난 이야기를 들었다.

에서 ⑴의 '조금'은 '들었다'를 꾸미는 것이니, 재미난 이야기를 조금 들었다는 뜻이 되고, ⑵의 '조금'은 '재미난'을 꾸미는 것이니, 재미

가 조금 나는 이야기를 들었다는 뜻이 된다. 또,

  (1) 나는 매우, 단 음식을 좋아한다.
  (2) 나는 매우 단 음식을 좋아한다.

에서 (1)의 '매우'는 '좋아한다'를 금하는[限定하는] 것이니, 단 음식을 매우 좋아한다는 뜻이 되고, (2)의 '매우'는 '단'을 꾸미는 것이니, 조금 단 것이 아니라 매우 단 것을 좋아한다는 뜻이 된다.

  이상의 실례는 다 평이하고 간단한 월이로되, 오히려 저렇듯한 의외의 난혹이 있어 월점치기를 하지 않고는 도저히 밝힐 수 없음을 깨쳤다. 이제 만약 생소하고 어려운 내용을 적은 복잡한 글월에 다다를 것 같으면 우리는 더욱 그 월점치기의 필요를 느끼게 될 것이다. 이제 시험으로 다음의 글월을 읽어 보라.

  이미 개인의 의견 그 주의의 방향 그 지적 흥미의 범위 대상의 선택과 결합 대상의 견법(見法)과 평가는 사람의 자리 생업 계급의 요구에서, 간단히 말하면 사람의 의욕으로 말미암아서 규정되어 있는 것인즉 이 도리가 인두(人頭)의 역사적 발달에 들어맞지 아니 할 리가 없다.

  이 월점을 치지 아니한, 정확을 요하는 철학적 문장이 얼마나 더 어려운가? 이런 종류의 난해한 글월은 이미 예기한 지식으로써 제멋대로 해석할 것이 못 되고, 다만 문장의 면을 좇아 그 내용으로 들어가는 것밖에 해석할 것이 못 되고, 다만 문장의 면을 좇아 그 내용으로 들어가는 것밖에 별 도리가 없는 것이므로, 더욱 월점을

합법적으로 쳐서 그 문리를 정리할 필요가 있는 것이다. 그래서 상기의 보기에다가 월점을 쳐서,

> 이미 개인의 의견, 그 주의의 방향, 그 지적 흥미의 범위, 대상의 선택과 결합, 대상의 견법과 평가는 사람의 자리, 생업, 계급의 요구에서, 간단히 말하면 사람의 의욕으로 말미암아서 규정되어 있는 것인즉, 이 도리가 인두의 역사적 발달에 들어맞지 아니할 리가 없다.

고 할 것 같으면 그래도 가히 작자의 내용을 더듬어 들어갈만 함을 알겠다.

이상에 나는 우리 글월에서도 월점을 쳐야 할 필요를 말하였다. 이제 그 월점의 종류와 그 개별적 용법을 풀이할 겨를이 없거니와, 다만 한마디로 막음할 것은 대체로 서양문에서 쓰는 월점치기를 그대로 빌어씀이 편리하다고 생각한다는 말이다.

난해와 고상으로써 그 본연적 자랑을 삼던 한자도 근래에 지나(支那)에서는 일일이 서양의 월점치기를 그대로 차용한다. 그래서, 문존(文存)을 민중의 서리[間]에 펴기를 힘씀을 본다. 이는 문화인의 필연의 요구에서 나온 개량이라 아니할 수 없다. 월점으로서 고유의 기능을 가진 것이다. 그것이 소용되는 것은 서양에나 동양에나 어려운 글에서나 쉬운 글에서나 마찬가지이다. 오늘의 조선 문학에 뜻하는 이들은 이 점에 유의하는 바 있기를 바란다.

-〈사해공론〉(1938. 7.)-

나의 주장하는 우리말의 말본의 기준

　말본 원리의 근본스런 문제는 낱말을 어떻게 잡을까? 또 씨가름을 어떻게 할 것인가? 에 있다 하겠다. 나는 이 두 가지 문제에 대하여, 나의 견해를 간단히 적어 볼까 한다.

　낱말이란 낱낱의 말을 가리키는 것이라 하면, 매우 간단한 것 같지마는, 착실하게 학문적으로 따지고 보면, 간단은커녕 정말 그 뜻매김을 하기가 용이하지 않음을 발견하게 된다.

　세계 어느 겨레든지 그 말씨(言語)를 하게 된 것은 먼저 그 낱말을 지어내고, 다음에 그 낱말을 모아서 한 생각함을 나타내게 된 것은 아니요, 그 와는 거꾸로, 낱말을 생각하기 전에 먼저 그 뭉뚱그려진 생각을 나타내기를 하였던 것이다. 곧 낱말에 앞서서 월(文)을 사용하여, 그 생각함을 나타낸 것이다. 그런데, 그 생각함을 나타내는 월에는 절로 어떠한 방식이 있어, 사람의 말씨활동(言語活動)에는 일정한 방식이 있나니, 그 방식이 곧 말본인 것이다. 그러므로, 말씨가 다르면, 그 말본도 또한 따라 다르다. 각 가지 말씨에서의 낱말은 그 말본스런 운용의 본새에 기대어서 잡아 세워(定立하여)지는 것이다. 그리하여 말씨가 다르면 말본이 다르고, 말본이 다르면, 그 낱말의 모습과 뜻이 또한 같지 아니하다.

이에, 말씨 얼거리(構造)의 다름의 간단한 대조로서 배달말과 영어와를 견주어 보기로 하자.

배달말 : 임자말–부림말–풀이말

영　어 : 임자말–풀이말–부림말.

사람이 개를 본다.

a man perceives a dog.

우리말의 "사람, 개, 본다"는 다 각각 바탕씨(實辭)이니, 적극적 내용이 제 스스로 있는 것이요, "이, 를"은 제 스스로 적극적인 내용의 바탕이 없고, 다만 바탕씨의 아래에서 그것과 다른 바탕씨와의 관계를 맺어 나타내는 것이다.

영어에서는, "man, dog, perceives"가 바탕씨이요, 두 "a"는 man이나 dog을 꾸미는 것(매김씨)이며, perceives의 "s"는 셋째 가리킴(三人稱) 홑셈의 이적꼴(現在形)을 보일 뿐이요, perceives 자체가 어느 것을 반드시 임자 또는 부림말로 한다는 것은 아무런 표시가 없다. 배달말에서는, 토씨가 극히 중요한 구실을 함에 대하여, 영어에서는 다만 "낱말―차례"(word-order)가 월의 얼거리를 좌우한다. 그러므로, 낱말차례를 바꾸면, 그 월의 뜻도 또한 거꾸러진다. A dog perceives a man의 뜻은 앞에 든 것의 뜻과는 반대이다. 이와 같이, perceives란 움직씨를 가운데에 두고, 두 낱말이 맞서는 전후의 자리 잡음에 따라서 하나는 임자, 하나는 풀이가 된다.

배달말에서는 그렇지 않다. 설령 위의 차례를 바꾸어서

개를 사람이 본다.

고 하더라도 그 뜻은 마찬가지다. 배달 말에서는 낱말차례보다는 토씨가 중요한 구실을 한다. 그래서, 토씨만 그 자리에 두고, 그 바탕씨만 바꿔 넣을 것 같으면, 영어에서의 바탕씨의 자리거꾸름과 한가지 결과를 가져온다.

　　사람을 개가 본다.

　월의 말본(월의 얼거리)에 있어서, 영어는 Word-order를 첫째로 하고, 배달말은 토씨의 쓰기를 첫째로 한다. 영어의 낱말차례와 배달말의 토씨와는 월의 말본의 가치에서 같다. 그리고, 토씨는 그 스스로 소리꼴(音形)을 가진 "꼴있는 존재"이요, 말차례는 바탕씨가 일정한 규약 아래에 집합함을 기다려서, 그 서로 관계 속에 생기는 "꼴없는 관계적 존재"이다. 그리고, 월의 요소로서의 노릇하는 중요성에 관하여, 그 경중을 쉽사리 논할 수는 없는 것이다.—말씨 활동의 본새가 그 말씨(言語)의 다름을 따라 이렇게도 차이가 있다.

　배달말에서는, 바탕씨는 다만 뜻만을 나타내고, 토씨는 말본스런 관계를 보이고, 월가운데의 바탕씨에 말본스런 몰꼴(形態)을 주는 것이다. 그러므로, 우리는 또 다른 쪽으로부터 보아, 바탕씨를 뜻조각(意義部)이라 한다면 걸림씨는 꼴조각(形態部)이라 일컬을 수가 있다. 배달말에서는, 저 토씨가 꼴조각에 맞고, 영어에서는 꼴없는 낱말차례(word order)가 꼴조각인 것이다. 가령, 뜻조각을 A로 하고, 꼴조각을 b로 한다면, 앞의 경우, 뜻조각과 꼴조각과의 관계는, 배달말에서는 A+b, 영어에서는 A+0 로써 나타낼 수가 있다. 곧 b는 꼴있는 꼴조각임에 대하여, 영어의 꼴조각은 꼴없는 꼴조각 곧 0이니. 곧 영어의 꼴조각은 꼴조각으로 나타나지 않는 꼴조각이다.

　다시 말하면, 영어에서는 꼴조각이 아주 없는 것(이 경우에는 다만 A만으로써 나타낸다)은 아니요, 월 가운데 공도(零度)에서 존재하고, (곧 A+0) 월을 떠나서는 없어짐 (곧 단순한 A)을 보인다. 또

　　사람이 개 본다.

에서, "개"에는 아무런 꼴조각이 붙어 있지 않건마는, 그것이 "개를"과 같은 뜻을 가지고, 다른 낱말들과 함께 월을 얽어이뤄 있다고 보아 진다. 곧 이때의 "개"가 한 월가운데서 "사람이", "본다"들과의 대조에서, "개를"과 같은 뜻으로 보아 진 것이다. 곧 이때의 "개"도 그 월가운데 있는 데까지는, 홑진 A만은 아니고, 영어의 경우에서와 같이, "A+0"로써 나타내지 않으면 안 된다. 여기에 꼴조각은 월을 떠나서는 생각하기 어려운 사정이 있다.

다시, "본다"도 뜻조각 "보"와 꼴조각 "ㄴ다"와의 두 조각으로 갈라볼 수 있다. 그러나, "이", "를"을 떼어버린 "사람", "개"는 말씨마음(言語意識) 속에서 넉넉한 존재성을 얻는 것임에 대하여, "ㄴ다"를 떼어버린 "보"만으로는 말씨스런 독립성을 가졌다고 할 수 없으며 또 "이", "를"은 제스스로 뜻조각에서 뜻조각으로 걸어 다닐 수 있는 자유스런 "b"임에 대하여, "ㄴ다"는 비교적 자유스럽게 뜻조각에서 뜻조각으로 옮겨갈 수 있는 것이기는 하지마는 그것이 한 번 "보"에서 떨어져 나오는 경우에는, "보"는 그만 그 존립의 생명이 없어지고 마는 것이기 때문에 (마치 지체를 떼어버린 머리와 같이) "보"가 존립하기 위해서는 반드시 "다"가 붙어 있어야 한다. 혹은 다른 꼴조각 "라"니 "니"니 하는 따위가 붙어 있어야 한다.

　　보다, 보라, 보고, 보면, 보니……

에서, 뜻조각 "보"만을 떼어서는 말씨활동 가운데 독립시킬 수 없음과 마찬가지로, 이제 분석으로 말미암아, 이를테면, 의악으로 떼어내어 진 "다" 라, 고, 면, 니……"들도 뜻조각과의 결합을 떠나서는 독립하기 어려움은 토씨보다 심하다.

이와 같이, 꼴조각 그것도 독립성이 없는 것이니까, 이들을 뜻조각 "보"와 분활하는 것은 말본스런 절차로서 행할 수 있을 따름이요, 실제의 말씨활동에서 할 적에는 두 쪽의 파멸을 가져온다. 이와 같이 밀접하게 딱 드러붙은 꼴조각을, 앞토씨 (Preposition 前置詞)에 대하여, 앞가지 (Prefix 接頭辭), 뒷토씨 (Postposition 後置詞)에 대하여 뒷가지 (Suffix 接尾辭) 또는 씨끝 (ending. termination 語尾) 이라 일컫는다. 어떤 말씨에서는 이런 것이 뜻조각의 속에 나타나는 것이 있으니, 그를 속가지 (Infix 接腰辭) 라 일컫는다. 앞가지, 속가지, 뒷가지의 셋을 합하여, 씨가지 (Affix 接辭) 라 일컫는다. 씨가지 가운데는 혹은 단순한 뜻스런 꾸밈조각에 떨어지어, 혹은 애초부터 그것으로서, 월 전체에 대하여, 또는 뜻조각 사이에 대하여, 말본스런 관계를 보일만한 노릇(機能)을 가지고 있잖는 것도 포함되어 있는 것은 주의해야 한다.

이에 그 각 말씨에서의 꼴조각의 나타나는 모습을 일일이 풀이할 겨를이 없으니, 그것을 줄이고서, 여기에 둥그리어 말하건대, 꼴조각은

1. 제 스스로 소리꼴을 가지고 뜻조각과 나란하게 똑똑히 나타나는 것. 보기 : 가, 를, 도, …….

2. 뜻조각 자체 안의 소리, 치우 치우쳐서 홀소리의 바꿈 그것이 꼴조각인 것. 보기 : 영어에서 foot-feet, man-men, hold-held.

3. 낱말차례가 꼴조각인 것. 보기 : 人家(인가)-家人(가인). 國民(국민)-民國(민국). 人愛我(인애아)-我愛人(아애인)

의 세 가지로 되어 있다. 이 세 가지 꼴조각의 원리가 다 모든 말씨에 함께 있어야 한다는 이치가 없음과 같이, 또한 말씨는 그 가운데의 한 가지만으로써 제 스스로의 유일의 원리를 삼지 않으면 안 된다는 일도 없다. 사실 복잡한 현상을 가진 말씨는 어떤 것이든지 다 위의 방식의 어느 것이나 다소 포함해 있지 않는 것이 없다. 그러면서도, 낱낱에 대하여 자세히 검토할 때에, 뒤섞인 현상 중에서도— 어

떤 한 기율성이 특질로서 나타나아 지는 것을 찾아낸다. 이를테면, 말씨는 관현악(管絃樂)과 같은 것이다. 여러가지 착잡한 변조 가운데 일종의 바닥가락(基調音)이 있어서 전체를 통제해 나가는 것과 같다. 말씨의 얽이의 특이성(特異性)은 이 바닥가락에 있는 것이다. 말씨의 갈래가름(分類)은 이 바닥가락의 비슷함을 따라서 한다.

영어는

1. Preposition(보기 : in, to, on, for……)을 가진 점으로는 첫째따위(第一類) (A+b)

2. Inflection(man-men, take~took,)을 가진 점으로는 두째따위(第二類). (Ab).

3. Word-order(I love you, you love me)를 가진 점으로는 세째따위(第三類) (A+0) 중국말은 Word-order를 가진 점에서 대표스런 세째따위이다. 그러나 토씨(虛辭)가 없지 아니함.

배달말은

1. 토씨를 가진 점에서 첫째따위.

2. 풀이씨의 운용에는 다소 두째따위스런 점(먹다-먹었다).이 없지 않다.

3. 월짓기에서는 다소 말차례의 구속이 없지 않음(세째따위)

이와 같이, 여러 가지 모습을 가지고 있기는 하지마는, 그 바닥가락으로써 정한다면,

중국말은 세째따위(A+0).

영어는 두째따위. (Ab)

배달말은 첫째 따위(A+b.)

이라 할 수 있다. 두째따위스런 현상이 영어에 양적으로 특히 현저하다고는 할 수 없지마는, 그 성질이 말씨얽이에 결정적 효과를 가지

는 것이다.

이 세 가지 따위의 말씨에서의 뜻조각과 꼴조각과의 상관형식을 보이면, (A는 뜻조각을, b는 꼴조각을 대표함)

첫째 따위 말씨에서는 A+b.

두째 따위 말씨에서는 A.b

세째 따위 말씨에서는 A+0

그런데, 이 세 골(型)은 다 뜻조각과 꼴조각의 방면, 곧 그 나타나는 방식을 대중하여 그린 것이지마는, 말씨의 얽이에는 홑으로 뜻조각과 꼴조각과의 형식스런 관계뿐만 아니라, 다시 나아가 둘의 노릇하는 관계(機能的關係), 곧 간단히 말하면, 그 친소의 관계를 고려에 넣을 필요가 있다. 이리하여, 첫째 따위 A+b는, 그 골은 한가지면서. b가 배달 말의 토씨, 영어의 앞토씨처럼 자유로 A와 붙어 합하기도 하고, 떨어져 나가기도 할 수 있는 경우와 끄리익말의

Paideu-ō 내가 교육한다.

Paideu-eio 네가 교육한다.

Paideu-ei 저가 교육한다.

Pe-paideu-K-a 내가 교육하였다.

Paideu-o- mai 내가 교육받다.

....

....

의 씨가지 -ō. -eis, -ei, pe-, -k-a, -o-mai, ………들처럼 굳게 A에 녹붙어 있는 경우가 있다. 곧, A+b는 A와 b와의 친소관계에 대하여 보면 b가 A로부터 떨어져 나갈 수 있는 성능을 가진 참스런 A+b의 경우와, 전연 A와 운명을 같이한다고 할 만한 A+(b)의 경우가 있다. b의 둘레에 붙인 도림은 두째 b의 이러한 성질을 보인다. 그래서,

A+⒝는 이 뜻에서 자연 두째따위 A.b와 한가지 범주에 들어올 수밖에 없다.

세째따위는 여전히 변화가 없다. 이래서, A와 b와의 노릇하는 관계는

⑴ A+b

⑵ A+⒝, Ab

⑶ A+0

의 세 가지로 잡아세울 수가 있다. 말씨의 얽이는 뜻조각과 꼴조각과의 노릇하는 관계에서 성립하는 것이 참스런 것이니까, 이러한 분류도 또한 당연의 귀결일 뿐 아니라, 도리어 형식적 도식(圖式)보다도 한결 자연스럽다고 말할 수 있겠다. 말씨의 복잡교착한 목골의 속에서 우리가 찾아낸 말씨 분류의 대중을 삼고자 하는 바탕가락(基調音)은 이것이다.

    Ab 형식스런 관계   Ab 노릇스런 관계

                A+b…있다는 말(connecting language 接續語)

⑴ A+b

                A+⒝

                       제풀말(Autonomous language 自律語)

⑵ Ab ……………

⑶ A+0 …………떨어지는 말(Isolating language 孤立語)

이 도표는 앞의 찾아세운 바닥가락에 기대어 세계의 말씨를 가름한 것이다. 곧 ⑴의 A+b의 얽이를 주로 하는 말씨는 뜻조각과 꼴조각을 일정한 규약 밑에서 나란히 벌이는 것을 원칙으로 하는 까닭에, 이러한 얽이의 한 떼의 말씨를 잇다는 말(Connecting language 接續語)이라 일컫는다. ⑵의 것은 A와 b를 다 소리꼴(音形) 위에 똑똑히 가지고 있으나, 어느 것이나 이 관계에서 떼어낼 수가 없는 것이

다. 뜻조각이 있는 데에는 반드시 꼴조각이 있다. 따라, 월의 구성요소인 낱말은 바로 제 스스로에서 월갈스런(文章論的) 관계를 나타낸다. 낱말은 다른 도움을 기다릴 것 없이, 월 가운데 어느 군데(個所)에 있어서도 서로 다른 것에 대한 말본스런 관계가 환하다. 낱말은 제풀로(自律的으로) 노릇한다. 이러한 얽이의 말씨 떼를 두루일컬어 제풀말(Autonomic 또는 Autonomous language 自律語)이라 하면, 적당하다. 종래 (2)의 가지(種類)의 말씨에 대해서는, 낱말(낱말과 뜻조각과는 종래 모든 경우에 구별되어 있잖았다.) 그 자신의 아낙의 (홀)소리가 오른(右)으로, 왼(左)으로 바뀌고, 씨끝(뒷가지)의 소리묏(音韻)이 여러 방면으로 바뀌므로, 굽침말(Inflectional language, 屈曲語)이라 일컬었으나, 이러한 일컬음은 홀으로 낱말의 얽이를 보일 뿐이요, 월 전체의 얽이에 관여한 개념을 나타낼 수 없으니까, 우리는 이제 제풀말이란 일컬음을 쓰기로 한다.—여기에 (1), (2), (3)의 분류의 각각에 이름붙이는 대중으로 삼은 것은 월 전체에 대한 관계로 둥그리는(統一하는) 것이 마땅하다고 생각된 까닭이다. (3)에 있어서는, A는 월 전체에 대한 관계를 제스스로에서는 조금도 나타내고 있지 않고, 다만 따로따로 떨어져서 나란하여 있을 뿐이다. 이와 같은 얽이를 원칙으로 하는 한 데의 말씨를 떨어지는 말(Isolating language 孤立語)이라 일컬을 수 있겠다.

이상은 니이무라(新村出)님의 세계 말씨의 몰골로써의 분류를 그대로 따른 것이다. 그의 "잇다는 말"이란 것은 종래의 덧붙는 말(Agglutinative language 添加語 膠着語)을 가리키는 것이로되, 그보다는 얼안을 넓게 잡은 것으로, 빤뚜말, 끄리인란드말도 여기에 머금기어 있다.

제풀말에서는, 원칙으로, 뜻조각과 꼴조각이 서로 의지하여 실제상 가를 수 없는 한 덩이를 이루고, 월의 된조각(組成分)의 단위가 되고, 겸하여 한 낱말을 이룸에 대하여, 순수한 떨어지는 말에서는 뜻조각만이 월의 얽이요 소이며, 단위이다. 그러나 제풀말에서나 떨어지는 말에서나 낱말이란 것의 뜻이 대단히 똑똑하지마는 뜻조각과 꼴조각이 원칙으로 서로 따로 떨어질 수 있는 두째따위의 잇다는 말에서는 뜻조각을 낱말로 인정한다면, 같은 이유로써 하는 데까지는, 꼴조각을 낱말로 지목할 수가 없다. 이를테면, "개"를 낱말로 인정하더라도 "를"을 낱말로 인정하는 데에는 누구든지 주저하지 않을 수 없다. "개. 보다"들의 뜻조각은 우리 말씨임자에 대하여 "본래스런 낱말"임에 뒤치어, 꼴조각 "를"따위는 "말본스런 연모"에 지나지 않는 것은 사실이다. 그러나, 꼴조각은 말씨얽이의 뼈이니, 이것이 아니고서는, 말씨의 짜임은 곧 깨어진다. 뜻조각은 말씨의 살(肉)이니, 이것이 아니고는, 말씨스런 표현도 무의미한 존재로 되는 것은 환하다. 어느게나 다 중요불가결의 요소이면서, 둘은 동일의 표준에서 낱말로 지적할 수는 없는 것이다. 어느것을 버리고, 어느것을 잡아, 써 낱말의 성곽을 굳힐 것인가? 우리가 이 문제를 이론적으로 간단히 처결해 버리지 못할 것이다.

　이와 같은 낱말 규정의 난처함은 다만 있다는 말인 배달말에서만의 일은 아니다. 영어의 앞토씨 of, to, in······과 프렌취의 de, a······를 중심으로 해서도 마찬가지로 나타난다. 그뿐 아니라, 한쪽에는, 홀소리고룸의 현상으로 말미암아, 꼴조각 b가 더욱 그 자립성을 잃어버리고 (b)로 되어 A와 (b)와의 사이에 더 나아간 맞붙음의 도수를 인정하여 전체가 하나의 낱말로서 보아지고 다뤄지고 있는 뒬끼예말의 낱말의 특이성과, 또 다른 쪽에는 월과 낱말과의 구별도 되기 어려운 끄리인란드말에서의 낱말의 모습과를 생각하면, 낱말의 뜻배김(定義)은 가장 곤난하고, 또 그 모습이 가장 불통일하다. 그리고 그 가장 분명한 떨어지는 말과 제풀말에서도 낱말이란 것의 뜻속살 (意味內容)은 전연 다르다. 그 하나는 제 스스로의 뜻만을 다른 말들과의 아무런 관련 없이, 틀로 가지고 있으며, 다른 하나는 제 스스로의 뜻에다가 다른 월 가운데의 말들과의 관련에서 나타내는 노릇생각까지 합하여 가지고 있다.

이상에서 대강 살핀 바에 따라 보건대, 모든 말씨에 통할 수 있는 낱말의 구체스런 뜻매김을 찾는다는 일은 참으로 곤란하며 불가능하다. 억지로 뜻매김을 한다면, "낱말이란 일정한 소리뭇(音韻) 어우름이 제 스스로 일정한 뜻을 가지고 월을 이루는 일에 직접적인 거리의 노릇을 하는 단위로서 그 말무리(言衆) 또는 말임자(言語主觀)로부터 인정된 것이다"고나 할 밖에 없겠다.

배달말의 꼴조각 가운데 이른바 씨끝이 낱말로서의 독립적 감목 (資格)을 얻지 못함에 관하여는 앞에 이미 말하였거니와 "가, 를, 에"와 같은 토란 것이 낱말의 감목을 얻을 수 있느냐? 하는 문제는 아직도 완전히 해결되지 못하였다. 나는 벌써 지정된 종이쪽을 다 써버렸으니, 길게 베풀 수는 없다. 그 자세한 베풂은 뒷 기회로 미루고, 여기서는 간단히 요약하겠다. 토는 말본스런 관계를 나타내는 것인데, 관계관념도 인지의 발달 인문의 진보를 따라서 능히 독립성을 얻을 수가 있다. 본래는 말본스런 노릇을 다 inflection으로써 나타내던 제풀말인 영어에서도 임자씨에서 떨어져서 독립적으로 좌왕우왕하면서 제 노릇을 다하는 앞토씨 Preposition이 발달하였으며, 본래 말본스런 관계는 전연 낱말차례(wordorder)로써 나타냄으로써 본색을 삼는 떨어지는 말 중국말에서, 후대로 음을 따라 토씨 이른바 *虛辭*(허사)(之, 乎, 也)(지, 호, 야, …)가 발달되었다. 우리 배달말이 딸려 있는 "잇다는 말" 또는 "덧붙는 말"에서는 토씨가 발달하기 가장 좋은 토양(土壤)인즉 토씨의 발달 내지 그 독립성의 취득은 가장 끄덕일 만한 것이라 하셨다.

다음에는, 씨가름에 대하여, 이야기하여야겠으나 너무 길어지겠으므로 이를 줄일 수밖에 없다.

-⟨한글⟩ 125호(1959)-

되살리는 말

    일제의 독아에 죽어 가던 우리 한글 학회가 8.15 해방으로 되살아나서 "큰 사전"을 찍어 내고, "한글"을 다시 이어 내고, "세종 중등 국어 교사 양성소"를 경영하고, 나중에는 마침내 문교부, 국방부의 특별한 후원으로 을지로 2가에 귀속 재산 건물 하나를 샀주어, 겨우 적이 제 존재의 버를이 려려 지는 듯하던 차에, 뜻밖의 6.25 난리로 말미암아, 그 귀한 회관 집을 태우고, 책을 잃어버리고 회원들은 사방으로 흩어지니, 되살아난 한글 학회가 이에 또다시 죽은 상태에 빠지는 기구한 운명에 부닥치게 되었다.

    4285년 피란 서울 부산에서 본 서울 한양으로 돌아온 뒤로, 우리는 이 없어진 우리 학회의 되세우기를 위하여, "큰 사전"을 이어 찍고자, "양성소"를 되차리고자, 또 회관으로 귀속 재산 건물을 하나 사고자 갖은 애를 다 써 왔으나, 환도한지 3년 째나 되는 오늘날까지 아직 되살아날 만한 서광이 비치지 아니하니, 이 무슨 중첩한 한글의 액운인가?

    사실로, 우리는 이제 거의 기진 맥진하였다. 온 세상이 도도하게 세속스런 권세만을 따르기에 바쁘고, 낮밤으로 사사 이익에만 몰두하기 때문에, 우리 학회는 아주 잊어버림의 구렁으로 밀뜨려 진 처지에 놓여있다. 그러나, 남다른 꿋꿋한 전통적 정신을 가진 우리들은 그만 기절하고 말 수는 없다.

이에 우리는 일어나기를 비롯한다. 제각기의 주머니를 풀고, 제각기의 슬기를 기울이고, 용기를 떨쳐지어, 학회의 기관지 "한글"을 되살리는 첫걸음을 내어디디노니, 만천하의 한글 동지들은 홀연히 화응하여 이를 붙들고, 이를 기름으로 말미암아, 나아가아 우리 학회의 귀중한 사업의 중단된 것까지 되살려, 우리의 큰 목적을 완성하는 날이 가까와 오게 하여 주기를 바란다.

우리의 존경과 사모를 영원히 받으실 동지 석인 정 태진 님이 "큰 사전"을 되살리고자 하다가 희생의 제물이 된 것을 가슴 깊이 생각하면서, 4288년 2월 8일에 최 현배는 적음.

-〈한글〉110호(1955)-

바른 말 고운 말 쓰기
- 군대에 주는 글

1

이 세상엔 아직 진리가 온전히 실현되지 않고, 다만 사람들의 작은 지혜만이 날뛰어 있어 제각기 제 힘만을 자랑하는 형편에 있어 인류 사회에 전정한 평화가 언제나 올는지 까마득한 가운데 있다. 세계적으로 불꽃 없는 전쟁—냉전이 번지고 있음을 말할 것도 없거니와, 나라 안에서도, 개인과 개인 사이에도 밤낮 쉬지 않는 다툼이 있다. 한 단체 안에서도, 한 집안 식구들 사이에도, 친구들 사이에도, 학교에도, 직장에도, 거리에도, 사람들은 화목, 친철, 사랑보다도 반목, 질시, 미움이 날로 늘어만 가는 것 같은 감이 있다.

더구나 도시의 인구가 한없이 팽창해 감에 따라 사람과 사람과의 사이에는 제 자신도 모르게 천시, 귀찮이 여김, 경쟁, 질시, 미움의 기운이 떠돌게 되는 것 같다. 누가 이런 사회 현상을 좋다고 바랄 이가 없겠지마는 이 현상은 날이 갈수록 심해져 가는 것만 같다.—그러나 이러한 좋지 못한 현상에 대하여, 뜻있는 사람으로서는 손을 꽂고 가만히 구경만 할 수는 없다. 그래서 그에 대한 방책의 하나로 '바른 말 고운 말 쓰기' 운동이 여기 저기서 일어나고 있다. 말은 마음의 표현인 동시에 또 행동의 시점이라고도 할 수 있다. 마음이 악하면 그 말이 또한 모질게 나오고, 그 말이 모질면 그에 따른 행동도 또한 모질게 나타나는 것이 예사이다. 그러한즉, 사람의 마음이 첫째이기야 하지마는 꼴도 냄새도 없는 마음을 바로잡는 일은 용이한 일이 아니다.

교육은 이 마음을 바로잡아 착하게 만드는 것—곧 착한 마음의 소유자가 되게 하는 데에 그 목적이 있지 않으면 안 된다. 마음을 다스리는 일의 방법이 한두 가지가 아닌즉, 여기 그에 관한 이야기를 하려는 것은 아니고 다만 말을 바르게 하고 곱게 함으로써 그 마음을 착하게 어질게 하고자 하는 일에 대하여 약간 베풀어 보고자 한다.

미국의 제임스와 랑게란 심리학자가 말하였다. 사람은 슬프기 때문에 우는 것이 아니요, 울기 때문에 슬프다고. 예나 이제나 보통 사람들은 다 슬픔이 마음 속에 있으므로 말미암아, 울게 된다고들 생각한다. 제임스와 랑게는 이와는 거꾸로 울기 때문에 슬프다고 한 것이다. 이는 역리라 할는지 모르지마는 사람의 심리는 확실히 그런 점이 있음을 우리는 확인하지 않을 수 없다.

우리 나라에서 친구의 상청에 가서 다짜고짜로 "어이, 어이"하고 울어대면 눈물과 함께 그 마음은 슬픔의 경지에 빠지고 만다. 겉으로는 웃으면서 속으론 성낼 수도 없고 성내었다가도 웃어 버리면 그 성은 저절로 풀어지고 만다. 말은 마음과 행위와의 중간에 있는 것이다.

마음에서 행위로 바로 곧 갈 수도 있지마는, 대개는 말을 거쳐서 행위에 옮아간다. 그래서 말은 생각과 행위와의 중간에 자리잡아 있어, 그 두 가지를 조절하는 능력을 가진다. 다시 말하면, 좋은 말씨는 좋은 마음을 불러 일으키고, 또 좋은 행위를 일으키기도 한다.

그러므로 우리는 그 사람의 말씨를 듣고, 그 마음을 촌탁할 수 있으며, 또는 행위를 예측할 수도 있는 것이다. 극악무도한 말을 하는 사람에게 우리가 착하고 어진 행위를 기대할 수는 없다.

우리는, 세상에 악한 행위가 차차 그 자취를 감추고 착한 행위만이 사회에 들어차기를 바라는 순정을 가진다. 오늘날 우리 사회에 들어찬 부정, 부패, 우악, 거짓을 없이 하고 아름다운 사회, 살기 좋은 나라를 만들기 위한 하나의 방법으로서 바른 말 고운 말 쓰기를 제창하는 바이다. 이를테면 우리가 아침 일찍 일어나자마자, 선현들이 끼쳐 준 격언·명언 같은 좋은 말을 외기로 한다면, 적어도 그것을 외는 동안에는 나쁜 마음·악한 마음을 가지지 않을 것이다.

날마다 날마다 가족에게 대하여, 또 친구에게 대하여 좋은 말만을 쓰기로 한다면 그 마음은 절로 아름다와질 것이요, 그 사회는 점점 맑은 사회가 될 것이다. 여기에 바른 말 고운 말 쓰기의 뜻이 있는 것이다.

2

바른 말은 어떠한 말을 가리킴일까?

첫째로, 바른 말은 말의 대중소리(표준음)에 어그러짐이 없이 바르게 소리내어지는 말이다. 보기하면,

ㅐ와 ㅔ와의 구별 : 때-떼, 매-메, 새-세, 배-베
ㅐ와 ㅚ와의 구별 : 채(蔡)씨-최(崔)씨, 새-쇠, 해-회, 재-죄
ㅚ와 ㅙ와의 구별 : 외인(外人)-왜인(倭人)

ㅓ와 ㅡ와의 구별 : 어떤-어뜬, 엄-음, 검-금, 서다-스다

ㅢ와 ㅣ와의 구별 : 의리(義理)-이리(二里), 의사(醫師)-이사(移徙)

ㅢ와 ㅔ와의 구별 : 누구의 말-누구에게 말하나, 어부의 이득을
　　　　　　　　　　보았다-학교에 이득이 있나

ㅅ과 ㅆ과의 구별 : 살(肉)-쌀(米), 숙덕거리다-쑥덕거리다

　이 밖에도 혼동하는 말소리들이 있지마는 다 약하기로 한다. 위에
적은 보기말 가운데에서도, 제 스스로가 최씨이면서 제 성을 '채'로
소리내는 사람이 없지 아니하며 '누구의 말'의 '의'를 '에'로 소리냄
은 서울의 사투리인즉 바로잡아야 한다.

　둘째로, 소리의 길고 짧음을 잘 구별하여야 한다. 입학 시험 위주
의 교육을 하고 있는 오늘날의 국어 교육이 글자말에만 힘쓰고 소
리말에는 등한하기 때문에 젊은이들의 말이 그 소리의 장단에 맞지
아니함이 너무 많아, 듣기에 심히 거슬린다. 라디오, 텔레비젼에서
말하는 지도층 사람들의 말소리에서도 흔히 그 장단이 틀림을 듣는
다. 참 한심스런 현상이라 아니 할 수 없다. 여기에 얼마의 보기말을
들어, 그 구별을 보이겠다. 긴 소리는 글자의 오른쪽에 쌍점을 쳐서
표한다.

　정부(情夫)-정:부(政府)

　전라도 광주(光州)-경기도 광:주(廣州)

　경계(境界)-경:계(警戒)

　방화(防火)-방:화(放火)

　산다(買)-산:다(生)

　보석(保釋)-보:석(寶石)

화장(化粧)-화:장(火葬)

마구(어찌씨)-마:구(馬具, 馬既)

　이러한 보기말들이 얼마든지 있지마는 여기에 그 약간만 들어 주의를 환기시킬 뿐이다.

　장단의 구별 가운데, 특히 주의를 끌게 되는 말은 사람의 성에 관한 발음이다. 같은 갈래의 소리로서 다만 그 길고 짧음만이 다른 성이 적지 아니하다. 이 따위를 혼동하는 것은 너무나 말씨에 대한 교양의 부족함을 폭로하는 것이 된다. 더구나 자기 자신의 성을 똑똑히 소리내지 못하여 다른 성으로 하는 것은 가히 수치스런 일이 아닐 수 없다. 보기하면 다음과 같다.

　조(曺)-조:(趙), 장(張)-장:(蔣, 莊), 정(丁, 程)-정:(鄭), 신(申, 辛)-신:(愼), 송(松)-송:(宋), 공(公, 功)-공:(孔), 천(千)-천:(遷), 승(昇)-승:(勝), 사(沙)-사:(史), 한(韓)-한:(漢), 안(安)-안:(晏), 동(童)-동:(董), 진(陳)-진:(晋), 편(扁)-편:(片), 간(干, 竿)-간:(簡), 경(京)-경:(慶, 景, 敬), 호(胡)-호:(好, 扈), 오(吳)-오:(伍, 午)

　새 맞춤법에서 발음대로 ㄹ을 줄이고, 또 ㄷ을 ㅈ으로 적기 때문에 류(柳, 劉)가 유(兪, 庾)와 같게 되고, 면(田)이 전(全, 錢)과, 량(良, 涼, 梁)이 양(楊)과, 련(連)이 연(延, 燕)과 같게 되었지마는 그 변한 대로의 구별이 없지 아니 하다. 곧

유(兪, 庾)-유:(柳)

전(全, 田)-전:(錢)

임(林) – 임:(任)

그러나 발음의 장단의 구별만으로써 모든 성을 서로 구별할 수는 없다. 우리 나라의 2백 남은 성에는 그 소리남이 꼭같은 것이 한두 가지가 아니다. 앞든 보기 밖의 보기를 들면,

강:(姜, 康), 노:(盧, 魯), 방:(方, 房), 구:(仇, 具, 丘), 주:(周, 朱), 모:(毛, 牟), 석:(石, 釋), 위:(魏, 韋), 봉:(奉, 鳳), 변:(邊, 卞), 기:(奇, 起, 箕), 태:(太, 泰), 선(宣, 先, 鮮), 소:(召, 邵, 蘇), 국:(鞠, 國), 범:(凡, 范), 곡:(谷), 필:(弼, 筆), 원:(元, 原), 갈:(葛, 碣), 석:(席, 昔, 釋), 표:(表, 標), 추:(秋, 追), 하:(河, 何)

이와 같은 꼭같은 음의 성들의 구별은 소리로써는 불가능하니까 그 본관을 붙여서 부르기로 함이 좋겠다. 원래 어느 나라 사람들의 성을 막론하고 그 비롯의 밑은 그 '사는 곳'이거나 그 '사는 생업'들로 되었으니, 이는 자연스런 일이다. 우선은 그 본관을 붙여서 '평산 신' '진주 신'으로 해서 구별하다가 뒷날에는 그 본관만으로, 또는 그 '사는 곳'의 이름으로써 성을 삼게 될 것이다.

이렇게 된다면 이야말로 우리의 성명을 복구하여 고구려, 백제, 신라 사람과 같은 제 본연의 진짜 내 성을 찾게 될 것이다. 대체 오늘 우리의 성명은 한가지로 중국을 본떠서 '중국 사람' 되기 위해 '창씨(創氏)'한 것인즉 이를 버리고 결연히 본래의 모습으로 돌아갈 때도 멀지 않아 올 것이다.

세째로, 바른 말은 대중말이어야 한다. 사투리는 바른 말이 될 수 없다. 한 뜻의 말이 지방을 따라 여러 가지로 되어 있는 것들 중에서

그 쓰이는 범위와 그 가리키는 뜻의 정확성과 그 품위의 좋음들을 참작하여 대중(표준)으로 세운 말이 곧 대중말이다. 한번 정해진 대중말(표준말)은 온 국민이 따라 시키므로 말미암아 말과 글이 제 본래의 구실을 할 수 있게 된다. 대중말을 쓰는 것이 곧 바른 말을 쓰는 것이 된다.

네째로 바른 말은 말본에 맞는 말이어야 한다. 한 나라 말에는 일반스런 말본이 있어 모든 국민이 이를 지키지 않으면 안된다. 더우기, 한 말씨의 말본은 바깥에서 붙인 것이 아니요, 말씨 의식의 아낙에 뿌리를 가지고 있는 것이기 때문에 바깥의 영향으로 인하여 쉽사리 변하지 아니함은 말씨 현상의 일반스런 사실이다.

그래서 두 말씨가 자주 접촉함에 인하여, 낱말은 서로 옮는 일이 많지마는, 말본은 서로 옮는 일이 거의 없다. 보기로, 우리가 한문의 영향 밑에서 살아왔지마는, 한문 '見南山'을 '본다 남산을' 식으로 말하지 아니함과 같다. 그렇건마는, 근년 일본말의 영향을 입어 우리말을 일어식으로 말하는 사람이 있음을 본다.

이를테면, '보다 좋은 사회', '보다 행복스런 생활'은 일어의 'ヨリ ヨイ 社會' 'ヨリ 幸福ナ 生活'의 직역으로서 근본적으로 우리말의 말본을 깨뜨린 말씨이다. 앞든 일어의 표현도 근본 일어의 말본을 깨뜨린 것이니 이는 제 말씨의 표현법의 부족 때문에 영어의 표현을 억지로 직역함에 말미암은 것이다. 영어에는 그림씨에 세 층의 표현법이 있으니,

원층 Good, 비교층 Better, 최상층 Best

이를 직역한 일어에서는,

ヨイ―― ヨリ ヨイ――モット　モヨイ

로 한다. 이 중 'ヨイ好イ'는 그림씨 'ヨイ'의 앞에다가 비교의 뜻을 보

이는 토씨 '크リ'를 갓한 것이니, 이는 아주 일어 말본을 무시한 직역이다. 왜냐 하면 일어의 토씨(助詞)는 원래 이름씨의 뒤에 붙는, 이른바 뒷토씨인데, 그림씨의 비교층을 나타내기 위하여, 이를 그림씨의 앞에 두게 된 것은 온통 본연의 일어 말본을 깨뜨린 짓이기 때문이다.

왜 이런 파격적 표현을 하게 되었느냐 하면, 일어에는 본래 그림씨의 비교층을 나타내는 방법이 없음에 기인한 것이다. 표현의 말본은 없는데, 그 표현의 요구는 강하기 때문에, 억지로 뒷토씨 '크リ(보다)'를 앞토씨처럼 사용해서 그 표현 요구에 응한 것이다. 그런데 우리 배달말에서는 그림씨의 세층 표현에 '좋은- 더 좋은- 가장 좋은'과 같은 방식이 일반스럽게 행하고 있어, 세 살 난 아이도 이를 이해하고 사용한다.

그러면, 영어의 'Good-Better-Best'는 마땅히 '좋은- 더 좋은- 가장 좋은'으로 뒤쳐야 할 것인데, 일인이 일어의 미비한 표현 능력 때문에 박부득이 파격적인 표현 '크リ 크イ'식의 말씨를 하는 것을 무비판적으로 본떠서 '보다 좋은— 보다 기쁜— 보다 훌륭한'식의 표현을 무슨 신기한 큰 재주나 배운 듯이 씀으로써 자랑과 만족을 느끼는 형편이니 참 우습기 짝이 없는 짓이다. 병신이 부득이해서 쩔룩쩔룩 저는 것과 조금도 다름이 없는 가련한 심리이다.

우리 사회에는 언어상 사대주의가 이 밖에도 여러 가지가 있다. 한두 가지의 보기를 들면 같은 한자말이라도 일본말을 따라 거꾸로 하는 일이 있으니, '채소(菜蔬)'를 '소채(蔬菜)'라 하며, '호상(互相)'을 '상호(相互)'라 함과 같다. '상호'는 우리말로서는 아주 어색한 말씨이러니, 일제 시대에 '상호 은행(相互銀行)'이란 것이 있어, 우리 땅에 지점을 두고서 영업을 한 것이 더욱 변화력을 더하여서 일반이 차차 쓰게 되더니, 일제가 쫓겨간 오늘의 한국에서도 여전히 '상호'를 우리말의 본연의 것으로 알고, '호상'은 오히려 서투른 말로 알게 되었다. 일제의 교육을 받고, 일제 시대에 활동하던 사람의 심리는 이렇게 남의 정신을 제 것으로 알고 덮어 쓴 것이 많음을 우리는 맹렬히 반성하지 않으면 안 된다.

말본에 벗어난 말, 바르쟎은 말을 하나 더 들어 보기로 하면 충청도에서 '하나뿐이 없다' '자동차가 두 대뿐이 없다'와 같은 말을 예사로 쓴다. 그 뜻인즉 대중말에서의 '하나밖에 없다' '자동차가 두 대밖에 없다'의 뜻이다.

그러나, 이는 말이 안 된다. 실상인즉, '뿐이'는 '밖에'와 같은 것이 아니라 전연 반대의 뜻임을 깨쳐 알아야 한다. 충청도 사투리 '하나뿐이 없다'의 뜻을 바로 풀이한다면, 하나 이외의 '둘, 셋, 넷……'은 다 있지마는, '하나'만이(=뿐이) 없다는 뜻이다.

그런데, '하나밖에 없다'는 '하나'밖의 '둘, 셋, 넷……'은 다 없고, 오직 있는 것은 '하나'뿐이란 뜻이니 이는 바로 '하나뿐이 없다'와는 정반대의 뜻이 되는 것이다.

충청도 말씨에서는 이러한 정반대의 말을 쓰고서 그것이 제가 나타내고자 하는 뜻의 정반대임조차 깨치지 못하고 있으니 참 딱한 일이 아닐 수 없다. 더구나, 이러한 그릇된 표현이 점점 다른 곳에까지 번져 나가고 있음을 본다. 국민 학교의 교사, 특히 국어 교사들은 무엇을 하고 있는지? 국어 교육의 한심함을 통감하지 않을 수 없다.

다섯째로, 바른말 쓰기는 '바른 말쓰기'로도 볼 수 있으니, 이는 모든 말을 경우에 딱 들어맞게 쓰는 일이다. 어린이는 어린이답게, 어른은 어른답게, 남자는 남자답게, 여자는 여자답게, 부모는 부모답게, 친구는 친구답게, 스승은 스승답게 말함의 맞편과의 관계에

(친척, 장유, 사제……) 따라, 말쓰기(말씨)를 바르게 함에는 말에 대한 풍부한 지식뿐 아니라 예절에 관한 착실한 지식과 실천이 있어야 한다. 아침, 저녁의 인사, 새해의 인사, 길사 흉사(吉事凶事)에 관한 인사, 들들의 경우따른 말씨에 익숙해야 한다.

이러한 일들을 구체적으로 말하자면 많은 연구와 지면이 필요할 것이다. 요컨대 말씨살이(言語生活)를 바르게 하는 일은 교육상 긴요한 교재이며, 또 처세상 더욱 필요한 수양이라 하겠다.

여섯째로, 바른말은 거짓말의 반대의 뜻을 가진다. 본 대로 들은 대로 사실대로 생각한 대로 하는 말이 바른 말이다. 사람의 말은 본래 바른 말이어야만 한다. 바르지 않은 말, 곧 거짓말은 진정한 사람의 말이 아니다. 사람의 말은 원래 바른말이기 때문에 그것은 믿음직한 말, 미더운 말임이 당연하다. 한자에 믿음을 '사람의 말(人言)'로서 글자를 만들어 신(信)으로 하였다. 우리는 말을 할 적에는 언제나 '신'자를 생각해야 한다.

일곱째로, 바른 말은 제 나라 말을 높이고 소중하는 말을 뜻한다. 각 개인은 국민의 한 사람으로서 국민 전체의 명예와 존엄을 손상하는 말을 써서는 안 된다. 제 국민들과의 말함에서 공연히 외국말을 끼워 넣기를 좋아하는 것은 자기와 자국의 문화를 천시하고, 남의 문화와 남을 존중하는 잘못된 노예 심리의 발로이다. 될 수 있는 대로 제 말씨만으로써 제 사상 감정을 발표하는 것이 곧 바른말을 쓰는 독립 국가의 백성들의 말씨 생활인 것이다.

3

고운 말은 어떠한 말을 이름일까?

첫째론, 고운 말은 소리남이 고운 말이다. 갓난이를 달래는 어머니의 말씨는 가장 고운 말의 으뜸이라 할 수 있다.

그 소리는 부드럽고 화하여 듣는 이의 마음에 고운 리듬, 아름다운 느낌을 일으킨다. 건전하고 화락한 가정의 말씨는 대체로 고운 말이라 할 수 있다.

이러한 뜻의 고운 말의 반대는 거칠은 말이다. 소리냄이 너무 과격하고 거칠어서 듣는 이의 마음의 평정을 깨뜨리고 거센 파동을 느끼게 한다.

대체로, 문명한 겨레의 말소리는 곱고, 야만스런 겨레의 말소리는 거칠다. 지방이나 개인에 있어서도 그 열리고 덜 열림을 따라 그 말소리가 같지 아니하다.

보기하면, 서울이나 충청도의 말소리는 경상도, 함경도의 말소리보다 곱고, 교육을 많이 받은 사람의 말은 교육 없는 사람의 그것보다 소리가 곱고 낮다.

큰소리, 거칠은 소리로 떠들어대는 것은 곧 그 말하는 이의 교양의 정도를 보이는 것이다.

둘째로, 고운 말은 그 말의 내용이 순리스럽고 화락한 것이다. 이러한 고운 말은 그 말하는 이의 마음이 평정하여야 하나니, 마음이 곱지 않고는 고운 내용의 말이 나올 수가 없다.

고운 말 쓰기가 필요하다면, 모든 사람들은 먼저 그 마음자리를 곱게 가질 필요가 있다. 평한 고운 마음씨로써 순리스럽고 참된 내용의 말을 함으로 말미암아 듣는 이의 마음에다가 아름다움의 파문을 던질 수가 있는 것이다.

세째로, 고운 말은 상스런 말의 반대말이다. 욕하는 말, 변말, 은어 같은 말들은 결코 고운 말이 될 수 없다.

오늘날 우리 나라의 국민 학교에서 대학에 이르기까지 학생들이 아침에 만나는 길에 던지는 말씨가 심히 곱지 못한 것은 한심스러운 일이 아닐 수 없다.

어떻게 보면, 교육은 고운 말씨를 배우는 것이라고도 할 수 있는 것인데, 우리 학생들은 학교에서 고운 말 쓰기에 힘쓰지 않으니 이는 학교에 다니는 목적과는 반대되는 것이다.

'이 자식', '저 새끼' 같은 말이 예사로 쓰이며, '공갈(거짓말)'과 같은 이상스런 변을 써서, 말씨살이가 날로 황폐해 가는 것은 통탄스런 일이다.

네째로, 고운 말은 같은 내용, 같은 소리, 같은 낱말로서도 그 월쯤(構文)이 부드럽고 아름답게 된 말을 뜻한다. 이것은 그 사람의 표현 기술에 관한 문제이다. 청산유수같이 술술 흘러나오는 말, 백화난만한 병풍을 펼치는 듯한 글은 다 고운 말이다.

문체론에서는 문체는 그 작자의 개성을 따라 혹은 길고 짧으며, 혹은 웅장하고 섬세하며 혹은 억세고 보드라움의 다름이 있다 한다. 그 문체의 다름에 따라 그 맛도 또한 같지 아니하니까, 일률적으로 말하기는 어렵지마는 대체로 짧은 월, 섬세한 월, 부드러운 글이 여기의 고운 말에 맞는 것이라 할 수 있다. 춘원의 글과 청전의 그림은 고움의 빼어난 보기라 하겠다.

끝으로, 고운 말에는 좋지 못한 것을 뜻하는 일이 있음을 우리는 잊어서는 안 된다. 진심의 토로가 아니고, 다만 맞편의 비위에 맞도록 하기만 위주하여 조언광좌 중에서 그를 치켜올리거나, 혹은 은밀

한 가운데 그를 달래어 그 귀를 즐겁게 하기만 위주하는 말은 다 나쁜 뜻에서의 고운 말이다.

이러한 고운 말은 제 마음에도 없는 말을 해서 맞편의 구미를 돋굼으로써 제 이익을 도득함에 그 목적이 있는 것이니, 인격 가치를 존중하는 사람이 차마 할 수도 없고 들을 수도 없는 말이다.

우리는 이러한 사탕발림의 고운 말은 배제하지 않으면 안 된다. 공자는 고운 말과 고운 빛이 어짊하고는 멀다 하였으며, 말의 충신함과 행실의 돈독함으로 처세의 바른 길을 삼았다.

오늘날 세계는 인구의 팽창과 교통의 편리로 인하여 외국인과의 접촉이 자꾸 자꾸 많아 간다.

누구를 대하든지 고운 말 부드러운 말로써 인사를 주고 받음으로써 만나는 사람에게 친절을 나타냄은 매우 필요한 일이다.

천하의 사람이 다 형제라는 인류애에 터잡은 고운 말 쓰기는 국제 생활에도 매우 긴요한 일이다.

끝으로 군대 말씨의 특질과 그 세간에의 영향을 간단히 생각해 보기로 하겠다.

4

1. 군대 말씨는 간단 명확하여 사내다운 명쾌성이 있다. 그래서 이러한 장점은 제대한 뒤에도 그 사람의 말씨에 좋은 영향을 줄 수 있다. 물론 민간의 말씨를 군대처럼 할 것은 아니겠지마는, 그 사람의 사고와 표현을 간명하게 할 것이니 또 그러한 영향을 친지들에게도 미칠 수가 있을 것이다.

2. 군대는 혈기 방장의 청년 남자만의 집단 생활이기 때문에 평상의 말씨에서는 예절을 돌아보지 않을 뿐 아니라 외설한 말씨, 욕설 같은 것이 많이 쓰이는 형편이다.

3. 군대에는 각 지방의 사투리가 많이 섞여 쓰인다. 더구나 그 중에는 국민 학교도 변변히 마치지 못한 이도 없지 않기 때문에 더욱 그 말씨는 대중말 아닌 것이 많다.

4. 군대에서는 웃사람이 아랫사람에게 대하여, 곱지 못한 말을 마구 쓰는 일이 많다. 마구 욕설을 퍼붓는다고 권위가 더 날 리는 만무하겠거늘 실제에는 그러는 일이 많다 한다. 물론 이것은 차차 개선되어야 할 것이라고 생각한다.

웃사람의 거친 말씨에 대해서 아랫사람은 한 마디의 항의도 하지 못하고 그 명령에 복종하기는 하지마는 속으로 심복하는 것이 아니기 때문에, 그 욕설, 그 사투리 같은 것을 숨어서 모르는 가운데에 되풀이 흉보기 때문에 저절로 제 스스로 말버릇이 되고 만다.

우리 나라에서는 모든 국민이 다 일정한 기간 군대에 복무한다. 그래서 전국의 청년들이 다 그 좋은 면보다도 나쁜 면을 더 배워서 제 집으로 돌아오게 된다.

그래서 얼마 동안은 그 얻은 말버릇으로써 남과 교제하게 되기 때문에 모방 심리가 왕성한 십대 청년들에게 좋지 못한 영향을 주는 일이 없지 않을 것으로 생각한다.

-〈해군〉 제157호(1966. 6.)-

세종대왕의 이상과 한글

　동서고금의 역사상에 허다한 제왕 가운데 훌륭한 임금이 적지 아니하지마는 문무 양면으로 훌륭한 업적을 내어 만대로 썩지 아니할 사업을 하신 임금으로는 우리의 세종 임금 같은 이가 드물다고 생각한다. 이것은 우리가 조선사람이기 때문에 세종 임금을 가장 훌륭한 임금이라고 생각하는 게 아니라, 순전한 객관적 입장에서 보더라도 이것은 틀림없는 일이다. 이것은 역사적 사실을 들어서 증명하는 것보다도 간단한 이야기를 하겠다.

　내가 중등학교에 다닐 때 조선총독부 관리로서 학교 교원 하는 사람에게 들은 말이다. 교원이 우리 반에 들어와서 여러 이야기를 하는 중에 말이 우연히 세종대왕에 미치어서,

　『너희들이 조선 세종대왕을 아느냐?』

하고 물었다. 마침 아이들이 모두 덤덤하게 대답을 못하니까,

　『하! 그러냐?』

고 놀라면서 하는 말이,

　『조선 사람이면서 어찌 세종대왕을 모르느냐?』

고 이상한 듯이 말하였다. 그러나 그 사람은 양심이 있기 때문에 그러한 말까지 했지마는, 말을 하고 보니 저희들이 정책적으로 조선

역사를 안 가르치는 것이 생각되어, 스스로 그 말끝을 감추지 못하여 애쓰는 것을 보았다. 이것은 우리의 모든 훌륭한 것을 깎고 없애기에 애쓰는 일본 관리로서도 세종대왕의 거룩함을 인정하지 아니치 못한 것이니, 곧 객관적 입장에서 세종대왕에 대한 평가의 높음의 한 예로 볼 수 있다.

이제 나는 여기에서 세종대왕의 거룩한 업적을 여러 방면으로 들어 풀이할 겨를이 없다. 다만 문화 방면에서 세종대왕의 높으신 이상을 잠깐 생각하고, 세종대왕과 훈민정음이 어떠한 관계가 있느냐 들어 보려 한다.

온 세상이 한문만 알고 다른 것은 도무지 모르는 오백년 전의 조선 사회에서 세종대왕께서는 오백년 앞을 내어다보는 밝으신 통찰력을 가지시었다. 그래서 이 민족의 문화적 특이성과 문화적 사명을 깊이 살피시고, 그 사명을 완전히 수행하려면, 어떠한 연장이 필요한가를 깊이 생각하시었다. 이 민족이 훌륭한 특질을 발휘하고 그 원대한 사명을 이루어 내려면 무엇보다도 먼저 민족 전체가 다 글을 알아서, 자기의 생각하는 바 원하는 바를 자유롭게 발표하여 다스리는 사람과 다스림을 받는 사람들과의 사이가 조금도 막힘이 없이 의사가 자유롭게 소통하여야만 나라 안의 정치가 잘 되어갈 것이라고 생각하시었다.

그런데 조선 말이 지나 말과 다르기 때문에 지나의 글자인 한자를 그대로 써서는 도저히 세종대왕의 이상대로 위ㅅ사람과 아래ㅅ사람들의 의사가 서로 자유롭게 통하지 못하기 때문에, 온전한 한 덩어리가 되어 나라의 다스림이 잘 되어갈 수가 없음이 분명하였다. 그래서 세종대왕은 이상을 실현하려면 반드시 조선 사람 조선 말의 적합한 글자가 없어서는 안 된다고 생각하시었다.

그래서, 철통 같은 한문의 세력 가운데서 온갖 반대와 참소를 물리치고, 갖은 고심과 골똘한 공부로서 전심전력하여, 드디어 훈민정음을 만들어 내시니, 이것이 곧 우리의 한글이었다. 세종대왕께서는 이러한 한글을 만들어 내심으로써 할대로 다하셨다고 만족하지 아니하시고, 이 새 글자 한글을 권위있게 만들고, 세상 사람으로 하여금 배울 필요를 느끼게 만드시고 이것이 각 방면으로 번지어 나가도록 하시고, 또 길이길이 이 글이 보존되기를 꾀하시었다.

오늘날 우리가 가지고 있는 최고의 한글 고전은 거의 다 세종대왕의 밝으신 계획적 조치로 말미암아 끼쳐진 유산이다. 참 생각하면 할수록 고마우신 일이다. 만약 우리의 역사에서 세종대왕이 나시지 아니하고, 따라서 한글이 만들어지지 아니하였더면, 그간에 임진란을 겪고, 병자호란을 겪고, 또 일본 제국주의의 침략을 받아 거의 완전히 그의 종이 되어 버린, 지난 40년간 횡포한 압제를 겪어 온 우리 겨레가 무엇으로 그 민족적 문화를 잇고 이어 오늘날에 새 나라 새 문화를 건설해 나갈 수가 있었을까? 참 생각하면 생각할수록, 세종대왕의 거룩한 유업과 가맣게 높은 혜택은 입으로 다 말할 수가 없다.

한글은 아예 날적부터 한자의 세력을 물리치고, 그와 다루어 낼 운명을 가지고 났으며, 그리고 드디어 한자를 완전히 물리쳐 내고, 자주적으로 조선 말 조선 사상의 표현 기관으로 그 사명을 이룰 날이 왔다. 정치적으로 해방된 조선은 문자적 해방을 얻어 자유스러운 교육으로 말미암아 자유스러운 신문화를 건설할 때가 왔다. 우리 삼천만의 동포가 한 사람도 무식한 사람이 없이 다 글을 알고, 다시 말하면 우리는 오늘로부터 한자의 속박과 무거운 짐을 벗어버리고 한글이 가지고 있는 신령한 기능을 완전히 발휘하여야 한다. 이것이 앞으로 우리에 영광이 오게 하는 것이 되는 동시에, 뒤로서는 세종대왕의 높으신 이상을 보답하는 것이 될 것이라고 생각한다. 다시 말하면, 우리 겨레의 문화 생활에 한자는 안 쓰기로 하고, 한글만을 쓰기로 하는 것이 가장 중대한 의의를 가진 일이라고 생각한다.

한자 사용을 폐지한다 하면 조선 사람은 놀라서 변괴가 난 줄로 생각할 사람도 없지 않겠지마는, 세종대왕의 자손이요, 또 그 끼친 뜻을 이어받은 우리들은 조금만 세종대왕의 큰 이상을 생각한다면, 오늘날에 처한 우리가 단연코 한자쓰기를 그만두고, 한글만으로써 우리 사람의 문화적 생활의 전면을 다 표현하도록 하는 것이 당연한 의무요, 최고의 영광이요, 최대의 행복이라고 생각된다.

다시 외치노니
한자 쓰기를 그만두자.
한글만을 쓰기로 하자.
조선 말 조선 글로써 새 문화를 건설하자. 그리하여, 대중 생활의 전반적 향상을 도모하며,
국가의 원대한 발전을 꾀하자.
(한글날 기념 강연회의 강연 원고)

-〈한글〉11권 1호(1946)-

순 우리말 말본 용어의 발달의 경위

구 한국 끝 무렵, 곧 20세기 첫머리에, 우리 국어 운동의 선구자 주 시경 스승이 처음으로 우리말을 연구하여, 독특한 말본 체계를 세울새, 우리말의 본은 우리말로서 풀이하여야 한다는 대원칙을 세우고, 이를 굳게 잡아 실천하였다. 이는 다만 말본에 한한 것이 아니요, 모든 경우에 언제나 순 우리말을 사용함으로써 우리말의 발달을 이루며, 그 발달된 우리말로써 겨레의 문화를 높이며, 겨레의 정신을 북돋우며, 겨레의 생활을 향상시키고자 함에 그 주지가 있었다. 직접 간접으로 주 시경 스승의 가르침을 받은 청년들이 스승의 이상을 본받아, 일제의 악독한 식민지 교육, 동화정책, 배달말 말살 방침에 대항하여, 우리 말글의 연구, 정리, 보존 및 보급에 충성을 다하다가, 왜경에 검거되어, 그 무법한 고문달초와 지독한 기한, 고통 속에서 목숨까지 빼앗긴 동지들도 있었다.

말본에 관하여 보건대, 주 스승이 돌아가신 뒤에는, 김 두봉, 이 규영, 권 덕규, 신 명균 들이 중등 학교에서 말본을 가르쳤고, 1926년부터 는 연희 전문 학교에서 국사와 함께 우리 말본을 가르치고, 최 현배의 지음 1934년의 《중등 조선 말본》과 1935년의 《우리 말본》은 나라 안은 물론, 북간도, 봉천 등 만주 벌판에까지 널리 퍼지어, 국어 애호, 겨레 정신의 배양에 많은 공헌을 하였다.(《중동 조선 말본》 초판이 3개월이 못 되어 다 떨어짐을 보고, 당시 인쇄계는 깜짝 놀랐으며, 전쟁 말기까지 《우리 말본》이 각처에서 요구됨을 본 나의 어느 친구는 민족정신이 살았으니, 독립이 가능하다고 기뻐하였다)

일제 말기에, 조선어 학회의 회원이 근 20여 년간 고심 편찬한 《큰 사전》 원고와 함께 옥중에 갇힌 바 됨에 미치어, 겨레의 정신은 더욱 심각하게 만인의 가슴에 서리게 되었다. 8·15해방으로 사람과 사전 원고가 살아 나게 되고, 광복된 대한 민국의 문교부는 「말본 술어 제정 위원회」를 조직하여, 한자말 용어와 순 우리말 술어를 제정하여 얼마 동안은 그 병용을 허하였으니, 이것이 곧 오늘날 학교에서 사용하고 있는 두 가지 말본 갈말이다. 이 문교부 제정 순 우리말 말본 용어는 어느 개인의 안을 답습한 것도 아니요, 위원들의 토의로써 혹은 종래의 것을 채용하고, 혹은 새로이 제정한 것인데, 그것은 다만 우리 말본에만 한하지 않고, 널리 서양 말본의 용어에까지 미치었다. 순 우리말 용어가 널리 퍼짐을 보고, 1957년에 한글 학회가 정식으로 이를 채용하여, 널리 행하고 있음은 앞에 말한 바와 같다.

5·16 혁명 후 정부는 민족 정신의 발양, 한글 전용의 전반 시행을 꾀하고 있는 이 마당에 즈음하여, 의외에도, 한글 동지로 된 국어 국문학회가 앞든 바와 같은 결의로써 순 우리말 말본 용어 채용의 옳지 못함을 떠드니, 이는 일제 36년간 고난의 항쟁과 피로써 쌓아 올린 겨레 문화의 공탑을 무너뜨리려는 것이라고 밖에 볼 수 없다. 이 도대체 무슨 심사인가? 더구나, 그네들의 주장이 이치에도 닿지 않음이 많고, 또 제 스스로가 주장하는 순수한 우리말 애호의 정신에도 모순되는 바 적지 않다. 국어 국문 운동의 도상에서 이런 분열

공작을 본 우리는 새 나라의 문화적 발전을 위하여 슬퍼하지 아니
할 수 없다.

-〈고희 기념 논문집〉-

영어의 "She"는 "그미"로

　배달말에서는 본래 대이름씨에서 남·녀 성을 구별하는 일이 없다. 그런데, 근래에 서양의 표현 방식을 좇아, 대이름씨에 남·녀 성을 구별하고자 하는 말씨 심리의 요구가 생겨서, 셋째가리킴〔三人稱〕 단수의 여성, 곧 영어에서 "She"라는 말을 어떻게 나타내어야 할까 하는 것이 당면의 문제가 되어 있다.

　일본말에도 우리말과 마찬가지로 본래 대이름씨에 성별이 없었는데, 종래로 써오는 "가레"〔彼〕로써 "He"에 맞대고 보니 "She"에 맞댈 만한 말이 없어서 고민한 끝에 드디어 "彼女"〔가노죠〕로써 대중을 삼았다. 그러나, 이 "가노죠"란 말은 그 됨됨이가 잘 되었다 하기 어렵다. "가노"는 순 일어이고, "죠"는 "女" 자의 일어 음인데 한자말 (美女, 小女, 女子, …) 이외에는 따로 쓰이지 않는 것이오, 따라 그 위에다가 매김씨(가노, 고노, 소노)를 더하여 쓰는 일은 아예 없는 것이다. 그렇건마는 "She"에 맞댈 말이 하도 없으니까, 하다 못해 그만 "가노죠"로써 새 말을 삼은 것이다. 이러한 말만들기〔造語〕는 매우 졸렬한 것이지마는 그네들은 쓰기가 바빠서 자꾸 써버릇함으로 말미암아, 이내 그만 굳어진 일본말의 한 낱말이 된 셈이다. 그러나, 최근에 나온 일어 사전에서도 아직 "カノジヨ"를 한 올림말로 삼지 않

고 있으니, 이는 아직도 그 나라 국어학자들의 떳떳한 인정을 받지 못하고 있는 것이라 하겠다.

현재 우리 문단의 한국사람들은 영어를 배우기 전에 일어를 배웠다. 이제 영어 "She"를 배우고 또 그러한 표현을 배달말로써도 하고는 싶은데, 그에 알맞은 낱말이 없어, 아쉬움을 통감하게 되었다. 우리 문단의 개척자 춘원은 다만 "그 여자"를 썼을 뿐이라고 나는 생각한다. 하여튼 근자에 "She"를 "그녀"로 뒤치는 일이 우리 문인들 사이에 행하기 시작하였다. 누구가 이 말을 쓰기 비롯했는지 알지 못하지마는, 그 말 만드는 솜씨가 매우 졸렬한 일본의 억지 새말 "가노죠"를 흉내낸 것임이 틀림없다.

그런데, "그녀"는 일어의 서투른 새말 "가노죠"를 그대로 흉내 낸 것이기는 하지마는, 그 됨됨이는 일어의 그것보다 더 불합리하다. 일어 "가노죠"의 "죠"는 위에 말한 바와 같이 다만 다른 한자와 합하여 이룬 겹씨 한자말에 쓰이기는 하나 그 발음인즉 언제나 [죠]로 일정하여 동요하는 일이 없으니, "가노죠"의 읽기는 발음상 불합리가 별로 없다. 그러나 우리의 "그녀"는 우리말의 발음법으로 보아서는 마땅히 "그여"라 하여야 할 것이다. 왜냐하면 "女" 자의 음은 매김씨 "그" 의 밑에서는 낱말의 첫소리로서와 같이 [여]로 나기 때문이다. 이를테면 "년(年)"이 "萬年, 多年"에서는 [년]으로 나지마는, "年數, 年長"에서와 "그 年輩, 이 年內"에서는 [연]으로 남과 같다.

요컨대, "女"(녀)는 단독으로 쓰이는 일이 도무지 없는 것인즉, 그것이 매김씨 아래에 붙을 리가 만무한 것인데, 다만 일본사람들의 가장 졸렬한 솜씨에서 나온 "カノ女"(가노죠)를 그대로 흉내내어서 "She"를 "그녀"로 한다는 것은 너무도 창의력이 없는 흉내에 지나지 않는 것으로, 더구나 이 말이 우리 나라 예술가·문학인 사회에 유행

하기 비롯한다는 것은 일종의 수치감을 억제하기 어려운 바가 있다. 더구나 이 사대주의적 모방 심리에서 만들어진 새말 "그녀"가 그 됨됨이에서 불합리할 뿐 아니라, 그 사용에서도 기막힌 결점이 있다. 보기로 "그녀가, 그녀를, …"의 경우에는 소리로서는 괜찮지만 "그녀는"에 이르러서는 그 발음이 "그 년은"과 똑같아 뜻밖에 욕설이 되니, 제 누이·형수·어머니·숙모… 를 가리켜 "그 년은"으로 말하게 되는 셈이니, 이런 '문학적' 표현 이 어디 있을까 보냐?

그 일에 라디오 연극 〈옹고집전〉에서 진짜 옹고집과 가짜 옹고집을 분간하기 위해, 늙은 여종을 사랑방으로 내보낸 사연을 방송 하고 이어 "그녀는 사랑 앞문으로 바로 보지 않고 뒷문으로 들여다보았다."고 하였다. 이 경우에 [그녀는]은 과연 '그 여자'인지 '그 년은'인지, 정말로 구별할 길이 없다. 그 앞 사설에 "늙은 여종"이라고만 하였으니 "그 년은"으로 한 것 같지 않기도 하지마는, 또 "종년"이란 아주 붙은 문자가 있음을 생각한다면 그것은 "그 년은"으로 한 것으로 보아도 당연하다고 생각하기도 한다.

하여튼, 이러한 결함까지를 몰각하고, 다만 일인(日本人)의 졸렬한 솜씨에 의뢰하여, 이를 감히 반성없이 마구 사용하여 사회에 내편다는 것은, 우리말의 독자성을 이해하고 창의력이 풍부한, 진정한 문학인의 할 짓이 못 된다고 나는 생각한다.

그러면 영어의 "She"를 우리말로 무엇이라고 뒤치면 좋을까? 나는 종래에 "그씨", "그분"으로 뒤치자고 제안한 일이 있었다. 그것은 "씨"는 여자에 특히 존대하는 뜻이 있으며, 또 "분"은 남·녀 에 두루 쓰이기는 하지마는, 또 여자의 이름에 특히 쓰이는 말(잇분이, 분이, …)이기 때문이란 까닭에서였었다. 그러나 이제 나는 새로이 제안하노니, "She"는 "그미"로 하자 하는 바이다. 그 까닭 은 "미"는 여자를 가리키는 말임에 있다.

우리 배달말에서 남성은 "비", 여성은 "미"로 함이 그 말만들기의 예스런 통칙이다. 보기로

남성 : 아비, 오라비, 할아비, 아재비
여성: 어미, 할어미 / 할미, 아지미 / 아제미

에서와 같다. 다시 한 걸음 더 나아가 생각하건대, 남성은 /ㅂ(p)/ 으로, 여성은 /ㅁ(m)/ 으로 함은 세계 각종 말씨에서의 공통적 사실이라 할 만하다. 보기로

⑴ 중국 말씨

아비: 부(父)

어미: 모(母)

⑵ 인도-유럽 말겨레에 딸린 말씨들

말씨:	고트	산스크릿	옛그리시아	라틴	옛슬라브
아비:	fadar	pitar	patĕr	pater	−
어미:	modher	matar	mĕtĕr	mater	mati

말씨:	프랑스	도이취	영국
아비:	père/papa	vater/papa	father/papa
어미:	mire/maman	mutter/mame	mother/mamma

⑶ 우랄 알타이 말겨레에 딸린 말씨들

말씨:	핀란드	터키	만주

아비: isä	baba	마바(祖父)/아마
어미: äiti	ana/anne	마마(祖母)/어녀

말씨: 배달	일본
아비: 아비/아빠	지지
어미: 어미/엄마	하하/마마

이상을 통관하면, 인도-유럽 말겨레에서는 "아비"는 모조리 /p (f)/ 소리가, "어미"는 모조리 /m/ 소리가 공통요, 중국 말겨레에서도 그러하며, 우랄 알타이 말겨레에서는 좀 다르기는 하나 역시 '아비' 줄에 /b/ 또는 /p/를, '어미' 줄에 /m/를 가려 볼 수가 있다. 다만 일본말에서는 /p/와 /m/가 함께 어미 줄에 있음은 예외이다. 곧, 옛말에서는 ハ줄의 발음은 /pa/ 줄이었으니, "ハハ"(母)는 곧 /papa/이었다. 일본말에서도 어미를 "마마"라 함만은 공통의 /m/이다.

이제 세계 각 국어에서 어미는 /m/, 아비는 /p/ 소리가 공통되는 것의 소종래를 생각해 보면, /ㅁ/와 /ㅂ/가 한가지로 입술소리인데, 어린애들이 처음으로 말을 배울 적에 입술소리가 가장 소리 내기가 쉽고, 또 같은 입술소리이면서, /ㅁ/는 부드러워서 여성인 어미를 나타내기에 적합하고 /ㅂ/는 터짐소리로서 세찬 맛이 있어 남성인 아비를 나타내기에 적합함을 세계 원시인들이 이를 자연히 느꼈던 것이라 하겠다.

다시 돌아와 가까운 일본말을 살펴보면 역시 /ㅁ/ 소리가 여성을 나타냄에 많이 쓰이고 있음을 알겠다. 보기,

女/妻 = 메, 姫 = 히메, 妹 = 이모, 女子 = 오미나, 主婦 = 가미,

오가미, 雌牝 = 메/ 멘, 娶 = 메도루(女取), 女子 = 메노고, 妻弟 = 메노오도, 乳母 = 메노도, 女神 = 메노가미, 女奴 = 메노약고, 女兒 = 메노와라베, 雌 = 메스, 암탉 = 멘도리, 암나사 = 메네지

이렇게도 많이 /ㅁ/ 소리 특히 "메"로써 여성을 나타내는 말이 많다. 역사적으로 본다면, 이 "메"도 다른 여러 낱말들과 마찬가지로 배달 나라에서 건너간 말인 것이다.

배달말에서는 여자는 "미", 남자는 "비"임이 그 밑이다. "미"는 '어미'를 뜻하는 것인데, 여기에 다시 여성스런(어두운) 홀소리 /ㅓ/ 를 더하여 "어미"가 되고, "비"는 근본부터 '아비'를 뜻하는 것인 데, 여기에 다시 남성스런(밝은) 홀소리 /ㅏ/를 더하여 "아비"가 된 것이다. 그러므로, "아비, 어미"가 아이 말에서는 '아비〔父〕, 어미 〔母〕'를 뜻하지마는, 예사의 어른말에서는 반드시 '아비, 어미'를 뜻하는 것이오, 일반으로 '남자, 여자'를 가리키는 것이었음을 깨칠 수가 있다. 보기하면, "지아비"〔夫〕가 '제 부친'을 뜻하지 않고 '제 남자' 곧 남편을 뜻하며, "지어미"〔婦〕가 '제 모친'을 뜻하지 않고 '제 여자' 곧 여편·아내를 뜻함에서와 같다. 이 밖에도

홀아비〔獨男子, 鰥夫〕, 홀어미〔獨女子, 寡婦〕, 할아비〔有配夫〕, 한어미〔有配女〕, 술어미〔賣酒女, 酒母〕, 술아비〔酒夫〕, 거칠아비 〔居漆夫〕, 싸 울아비〔武士, 武夫〕, 정의아비, 정아비, 헛개비, 허 숭아비, 허수아 비, 허시아비, 헤아비, 헤우아비, 허재비, 허사비, 허아비〔案山子〕, 꼬라비〔最後者, 꼴찌〕, 중신아비〔媒夫, 媒婆〕

에서 그 본뜻, 곧 "아비"는 '남자'를, "어미"는 '여자'를 뜻함을 볼 수 있다.

이상을 요약하면, "미"는 우리말에서 여자를 뜻한다. 그러므로 "그 여자"를 하나의 대이름씨로 쓰려면(사용하려면), "그미"로 함 이 좋겠다는 것이다. 다시 말하면 사람 대이름씨 셋째가리킴의 여성, 곧 영어의 "She"를 우리말로써는 "그미"로 뒤치자 하는 주장이다. 나는 이 문제를 항상 잊지 않고 연구하기 무릇 수십 년에 이 최종적 단안을 내린 것이다. 나는 우리말의 독자적인 순당한 발달을 염원하는 마음에서 사회 문학인 여러분의 찬동을 바라 마지 아니한다.

편자 주: 이 글은, 지난 본지 제98호(1963년 2월호)에 "하나의 시안"이란 표제 아래 실었던 것을 재수록한 것이다.

-〈현대문학〉(1965. 3.)-

우리 글을 바로잡아 씨자

아무리 좋은 금강석이라도 갈지 아니하고 흙 속에 묻어둘 것 같으면 그 찬란한 광채를 번쩍거리지 못하며, 아무리 훌륭한 용마(龍馬)라도 단련하지 아니하고 외양간에만 매어 둘 것 같으면 그 날랜 치빙(馳騁)을 날리지 못한다. 금강석으로써 그 고유한 빛을 늘리지 못하며 양마(良馬)로써 그 고유한 능력을 날비치지 못함은 확실히 한한사(恨事)이다. 그는 대저 자기 고유의 미질 양능(美質良能)을 발휘하려 함은 천지간 만물의 본연의 요구이라고 볼 수가 있는 때문이다. 그러나 그는 오히려 우리 사람에게는 그다지 놀라운 한사일 것은 없다. 우리 사람은 금강석과 용마가 없을지라도 이용 후생(厚生)에 하등의 큰 장애를 느끼지 아니할 것이기 때문이다. 우리 사람에게 대하여서 가장 통사(痛事)로 느끼일 것은 금강석의 빛깔이 없음보다 식도의 녹슮이오, 용마의 매어 지냄보다 문자의 등기(等棄)됨이다. 식도가 이롭지 못하면 신체를 기르기에 좋지 못하며, 문자가 이용되지 못함이다. 더구나 완전한 문자로써 그 완전한 능력을 거의 등기(等棄)의 부운(否運)을 당하고, 따라 그 문자의 소유주까지가 생존 경쟁장에서 홀로 낙오자가 되고 만다 하면 이는 참 그 완미(完美)한 문자의 본래의 위대한 사명으로 보아 크게 애석할 바이며, 더구나 그 완미한 문자의 소유주로의 위대한 사명으로 보아 크게 통탄할 바이라 아니할 수가 없다.

이제 우리 겨레의 한글은 문자로의 세계적 우월을 완비하고, 따라 인류적 사명을 본구(本具)하고 위대한 세종 대왕의 예지와 성의(聖意)로 말미암아 아침 해같이 그 웅자(雄姿)를 나타낸 지가 이제 4백 80년이 되도록 여태껏 농무(濃霧)와 사운(邪雲)의 속에 싸이어서 완전히 그 훌륭한 본질을 날비치지 못하고 그 거룩한 사명을 이루지 못하고, 다만 병든 주인의 이용력 없음을 장탄(長嘆)할 뿐이다가 필경에는 그 병든 주인이 회춘 선약(回春仙藥)을 알고 있으면서 능히 그것을 쓸 줄을 모르기 때문에 그만 아까운 생명의 최후를 이룬 것을 볼 적에 그인들 얼마나 안타까와 하였으랴. 아아, 우리는 너무도 우리의 보배인 한글을 푸대접하였구나! 아아, 우리는 너무도 저 거룩하신 세종 대왕을 잊어버렸구나! 만약 사후의 영혼이 있다 할진대, 지하의 세종 대왕께서 이 백성의 우명(愚冥)함을 얼마나 민연(悶然)히 여기셨으리오. 가만히 생각하면 안타까움과 부끄럼을 금치 못하겠도다.

모든 유형의 부와 세간(世間)의 권(權)이 남김없이 남의 손으로 들어가 버렸을 적에 비로소 등기하여 두었던 무형의 재(財)와 정신의 이기를 써 보려는 때늦은 깨침이 우리 겨레의 맘에 일어나기 시작하였다.

그리하여 우리 겨레의 유일한 재산과 이기(利器)로 한글(우리 글)이 출생 이래 최대의 역능(力能)을 발휘하고 있다. 정말이지 오늘의 우리에게 이 한글이 없었던들 우리의 민중이 어떻게도 무능한 영사(永死)를 이루고 말았겠나 생각하면 생각할수록 한글의 위력-세종 대왕의 성은을 충심으로 감사치 아니치 못하겠도다. 장래에 우리 민족적 문화가 세계적으로 그 영능(靈能)을 발휘할 적에, 우리는 세종 대왕 및 그 보필 현신(輔弼賢臣)의 거룩한 문화적 공탑(功塔)을 인류 문화의 정상에 세워야 할 것이다. 병인(丙寅)이란 지나간 1년이 훈민정음을 반포한 지 제8회 주갑으로, 우리 민족의 뇌정(腦精)을 충자(衝刺)하며 심간(心肝)을 명인(銘印)함이 극히 간절하였다. 그리하여 「가갸날」의 소리가 삼천리 강산 골골 샅샅이 여향(餘響)을 일으켜서 전대 미문의 사자 부생적(死者復生的) 환희와 경하를 이루었다. 사람 사람의 맘에는 깊은 감명과 새로운 활기가 동하기 시작하였다. 그리하여 새 경륜(徑輪)이 여기 저기에서 일어나기 시작하였다. 훨씬 더 세종 대왕의 본의로 돌아가서 훨씬 더 한글의 미질(美質)을 공탁(攻琢)하며, 훨씬 더 한글의 영능(靈能)을 발휘하자 하는 소리 없는 소리가 인심의 속속에서 힘차게 흐름을 본다. 우리는 여기에서도 우리 조선 민족의 갱생이 맹동(萌動)함을 분명히 본다. 「살려는 뜻」이 있는 데에 삶이 있음을 믿는 우리는 이제 이 문자적 갱생을 영원한 의미에서 기뻐하지 아니할 수가 없도다.

작년의 병인(丙寅)을 가장 의미 깊게 영송하여 전실(前失)을 뉘우치는 동시에, 오는 공을 거두고자 굳은 결심과 착실한 준비를 이룬 〈조선일보〉가 민중 교화의 본위를 한 걸음 더 착실히 하고자 정유 벽두(丁卯劈頭)에 펄펄한 새 기운으로써 「한글란」을 신설하게 되었음을 들었다. 이는 실로 나의 한글을 사랑하는 맘에서 나온 신문에 대한 숙원의 성취라. 졸문(拙文)이나마 붙여서 축의(祝意)와 사정(謝情)을 표하는 동시에 「우리 글을 바로잡아 씨자」 하는 의론을 온 조선 사람에게 드리고자 한다.

우리 글을 바로잡아 씨자 하는 이유가 무엇인가. 자래(自來)로 우리 조선 사람의 한글에 대한 일반적 태도가 너무도 괴악(怪惡)하여 다른 나라의 글인 한문에 대하여는 극단의 존경으로써 엄정히 그 오서(誤書)를 바루면서도, 자국 문자인 한글에 대하여는 극단의 멸시로써 조금도 그것을 바로 씨려 하는 노력을 아니하였다. 그리하여 사람마다 적는 글이 서로 달라서 조금도 통일이 없어서 읽기에 막대한 불편이 있었다. 이리하여서는 아무리 훌륭한 본질을 가진 한글인들 어찌 그 위대한 사명을 완전히 수행할 수가 있으리오. 민족적 자각이 심각한 오늘에 처한 우리로서는 무엇보다도 먼저 이것을 바로잡아야 할 것이다.

1. 속칭 아래 아를 전폐하자

「·」는 세속에서 「아래 아」라고 하여 「ㅏ」와 같은 발음으로 쓰지 마는 그실인즉 그렇지 아니하다. 이는 우리 선생님 주 시경(周時經) 님의 연구로 말미암아 그 본음(本音)이 「ㅣㅡ」의 합음(合音)인 것이 증명되었다. 원래 「·」는 우리 말을 적기보다도 오히려 한자음(漢字音)을 적기에 필요한 소리인 모양인데(물론 ·로써 우리 말을 적은 것이 예전부터 있기는 하지마는), 점점 그 본음을 전연히 잊어버리고 「ㅏ」로 소리내나니, 설령 그 본음이 따로 있다 할지라도 지금에는 아무 구별이 없은즉, 「·」는 아주 없애는 것이 옳다. 어떤 사람들은 한자음에만 「·」를 존용(存用)하자 하지마는 그것도 우리는 찬성할 수가 없다. 「ㅏ」와 조금도 구별할 줄을 모르는 「·」를 다만 고전적 용법에 의하여 한자음에 쓴다 한들 무슨 소용이 있나. 우리는 우리 말 가운데에 쓰이는 한자음을 전연히 표음적(表音的)으로 기용(記用)하여야 할 것이다. 그리하여 「父子」를 부자, 「兒孩」를 아해로 적기를 주장한다.

2. 이른바 「된시옷」이란 것을 없애고 그 대신에 짝소리를 쓰자

ㄴㅅㅺㅼㅽㅾ의 첫소리를 없애고 그 대신에 ㄲㄸㅃㅆㅉ을 쓰자. 이것은 훈민정음의 기법(記法)과 일치할 뿐 아니라, 음리(音理)에도 적합한 때문이다. 훈민정음에 ㄱㄷㅂㅅㅈㅎ은 합용하려거든 나란히 쓰라(竝書)고 하였으며, 용비어천가(龍飛御天歌) 기타 당시의 서책에 반드시 ㄲㄸㅃㅆㅉㆅ으로 쓰고 결코 ㅺㅼㅽㅾ의 짝소리는 근래에 도무지 쓰이지 아니함으로 쓰지 아니하였다. 그러면 어찌하여서 「된시옷」이란 것이 생기었느냐 하면, 한자의 기법(記法)에 동일한 자를 중용(重用)할 적에 제 2위의 자를 간기(簡記)하기 위하여 「〱」로 적는 것이 있는데, 이것을 우리 글 기법에 응용하여서 원 단음(原單音)의 좌견(左肩)에 「〱」를 부한 것이 그 형이 「ㅅ」과 같으므로 그 된시옷이란 이름이 생긴 것이라고 생각한다. 어찌 우습지 아니한가. 우리는 단연히 이것을 폐지하자.

어떤 사람은 말하기를, 너의 말이 옳기는 하다마는 기왕 그리 씨는 것이 관습을 이루었으며, 또 간편하니까 그대로 존용하는 것이 무방하지 아니하냐고 한다. 그러나 우리는 이 말에도 찬동할 수가 없다. 왜 그러냐 하면, 그것이 결코 간편하지도 아니할 뿐 아니라, 음리(音理)와 고법(古法)에 위반되며, 따라 학습에 불리하며, 또 후일 가로글씨가 실용되는 경우에는 혼란이 생기어서 도저히 인용(認用)할 수가 없는 때문이다. 그런즉 우리는 이제부터 첫소리와 받침소리에 다같이 ㄲㄸㅃㅆㅉㆅ을 쓰자.

3. ㄱㄴㅅㆁ와 한 가지 ㄷㅈㅊㅋㅌㅍㅎ도 받침소리로 쓰자

그 까닭은 이러하다.

첫째, 훈민정음에 자음(子音)을 모두 초성(初聲)으로 설명하고, 다음에 다시 종성(終聲)엔 부용초성(復用初聲)이라 하였으니, 이는 어느 자음이든지 다 한가지로 초성과 종성으로 쓰라 함이요, 어떤 자음은 종성 곧 받침으로 쓰지 말라고 제한한 것은 결코 없다. 그러므로 그 당시의 책을 보면 모든 자음을 다 받침으로 쓴 것을 본다. 그런데 중종 때의 최 세진(崔世珍)이라는 사람이 《훈몽자회(訓蒙字會)》라는 책을 지을 적에 초성에 독용(獨用)하는 여덟 자(字)라 하여 ㅈㅊㅋㅌㅍㅎㅿㆁ을 열거함으로부터 받침으로 쓰이는 자음과 받침으로 쓰이지 아니하는 자음의 구별이 생기게 되었다. 그 중에도 ㄷ은 내내 받침소리로 쓰이어 오다가 머짢은 과거에 와서 자연히 폐지된 것이다.

둘째, 위에 말한 변천이 선변 양화(善變良化)가 아니라 점점 불합리로 타락한 것이다. 그리하여 ㅈㅊㅋㅌㅍㅎ들을 받침소리로 쓰지 아니하기 때문에 말을 적는 법이 조금도 정돈이 없으니 통일이 없어 자꾸 혼란의 구렁으로 떨어져 버리었다. 이를테면,

(1) 조타, 조코, 조치, 조하, 조흔

(2) 밧다, 밧고, 밧지, 바다, 바든

에서 어느 것이 말의 몸이며, 어느 것이 말의 토인지 아무 구별이 없이 혼란한 상태에 있어 한가지의 뜻이 「타」「다」로 변하며. 또 「코」와 「고」, 「치 」와 「지」, 「하」와 「다」, 「흔」과 「돈」으로 변용(變用)되어 조금도 일정한 어의(語意)에 일정한 어형(語形)을 갖추지 못하였다. 이는 ㅈㅊㅋㅌㅍㅎ들은 받침으로 아니 쓰기 때문에 따라 어법을 정

해(正解)하지 못한 때문이다. 만약 이제 이것을

　(1) 좋다, 좋고, 좋지, 좋아, 좋은

　(2) 받다, 받고, 받지, 받아, 받은

으로 바로잡아 쓸 것 같으면 「좋」와 「받」은 관념어(觀念語)가 되고
「다, 고, 지, 아」들은 토말이 되어서 정제(整齊)한 형식과 법칙으로
운용이 자재(自在)하며, 따라 이해가 편의하여 독서 능률상 막대한
이익을 주게 된다.

4. 표준어를 사정(査定)하자

　글은 말을 적는 것인즉 글을 바로 적으려면 먼저 말부터 바로잡아
서 일정한 표준을 사정(査定)하여 항상 일정한 형식으로 표기하여야
한다. 가령,

　(1) 밧, 밭, 밫(田)을 밭으로

　(2) 꽃, 꼳, 꽂(花)을 꽃으로

　(3) 아침, 아츰, 아참(朝)을 아침으로

일정하게 하자는 것과, 만약 그것이 옳다 하면 같은 것들이다.

　그러나 이 표준어를 제정하는 것은 그리 단순하지 아니하여 여러
가지의 조건이 요구된다. 그 말의 역사와 쓰이는 범위와 아속(雅俗)
과 타어(他語)와의 관계들을 고찰하여야 한다. 그러므로 우리 말의
전반의 표준어를 사정(査定)하는 것은 그리 용이한 일이 아니다. 그
러나 우리는 일상의 글 쓰기에 늘 이 방면에 주의하기를 게을리 해
서는 안 된다.

5. 낱말(單語)을 한 덩이로 쓰자

우리가 글을 읽을 때는 그 소리를 읽는 것이 아니라 그 뜻을 읽는 것이다. 소리란 것은 다만 그 뜻을 담는 그릇에 지나지 아니하는 것이다. 우리에게 소중한 것은 뜻 곧 사상(思想)이지 소리는 아니다(단, 詩같은 것에는 소리도 뜻과 한가지의 무게를 가지는 일이 많지마는). 그러한즉 우리의 쓰는 글은 소리가 한 단위가 될 것이 아니라, 생각(思想)이 한 단위가 될 것이다. 즉 글월의 성분은 낱말(單語)일 것이다. 그러므로 우리가 글 읽을 적의 심리를 해부하여 보면, 첫째 우리의 시관(視官)에 인상이 되는 것은 낱낱의 낱말이오, 다음에 우리의 두뇌에 이해되는 것은 그 낱말과 낱말과의 관련이다. 그리하여 나중에 우리의 뇌리에 기억으로 남아 있게 되는 것은 혹은 낱말의 자형(字形)이니 이는 기계적 암송에 속한 자이오, 혹은 낱말의 관련이니 이는 속성적(速成的) 기억에 속한 자이오, 혹은 실사실물(實事實物)의 논리적 배열이니 이는 가장 견실한 기억에 속한 자이라 할 수가 있다. 그러므로 글월에 중요한 것은 낱말이오 소리가 아니며, 낱말 가운데서도 가장 중요한 것은 생각말(觀念語)이니, 토말(助辭)은 독서 능률상 기억 심리상 항상 유력한 요소를 이루지 못하고, 다만 생각말과 생각말의 관계를 보이어 논리적 연결을 쉽게 할 따름이다.

그러한데 이제 우리 글의 적는 법은 어떠한가? 이 이치에 맞지 아니하여 독서 능률상 기억 심리상 손실이 막대하다.

우리 글 낱말을 한 덩이로 씨지 아니하고 낱내(音節)를 한 덩이로 씬다. 그런 때문에 우리가 글을 읽을 적에는 반드시 그 낱낱의 낱내를 여러 가지로 어떻게라도 서로 이어서 낱말을 만들어야 한다. 가령 여기에 네 낱내가 있다 하면, 그것을 서로 읽어서 말을 만들려면

○, ○○○ ○○, ○○

○○○, ○ ○○○○

○, ○, ○○ ○○, ○, ○

○, ○○, ○ ○, ○, ○ ○

과 같이 여덟 번이나 고쳐 읽어 보아야 한다. 만약 낱내 소리가 하나가 붙어서 다섯만 된다 하면 몇 번이나 고쳐 읽어 보아야 하는고 하니, 놀라지 마라 열 여덟 번이나 된다(한 번 시험해 보십시오). 그러고 보니 만약 이대로만 간다면 한 줄의 글을 읽는 데에 몇 번이나 고쳐 보아야 하겠다. 물론 우리는 이 불편한 가운데에서 누차의 경험과 단련을 쌓았을 뿐 아니라, 또 원래 우리 조선말을 한 단어의 낱내 수가 적어서 대개는 세 낱내 이내이오, 너댓 낱내 이상 되는 것이 썩 적은 때문에 꼭 앞에 말한 비례로는 아니 간다. 그렇지마는 좌우간 불편이 많은 것은 사실이다. 우리가 우리 글을 읽을 적에 반드시 속으로라도 일변(一邊)은 소리를 내어 읽고 일변은 그것을 조합(組合)하여 의미 있는 단어로 만들기 때문에, 흔히 읽는 당자보다 방청자가 더 이해를 잘 하는 기이한 현상을 정(呈)하는 수가 있다. 이리하여 우리 글은 글이 아니고 마치 집·다리들이 구성될 가능성을 가진 교육 완구 적목(積木)과 같다. 독자에게 매항(每恒) 그 조성을 요구하니, 이것이 우리가 우리 글을 자랑하면서 기실은 우리 글 읽기를 꺼리고 귀찮아해 하는 것은 이 때문이다. 우리는 이 점을 깊이 유의해야 하니, 그리하여 위에 말함과 같이 고치자 이렇게 함에는 횡서가 가장 적당하지마는 종서:縱書)로서도 그리 고칠 수가 있는 것이다. 만약 다른 여러 가지 사정이 갑작스런 개혁을 불허함이 있거든, 관념어와 조사(助辭)를 하나씩만 붙여서 한 덩이로 씨기로 하여야 할 것이다.

-〈조선일보〉(1927. 1. 6.)-

우리 한글의 世界(세계) 文子上(문자상) 地位(지위)

　사람이란 生物(생물)이 이 땅덩이우에 생겨난 지가 이제로부터 몇 해 前(전)이나 되는지 꼭히는 알 수가 업는 것이다. 오늘의 生物學者(생물학자)의 말에 依(의)할 것 같으면 적어도 四五十萬年(사오십만년) 前(전)이라 한다. 그런데 地球上(지구상) 여러 動物(동물)中(중)에서도 우리사람이 가장 優越(우월)한 地位(지위)를 占(점)하야 萬物(만물)을 支配(지배)하며 地上(지상)에 主人公(주인공) 노릇을 하는 것은 사람의 智慧(지혜)가 가장 많고 높은 程度(정도)로 發達(발달)하여온 때문이다. 사람은 다른 動物(동물)이 能(능)히 形成(형성)치 못하는 말이란 것을 만들었으며 다시 나아가 말의 缺點(결점)을 집기 위하야 글이란 것을 만들었다. 이 두가지의 手段(수단)을 써서 自由(자유)로 相互間(상호간)의 意思(의사)를 疏通(소통)하며 感情(감정)을 融和(융화)하야왔다. 그로 말미암아 知識(지식)과 智慧(지혜)가 작고 늘어서 드듸여 오늘과 같은 끔직한 靈貴(영귀)한 지위(地位)를 占有(점유)하게 된 것이다. 내가 여기에서 말하고자 하는 글이란 것이 우리 人類生活(인류생활)에 對(대)하여 얼마나 重大(중대)한 意義(의의)를 가지고 있는가가 過去歷史的(과거역사적)으로 보나 現在實際的(현재실제적)으로 보나 또 將來理想的(장래이상적)으로 보나 明白(명백)히 認識(인

식)될 것이다. 그러면 世界 十六七億(세계 십육칠억)이나 되는 사람의
過去不知其數(과거부지기수)의 祖先(조선)이 四五十萬年(사오십만년)
이란 長久(장구)한 歲月(세월)을 費(비)하여 그 智慧(지혜)주머니를 짜
내어서 만들어낸 글人자가 얼마나 되는고하면 二百五十餘種(이백오
십여종)이라 한다. 이 二百五十餘種(이백오십여종)의 人間生活(인간생
활)의 靈貴(영귀)한 産物(산물)! 文字(문자)가온데에 우리 한글(正音,
諺文, 本文)은 어떠한 地位(지위)를 가지고 있는가? 이것이 우리가 한
번 생각해 보며 알아볼만한 興味(흥미)있는 問題(문제)일 것이다.

첫재 文字(문자)의 內容上(내용상)으로 觀察(관찰)하여 보자. 世界
(세계)의 文字(문자)는 內容上(내용상)으로 여러 階段(계단)으로 發達
(발달)하여온 것인데 우리 한글은 文字發達史上(문자발달사상) 最高
階段(최고계단)에 屬(속)한 것이다.

文字(문자)의 發達(발달)은 大略(대략) 담의 四段(사단)이 있다.

一(일), 맺음글(結繩文字). 例(예), 北米土人(북미토인)의 貝殼(패각)
　　　같은 것.

二(이), 그림글(繪畵文字). 例(예), 北米土人(북미토인), 其他未開種
　　　族(기타 미개종족)의 사이에 行(행)하는 文書(문서)의 用(용)
　　　을하는 그림.

三(삼), 뜻글(意義文字). 支那(지나), 埃及(애급)의 象形文字(상형문
　　　자)의 原始的(원시적)의 것.

四(사), 소리글(表音文字). 이에는 담의 三小段(삼소단)이 있다.

　　　1 一字一語(일자 일어)의 것. 漢字中(한자 중)에 諧聲文字(해
　　　　성문자)같은 것.

　　　2 一字一音節(일자 일음절)의 것. 日本假名文字(일본 가명문

자)같은 것.

3 一字一音(일자 일음)의 것. 로마字(자) 한글같은 것.

　世界(세계) 어대에서든지 文字(문자)란 것은 반듯이 우의 階段(계단)을 밟아 發達(발달)하는 것은 안이지마는 內容上(내용상)으로는 반듯이 우와 같은 階段(계단)이 있는 것은 分明(분명)하다. 그런데 우리 한글은 소리글가온대서도 가장 進步(진보)된 階段(계단)에 屬(속)한 것이다.

　둘재 製作上(제작상)으로 보건대 世界(세계)의 大多數(대다수)의 文字(문자)는 自然的(자연적)으로 發達(발달)하여온 것임에 對(대)하여 우리 한글은 一時的(일시적)으로 創造(창조)된 것이다. 이 一時的 製作(일시적 제작)임은 그리 놀라운 자랑은 될 것이 안이다. 그러나 一時的 製作(일시적 제작)이 가장 學術的組織(학술적 조직)과 豊富(풍부)한 소리와 整齊(정제)한 形式(형식)을 具備(구비)한 것은 世界(세계)에 冠(관)할 것이다.

　셋재 本意上(본의상)으로 보건대 世界文字(세계 문자)는 本來(본래) 特權階段(특권계단)의 所有(소유)이었다. 文字(문자)는 그들의 智識(지식)을 秘藏(비장)하고 支配欲(지배욕)을 滿足(만족)시킬 使命(사명)을 가젓슬 뿐이었다. 그러다가 時代(시대)의 進步(진보)와 民衆(민중)의 覺醒(각성)으로 因(인)하야 文字(문자)의 使命(사명)이 局限(국한)된 特權階級(특권계급)에서 解放(해방)된 것이다. 그런데 우리 한글은 애초부터 民衆(민중)의 敎化(교화) 民生(민생)의 福利(복리) 民意(민의)의 暢達(창달)을 使命(사명)을 삼고 誕生(탄생)된 것이다. 이는 訓民正音(훈민정음)의 劈頭(벽두)에 世宗大王(세종대왕)께서 明白(명백)히 宣布(선포)하신 바이다.

넷재 書式上(서식상)으로 보건대 世界文字(세계 문자)의 書式(서식)은 大略(대략) 縱書(종서)와 橫書(횡서)의 두가지로 난흘 수가 있다. 그런데 縱書文字(종서 문자)는 蒙古(몽고), 滿洲(만주), 支那(지나), 日本(일본), 朝鮮等極少數(조선 등 극소수)에 지나지 못하고 그 밖의 모든 文字(문자)가 다 橫書(횡서)이다. 縱書(종서)에도 滿洲(만주), 蒙古文字(몽고문자)모양으로 왼쪽에서 옳은쪽으로 써오는 것도 있고 漢文(한문), 假名(가명)모양으로 옳은쪽에서 왼쪽으로 써가는 것도 있다. 橫書(횡서)에도 아라비아文字(문자) 모양으로 옳은쪽에서 왼쪽으로 써가는 것도 있고 로마文字(문자) 모양으로 왼쪽에서 옳은쪽으로 써오는것도 있다.

우리 한글은 방금 세로글씨(縱書)의 옳은쪽에서 왼쪽으로 써가는것이다. 그러나 한글은 가로글씨(橫書)로 變化(변화)할 性能(성능)을 亦具(역구)하였다. 이것이 우리글이 저 漢文(한문), 日文等縱書(일문 등 종서)와는 다른 優越(우월)한 點(점)이다. 이 時代(시대)를 딸아 變化應用(변화응용)의 自在性(자재성)이 저 民衆敎化(민중교화)의 大使命(대사명)을 가지고 난 우리 한글의 相應(상응)한 特性(특성)이다. 내가 우리글의 가로쓰기를 主唱(주창)하고 그 書體(서체)를 硏究(연구)함은 이 한글의 重大(중대)한 義意(의의)를 完遂(완수)하게 하기 爲(위)함이다.

以上(이상)에 아조 簡單(간단)히 말한 바에 依(의)하야 우리 한글이 世界文字上(세계문자상)에 어떠한 特異性(특이성)과 優越点(우월점)을 가지고 잇는가가 밝아질 줄로 생각한다. 卽 世界文字(즉 세계문자)의 發達史的階段(발달사적 계단)으로나, 學術的組織的(학술적 조직적)으로나 民衆敎化(민중교화)의 使命(사명)으로나 縱橫書變化自

在性(종횡서변화 자재성)으로나 넉々(넉)이 우리글은 世界的(세계적)으로 完全(완전)한 文字(문자)이다. 이렇듯 훌륭한 글을 가진 우리 겨레는 훌륭한 理想(이상)과 훌륭한 努力(노력)으로써 이 文字(문자)의 主人(주인)됨에 붓그럽지 아니하도록 하여야 할것이다.

-〈한글〉1권 1호(동)(1927)-

우리말과 글에 對(대)하야
우리글의 가로씨기

이 글은 今番(금번) 京都(경도) 留學生(유학생) 夏期(하기) 巡廻(순회) 講座(강좌)에서 내가 講義(강의)한 것을 그대로 整理(정리)한 것이외다

나는 이째까지 스스로 지은 글을 남에게 보아 달라고 박아닌 일이 한 번도 업섯습니다 그러나 이 글의 問題(문제)는 넘어도 우리 조선사람의 全體(전체)에 對(대)하야 緊切(긴절)하고 重大(중대)한 問題(문제)이라 한 사람이 홀로 이럿타 저럿타고만 하여서는 到底(도저)히 解決(해결)될 것이 아니요 또 여러분의 發表(발표)를 勸(권)하심도 잇기로 그 內容(내용)은 비록 完備(완비)치 못하나마 스스로 마지 못하는 責任(책임)의 感(감)과 義務(의무)의 心(심)으로서 敢(감)히 이를 新聞紙上(신문지상)에 發表(발표)하노니 우리 民族(민족)의 將來(장래)를 위하야 그 幸福(행복)과 繁榮(번영)을 圖(도)코자 思慮(사려)와 努力(노력)을 앗기지 아니하시는 同志(동지) 여러분은 이를 읽어보시고 高明(고명)한 批評(비평)과 協同(협동)의 努力(노력)을 하여 주시기를 간절히 바라나이다

第一章(제일장) 우리말과 글의 過去(과거)

第一節(제일절) 우리말과 글의 由來(유래)

(一(일)) **우리말의 由來(유래)**   大抵(대저) 우리 사람이 말을 하기 비롯한 적이 얼마 前(전)부터나 될싸 이것이 우리가 한 번 싱각할 問題(문제)이외다 그러한대 이제 우리가 禽獸(금수)의 사이에도 저이씨리 싱각을 表示(표시)하는 一種(일종) 사람의 말과 갓흔 것이 잇슴을 보면 우리 사람이 저 下等動物(하등동물)에서 사람으로 進化(진화)한 그때부터 말이란 것을 쓰게 되엇슬 줄로 압니다 이제 生物學上(생물학상)의 說(설)에 依(의)하건대 우리 사람이 첨 下等動物(하등동물)로부터 사람에까지 進化(진화)를 일운 지가 적어도 二十五萬年(이십오만년) 前(전)이라 합니다 그러면 우리 사람이 말을 하기 始作(시작)한 것도 적어도 二十五萬年(이십오만년) 前(전)부텀이라 할 수가 잇습니다 딸아 五千年(오천년) 有史(유사) 以前(이전)부터 말이란 것이 사람의 사이에 쓰히게 되엇음이 分明(분명)하외다 그러므로 우리 朝鮮民族(조선민족)이 이 조선말을 하기 始作(시작)한 것도 決(결)코 有史(유사) 以後(이후)가 아니라 有史(유사) 以前(이전) 即(즉) 檀君(단군)씌서 檀木下(단목하)에 降臨(강림)하사 우리 歷史(역사)의 첫 페이지를 始作(시작)한 以前(이전)에 잇엇음이 쏘한 分明(분명)한 事實(사실)일 것이외다 곳 우리 民族(민족)이 白頭山(백두산)을 가온대에 두고 南北(남북)으로 퍼저 살기를 始作(시작)한 그째부터 우리말—長久(장구)한 歲月(세월)의 흐름을 쌀아 多少(다소)의 變遷(변천)은 잇섯겟지요마는 오늘 우리가 쓰는 이 우리말을 쓰게 되엇을 것이외다

그러한 즉 우리 民族(민족)이 싱긴 以後(이후)로 우리의 祖先(조선) 幾萬億人(기만억인)이 다 이 말속에서 자러나서 이 말속에서 살다가

이 말을 그 담 代(대)의 子孫(자손)에게 傳(전)하시고 이 말속에서 돌아갓습니다 現今(현금)의 우리는 곳 이 말을 밧아 이서 이를 말하면서 살며 이를 말하야 뒤에 傳(전)하고자 亦是(역시) 이 말속에서 사는 사람이외다 더욱 잘 살기를 바라는 사람들이외다 우리 過去(과거)의 祖先(조선)과 現在(현재)의 우리가 다 첫 울음소리를 질러 白頭山下(백두산하)의 空氣(공기)에 긔운찬 音波(음파)를 일으킨 뒤로부터 우리는 時々刻々(시시각각)으로 이 말의 사랑 속에서 자러낫습니다 어머니의 짜뜻한 품속에서 단젓을 맛나게 쌜면서 어머니의 사랑이 가득이 넘치는 보들업은 말소리에 깃붐의 웃슴을 웃섯스며 열 살 남즉한 누의님의 등에 업히어서 억지부리노라고 쌕치고 울다가도 누의님의 짜뜻한 자장노래가온대에 우리는 그만 수-ㄹ수-ㄹ 잠들엇스며 꼿밧에서 나비를 쫏츠면서 놀 적에 나비를 더불고도 이 말을 하였스며 동모들과 대말놀이하면서 놀 적에도 이 말이요, 아버지와 스승님의 가르키심도 이 말로 밧앗습니다 사랑에도 이 말이요 깃붐에도 이 말이요 슬품에도 이 말이요 설음에도 이 말이외다 이 어찌 過去(과거)의 일이고 말뿐이겟슴니가 現在(현재)가 이러하며 將來(장래)가 또 하눌쌍과 함께 變(변)함 업시 이러할 것이외다 우리가 이 말에 對(대)하야 깁고 깁흔 사랑의 情(정)을 늣기며 아울러 이 말의 發達(발달)에 對(대)하야 크고 큰 責任(책임)의 感(감)을 품는 것이 어찌 偶然(우연)한 일이라 하리오 그러나 이 말과 우리의 關係(관계)는 넘어나 親密(친밀)한지라 우리가 空氣(공기)가 사람의 生活(생활)에 莫緊(막긴)한 關係(관계)가 잇슴을 意識(의식)치 못하고 지남이 잇슴과 갓치 우리말이 우리 朝鮮民族(조선민족)의 生活(생활)에 얼마나 깁흔 關係(관계)를 가젓는가를 或(혹)은 짐작함이 업시 지나는 일도 잇겟지요마는 한 번 外國(외국)에 가아서 積年(적년)동안을 제 나라의 말을 하지 못하고 지나는 境遇(경우)에 處(처)할 것 갓호면 비로소 우리말과 우리맘의 關係(관계)가 어쩌케나 깁흔 것을 깨닷게 될 것이외다 나는 이러한 經驗(경험)을 多少(다소) 격은 일이 잇섯습니다 오래동안 한 번도 우리말을 쓰지 못하고 지나니짜 마치 무엇이 胸中(흉중)에 거득하게 滯(체)한 듯하야 답답하고 갓급한 맘씨가 됩데다 나는 이 經驗(경험)을 因(인)하야 이러한 말을 합니다 「오래동안 제나라의 말을 하지 못하고 지나면 밥이 잘 삭지 아니한다」고 넘어 過(과)한 듯한 말이지요마는 確實(확실)한 眞理(진리)를 가진 말인 줄로 스스로 밋나이다

그러면 우리말은 어쩌한 말인가 이를 말갈(言語學(언어학))로써 極(극)히 簡單(간단)히 說明(설명)하겟습니다

世界(세계)의 말을 그 分布(분포)를 짤아서 區別(구별)한 種類(종류) 中(중)에 우랄알타이語族(어족)이란 것이 잇나니 이는 우랄山脈(산맥)과 알타이山脈(산맥)의 사이에 잇는 말이외다 이 말의 重要(중요)한 것은 土耳其(토이기), 蒙古(몽고), 滿洲(만주), 朝鮮(조선), 日本(일본)의 말이올시다 그러한대 이 語族(어족)은 言語學(언어학)에서 이른바 썰어지는 말에 붓는 것이외다 大抵(대저) 言語學(언어학)에서 世界(세계)의 말을 그 文法上(문법상) 形態(형태)를 짤아 세 가지로 分類(분류)하나니 썰어지는 말 붓는 말 굽어지는 말이외다

一(일), 썰어지는 말 孤立語(고립어)란 것은 그 말의 自身(자신)에는 아모 變化(변화)가 업고 文法上(문법상) 여러가지의 關係(관계)는 다만 單語(단어)의 位置(위치)를 變更(변경)하야 들어내는 말을 이름이니 支那語(지나어)·安南語(안남어)·暹羅語(섬라어) 가튼 것들이 이 種類(종류)에 붓는 말이외다 假令(가령) 漢語(한어)에 人食虎(인식호)와

虎食人(호식인)이 그 글자에는 아모 變化(변화)가 없스되 다만 人虎 (인호)의 位置(위치)가 다름으로 하야 그 主客(주객)이 딴판으로 다르 게 된 것이외다

二(이), 붓는말(添加語(첨가어))란 것은 그 自身(자신)에는 아모 變 化(변화)가 업스되 文法上(문법상)의 여러가지의 關係(관계)를 表(표) 함에는 그것에 다른말—토라는 것이 붓는 말을 이름이니 우리말 土 耳其(토이기)말 蒙古(몽고)말 滿洲(만주)말 日本(일본)말 가튼 것이 이 에 붓나이다 假令(가령)「사람 범 먹엇다」라 하면 사람이 범을 먹엇 는지 범이 사람을 먹엇는지 도모지 그 關係(관계)를 알 수 업지마는 한 번 토를 더하야「사람이 범을 먹엇다」고 하면 그 關係(관계)가 쪽 〻하야집니다

그리하야 位置(위치)는 變(변)하지 아니하드라도 그 부치는 토만 박굴 것 갓흐면 그 關係(관계)도 變(변)하야짐니다 假令(가령),「사람 을 범이 먹엇다」라 함과 갓흡니다

三(삼), 굽어지는말(屈曲語(굴곡어))란 것은 그 말 自身(자신)이 變 化(변화)하야 여러가지의 文法上(문법상) 關係(관계)를 表(표)하는 말 을 이름이니 獨逸(독일)말 英語(영어) 佛語(불어) 갓흔 것이외다 假令 (가령) 英語(영어)의 I는 반듯이 文法上(문법상)의 主格(주격)을 MY는 반듯이 所有格(소유격)을 表(표)함과 갓흔 것이외다

이 區別(구별)은 勿論(물론) 大體(대체)의 區別(구별)이라 어느 나라 말이든지 絶對的(절대적)로 한 가지에만 專屬(전속)하는 것은 아니로 되 大綱(대강)는 반듯이 이 한 가지에 붓는 것이외다 우리말이 붓는 말에 붓는것임을 알아두는 것이 말법을 硏究(연구)하는대에 必要(필 요)합니다

(二(이)) 우리글의 由來(유래)　　　　英國(영국)의 言語學子(언어학자) 쓰위-트氏(씨)의 말에 依(의)하면 우리사람이 글을 쓰기 비롯한 지가 約(약) 五千年(오천년) 前(전)라 합니다 이제 다른 나라의 글에 對(대)하야는 말할 必要(필요)가 업지요마는 大體(대체) 우리 朝鮮(조선)에서는 언제부터 글이 始作(시작)되엿는지? 이것이 우리의 한 번 研究(연구)하여 볼 만한 問題(문제)이외다 그런대 東方朔(동방삭) 神異經(신이경)에 이러한 말이 잇습니다

> 皇帝過靑邱(황제과청구) 遇紫府先生(우자부선생) 受三皇內史文(수삼황내사문)

이 靑邱(청구)는 곳 朝鮮(조선)이요 黃帝(황제)는 支那帝國(지나제국) 統一(통일)의 祖(조)이니 支那(지나)의 文字(문자)를 創作(창작)하얏다는 蒼頡(창힐)은 곳 黃帝(황제)째의 臣下(신하)이라(勿論(물론) 이 前(전)에 伏羲氏(복희씨)가 書契(서계)를 지엇다는 말도 잇지요마는) 그러면 今日(금일) 漢文(한문)의 起源(기원)이 우리 朝鮮(조선)의 上古文字(상고문자)와 무슨 關係(관계)가 잇섯는지도 알 수가 업습니다 또 史書(사서)에 依(의)하건대 檀君時代(단군시대)에 神誌(신지)라는 이가 書契(서계)를 마타보는대 靑石(청석)을 東海濱(동해빈)에 캐엇다 합니다 이러한 記錄(기록)으로서 보건대 檀君時節(단군시절)에 이미 우리 民族(민족)이 글을 쓰게 되얏는지 알 수가 업습니다 오늘 이 자리에서 여러분이 이 말을 들으시고 或(혹)는 疑心(의심)하실는지 모르겟습니다 萬若(만약) 여러분이 疑心(의심)를 일으켯다 하면 저는 이 자리에서 그 確證(확증)을 들어서 이를 밝혀 들이지는 못하겟습니다 다만 여러분 스스로가 한 번 우리의 古代史(고대사)를 研究(연구)하

야 보시기를 바람니다 疑問(의문)이란 것은 實(실)로 貴重(귀중)한 것이외다 人類(인류)의 文化(문화) 進步(진보)란 것은 도모지 이 疑問(의문)에서 나오는 것이외다 우리 朝鮮(조선)사람은 오히려 疑問(의문)을 일이키는 일이 적은가 하야 걱정합니다 그러나 여기에 다만 注意(주의)할 것은 여러분이 우리의 太古史(태고사)에 對(대)하야는 疑問(의문)를 품으면서도 支那(지나)의 太古史(태고사)에 對(대)하야는 이를 조금도 疑心(의심)업시 밋는다 하면 이는 理致(이치)에 마지 아니한 일인 줄로 아나이다 勿論(물론) 世界(세계)의 어느 나라 할 것 업시 그 太古史(태고사)는 다 一種(일종)의 神話(신화)이올시다 이를 記錄(기록)한 것은 比較的(비교적) 뒤의 일이외다 우리나라에서는 여러가지 事情(사정)을 因(인하)야 古代(고대)의 記錄(기록)이 한아도 온전히 傳(전)하는 것이 업술 쓴더러 余(여)는 歷史專門家(역사전문가)가 아니니싸 仔細(자세)한 考古的(고고적) 智識(지식)은 업습니다 우에 말한 것은 다만 歷史家(역사가)의 硏究(연구)를 엇어들은 대로만 紹介(소개)할 짜름이외다

쏘 그 담에 우리글로서는 여러분이 다 아시는 바와 가치 吏讀(이두)(吏道(이도))라는 것이외다 이는 新羅(신라) 神文王(신문왕) 十二年(십이년)(西紀(서기) 六九二年(육구이년) 距今(거금) 二六一三年(이육일삼년) 前(전))에 薛聰(설총)이란 이가 지은 것이외다 大體(대체)로 말하면 意義文字(의의문자)인 漢字(한자)를 빌어다가 우리 조선말의 소리를 적는 聲音文字(성음문자)로 變用(변용)한 것이외다 그런대 或(혹)은 그 字音(자음)을 쓰고 或(혹)는 그 字訓(자훈)을 쓴 것이외다 假令(가령) 漢字音(한자음)을 쓴 것

羅(나) 乙(을) 果(과) 尼(니) 面(면) 厓(애) 伊(이) 里(리) 時(시) 矣(의)

漢字訓(한자훈)을 쓴 것

爲(위)(하) 飛(비)(날) 是(시)(이) 白(백)(살) 向(향)(안) 事(사)(일)

그런대 漢字(한자)는 그 劃(획)이 넘어 만아서 쓰기에 不便(불편)한 째문에 그 劃(획)를 덜어버리고 略體(약체)의 吏讀(이두)가 싱겨낫슴니다 곳

漢字音(한자음)를 쓰는 것

弋(익)(代의 傍) 丁(면)(面의 上半) 口(구)(古의 下半) 罗(라)(羅의 略字)

夕(석)(多의 半) 又(우)(奴의 傍) ㄱ(야)(也의 上半) 匕(비)(尼의 下半)

漢字訓(한자훈)를 쓴 것

飞(비)(飛의 上半)、ソ(爲의 上半) ㇇(불)(是의 下半)

과 갓흔 것이외다 이 吏讀(이두)는 甲午更張(갑오경장)째까지는 官廳(관청)의 公用文(공용문)에 漢字(한자)와 석거 쓰히엇스며 또 漢文(한문)의 토로 만히 쓰히엇스되 그다지 큰 勢力(세력)을 가지지 못하얏스며 딸아 發達(발달)도 되지 못하얏스나 이것이 日本(일본)에 건너가서 그 곳에서 오늘째지 큰 所用(소용)이 되고 잇습니다 今日(금일) 日本(일본)의 假名文字(가나문자)가 新羅(신라) 吏讀(이두)를 배화 어든 것이라 함은 余(여) 獨斷(독단)이 아니라 日本語(일본어)와 朝鮮語(조선어)를 專門(전문)으로 硏究(연구)하는 金澤庄三郎氏(금택장삼랑씨)는 實例(실례)를 들어서 이를 證明(증명)하얏습니다 그러나 여기에는 넘어 複雜(복잡)한 故(고)로 이것은 말하지 아니함니다 그런대 여기에 또 한 가지의 疑問(의문)이 일어납니다 다름이 아니외다 三國史記(삼국사기)에 薛聰(설총)이 方言(방언)으로써 九經(구경)을 解釋(해석)하얏다는 記事(기사)가 잇습니다 或(혹)는 갈아대 九經(구경)을 解釋(해석)하얏다 함은 곳 漢文(한문)에 토달기를 始作(시작)한 것이라 하니 그럿타면 모르거니와 萬若(만약) 그럿치 아니하고 九經(구

경)의 뜻을 우리말로 解釋(해석)하얏다 하면 이 吏讀(이두)로서 果然
(과연) 넉넉이 우리말의 소리를 다 적어닐 수가 잇섯슬가? 或(혹)은
다른 文學(문학)의 製作(제작)이 잇서 그것으로 解釋(해석)하얏는지?
그리하야 그것이 訓民正音(훈민정음)의 基礎(기초)가 되얏는지? 이것
도 도모지 史錄(사록)이 업스니짜 다만 疑問(의문)으로 想像(상상)할
짜름이올시다

그 담에 우리가 方今(방금) 쓰는 한글(諺文(언문)) 이라는 것이올
시다 이는 朝鮮(조선) 第四世(제사세) 世宗大王(세종대왕)끠서 成三
問(성삼문) 鄭麟趾(정인지) 申叔舟(신숙주) 崔恒(최항) 等(등) 諸臣(제
신)을 命(명)하사 助力(조력)케 하시고 二十五年(이십오년) (西紀(서기)
一四四三年(일사사삼년) 距今(거금) 四八〇年(사팔〇년) 前(전))에 지
으시사 二十八年(이십팔년)에 中外(중외)에 頒布(반포)하신 것이외다
이 글을 오늘은 우리가 諺文(언문) 或(혹)은 反切(반절)이라고 부르
지마는 이는 다 後世(후세)의 自侮自卑(자모자비)한 名稱(명칭)이외
다 世宗大王(세종대왕)쌔서 頒布(반포)하신 이름은 「訓民正音(훈민정
음)」이라 하얏습니다 이제 그 全文(전문)을 담에 적나이다

國之語音(국지어음) 異乎中國(이호중국) 與其文字(여기문자) 不相
通故(불상통고) 愚生等有所欲言(우생등유소욕언) 而(이) 欲不得
伸其情者多矣(신기정자다의) 余爲此憫然(여위차민연) 新制
二十八字(신제이십팔자) 欲使人人(욕사인인) 易習(이습) 便於日用耳
(편어일용이)

ㄱ(牙音(아음)) 如君(여군)(군)字初發聲(자초발성) 並書如蝌(병서여
과)(과)字初發聲(자초발성)

ㅋ(牙音(아음)) 如快(여쾌)(쾌)字初發聲(자초발성)

ㆁ(牙音(아음)) 如業(여업)(업)字初發聲(자초발성)

ㄷ(舌音(설음)) 如斗(여두)(두)字初發聲(자초발성) 並書如覃(병서여담)(담)字初發聲(자초발성)

ㅌ(舌音(설음)) 如呑(여탄)(탄)字初發聲(자초발성)

ㄴ(舌音(설음)) 如那(여나)(나)字初發聲(자초발성)

ㅂ(脣音(순음)) 如彆(여별)(별)字初發聲(자초발성) 並書如步(병서여보)(보)字初發聲(자초발성)

ㅍ(脣音(순음)) 如漂(여표)(표)字初發聲(자초발성)

ㅁ(脣音(순음)) 如彌(여미)(미)字初發聲(자초발성)

ㅈ(齒音(치음)) 如卽(여즉)(즉)字初發聲(자초발성) 並書如慈(병서여자)(자)字初發聲(자초발성)

ㅊ(齒音(치음)) 如侵(여침)(침)字初發聲(자초발성)

ㅅ(齒音(치음)) 如戌(여술)(술)字初發聲(자초발성) 並書如邪(병서여사)(샤)字初發聲(자초발성)

ㆆ(喉音(후음)) 如挹(여읍)(읍)字初發聲(자초발성)

ㅎ(喉音(후음)) 如虛(여허)(허)字初發聲(자초발성) 並書如洪(병서여홍)(홍)字初發聲(자초발성)

ㅇ(喉音(후음)) 如欲(여욕)(욕)字初發聲(자초발성)

ㄹ(半舌音(반설음)) 如閭(여려)(려)字初發聲(자초발성)

ㅿ(半齒音(반치음)) 如穰(여양)(양)字初發聲(자초발성)

· 如呑(여탄)(툰)字中聲(자중성)

ㅡ 如卽(여즉)(즉)字中聲(자중성)

ㅣ 如侵(여침)(침)字中聲(자중성)

ㅗ 如洪(여홍)(홍)字中聲(자중성)

ㅏ 迫覃(여담)(담)字中聲(자중성)

ㅜ 如君(여군)(군)字中聲(자중성)

ㅓ 如業(여업)(업)字中聲(자중성)

ㅛ 如欲(여욕)(욕)字中聲(자중성)

ㅑ 如穰(여양)(양)字中聲(자중성)

ㅠ 如戌(여술)(술)字中聲(자중성)

ㅕ 如彆(여별)(별)字中聲(자중성)

終聲復用初聲(종성부용초성), 『ㅇ』連書脣音之下(연서순음지하), 則
爲脣輕音(칙위순경음), 初聲合用則並書(초성합용칙병서), 終聲同
(종성동). 『·ㅡㅗㅜㅛㅠ』附書初聲之下(부서초성지하). 『ㅣㅏㅓㅑㅕ』
附書於右(부서어우), 几字必合而成音左加一點則去聲(궤자필합이
성음좌가일점즉거성), 二則上聲(이칙상성), 無則平聲(무즉평성), 入
聲加點同而促急(입성가점동이촉급).

이 正音(정음)의 뜻과 根源(근원)에 對(대)한 說明(설명)은 到底(도
저)히 時間(시간)이 許諾(허락)치 아니하는 때문에 여기에는 그만 둡
니다. 全文(전문)을 仔細(자세)히 읽어보시기를 바라나이다

世宗(세종)끠서는 李朝(이조) 五百年(오백년) 歷朝(역조)의 가장 밝
으신 英主(영주)이시라 朝鮮(조선)는 實(실)로 世宗朝(세종조)가 그 全
盛時代(전성시대)이엇습니다 다만 글을 지으신 일쁜이 아니라 百般
(백반)의 文物制度(문물제도)가 燦然(찬연)한 光輝(광휘)를 發(발)하게
되엇슴은 歷史(역사)를 보시는 이에게는 더도 말할 것 업는 明白(명
백)한 事實(사실)이외다 여기에는 다른 治績(치적)에 對(대)하야 말할
겨를이 없슴으로 다만 本問題(본문제)에 關(관)한 이 訓民正音(훈민
정음)을 지어내신 높고 멀며 밝고 어지신 大王(대왕)의 뜻을 알고자

正音(정음)의 緒言(서언)을 詳細(상세)히 맛보건대 그 簡單(간단)한 말 가온대에 만흔 眞理(진리)와 聖德(성덕)을 알 수가 잇슴니다

첫재 나라말의 다름을 딸아 그 나라에 適當(적당)한 글자가 잇서 야 할 것을 말하섯스며

둘재 漢文(한문)이 우리 國民文化(국민문화)에 障碍(장애)가 되며 聖君(성군)의 治世(치세)에 利器(이기)가 되지 못함을 간절히 道破(도 파)하섯스며

셋재 余以此爲憫然(여이차위민연)이란 句(구)는 實(실)로 聖君(성군) 이 後來萬世(후래만세)의 朝鮮民族(조선민족)의 幸福(행복)과 繁榮(번 영)을 爲(위)하사 發(발)하신 大慈悲(대자비)의 말슴이외다

넷재 새로 지으신 글자는 참 音理(음리)에 맛즐 쑌아니라 簡單(간 단)한 글자 겨우 二十八(이십팔)로서 어느 말을 적지 못할 것이 업도 록 되엇슴니다 오늘날 만흔 世界文字(세계문자)를 모아노코 견주여 볼지라도 決(결)코 우리글의 우에 나올 글이 업슴니다

이쑌만 아니라 大王(대왕)의 用意(용의)하심은 참 周到(주도)하신지 라 첫재 漢文(한문)을 尊尚(존상)하든 當時(당시)에 이 새로 지은글 에 威權(위권)을 주기 爲(위)하야 龍飛御天歌(용비어천가)를 지으시 사 임군의 祖先(조선)의 聖德(성덕)을 讚頌(찬송)함에도 넉ヽ(넉)이 이 글로서 할 수 잇슴을 보이시고 둘재는 圓覺(원각) 華嚴(화엄) 般若(반 약) 釋譜(석보) 其他(기타) 여러가지의 佛經(불경)을 이 글로 翻譯(번 역)하시와 玄妙(현묘)한 宗敎(종교)의 理致(이치)도 이 글로서 넉넉이 써닐 수 잇슴을 보이시며 아울러 이 글이 民間(민간)에 普及(보급)되 기를 힘쏜 것이외다 오늘 西洋(서양)사람들이 예수敎(교)의 聖經(성 경)을 조선말로 翻譯(번역)한 것은 宗敎(종교)의 傳播(전파)가 그 主眼 (주안)이어니와―비록 그 結果(결과)는 우리의 말과 글의 普及(보급)

에도 큰 影響(영향)을 주엇지마는—世宗(세종)께서 佛經(불경)을 譯出(역출)한 것은 우리글을 퍼지움이 그 主眼(주안)이엇습니다 이뿐아니라 世宗(세종)씌서는 儒敎(유교)의 三綱行實錄(삼강행실록)과 五倫行實錄(오륜행실록)을 翻譯(번역)하여 내엇습니다 아—참 聖君(성군)이 아니시면 어찌 能(능)히 이가치 하실 수 잇스리까 半千年(반천년) 後(후) 子孫(자손)된 우리는 感謝(감사)의 衷情(충정)을 表(표)하지 아니하리오 眞實(진실)로 오늘 우리 朝鮮民族(조선민족)이 가젓다고 할 만한 것이 다만 이 글 하나뿐이외다 朝鮮民族(조선민족)의 唯一(유일)의 財産(재산)이요 자랑인 이 글을 지어 주신 大王(대왕)의 聖德(성덕)을 어찌 讚美(찬미)치 아니하리까 여러분—싱각하야 보십시오 感謝(감사)의 情(정)을 表(표)하자면 우리가 맛당히 어쩟케 하여야만 되겟는가를—우리의 祖先(조선)들은 果然(과연) 이 聖德(성덕)을 본바다서 萬分(만분)의 一(일)이라도 聖恩(성은)에 答(답)함이 잇섯는가 나는 이제 恨嘆(한탄)의 눈물로서 過去(과거)의 우리 民族(민족)의 이 보배롭은 한글에 對(대)한 態度(태도)가 果然(과연) 어쩌하얏는가를 말하고자 하나이다

第二節(제이절) 우리말과 글에 對(대)한 過去(과거) 우리 祖先(조선)의 態度(태도)

(一(일)) 우리말에 對(대)한 態度(태도)   우리 民族(민족)이 우리 조선말을 하기 비롯한 以後(이후) 約(약) 二千年(이천년) 間(간)은 우리 말은 實(실)로 우리 民族(민족) 意思(의사) 發表(발표)의 唯一(유일)의 手段(수단)이라 쌀아 우리말은 純潔(순결)하게 發達(발달)되여 그 온전한 갑을 다하얏나이다 사람의 姓(성)과 이름을 우리말로써 불넛슴은 말할 것도 업거니와 나라나 쌍이나 벼슬의 이름을 다 우리말

로서 불넛습니다 이제 그 一例(일례)를 들건대

나라이름 　배달, 馬韓(마한), 徐羅伐(서라벌), 高句麗(고구려), 百濟
　　　　　　　(백제)

짱이름 　　慰禮(위례), 屈阿火(굴아화)(蔚山) 居知火(거지화)(彦陽),
　　　　　　推火(추화)(密陽), 達句火(달구화)(大邱), 斯同火(사동화)
　　　　　　(仁同), 比目火(비목화)(昌寧), 彌鄒忽(미추홀)(仁川), 海
　　　　　　末忽(해미홀)(海州), 冬忽(동홀)(黃州)

벼슬이름 　伊伐湌(이벌찬)(伊罰干) 伊尺湌(이척찬)(伊首干), 迎湌(영
　　　　　　찬), 波珍湌(파진찬)(破彌干) 大阿湌阿湌(대아찬아찬)(阿
　　　　　　尺干) 一吉湌(일길찬)(乙吉湌) 沙湌(사찬)(沙咄干) 級伐湌
　　　　　　(급벌찬)(及伏干) 大奈麻(대나마), 奈麻(나마), 大舍(대사),
　　　　　　舍知(사지)(小舍) 吉士大烏(길사대오), 小烏(소오), 造位
　　　　　　(조위)(以上은 新羅 十七官等)

이럿케 모든 것을 다 우리말로 부를 적에는 우리말의 權威(권위)
가 일즉 조곰도 쩔어진 일이 업섯나니 짜라 우리 祖先(조선)들의 우
리말에 對(대)한 態度(태도)는 決(결)코 털씃만치라도 낫보(輕視(경
시))하는 일이 업섯습니다 이것이 當然(당연)한 일이지오

　그러하나 우리말에 한 大敵(대적)이 侵入(침입)하엿나니 이는 곳
漢字(한자)의 輸入(수입)을 짤아 漢語(한어)가 우리말 가온대에 석기
어 쓰히게 된 것이다 그런대 漢字(한자)가 우리나라에 들어오기로
말하면 箕子時節(기자시절)에 들어왓겟지요마는 (在來(재래)의 史說
(사설)을 그대로 認定(인정)하고) 목숨을 保全(보전)코자 逃亡(도망)하야
온 箕子(기자)의 가저왓다는 漢字(한자)는 아즉 조금도 우리말의 權
威(권위)를 侵害(침해)치 못하엿습니다 그러나 우리말의 衰退(쇠퇴)할

禍根(화근)은 여기서 始作(시작)되엇다 할 수박게 업습니다 뒤에 그
四十一王(사십일왕) 準(준)의 째에 燕人(연인) 衛滿(위만)이 朝鮮(조선)
에 歸化(귀화)하야 博士(박사)의 稱號(칭호)를 어더 西方(서방)을 직혓
다 하니 이가 곳 그 禍根(화근)에 싹이 나고 움이 돗은 셈이올시다
그 뒤 三國時代(삼국시대)에 漢字(한자)의 輸入(수입)이 만흠을 딸아
우리 조선사람들 가온대에 그 글을 배호는 이가 만하젓습니다 그리
하야 百濟(백제) 古爾王(고이왕) 五十二年(오십이년)(西紀(서기) 二八五
(이팔오))에는 博士(박사) 王仁(왕인)이 千字文(천자문)과 論語(논어)를
가지고, 日本(일본)에 건너가아서 漢字(한자)의 主人(주인)갓치 되어
서 그것을 다시 日本(일본)에 傳授(전수)하얏습니다

　高句麗(고구려)에서는 小獸林王(소수림왕) 二年(이년)(西紀(서기)
三七二(삼칠이))에 秦王(진왕) 符堅(부견)이 佛像(불상), 佛經(불경)과
僧順道(쾌순도)를 보내와서 大學(대학)을 세워 그 글로서 子弟(자제)
를 가르첫다 하니 이것이 高句麗(고구려)에 佛敎(불교)가 들어오기
始作(시작)한 첫 글인 同時(동시)에 쪼한 漢文(한문)의 盛行(성행)을
알 것이외다 新羅初期(신라초기)에는 漢文(한문)이 盛行(성행)하얏다
고 할 만한 顯著(현저)한 記錄(기록)은 歷史家(역사가)가 아닌 余(여)
는 얼른 차자 보지 못하겟습니다 그러나 亦是(역시) 漢字(한자)가 相
當(상당)한 勢力(세력)를 가지고 잇섯든 일은 알 수가 잇습니다 그리
하야 그 末葉(말엽)에 이르러서는 漢文(한문)의 盛行(성행)함이 麗濟
(여제)의 到底(도저)히 밋칠 바가 아니엇습니다

　以上(이상)은 大略(대략) 三國時代(삼국시대)의 漢文(한문)의 盛行
(성행)에 關(관)한 一二(일이)의 記事(기사)이어니와 이 漢文(한문)의
盛行(성행)에 딸아 漢語(한어)가 漸々(점점) 우리말 가온대에 들어와
쓰힐 뿐 아니라 우리말은 漸々(점점) 그 權威(권위)를 일코 範圍(범위)

가 좁아지개 되엇습니다. 이것이 實(실)로 우리말이 녯적에 退步(퇴보)되기 始作(시작)한 것이외다. 압에 말한 바와 갓치 우리는 우리말의 姓(성)을 가젓습니다. 假令(가령) 高句麗(고구려)의 姓(성)에는

　消奴(소노) 絶奴(절노) 順奴(순노) 灌奴(관노) 桂奴(계노)(以上五部)

　乙支(을지) 泉(천) 沙先(사선) 霍里(곽리) 高(고)……等(등)

百濟(백제)의 姓(성)에는

　扶餘(부여) 沙(사) 燕(연) 劦(협) 音黎(음려) 解(해) 眞(진) 國(국) 木(목) 苩(백) 難(난) 黑齒(흑치) 沙叱(사질)

新羅(신라)의 姓(성)에는 朴(박) 金(김)

渤海(발해)의 姓(성)에는 大(대)

高麗(고려)의 姓(성)에는 妞(유)(音紐(음뉴))

東方僻(동방벽) 姓(성)에는(李朝(이조))

　石牛(석우)(或은 军(音小) 鵤(궉)(궉) 鬮(외)(외) 遇(횡)(형) 嘉(할)(音語或愼) 乀(이)(범) 千(천) 頓(돈) 承(승) 夜(야) 片(편) 骨(골) 公(공) 邕(옹) 邦(방) 一(일) 乜(먀)(먀) (海東繹史第三十一卷)

우에 적은 姓(성)은 다 漢字(한자)로 적은 故(고)로 그 본소리는 的確(적확)히 어쎠하다 고 斷言(단언)하기 어렵지요마는 엇재든 우리말로 부르던 姓(성)인 것은 確實(확실)한 듯합니다 (或(혹) 그러치 안은 것이 잇는 것 갓기도 하지마는) 이러한 우리말의 姓(성)을 쓰는 것이 우리 民族(민족)의 本體(본체)이러니 이 우리말의 本姓(본성)을 좃치 못하다 하야 漢字(한자)의 姓(성)을 지어 쓰게 된 것은 新羅(신라)에 비롯하얏슴이다 第三世(제삼세) 儒理王(유리왕) 九年(구년)(西紀(서기) 三二(삼이))에 六部(육부)의 名稱(명칭)을 고치고 仍(잉)하야 各部(각부)에 漢字(한자)의 姓(성)을 지어 주엇스니 곳 李(이) 崔(최) 孫(손) 鄭(정) 裵(배) 薛(설) 이외다 이제 이 各姓(각성)에 對(대)한 우리말의 本姓(본

성)이 무엇인지는 도모지 알 수 업는 것은 甚(심)히 遺憾(유감)이라 우리들은 이로부터 實(실)로 姓(성)좃차 일어버린 사람이 되얏습니다 何必(하필) 上擧(상거)의 六姓(육성)만 그럿켓습니까 오늘날 우리 조선사람이 鐵石(철석)갓치 굿게 직히고 잇는 모든 姓(성)들의 거의 全部(전부)가 다 거짓姓(성) 흉내 닌 姓(성) 朝鮮(조선)사람으로 朝鮮(조선)사람 아닌 체 될 수 잇는대로 中國(중국)사람인 체하는 姓(성)들이외다 이 거짓姓(성)을 곳치는 것으로 큰 盟誓(맹서)에 쓰는 것은 참 우수은 일이 아닙니까 孔子(공자)는 正名(정명)이라 하얏지마는 우리는 姓(성)(이 姓(성)이란 우리말좃차 일어 버린 것이 더욱 딱하지마는) 부터 차자 바루어야 할 것이외다 쏘 우리들의 이름으로 말하면 조선말로써 아이의 이름을 부르는 일은 近來(근래)까지도 만히 잇섯스며 쏘 方今(방금)에도 或(혹) 잇지요마는 어른이 되면 고만 다 버리고 漢字(한자)의 이름을 짓습니다 곳 漢字(한자)를 써야만 어른의 이름답게 된다고 싱각하얏슬 쑨만 아니라 그들은 그 이름字(자)의 如何(여하)에 吉凶禍福(길흉화복)까지 매히엿다고 싱각하얏습니다 그리하야 사랑스럽은 아들의 이름을 짓기 爲(위)하야는 一種(일종)의 專門家(전문가)인 作名者(작명자)의 손을 빌리게 되얏습니다

이러케 먼저 姓(성)을 버리기를 容易(용이)히 한 우리 先朝(선조) 新羅人(신라인)들은그 逆理(역리)되고 虛僞(허위)스럽은 걸음을 더 내켜 나라의 이름을 버리고 벼슬의 이름을 버리고 다 漢字(한자)로 새로 지엇습니다 第二十二世(제이십이세) 智證王(지증왕) 四年(사년)(西紀(서기) 五〇三(오〇삼))에 徐羅伐(서라벌)(新羅(신라))을 新羅(신라)라고치고 居西干(거서간) 尼沙今(이사금) 麻立干(마립간) 次次雄(차차웅) 等(등)의 尊號(존호)를 버리고 王(왕)이라 일컷기로 定(정)하엿습니

다 이리하야 新羅(신라)末葉(말엽)에는 벼슬이름은 흔이 支那式(지나식)의 이름을 쓰고 高麗(고려)에 이르러 서는 全部(전부) 支那式(지나식)의 官名(관명)을 쓰게 되어 우리말로 된 것은 볼 수가 없스며 李朝(이조)에 이르러서는 實(실)로 儒敎(유교)와 함쯰 極端(극단)으로 漢文(한문)를 崇尙(숭상)한 結果(결과) 漢語(한어)가 數(수)업시 우리말에 侵入(침입)하야 우리말은 甚(심)히 蔑視(멸시)를 當(당)하엿슴니다 敎育(교육)이란 것은 全部(전부) 漢文(한문)를 배호는 것이요 敎育(교육) 밧앗다 하는 所謂(소위) 上流社會(상류사회) 사람들은 장랑삼아 질겨 漢語(한어) 卽(즉) 이른바 文字(문자)를 日常用語(일상용어)에 썼슴니다 그네들은 文字(문자)를 쓰는 것이 곳 自己(자기)네의 品位(품위)를 놉히고 權威(권위)를 직히는 必要條件(필요조건)인 것 갓치 싱각하엿슴니다 上流階級(상류계급)이 이러하니 下流階級(하류계급) 사람들은 自然(자연)히 感化(감화)되어 亦是(역시) 自己(자기)네의 品位(품위)를 놉히고자 질겨 文字(문자)를 쓰게 되엿슴니다 그러므로 우리말은 절로 그 權威(권위)가 떨어젓슴니다 그리하야 꼭갓흔 뜻인 말이라도 漢語(한어)로 하면 尊敬(존경)을 表(표)하고 우리말로 하면 經蔑(경멸)을 表(표)하게 되엿슴니다 참 우수운 일이 아닙니짜 담의 例(예)를 견주어 보시요

　아부지 父親(부친) 春府丈(춘부장)

　어머니 母親(모친) 慈堂(자당)

　집 宅(택)

　이른다 告(고)한다

　몸시 어쩌하십니짜 氣體候(기체후) 어쩌하십니짜

이밧게 무슨 말이든지 漢語(한어)로 하면 점잔케 보히고, 우리말로 하면 상되게 보힌다 합니다 여러분! 이것이 무엇입니짜 저는 낫

부고 남은 훌륭하다 하여 될 수 잇는대로 저는 업시어 버리고 다른 사람이 되랴 하는 이 일이 무엇입니짜 이러한 精神(정신)이 모든 方面(방면)에 動(동)하야 우리 朝鮮(조선) 獨特(독특)한 文化(문화)는 漸々(점점) 衰退(쇠퇴)하고 外國(외국)의 文化(문화)가 우리 朝鮮(조선)을 支配(지배)하게 되엿습니다 이것이 엇지 自覺(자각)잇는 現代(현대) 사람의 참아 할 일이리짜

二(이), 글에對(대)한態度(태도)

新羅(신라)薛聰(설총)의 지은 吏讀(이두)가 日本(일본)에 가서는 오날까지 日本文化(일본문화)의 原動力(원동력)이 되어 그 發揮(발휘)한 功蹟(공적)은 余(여)가 말하지 아니하드라도 여러분이 다 아시는 바이어니와 그것이 우리 朝鮮社會(조선사회)에 잇서서는 相當(상당)한 글갑을 하지 못한 것은 그 글이 우리말을 적어내기에는 넘어도 不完全(불완전)하얏스니 吏讀(이두)의 發達(발달)을 일우지 못하얏다고 우리가 過去(과거) 朝鮮(조선)사람을 質責(질책)할 것이 혹은 업겟지요마는 가장 完全(완전)하야 理論(이론)과 實地(실지)에 조금도 틀림이 업는 우리글 곳 『한글』(正音諺文(정음언문))에 對(대)한 우리 祖先(조선)의 態度(태도)는 果然(과연) 어써하얏는가를 봅시다

世宗大王(세종대왕)끠서 그 씀직이 밝으시며 그 씀직이 갸륵한 뜻으로서 萬民(만민)을 救(구)하고자 千秋萬代(천추만대)의 子孫(자손)의 文化(문화)와 幸福(행복)을 圖(도)코자 지어내신 한글(正音(정음))에 對(대)하야 當時(당시)의 朝臣(조신)에 反對(반대)의 議論(의론)이 만핫습니다 名色(명색)이 副提學(부제학)으로 國家(국가)의 文敎(문교)를 맛튼 崔萬理(최만리)의 上疏(상소)는 참 오날 우리 졂은 사람이

到底(도저)히 그 더럽고도 偏僻(편벽)된 意見(의견)에 對(대)하야 嘔逆(구역)이 나오며 입에 든 밥을 배앗고 그를 물리치지 아니할 수가 업습니다 여러분! 이제 이것을 한 번 읽어봅시다

> 我朝自祖宗以來至誠事大(아조자조종이래지성사대) 一遵華制(일준화제) 今當同文同軌之時(금당동문동궤지시) 創作諺文(창작언문) 有駭觀聽(유해관청) 儻曰(당왈) 諺文皆本古字(언문개본고자) 非新字也(비신자야) 則字形雖倣古之篆文(칙자형수방고지전문) 用音合字(용음합자) 盡反於古(진반어고) 實無所據(실무소거) 若流中國(약유중국) 或有非議者(혹유비의자) 豈不愧於事大慕華哉(기불괴어사대모화재) (以下省略(이하생략))

이것은 그 上疏(상소)의 一部分(일부분)이올시다

이담에 잇는 글쯧은 예전부터 漢字(한자)에서 빌려온 吏讀(이두)가 잇스니 그것을 쓰는 것이 올다 하며 쏘 本國(본국)의 글을 쓰는 支那(지나)에서도 獄訟(옥송)의 冤枉(원왕)한 일이 만흐니 우리나라에서 本國(본국)의 語音(어음)에 맛는 正音(정음)을 쓰는 것이 愚民(우민)의 情(정)을 達(달)하야 冤枉(원왕)한 일이 업서지게 하는 째에는 아모 有益(유익)이 업다 하는 것이 그외 主張(주장)이외다. 여러분! 어써하십니까 저는 여기 이 글에 들어난 精神(정신)을 分析(분석)하야 列擧(열거)치 아니합니다 여러분께서 그 分析(분석)을 한 번 하여 보시기를 바랍니다

이와 갓치 모든 臣下(신하)의 反對(반대)가 만핫지요만은 밝고 어지신 世宗大王(세종대왕)씌서는 한글을 發布(발포)하사 國民(국민)으로 하야금 이를 배호게 하얏습니다

그러나 爾來(이래) 朝臣(조신)과 野民(야민)이 다 支那(지나)의 文化

(문화)에 빠져 제 精神(정신)을 차리지 못하얏슴으로 畢乃(필내) 世宗
大王(세종대왕)의 거룩한 뜻은 到底(도저)하게 일우지 못하얏슴니다
崇拜(숭배)하는 것은 孔子(공자) 孟子(맹자) 朱子(주자)이오 崇尙(숭
상)하는 것은 漢文(한문)이라 自國(자국)의 文學(문학)에 對(대)하야는
極(극)히 輕蔑(경멸)의 態度(태도)를 가젓슴니다 이 일은 우리가 다
아는 일이지요마는 이에 對(대)한 外國人(외국인)의 觀察(관찰)과 批
評(비평)을 들어봅시다

『젬쓰 쓰코트』는 그 著(저) 英韓字典(영한자전)(一八九一年(일팔구일
년))의 序(서)에 갈아대

韓國言語(한국언어)와 文字(문자)의 歷史(역사)와 起源(기원)에
對(대)하야 本國人士(본국인사)가 一致(일치)하야 沈黙(침묵)을 직
히더라. 그네들은 그 最幼時(최유시)로부터 支那(지나)의 文學(문
학)과 哲學(철학)을 學修(학수)하기에 全心全力(전심전력)을 다하
야 이를 絶對(절대)로 崇尙(숭상)하고 그의 本國(본국) 文字記錄
(문자기록)에 對(대)하야는 輕蔑(경멸) 乃至(내지) 否認(부인)의 態
度(태도)를 가지더라 그리하야 自國文字(자국문자)의 所用(소용)
은 婦女(부녀) 兒童(아동) 其他(기타) 無識階級(무식계급)에 制限(제
한)되얏더라

敎育(교육)이란 것은 다만 支那古典學(지나고전학)을 배호기에
全心(전심)을 다 기울이며 官職(관직)에 就(취)하며 名譽(명예)와
尊敬(존경)을 엇는 唯一(유일)의 길은 다만 支那文(지나문) 作文
(작문)의 官試(관시) 卽(즉) 科擧(과거)에 合格(합격)됨에 잇다 官吏
(관리)와 學者(학자)들은 입으로는 비록 韓語(한어)를 말하지마는
實際(실제)의 事務(사무)와 通信(통신)에는 반듯이 漢文(한문)을 쓴

다 (以下(이하)는 省略(생략))

　다시 變通(변통)업시 事實(사실)이 아닙니짜 스스로 부끄럽은 일이
외다 그리하야 우리글을 諺文(언문)이라 하고 漢文(한문)를 眞書(진
서)라 하얏스며 어른에게 하는 편지에 우리 한글을 쓰면 不敬(불경)
이라고 싱각하엿습니다 이와 갓치 自國(자국)의 글에 對(대)하야 輕
蔑(경멸)의 態度(태도)를 가진 우리 祖先(조선)네들은 四千年(사천년)
이나 써 나려오는 말의 法(법)을 硏究(연구)하랴고도 아니하엿스며
半千年(반천년)이나 써 나려오는 글을 닥으려고도 아니하엿습니다
그리하야 말의 數爻(수효)는 漸次(점차)로 줄어지며 말의 統一(통일)
이 업서지며 글씨는 조곰도 법이 업서젓습니다 한 가지의 말을 적는
대에 아홉 사람이면 아홉 사람이 다 달리 쓰고 열 사람이면 열 사람
이 다 달리 적게 되엇습니다 이제 一例(일례)로 『하늘』이란 말을 몃
가지로 쓰는가를 한 번 봅시다 참 놀랄만콤 그 數(수)가 만읍니다

　　　하놀 하늘 하날 하눌 하널
　　　ᄒᆞ놀 ᄒᆞ늘 ᄒᆞ날 ᄒᆞ울 ᄒᆞ널
　　　한올 한울 한알 한울 한얼
　　　혼올 혼을 혼알 혼울 혼얼
　　　화놀 화늘 화날 화눌 화널
　　　환올 환을 환알 환울 환얼

　참 얼마나 어수선합니짜 이러케 법업게 글을 쓰는 故(고)로 예전
에 이야기칙 잘 본다는 사람은 곳 글씨야 엇더케 적어 노앗든지 간
에 어림잡고 경위만 채어서 말만 되도록 읽는 사람이엇습니다. 이러

고야 어찌 글이 글갑을 하며 사람이 사람갑을 할 수가 잇슴니싸

이제 우리는 잠간 글이란 무엇인가 글의 本義(본의)를 좀 싱각하야 봅시다

글을 싱각하기 전에 먼저 말의 本義(본의)를 싱각하야 봅시다 말이란 것은 사람의 싱각을 들어내는 利益(이익)이올시다. 이 말을 의지하야 나의 싱각을 다른 사람에게 傳(전)하고 다른 사람의 싱각을 밧아 알게 됩니다. 이 말이란 것을 가진 것은 사람의 特權(특권) 特徵(특징)이외다 사람은 이 말이 잇는 故(고)로 社會的(사회적) 生活(생활)이 圓滿(원만)히 經營(경영)되며 人類(인류)의 文化(문화)가 進步(진보)되는 것이외다 말은 참 사람에 貴重(귀중)한 것이외다 그러므로 어느 나라 업시 다 제 나라의 말을 神靈視(신영시)하며 尊敬(존경)하며 그 말을 가짐을 자랑으로 아나이다.

이럿케 사람에게 貴重(귀중)한 말은 한 가지의 短處(단처)가 잇슴니다 그는 時間上(시간상)과 空間上(공간상)으로도 그 存在(존재)가 極(극)히 短促(단촉)한 것이외다 한 번 입에서 나온 말소리는 卽刻(즉각)에 살아지나니 뒤에 오는 사람에게 들리지 못할 것이오 목에서 나오는 소리는 그리 强大(강대)하지 못하나니 멀리 잇는 사람에게 들리지 못할 것이외다 또 사람의 記憶(기억)은 그다지 길지 못하나니 다른 사람에게 的確(적확)히 傳(전)해 말하기 어려우며 設令(설령) 記憶(기억)이 永久(영구)히 繼續(계속)한다 할지라도 七十(칠십)이 예로부터 드므다는 사람이니 길이 傳(전)하기 어렵슴니다 이러한 短處(단처)를 줏집어 말의 內容(내용)인 싱각(思想(사상))을 時間上(시간상)으로 永遠(영원)한 後世(후세)에 傳授(전수)하며 空間上(공간상)로 超遠(초원)한 地點(지점)에 傳播(전파)하는 것이 곳 글이외다

우리 사람은 이 글이 잇슴으로 하야 社會(사회)의 文化(문화)가 갈수록 發達(발달)되며 그 社會的(사회적) 生活(생활)이 갈수록 아름답아지는 것이외다 現代(현대)의 文明(문명)이란 것이 모도다 글의 준바이라 하여도 過言(과언)이 아니외다 여기 한 가지 싱각할 것이 잇슴니다 그것은 글이란 것은 우리 사람의 싱각(思想(사상))을 들어내는 利器(이기) 곳 方法(방법)이요 글 그것이 우리의 目的(목적)은 아닌 것이외다 우리의 目的(목적)하는 바는 싱각 그것이외다 이것을 譬喩(비유)하여 말하자면 甲地(갑지)에서 乙地(을지)로 가아서 무슨 일을 보는 것은 目的(목적)이요 自轉車(자전차)나 汽車(기차) 가튼 것을 타는 것은 그 目的(목적)를 到達(도달)코자 쓰는 方法(방법)에 지나지 못하는 것이외다 이는 더 말 하잘 것도 업는 쌘한 理致(이치)이지요마는 이 쌘한 理致(이치)를 우리 朝鮮(조선)사람은 半千年(반천년)間(간)을 쌔닷지 못하야 目的(목적)과 方法(방법)를 分揀(분간)치 못하고 글 배호는 것이 곳 最終(최종)의 目的(목적)으로 알고 지나왓슴니다. 겨우 七八歲(칠팔세)로부터 書堂(서당)에 入學(입학)하야 白髮(백발)이 헛날리도록 글읽는 그것만으로서 最後(최후)의 目的(목적)을 삼앗슴니다. 그러무로 그네들은 그 배혼 漢文(한문)을 利用(이용)하야 萬般(만반)의 物理(물리) 實際的(실제적) 智識(지식)를 닥가 보지 못하얏슴니다 아니 닥으려고 하지도 아니하얏슴니다 그런 것은 오히려 賤(천)하고 더럽은 일로 싱각하얏슴니다. 그네들은 孔子曰(공자왈) 孟子曰(맹자왈) 하고 儒敎(유교)를 崇奉(숭봉)한다 하면서 그 利用厚生(이용후생)이란 重要(중요)한 主旨(주지)는 영 이저 버리엇슴니다 이를 밧구어 말하면 그네들은 乙地(을지)에 가아서 무슨 볼 일을 보기는 쌈싹 이저 버리고 一平生(일평생) 동안을 밤낮 自轉車(자전차)나 汽車(기차)를 만드다가 그만 죽어 버리엇슴니다. 이것도 한 사람이 그 一生(일생) 동안을 目的(목적)과 方法(방법)를 뒤바꾸어 싱각하야 참으로 볼 일은 한아도 보지 못하얏다 하면 或(혹)은 잇슬 만한 일로 容認(용인)할 수도 잇겟지요마는 過去(과거)의 幾千億(기천억) 우리 사람이 모도다 이 밝고 바른 理致(이치)를 깨닷지 못하고 지나왓스니 참 沒覺(몰각)하기 天下(천하)에 이보다 더한 것이 어대 또 잇겟슴니짜 참 南山(남산)을 바라보고 긴 한숨과 선웃슴을 할 일이지요 이만 하요도 참 얼이석기 짝업는 일인 줄을 깨다를 것이지요만은 이 우습고도 重大(중대)한 잘못된 일의 原因(원인)을 다시 싱각하야 보는 것이 決(결)코 無益(무익)한 일이 아니외다 그네들이 天下(천하)에 莫大(막대)한 갑을 바치고 이러한 愚昧(우매)한 일을 한 그 根本的(근본적) 原因(원인)은 우에 말한 바와 갓지 글이란 것은 方法(방법)이요 目的(목적)은 싱각을 發表(발표)함에 잇슴을 깨닷지 못함으로서라 할 수 잇슴니다 그 中(중)에도 그네 글은 글이라도 漢文(한문) 갓튼 어렵고 또 他國(타국)의 글이라야 글이지 쉽고 便利(편리)한 自國(자국)의 글은 글이 아니라는 우수은 싱각에 또한 그 한 原因(원인)이외다 그리하야 그네들은 제집 마구에 매혀잇는 千里馬(천리마)는 넘오 잘 가서 못 쓰겟다 하고 다른 사람이 타고 가는 비리 먹은 하로 十里(십리)나 갈 듯 말듯한 말을 어더 타랴고 애만 쓰다가 그만 終乃(종내) 어더 타아보지도 못하고, 짤아, 그 本目的(본목적)인 乙地(을지)에 到着(도착)하야 볼 일을 보지도 못하고 그만 허리가 곱을어저서 죽어 버리엇슴니다 그리하야 그네들은 한 사람도 갈 대로 가아서 볼 일을 보지 못한 故(고)로 볼 일은 한 번도 손에 닥치어 보지 못하고 그 양으로 次代(차대)에 남아 오고 次代(차대)에서 또 次代(차대)로 남아 오다가 畢竟(필경)에는 一時(일시)로는 到底(도저)히 보아 내지 못할 만큼 남아왓슴니다 그리하야 民族(민족)의 文化(문화)는

漸々(점점) 衰退(쇠퇴)하고 民族(민족)의 生活(생활)는 더욱 貧弱(빈약)하야 마참내 生活(생활) 그것좃차 扶持(부지)하지 못할 만큼 그 代價(대가)는 비쌌슴니다 天下(천하)에 어찌 이보담 더 얼이석은 짓이 어대 쏘 잇스리쌰

第三節 우리말과 글에 對(대)한 硏究(연구)

(一(일))다른나라 사람의 硏究(연구) 우리의 祖先(조선)은 제 나라의 말과 글에 對(대)하야 『째임쓰, 쓰코트』의 이른 바와 가치 輕蔑(경멸) 乃至(내지) 否認(부인)의 態度(태도)를 가젓슴으로 그에 對(대)한 硏究(연구)란 것은 하나도 업섯슴니다 外國(외국)사람이 먼저 그 硏究(연구)에 着手(착수)하여서 文法(문법)과 字典(자전)을 지어내엇슴니다 우리 民族(민족)이 四五千年(사오천년)이나 써 나려온 말의 字典(자전)과 文法(문법)이 얼토당토 아니한 『프란쓰』사람(佛蘭西人(불란서인))의 손을 말미암아 비롯이 되엇스니 이 무슨 奇怪(기괴)한 일입니쌰 文法(문법)에 關(관)한 硏究(연구)는 그 뒤에 우리사람의 손으로 發表(발표)된 것이 잇지요마는 字典(자전)은 아즉짜지도 한아 發布(발포)된 것이 업스니 더욱 奇怪(기괴)하고 慘憺(참담)한 일이 아닙니쌰 다만 崔南善氏(최남선씨)가 苦心(고심) 經營(경영)하는 朝鮮光文會(조선광문회)에서 十餘年(십여년) 前(전)부터 모우기 始作(시작)하야 거의 完成(완성)의 境(경)에 이른 우리말 字典(자전)은 實(실)로 우리 사람의 손으로 된 字典(자전)의 첫재이지오마는 여러가지 事情(사정)를 因(인)하야 아즉도 世上(세상)에 나오지 못하고 잇는 것은 甚(심)히 갓급한 일이올시다

이제 仔細(자세)하 우리말과 글에 對(대)한 조선사람의 硏究(연구)

와 다른 나라 사람의 研究(연구)를 歷史的(역사적)으로 調査(조사)할
진대 여러가지의 事實(사실)이 만음니다마는 여기에서는 到底(도저)
히 그리할 餘裕(여유)가 업스니까 爲先(위선) 제가 본 冊(책)만으로(京
都帝大(경도제대) 言語學硏究室(언어학연구실) 備置(비치))그 槪況(개황)
을 說明(설명)코자 합니다. 이제 外國人(외국인)의 著書(저서)를 그 著
作年順(저작년순)을 짤아 적건대

　　　1873年(년) 佛人(불인)
　　　　　　　IMBAULT-HAURT
　　　韓佛字典(한불자전)과 밋 그 文法(문법)
　　　　　　　　一冊總(일책총) 108頁(엽)
　　　1890年(년) 米人(미인)
　　　HORACE GRANT UNDERWOOD
　　　韓英字典(한영자전) 196쪽(頁(엽))
　　　英韓字典(영한자전) 293쪽
　　　1891年(년) 人(인), JAMES SCOTT
　　　英韓字典(영한자전) 345쪽
　　　1896年 HOMER B.Y HULBERT.
　　　韓印比較文法(한인비교문법)
　　　1911年(년) 英人(영인)
　　　JAMES SCARTH GALE.
　　　韓英字典(한영자전) 1154쪽

이밧게도 쏘 잇슬는지 모르지요만는 나의 본 것으로는 이쭌이올
시다. 참 얼마나 놀날 일이오며 얼마나 嘆服(탄복)할 일이오며 참 붓

글업어서 죽을 일이 안입니싸 日本(일본)사람의 손으로 朝鮮語(조선어)의 文法(문법)를 硏究(연구)한 것은 應當(응당) 만켓지만은 나의 본 것으로는 알에 것이 잇습니다

　　明治二十七年(명치이십칠년) (出版은 四十二年) (西紀1894) 前問恭作(전문공작)

　　　　韓(한) 語(어) 通(통) 364쪽

　　明治四十二年(명치사십이년)(西紀1909) 高橋亨(고교형)

　　　　韓語文典(한어문전) 234쪽

　　明治四十二年(명치사십이년)(西紀1909) 藥師寺知朧(약사사지롱)

　　　　韓語硏究法(한어연구법) 300쪽

　이 박게 金澤庄三郞氏著(금택장삼랑씨저) 日韓語同系論(일한어동계론)과 小倉進平氏著(소창진평씨저) 『國語及(국어급)び朝鮮語(조선어)の爲(위)め』와 朝鮮語學史(조선어학사)가 잇습니다 이것들은 文法書(문법서)는 아니올시다

(二(이)) 우리사람의 우리말에 對(대)한 硏究(연구)

　以上(이상)은 西洋人(서양인)과 日本人(일본인)의 著述(저술)을 들엇거니와 우리사람으로 우리말을 硏究(연구)한 著述(저술)을 그 年代順序(연대순서)를 짤아 들건대

　　隆熙二年(융희이년)(西紀1908) 周時經(주시경)

　　　　國語文典音學(국어문전음학) 62쪽

　　隆熙三年(융희삼년)(西紀1909) 金熙祥(김희상)

初等國語語典(초등국어어전) 三卷(삼권) 222쪽

明治四十四年(명치사십사년)(西紀1911) 周時經(주시경)

朝鮮語文法(조선어문법) 134쪽

大正四年(대정사년)(1915) 周時經(주시경)

말의소리

大正五年(대정오년)(西紀1916) 金枓奉(김두봉)

조선말본 218쪽

大正九年(대정구년)(西紀1920) 李奎榮(이규영)

朝鮮文典(조선문전) 84쪽

이밧게 姜邁(강우) 金元祐(김원우) 兩氏(양씨)의 著述(저술)이 各々(각각) 잇스며 金枓奉氏(김두봉씨)의 조선말본은 增補(증보)되어서 다시 出版(출판)이 되엇습니다 또 大正九年度(대정구년도)에 朝鮮語字典(조선어자전)을 發行(발행)하엿습니다마는 純全(순전)한 朝鮮人(조선인)의 作(작)은 아니올시다 우에 적은 우리사람의 지은 칙의 지은 째를 다른나라 사람의 지은 칙의 그것에 견주어 보시면 어쩌케도 우리사람이 제집 일을 이저 버리고 늦잠을 자고 잇는지를 알 것이올시다

이에 한 가지 特記(특기)할 것은 돌아가신 우리 스승님 周時經氏(주시경씨)의 功蹟(공적)이올시다 스승님께서는 一平生(일평생)을 우리말 硏究(연구)에 全心全力(전심전력)를 다하엿나니 스승님은 實(실)로 우리말 硏究(연구)에 첫길을 여신 이외다 또 가장 만은 眞理(진리)를 밝히신 이외다 스승님의 여신 길은 永遠(영원)히 뒤에 오는 사람을 잇글 것이요 스승님의 밝히신 참리치는 永遠(영원)히 우리의 가슴을 비칠 것이외다

第二章(제이장) 우리말과 글의 이제(現在)

알에 대강 우리말과 글의 지난 적을 말슴하엿습니다 그 말을 들으신 여러분은 아마 그 대강을 짐작하시고 우리의 祖先(조선)이 얼마나 自己(자기)의 일을 이저 버렷슬 쑌 아니라 그 態度(태도)가 甚(심)히 逆理(역리)의 것이 만핫슴을 아시고 그 넘어나 얼이석엇슴을 웃으실 것이요 그 넘어나 늣잠 잣슴을 慨嘆(개탄)하섯슬 것이올시다 그러면 現代(현대) 우리 젊은 사람들은 果然(과연) 그 잠을 깨엇스며 果然(과연) 그 나아갈 길을 바로 보앗는가 卽(즉) 現今(현금)의 우리 모든 젊은 사람들은 果然(과연) 自覺(자각)하엿는가 나는 이 바르고 바른 길이 아즉도 환하게 열리지 못하고 이 밝고 밝은 理致(이치)가 아즉도 우리 사람의 가슴을 비최지 못함을 싱각하고 스스로 고요한 가온대에서 우리 결레의 將來(장래)를 울 적이 적지 아니합니다 여러분 다시 담의 말슴을 들어 주시기를 바랍니다

우리는 이미 漢文(한문)이라야 글이지 조선글은 글이 아니라 하는 舊來(구래)의 偏見(편견)은 깨첫습니다 學校(학교)에는 朝鮮語(조선어)가 科程(과정)에 둘고 新聞(신문)이나 書籍(서적)에는 조선글이 쓰히게 되얏스며 젊은 사람의 편지에는 조선글이 만히 쓰히게 되얏스며 우리의 글과 말을 研究(연구)하는 사람도 몃々(몇)이 잇습니다 그러나 이만하면 足(족)하다 하겟습니까 이만하면 과연 自覺(자각)하얏다 하겟습니까 이제 다시 그 속을 仔細(자세)히 檢査(검사)하야 봅시다

學校(학교)의 敎育(교육)은 當然(당연)히 우리말로 敎授(교수)할 것이어늘 아즉 그러치 못합니다 兒童(아동)의 負擔(부담)은 넘어나 重

(중)하야 그 理解(이해)는 바르고 빠르지 못하니 이 損害(손해)는 무엇으로 計算(계산)할수 업습니다 남에게 떨어진 우리의 걸음이 어찌 빠르기를 바랄 수 잇스며 우리의 生活(생활)을 남갓치 살아 보기를 바랄 수 잇스리까 이것은 아무리 하드라도 敎授用語(교수용어)는 반듯이 우리 조선말로 하여야 할 것입니다 그러나 이에 對(대)하야는 여기서 말할 時間(시간)이 不足(부족)할 뿐 아니라 前者(전자)에 東亞日報(동아일보)에서 累々(누누)히 말한 것이 잇스니 이만하고 그만둡니다 그리고 담의 文字改良論(문자개량론)을 말슴함 적에 조금 말하겟습니다 敎授用語(교수용어)는 그러하거니와 方今(방금) 科程(과정)에 든 朝鮮語(조선어)조차 理致(이치)에 맛도록 바로 적지 못하고 바로 가르치지 못합니다 朝鮮語(조선어)라는 科程(과정)은 第一(제일) 賤待(천대)와 輕視(경시)를 밧는 敎科(교과)이올시다

新聞雜誌(신문잡지)나 書籍(서적)에 조선말을 쓰기는 합니다만은 뉘가 한아 그것을 바로 적어서 民衆(민중)을 敎導(교도)하랴고 하는 이가 업습니다 조선말을 바로 쓴다 하는 冊(책)은 겨우 數種(수종) 文法書(문법서)에 不過(불과)합니다 專門(전문)로 硏究(연구)하는 文法冊(문법책)에만 바로 쓴다 한들 其他(기타) 實際(실제)의 글을 바로 적지 아니하면 무슨 所用(소용)이 잇습니까 某々(모모) 新聞(신문)이라 하면 朝鮮(조선) 民衆(민중)의 敎化機關(교화기관)으로 그 自體(자체)가 自任(자임)할 뿐더러 一般民衆(일반민중)도 그리 아라줍니다 그러나 나의 본 範圍(범위) 안에서는 아즉 그 數行(수행)의 紙面(지면)을 뷔어서 우리글을 바로잡아 쓰도록 힘쓰는 일이 업습니다 이것이 어찌 眞實(진실)로 우리사람을 가르처 갈 責任(책임)을 다함이라 할 수 잇습니까 그 新聞社(신문사)를 經營(경영)하는 이의 苦心(고심)은 多方面(다방면)으로 만흔지라 적은 힘으로서 만흔 障碍(장애)를 이기

고 나아가는 터이니 한 가지의 빠짐으로서 들어 말하는 것은 오히려 過(과)한 일이지요마는 將次(장차) 그리 되기를 바라는 맘이 만흐므로 한 마듸 말을 付託(부탁)하는 것이올시다

　우리 社會(사회)의 改良(개량)을 付託(부탁)하며 우리 民族(민족)의 繁榮(번영)을 期待(기대)할 處(처)는 靑年(청년)들이라 靑年(청년)는 卽(즉) 우리 社會(사회)의 生命(생명)이 動(동)하는 곳이라 모든 將來(장래)의 休戚(휴척)이 다 그에게 잇다 할 수 잇습니다 그러면 그네들의 우리말과 글에 對(대)한 自覺(자각)은 어쩌한가 이도 쏘한 寒心(한심)할 것이 업습니다 더욱 相當(상당)히 專門知識(전문지식)을 배혼이 中(중)에 우리글을 바로 써야 되겟다고 싱각하는 이가 別(별)로 업는 것 갓틀 쁜 아니라 스스로 文士(문사)로 自處(자처)하는 이들도 이 우리말과 글에 對(대)하야 改善(개선)코자 努力(노력)하는 이가 몇 분이나 되는지 나의 보는 바로는 누구든지 中等學校(중등학교) 以上(이상)의 敎育(교육)을 밧은 사람은 다 제 각금 우리글을 바로 쓰는 줄로 알며 우리말을 다 아는 줄로 싱각하는가 십흡니다 그러므로 그네들은 그를 硏究(연구)할 싱각이 나지 아니합니다 그네들은 漢文(한문)이나 英語(영어) 갓튼 것은 한 字(자)만 잘못 써도 이것을 대단한 羞恥(수치)로 스스로 짐작하며 쏘 남을 批評(비평)도 하려니와 우리글은 아모렷케나 되는 대로 自己(자기)가 쓴 것이 다 올흔 양으로 짐작합니다. 더 할 것 업시 우리 祖先(조선)의 우리글을 輕視(경시)하든 餘風(여풍)이 남아 잇는 것이외다. 이러고야 진실도 自覺(자각)한 사람이라고 할 수가 업습니다.
　이러케 말하면 넘어나 캄々하고 넘어나 잠々한 것 갓지요마는 이 中(중)에도 스스로 責任(책임)을 가지고서 우리말과 글을 硏究(연구)

하는 眞實(진실)한 이가 만치는 못하나마 昏衢(혼구)를 비췰 만한 燈
火(등화)가 될 만큼은 잇는 것을 無限(무한)히 깃버하며 敬愛(경애)하
나이다 이 微(미)々한 적은 등불이 혹은 나라 안에 혹은 나라 밧에
잇서 誠心誠意(성심성의)로 이 일을 하는 中(중)이올시다 그러나 엇
지 이것으로 滿足(만족)히 여기리짜 나는 우리 졂은 사람들이 어서
하로라도 速(속)히 스스로 깨닷기를 바라나이다.

第三章(제삼장) 우리말과 글의 올젹(將來(장래))

第一節(제일절) 우리말의 發達(발달)에 對(대)한 우리의 責任(책임)

우리가 過去(과거)를 뉘우치고 現在(현재)를 警戒(경계)하는 것은
써 將來(장래)를 爲(위)함이니 過去(과거)에 일흔 것과 現在(현재)에
찻지 못한 것을 將來(장래)에 줏집어야 할 것이올시다 이를 줏집지
아니하면 우리 民族(민족)의 將來(장래)는 可(가)히 보잘 것이 업슬
것이외다 잘 살고자 힘쓰는 우리 졂은 사람이 이를 줏집어서 發達
(발달)시킴에 對(대)하야 各各(각각) 一部(일부)의 責任(책임)을 맛타
야 할 것이외다 이제 말의 피어남(發達(발달))이라 함은 어쩌한 것인
가를 먼저 밝혀 두고자 합니다

(一(일)) 피어난(發達(발달)된) 말은 그 낱말의 數(수)가 만음니다 이
낫말의 數(수)가 만타 함은 곳 그 말을 말하는 民族(민족)의 文化(문
화)가 發達(발달)되얏슴을 表(표)하나이다 우리 조선사람들은 方今
(방금) 東西南北(동서남북)이란 말좃차 일어 버렷습니다 이것은 우리
말이 純然(순연)하게 잘 發達(발달)되지 못함을 表(표)함이오 쏘 우
리 朝鮮文化(조선문화)가 支那文化(지나문화)에 壓倒(압도)되얏슴을

表示(표시)하는 것이외다

(二(이)) 피어난 (發達(발달)된) 말은 그말 가온대에 다른 나라의 말이 만히 석기지 아니함니다 方今(방금) 우리들이 쓰는 조선 말이란 것 가온대에는 아마도 半數(반수)나 漢語(한어)가 석겨 잇슬 것이외다 우리말에 對(대)하야는 아즉 그 仔細(자세)한 統計(통계)를 모르니싸 여기 仔細(자세)히 말할 수 업슴니다 日本(일본)말도 純然(순연)하게 잘 發達(발달)되지 못하얏슴니다 이는 古代(고대)의 日本(일본)의 文化(문화)가 朝鮮(조선)이나 支那(지나)보다 나젓슴으로 朝鮮(조선)말 또는 漢語(한어)가 만히 들어갓슴니다 이제 『言海(언해)』라는 辭典(사전)에 적힌 統計(통계)를 들어서 參考(참고)에 들이나이다 『言海(언해)』에 적힌 낫말(單語(단어)) 數(수)가 三萬九千百三(삼만구천백삼)인대 그 中(중)에 漢字(한자)에 關係(관계)잇는 말이 一萬六千五百九十六(일만육천오백구십육)이니 거의 全體(전체)의 二分(이분)의 一(일)은 支那(지나)에서 빌려온 말이외다 나는 싱각하건대 우리는 支那(지나)의 文學(문학)에 心醉(심취)함이 日本(일본)보다 더 甚(심)하얏스니 아마도 漢語(한어)의 석긴 분수가 日本(일본)말보다 더 甚(심)할싸 함니다

(三(삼)) 피어난 말은 規則(규칙)이 바르며 論理(논리)가 精密(정밀)함니다 이것은 『또이취』말(獨逸語(독일어))과 다른 나라의 말과 比較(비교)하여 보면 알 것이외다 規則(규칙)이 바르다 함은 그 말을 잘 다시렷슴을 意味(의미)함이오 論理(논리)가 精密(정밀)하다 함은 곳 그 말의 主人(주인)의 頭腦(두뇌)가 論理的(논리적)으로 緻密(치밀)함을 表示(표시)함이외다

(四(사)) 피어난 말은 統一(통일)이 잇슴니다 統一(통일)이 업스면 到底(도저)히 잘 피어나지 못함니다 또 國語(국어)의 統一(통일)은 그

國民(국민)의 社會的(사회적) 政治的(정치적) 生活(생활)의 向上(향상)과 團結(단결)에 큰 關係(관계)가 잇습니다 어느 나라 엄시 各々(각각) 國語敎育(국어교육)에 큰 힘을 들이며 더구나 强大(강대)한 國家(국가)의 征服地(정복지)의 敎育(교육)는 國語統一(국어통일)에 全力(전력)을 다하야 모든 犧牲(희생)을 앗기지 아니함은 이 째문이외다

(五(오)) 피어난(發達(발달)된) 말은 그 말을 말하는 사람의 數(수)가 만음니다 여러 사람이 쓰는 故(고)로 저절로 發達(발달)되는 것이외다 이는 쏘 그 말의 主人(주인)되는 國民(국민)의 勢力(세력)이 큼을 表示(표시)하나이다 어느 나라의 말이든지 그 나라 사람이 旺盛(왕성)하야 勢力(세력)이 잇스면 그 말도 저절로 勢力(세력)이 잇서 널리 퍼지는 것이올시다 오늘날 英語(영어)의 勢力(세력)이 이다지 크다는 것은 곳 英語(영어)를 말하는 國民(국민)의 勢力(세력)이 强大(강대)함을 말하는 것이올시다 十餘年(십여년) 前(전)에는 英語(영어)를 말하는 사람의 數(수)가 겨우 數千萬(수천만)에 不過(불과)하든 것이 오늘은 十億(십억)이나 넘는다 합니다 이와 反對(반대)로 殘敗(잔패)한 國民(국민)의 말은 그 主人(주인)으로 더부러 함게 그 勢力(세력)이 줄어저 가는 것이외다

(六(육)) 피어난 말은 피어나지 못한 말을 이겨내는 힘이 잇습니다 피어난 말의 所有者(소유자)는 반듯이 文化上(문화상) 쏘는 政治上(정치상)으로 進步(진보)한 國民(국민)이니 그 말의 勢力(세력)이 그 所有者(소유자)의 勢力(세력)과 正比例(정비례)로 强大(강대)하고 피어나지 못한 말의 所有者(소유자)는 文化上(문화상)으로나 政治上(정치상)으로나 劣等(열등)의 國民(국민)이니 그 國語(국어)의 勢力(세력)도 劣(열)합니다 그럼으로 發達(발달)된 말이 發達(발달)되지 못한 말을 이겨내는 (征服(정복)하는) 것이외다 例(예)컨대 『그리시아』말과 『라틴』

말이 『유로파』 모든 나라의 말에 큰 影響(영향)을 주엇스며 日本(일본)말이 『아이누』말을 이겨낸 것과 英語(영어)가 印度(인도)말을 이겨낸 것과 가튼 것이외다

이만하면 言語(언어)의 發達(발달)이란 것이 어쩌한 것인가를 대강 짐작하섯슬 것이외다

그러면 今日(금일)의 우리말은 發達(발달)된 말이며 또 우리글은 發達(발달)된 글인가 나는 섭々하지마는 그럿타고 선々히 對答(대답)하지 못하겟습니다 그러나 우리말과 글은 그 本質(본질)이 낫버서 發達(발달)되지 못한 것이 아니라 그 本質(본질)은 잘 發達(발달)될 만큼 조흠니다 譬(비)컨대 우리말과 글은 뭇친 玉石(옥석)이요 녹선 寶劍(보검)이올시다 그 本質(본질)은 아름답고 날카롭지마는 그를 가진 主人(주인)이 그를 닦지 아니하며 갈지 아니한 故(고)로 무듸어서 光澤(광택)이 나지 못하며 녹서々 잘 들지 못하나이다 卽(즉) 우리글과 말은 잘 發達(발달)되지 못하얏습니다 그러나 그 發達(발달)되지 못함은 主人(주인)의 허물이요 決(결)코 그것의 허물은 아니외다 이미 本質(본질)이 조흔지라 이를 잘 닦고 갈면 반듯이 훌륭한 發達(발달)을 일울 것이외다 우리 젊은 사람들은 이 말과 글의 發達(발달)에 對(대)하야 名(각)々 큰 責任(책임)이 잇습니다

第二章(제이장) 將來(장래)의 問題(문제)

이제 우리의 말과 글의 發達(발달)을 꾀하랴면 여러가지 問題(문제)가 잇습니다마는 담에 그 가장 큰 것을 들겟습니다

一(일), 文字(문자)의 硏究(연구)

二(이), 소리의 硏究(연구)

三(삼), 語法(어법)의 硏究(연구)

四(사), 朝鮮語(조선어) 敎育(교육)을 合理的(합리적)으로 充分(충
분)히 할것

五(오), 古語(고어)의 硏究(연구)

六(육), 標準語(표준어)의 査定(사정)

七(칠), 字典(자전)의 完成(완성)

　우에 든 問題(문제)를 成就(성취)하랴면 첫재 一般民衆(일반민중)
이 깁흔 自覺(자각)으로서 朝鮮語(조선어)의 一般的(일반적) 修養(수
양)을 힘쓸것이요 둘재는 깁흔 責任(책임)을 늣기고서 우리말과 글
을 科學的(과학적)으로 硏究(연구)하는 學者(학자)가 相當(상당)히 잇
서야 할 것이요 셋재는 一般(일반) 靑年(청년)이 現代(현대)의 諸般(제
반) 科學(과학)을 닥가서 朝鮮(조선) 民族(민족) 文化(문화)의 建設(건
설)과 發達(발달)을 圖(도)할 것이요 넷재는 偉大(위대)한 文學家(문학
가)가 나와서 過去(과거)에 죽은 우리말과 現在(현재)에 榮養不足(영
양부족)으로 元氣(원기)를 왼동 일코 漸(점)々 微弱(미약)해지는 우리
말을 精鍊(정련)하야 새 生命(생명)와 새 元氣(원기)를 줄 것이요 다
섯재는 敎育制度(교육제도)를 改善(개선)하야 적어도 敎授用語(교수
용어)을 朝鮮(조선)말로 할 것이요 여섯재는 歷史家(역사가) 考古學
者(고고학자)가 輩出(배출)하여야 할 것이요 일곱재는 이 일은 決(결)
코 하로 아츰 하로 저녁에 일우어질 것이 아니니 繼續的(계속적) 努
力(노력)이 가장 必要(필요)합니다
　이 자리에서는 時間(시간)이 업스니 우에 든 問題(문제)를 一一(일
일)히 論述(논술)할 餘裕(여유)가 到底(도저)히 업습니다 나는 다만

『文字(문자)의 研究(연구)』에 對(대)하야 나의 研究(연구)를 發表(발표)하고자 하나니다 그럿치마는 그것을 말하기 前(전)에 古語(고어)의 研究(연구)가 얼마나 重大(중대)한 뜻을 가젓는가를 簡單(간단)히 말하겟습니다 古語(고어)의 研究(연구)는 우리 民族文化(민족문화)를 研究(연구)하는 대에 가장 必要(필요)합니다 이제 簡單(간단)한 例(예)를 들어 말하건대 우리가 方今(방금) 쓰는 말에 東西南北(동서남북)이란 우리말과 百千萬億(백천만억)이란 우리말이 업습니다 萬若(만약) 이런 말이 當初(당초)부터 우리말에 업섯다 하면 漢字(한자)가 들어오기 前(전)에는 우리 民族(민족)이 이러한 觀念(관념)좃차 發達(발달)되지 못하얏다 할 수밧게 업슬 것이외다 그러면 우리 民族(민족)의 固有(고유)한 文化程度(문화정도)는 極(극)히 幼稚(유치)하얏다 하겟습니다 이 方位(방위)의 數(수)에 對(대)한 觀念(관념)의 發達(발달)의 如何(여하)는 實(실)로 그 民族(민족)의 文野(문야)를 가를 만한 準尺(준척)이라 할 수 잇습니다 이 말의 잇고 업슴이 적은 일인 듯하되 實(실)로는 그 民族(민족)에게 큰 關係(관계)가 잇는 것이올시다 이제 專門家(전문가)의 研究(연구)에 依(의)하건대 우리말에도 이러한 말이 다 잇섯다 합니다(東(동)새, 西(서)하, 南(남)마, 北(북)노, 百(백)온, 千(천)즈믄, 萬(만)골, 億(억)잘) 이러한 말이 漢語(한어)에 壓倒(압도)되어 漸(점)々 그 힘이 줄어지고 그 쓰히는 範圍(범위)가 좁아저서 마츰내 그 形跡(형적)조차 희미하게 되엇습니다 그러나 文獻上(문헌상)으로나 쏘는 方今(방금) 우리가 쓰는 日常語(일상어)에도 그 形跡(형적)를 차자 볼 수가 잇습니다 이와 갓치 古語(고어)의 研究(연구)가 民族文化(민족문화)의 研究(연구)에 必要(필요)하며 쏘 歷史(역사)의 研究(연구)에 極(극)히 必要(필요)합니다

나는 우에 말한 바와 갓치 우리말과 글의 피어나기 (發達(발달)하

기)를 爲(위)하야 여러가지의 希望(희망)을 들이엇지오마는 여기 다시 그 한 가지를 들어서 特別(특별)히 바라고자 하는 것은 우리 靑年(청년) 中(중)에서 眞實(진실)하고 自覺(자각)깁흔 國文學者(국문학자)가 나오기 (顯出)올시다 國語(국어)의 發達(발달)과 統一(통일)은 實(실)로 이 큰 文學者(문학자)의 힘을 기다림이 만음니다 獨逸(독일)말의 統一(통일)에는 有名(유명)한 宗教改革家(종교개혁가) 루-터가 聖經(성경)을 놉흔 獨逸(독일)말로 飜譯(번역)한 것이 主力(주력)이 되엇스며 이탈리말의 統一(통일)에는 딴태의 힘이 크다 하며 英語(영어)의 統一(통일)에는 초-서의 힘이 만앗다 함니다 비록 한 사람일망정 그 偉大(위대)한 文學(문학)의 힘은 果然(과연) 씀직하다 할 것이외다 모르괘라 우리 졂은 사람들 가온대에 이러한 큰 文學者(문학자)가 몃이나 잇는지 업는지?

第四章(제사장) 文字(문자)의 研究(연구)

이 章(장)에서는 우에 말한 將來(장래)의 問題(문제) 가온대에 한 아인 文字(문자)의 研究(연구)에 對(대)하야? 나의 싱각을 말슴하고자 하나이다 이 研究(연구)의 結論(결론)은 우리글을 가로씀이 올타 함이올시다 그러한대 먼저 어쩌한 글이 조은 글이며 어쩌한 글씨가 조은 글씨인가를 말하야 여러분이 글자와 글씨에 對(대)한 正當(정당)한 理解(이해)를 가지게 하야써 우리글을 가로쓰기에 根抵(근저)를 벼르고 담에는 다른 나라에서 일어나는 國字改良運動(국자개량운동)을 紹介(소개)하야 써 우리글의 가로쓰기의 運動(운동)에 活氣(활기)를 더하고자 하노이다

第一節(제일절) 조은 글(文字論(문자론))

世上(세상)에는 여러가지의 글이 잇지요마는 그 중 어쩌한 글이 가장 조은 글인지 또 조은 글은 어쩌한 條件(조건)을 갓추어야 하는지를 말하고자 하나이다

(一(일)) 소리글일 것

우리 사람들의 쓰는 글은 나라의 다름을 싸라 여러가지가 잇지요마는 그것을 大別(대별)하면 뜻글(意標文字(의표문자))과 소리글(音標文字(음표문자))의 두 가지가 됩니다 뜻글이란 것은 漢字(한자)갓흔 글이니 그 글자마다 반듯이 어쩐 뜻을 가진 글을 이름이오 소리글은 우리 한글(諺文(언문))과 갓치 글자마다가 무슨 뜻을 代表(대표)하는 것이 아니요 다만 소리를 代表(대표)하는 글을 이름이외다

이제 이 두 가지 글의 優劣(우열)을 比較(비교)하여 보면 조은 글은 반듯이 소리글이라야 할 것이 證明(증명)이 됩니다

(一(일)) 文字(문자)의 發達史上(발달사상)으로 보아 소리글이 뜻글보다 나음 테일라(TAYLOR)이란 사람이 世界文字(세계문자)에 對(대)하야 그 發達(발달)을 硏究(연구)한 結果(결과) 이를 담의 다섯 가지로 난호앗습니다

　一(일), 그림글(繪畵文字(회화문자))
　二(이), 표글(記號文字(기호문자))
　三(삼), 말글(表意文字(표의문자))
　四(사), 낫내글(音節文字(음절문자))

五(오), 낫소리글(音韻文字(음운문자))

　이제 테일라의 硏究(연구)에 依(의)하건대 이 다섯 가지의 글은 階段的(계단적)으로 次例的(차례적)으로 次例次例(차례차례) 發達(발달)한 것인대 글로 가장 發達(발달)되지 못한 것이 그림글(繪畫文字(회화문자))이라 합니다 이것은 純全(순전)히 物體(물체)의 形像(형상)을 그대로 그리어서 글을 만든 것이니 假令(가령) ☉ ☾ ⋔ ⫽ 🐦 🚗 ✋ (日月山川鳥車手(일월산천조차수))와 가흔 것이니 漢字(한자)의 一部(일부)와 古代(고대) 埃及文字(애급문자)가 이에 屬(속)한 것이외다 이 階段(계단)에서 한칭 나아가면 표글(記號文字(기호문자))이 됩니다 표글은 物體(물체)의 形(형)을 꼭 그냥 그리지 아니하고 표로서 그 物體(물체)를 代表(대표)하게 되며 또 반듯이 有形(유형)한 物體(물체) 뿐 아니라 多少間(다소간) 抽象的(추상적)의 것도 표로서 들어내기가 됩니다 假令(가령) ☲ 🜍로서 上下(상하)의 뜻을 표하며 一二三(일이삼)으로서 數(수)를 표하며 담의 그림과 가치 🜚 한손에는 방패를 들고 한손에는 창을 잡은 표로서 『싸홈』이란 뜻을 表(표)함과 갓은 것들이외다

　또 이 階段(계단)에서 더 한칭 나아가면 말글이 됩니다 말글(表意文字(표의문자))은 物件(물건)의 形像(형상)을 그리는 것이 아니요 有形(유형)한 物體(물체)와 無形(무형)한 思想(사상)의 이름 곳 낫말 (單語(단어))을 들어내게 된 故(고)로 한 字(자)가 곳 한 낫말을 代表(대표)하며 짤아 한자마다 固有(고유)한 뜻이 잇습니다 곳 말이 잇스면 반듯이 그 낫말에 對(대)한 글자가 잇습니다 오늘의 漢文(한문)은 大概(대개) 이 階段(계단)에 屬(속)한 글이외다 담에 또 한칭 더 나아간 글이 낫내글(音節文字(음절문자))이올시다 이는 말소리의 한 낫내(一

音節(일음절))로서 한 글자를 만든 것이 日本(일본)의 가나(假名(가명))와 갓흔 글이올시다 이에서 더 한칭 나아간 글이 낫소리글(音韻文字(음운문자))이올시다 이 글은 소리의 한 낫내를 代表(대표)하는 것이 아니라 낫소리를 代表(대표)하는 것이니 우리의 한글(諺文)과 西洋(서양)의 ABC 갓흔 글이 이에 屬(속)합니다 낫내글에는 홀소리(母音(모음))와 닿소리(子音(자음))의 區別(구별)이 업스되 낫소리글에는 이두 가지 소리의 區別(구별)이 잇습니다

그러한대 첫재부터 셋재까지는 그 글자마다 各(각)々 固有(고유)의 뜻이 잇는 故(고)로(소리에는 아모 相關(상관)업시) 이를 모다 뜻글(意標文字(의표문자))이라 이르며 넷재와 다섯재는 그 글자에 무슨 뜻이 잇는 것이 아니요 다만 소리만 들어내는 것인 故(고)로 이를 모다 소리글(音標文字(음표문자))이라 이릅니다

이와 갓치 世界(세계)의 文字(문자)가 잇서 各々(각각) 그 發達(발달)의 階段(계단)을 보입니다 그런데 漢文(한문)은 첫칭에서 셋재칭까지 나아온 글인대 그중에는 假借(가차)라는 用法(용법)이 잇서 넷재 階段(계단) 낫내글까지 나아왓다고도 할 수 잇습니다 쏘 朝鮮(조선)의 吏吐(이토)와 日本(일본)의 假名(가명)은 確實(확실)히 漢文(한문)에서 進步(진보)된 낫내글이올시다 애지프트글(埃及文字(애급문자))은 첫재 階段(계단)에서 다섯재 階段(계단)까지 進步(진보)되얏나니 오늘의 西洋(서양)『알파베트』는 곳 애지프트글에서 進步(진보)된 낫소리글이올시다 이와 갓치 世界(세계)의 모든 글이 다 그 첨은 그림글이든 것이 進步(진보)되어 或(혹)은 第三段(제삼단)에 잇고 或(혹)은 第四段(제사단)에 或(혹)은 第五段(제오단)에 잇슴니다 이러한 中(중)에 오즉 우리의 한글(諺文)만은 그 첨부터 소리글로 된 것이니 世界文

字史上(세계문자사상)에 類(유)가 업는 자랑이며 더구나 소리글 가온대에도 가장 進步(진보)된 낫소리글이니 참 자랑이라도 가장 큰 자랑이올시다 사람은 글을 因(인)하야 사람노릇을 하는 것인대 우리는 가장 쒸어난 글을 가젓스니 사람 中(중)에도 쒸어난 사람의 노릇을 하여야 할 것이 아닙니쌔! 여러분 부대 이것을 맘에 깁히 사겨 두십시오

우와 갓치 글자 發達史上(발달사상)으로 보니 소리글이 쯧글보다 나은 글이올시다

(二(이)) 國語(국어)를 統一(통일)하는 대에 소리글이 쯧글보다 나음
쯧글은 그 말의 소리는 어찌 되엿든지 간에 그 글이 나터내는 쯧으로 말미암아 사람의 싱각을 나타내는 째문에 이 글을 因(인)하야 그 나라의 말을 統一(통일)하기 (한 가지로 하기)가 어렵습니다 그러나 소리글은 말의 소리를 나타내는 째문에 그 글을 읽는 사람은 저절로 한 가지의 말을 쓰게 됩니다 그리하야 그 나라의 말이 統一(통일)이 됩니다

(三(삼)) 배호기에 소리글이 쯧글보다 나음 소리글은 말의 소리를 적는 것이기 째문에 갓흔 말소리는 가튼 글자로 적게 됩니다 假令(가령) フテ(筆)의 フ를 フュ(冬) フミ(文)들의 가튼 말소리에 通用(통용)하는 째문에 그 글자의 數(수)가 적으며 더구나 말소리글(ALPHABETIC SIGNS) 곳 우리의 한글이나 英語(영어)의 ABC 가튼 글은 홀소리와 닿소리를 가르는 째문에 그 數(수)가 더욱 적어지나이다 우리글은 三十五字(삼십오자)(以下에 仔細히 말함) 이탈리아글은 二十二字(이십이자) 佛(불)은 二十五字(이십오자) 英獨(영독)은 二十六字(이십육자)

西班牙(서반아)는 二十七字(이십칠자) 아라비아는 二十八字(이십팔자) 露國(노국)은 四十一字(사십일자) 日本(일본)은 五十字(오십자) 이와 反對(반대)로 뜻글 곳 漢字(한자) 가튼 글은 말마다 다른 글자가 잇는 故(고)로 그 數(수)가 퍽 만습니다

漢字(한자)의 數(수)는 四萬(사만) 假令(가령)은 된다 합니다 漢字(한자)는 그 말의 數(수)를 딸아 變(변)하나니 古語(고어)가 쓰히지 아니하게 되면 그 말에 當(당)한 글자도 쓰히지 아니하게 됩니다 그러므로 우에 든 四萬(사만)이라는 數(수) 中(중)에 우리나라에서 예사로 쓰히는 字數(자수)는 그 十分(십분)의 一(일) 卽(즉) 四千字(사천자) 假令(가령)이나 될 것이외다 그러나 古字(고자)라고 다 업서지는 것이 아니오 또 갓흔 글자라도 그 뜻과 用法(용법)이 흔히 두 가지 以上(이상) 乃至(내지) 十餘(십여) 가지가 잇나니 四千字(사천자)가 쓰힌다 할지라도 넉々(넉)이 一萬(일만) 以上(이상)이 쓰히는 셈이 됩니다 이리한즉 漢文(한문)(뜻글)을 배호기와 소리글을 배호기가 그 쉽고 어려옴의 差異(차이)가 얼마나 懸殊(현수)하겟습니싸 書堂(서당)에 다니기 始作(시작)하야 하얀 털이 귀 밋에 나붓길 적짜지 글을 읽어도 漢字(한자)를 다 안다 할 수 업스며 漢文(한문)을 잘 한다 할 수 업는 漢學者(한학자)네들이 우리 한글을 하로 아츰 글이라고 낫보앗지요마는 이 하로 아츰이란 速(속)히 배홀 수 잇는 글이라야 眞實(진실)로 進步(진보) 發達(발달)된 글이라 할 수가 잇습니다

이 배호기 쉽고 어려음은 敎育上(교육상)에 큰 利害關係(이해관계)가 잇는 큰일이올시다 이제 소리글 곳 假名(가명)과 뜻글 곳 漢字(한자)를 並用(병용)하는 日本(일본)의 國語敎育(국어교육)과 소리글(를?) 곳 ABC만 쓰는 獨逸(독일)의 國語敎育(국어교육)을 比較(비교)하여 보면, 이 漢字(한자)란 것이 얼마나 배호기가 어려우며 敎育上(교육

상)에 얼마나 큰 損失(손실)을 바든가를 짐작할 것이외다

　小學校(소학교)의 每週(매주) 國語(국어) 授業時間表(수업시간표)

(六個年平均) 漢字(한자)를 쓰는 日本(일본)에서는 十一時間半(십

일시간반)

　소리글만 쓰는 歐米(구미)에서는 八時間(팔시간)

　이것을 總(총) 科目(과목)의 每週(매주) 授業時間數(수업시간수)에

比較(비교)하면

　日本(일본)은 百分之四十四(백분지사십사)

　歐米(구미)는 百分之三十一(백분지삼십일)

　이를 배호는 讀本(독본)의 分量(분량) 곳 낫말의 셈(單語(단어)의 數

(수)이니 字數(자수)는 아니라)으로 比較(비교)하면(第三年(제삼년)의 뮨

헨市(시)의 敎科書(교과서)에 依(의)함)

　日本(일본)은 九千九百語(구천구백어)

　獨逸(독일)은 四萬八千語(사만팔천어)

　또 서로 가튼 百單語(백단어)를 배호는 대에 드는 時間(시간)의 數(수)

　日本(일본)은 四時間二十分(사시간이십분)

　獨逸(독일)은 三十八分(삼십팔분)

　卽(즉) 日本(일본)은 獨逸(독일)의 七倍(칠배)나 時間(시간)이 듭니다

普通(보통)의 書籍(서적)을 읽을 수 잇는 째짜지의 年數(연수)를 大略

(대략) 計出(계출)하면

　日本(일본)(中學三年쯤 잡고)八個(팔개) 年(년)

　歐米(구미) (小學 二年生이 自由로 넉〻이 읽으니짜) 一個年(일개년)

半(반) (以上은 日本의 保科孝一氏가 調査한 것인대 大正 九年 봄에 東

京에 열린 文部省 主催『時의 展覽會』의 出品이올시다)

다시 思想(사상)과 知識(지식)의 內容(내용)에 就(취)하야 比較(비교)하야 보면 日本(일본) 尋常小學(심상소학) 六年間(육년간)에 배호는 讀本(독본)의 敎科(교과)는 獨逸(독일) 小學校(소학교)의 갓튼 年限(연한)에 배호는 그것의 겨우 六分(육분)의 一(일)에 지나지 못한다 합니다 그러면 日本(일본)에서 이 어려온 漢字(한자)를 尋常小學校(심상소학교)에서 얼마나 쓰는가를 봅시다 近者(근자)에 多少間(다소간) 變更(변경)이 잇습니다마는 여기에는 前年(전년)에 漢字(한자) 專門學者(전문학자) 後藤朝太郞氏(후등조태랑씨)의 調査(조사)한 바에 依(의)하면 讀本(독본)의 漢字數(한자수)가 一千三百六十(일천삼백육십) 字(자)이요 讀本外(독본외)의 것을 合算(합산)하면 二千六百(이천육백) 字(자)이라 합니다 이 二千六百(이천육백) 字(자)의 漢字(한자)를 배호는 째문으로 日本(일본) 國語敎育(국어교육)이 저가치 歐米(구미)의 그것에 떨어지는 것을 싱각하면 참 놀랍은 일이올시다 그 精神上(정신상) 肉體上(육체상)의 損失(손실)이 저와 갓흐며 金(금)보다 貴(귀)한 時間(시간) 卽(즉) 生命(생명)을 저가치 虛費(허비)하며 딸아 敎育費(교육비)의 濫費(남비)가 저가치 甚(심)하니 二千六百(이천육백)의 漢字(한자)의 갑이 果然(과연) 비싸다 할 것이외다 이럿케 비싼 漢字(한자)를 專用(전용)한 우리 朝鮮(조선)의 過去(과거)의 敎育(교육)은 그 損失(손실)이 얼마나 컷는가는 今日(금일) 우리가 目下(목하)에 當(당)하는 것이 아닙니짜 現今(현금)의 우리 民族(민족)은 이 비싼 漢字(한자)의 債務(채무)에 졸리어서 살 수 업게 되엿습니다

(四) 다른 나라의 말을 배호기에 소리글이 쯧글보다 나옴 다른 나라 말을 배호자면 반듯이 그 말의 소리를 적어야 할 것이니 쯧글은 소리를 잘 적을 수가 업습니다

(五) 글을 박기에 소리글이 뜻글보다 나음 漢字(한자)는 그 數(수)가 만음으로 글을 박자면 그 박고자 하는 글자를 차자내기에 勞力(노력)이 듭니다 假令(가령) 예사로 쓰히는 글자가 五千(오천)이라 하면 이에 活字(활자)의 各號(각호)가 잇스니 글 박는 집(印刷所)에 갓추어 두어야 할 活字數(활자수)는 글字(자)의 三四倍(삼사배)는 될 것이 올시다 이를 암만 整齊(정제)하게 간출러 두엇슬지라도 이것을 차자내자면 바쁜 일에는 몃 사람이나 늘어 서서 쉴 사이 업시 납뒤드라도 겨우 三十(삼십) 字(자) 以內(이내)되는 소리글을 박는 데에 한 사람이 일하는 것보다도 느질 것이외다 일이 말은 째문에 박는 費用(비용)이 만흐며 박는 갑이 만은 째문에 칙갑시 만하지며 칙갑시 만흔 째문에 이것을 사서 보는 사람이 적으며 칙을 사아 보는 사람이 적은 째문에 칙갑은 더욱 비싸지며 칙갑이 더욱 비싼 째문에 그 칙이 넓게 퍼어지지 아니하며 칙이 널리 퍼어지지 아니하는 째문에 그 나라 사람의 知識(지식)이 나아가지 못하며 知識(지식)이 나아가지 못하면 그 나라 사람의 生活(생활)이 漸(점)々 못 되어 갈 것이니 이것이 어찌 적고 가벼온 일이라 하겟슴니까 여기에 한 가지 부처 말할 것은 이 말을 듯는 이 중에 或(혹) 西洋冊(서양책)은 비싸고 漢文冊(한문책)은 헐하다고 疑問(의문)를 내실 이가 게실는지 모르지 마는 이것은 다른 事情(사정)에서 나온 것이니 萬一(만일) 西洋(서양) 여러 나라에서 漢字(한자) 가튼 글을 쓴다 하면 그 칙갑이 몃 倍(배)나 비쌀 것이외다

(六)　그 쑨 아니라 漢文(한문)은 라이노타입(LINOTYPE)이라든지 타입푸라이터(TYPEWRITER)와 가튼 文明(문명)의 利器(이기)를 利用(이용) 할 수 업슴니다

(七) 民族文化(민족문화)의 向上(향상)에 소리글이 뜻글보다 나음

압에 말한 바와 갓치 소리글은 뜻글보다 더 나아간(進步(진보)된) 글이요 나라말을 統一(통일)하야 發達(발달) 식이는 대에 가장 이롭으며 배호기에 쉽으며 또 다른나라 말을 배호기에 便利(편리)하며 박기에도 쉽으니 이 소리 글이 民族(민족) 文化(문화)를 向上(향상) 식히는 대에 얼마나 有利(유리)한 것을 짐작할 것이외다 元來(원래) 글이라 무엇하는 것임니까 그 글을 쓰는 民族(민족)의 文化(문화)를 낫우는 것이올시다 글이 잇스되 그 國民(국민)이 蒙昧(몽매)하야 열리지 못하면 어찌 그 글이 글노릇을 한다 하겟슴니까 우리 朝鮮(조선)사람이 얼른 싱각하면 中華民國(중화민국) 사람들은 다 제나라의 글을 알 것 갓지오마는 實相(실상)은 조금도 그러치 못합니다 中華民國(중화민국)의 十分(십분)의 七(칠), 八(팔)은 이른바 글장님(文盲)이라 합니다. 그럼으로 엇던 사람은 말하기를 『글 잇는 나라도 支那(지나)이요 글 업는 나라도 支那(지나)이라』고 하엿습니다. 漢文(한문)이란 어려운 글이 우리 조선사람이나 日本(일본)사람의 文化進步(문화진보)에 不利(불리)할 쑨 아니라 支那國民(지나국민)의 文化進步(문화진보)에도 크게 不利(불리)한 것이올시다. 우에 여섯 가지의 까닭을 들어 소리글이 뜻글보다 나은것 곳 줄이어 말하면 우리글이 漢文(한문)보다 나은 것을 말하엿습니다. 곳 조은 글은 소리글이란 말을 쏙ㄱ(쏙)이 말하엿다고 싱각합니다. 日本(일본)에서 漢字(한자) 廢止(폐지)의 運動(운동)이 일어나고 漢字(한자)의 本國(본국)인 中華民國(중화민국)에서도 漢字(한자)를 廢止(폐지)하자는 運動(운동)이 激烈(격렬)한 것이 엇지 偶然(우연)한 일이며 우리가 朝鮮(조선)에서 漢字(한자)를 廢止(폐지)하자고 强烈(강렬)히 衷心(충심)으로 부르지짓는 것이 엇지 當然(당연)치 아니합니까 이 漢字廢止運動(한자폐지운동) 곳

國字改良運動(국자개량운동)에 關(관)하야는 다음에 다시 말하고자
하나이다

(二(이)) 홀소리(母音)와 닿소리(子音)를 가를 것 곳 낫소리글일 것

우에 소리글이 뜻글보다 나은 싸닭을 말하엿습니다 그러한대 그
소리글 중에도 홀소리와 닿소리를 가론 낫소리글이라야 더욱 조흔
글이 됩니다 이 싸닭은 대개 아레에 든 여섯 가지의 條目(조목)에 비
최어 보면 밀우어 알 것이니 이에는 다시 여러 말을 하고자 아니함
니다 이는 곳 우리의 한글(諺文(언문))이나 西洋(서양)의 알파베트가
日本(일본)의 假名(가명)보다 낫다 함이니 日本(일본)에서 漢字廢止
論(한자폐지론)이 일어나는 同時(동시)에 假名(가명)를 쓰지 못할 것이
라 하야 惑(혹)은 장님의 쓰는 點字法(점자법)을 쓰자 하고 或(혹)은
視話法(시화법)을 쓰자 하고 或(혹)은 視話法(시화법)을 쓰자 하고 或
(혹)은 速記字(속기자)만 쓰자 하고 或(혹)은 새 글자를 짓자 하고 或
(혹)은 朝鮮(조선) 한글을 쓰자 하고 或(혹)은 假名(가명)만 쓰자 하고
或(혹)은 로-마字(자)를 쓰자 하야 그 議論(의론)이 沸騰(비등)하는
것은 이째문이올시다 우리에게는 이러한 귀챤은 問題(문제)가 일어
날 턱이 업습니다 우리글은 아모리 보드라도 조흔 글 가온대에도 가
장 조흔 글이올시다

(三(삼)) 한소리(語文)는 반듯이 한 글자로 표할 것

英語(영어)의 SH CH GH PH NG TH와 獨語(독어)의 SCH CH 와
한글의 **ㅛ ㅒ** ㅐ ㅔ ㅚ ㅟ ㅢ 가튼 것은 조흐지 못합니다

(四(사)) 가튼 소리는 반듯이 가튼 글자로 표할 것

英語(영어)의 CH=C=K, ǫ=ㅠ. O=ㅠ. ꭲ=ȝ=ɪ F=GH=PH. 과
日本(일본)의 シヤウ, ショウセウ, シヤフ, ショフ セフ, ショ-ｲ와 갓튼 것
은 조치 못합니다

(五(오)) 한 글자는 언제든지 반듯이 한 소리가 날 것

英語(영어)의 A가 애,애이, ㅗㅕ,......로 나는 것과 E가 이-, 이,
에, 어-, 애이......로 나는 것은 매우 조치 못합니다

(六(육)) 다른 소리는 반듯이 다른 글자로서 표할 것

獨逸(독일)의 i의 大正字(대정자)와 j의 大正字(대정자)의 形(형)(ℐ)
이 서로 가트니 이런 것은 조치 못합니다 또 우에 말함과 갓치 英語
(영어)에 애,애이오-......의 다른 소리를 다 A로 쓰는 것은 좃치 못합
니다

**(七(칠)) 글자의 數爻(수효)가 그 나라의 말소리를 넉넉이 바로 적
을 수 잇슬 뿐 아니라 다른 나라의 말소리이라도 어느 程度(정도)
까지는 바로 적어 닐 수 잇슬 만콤 잇슬 것**

日本(일본)의 假名(가명) 가튼 것은 이 點(점)에 對(대)하야 極(극)히
不完全(불완전)하나니 제 나라의 말소리도 바로 적지 못합니다 이를
터면 タサ(草(초))의 ク와 クリ(栗(율))의 ク소리가 싼판으로 다른데 이
를 區別(구별)하여 적지 못하며 더구나 다른 나라의 말소리는 到底

(도저)히 바로 적어닐 수가 업습니다 이런 것은 조치 못한 글이올시다

(八(팔)) 소리나지 아니하는 글자가 업도록 할 것

우리 한글의 『ㅇ』와 英語(영어)의 GH, K, H, E. ....들이 소리업시 쓰히는 것은 조치 못합니다 우에 버리어 적은 여덜 가지의 條件(조건)은 조흔 글이 갓춰어야 할 것이외다 아는 곳 조흔 글자의 組織(조직)의 原理(원리)를 말한 것이니 우리 한글은 거의 理想的(이상적)으로 조흔 글이라 할 수가 잇습니다 곳처야 할 것은 極(극)히 적음을 알 것이외다

第二節(제이절) 조흔 글씨(書體論(서체론))

우에 말한 여덜 가지의 條件(조건)을 가춘 조흔 글을 어쩌케 쓰는 것이 조흘까 곳 조흔 글씨는 어쩌한 條件(조건)을 가추어야 할 것인가를 다시 仔細(자세)히 싱각하여 보고자 하나이다 그러한대 글씨에는 박음글씨(印刷字體)와 흘림글씨(書寫字體)의 두 가지가 잇습니다 여기에는 爲先(위선) 손으로 쓰는 대에 쓰는 흘림글씨(書寫字體)의 가추어야 만할 條件(조건)을 버리어 적겟습니다

(一(일)) 소리 理致(이치)에 맛도록

소리의 理致(이치)에 맛도록 쓴다 함은 곳 먼저 나는 소리는 먼저 쓰고 나종 나는 소리는 나종 쓰되 그 차례가 반듯 하도록 쓰는 것이외다 이러케 쓰자면 우에서 아래로 나리 쓰거나 아래서 우로 치쓰거나 쏘 왼쪽에서 오른쪽으로 가로쓰거나 오른쪽에서 왼쪽으로 가로쓰거나 다 맛찬가지가 될 것이올시다 그러나 다음에 적은 여러

가지의 理由(이유)를 因(인)하야 왼쪽에서 오른쪽으로 가로 쓰는 것이 가장 조코 다음에는 우에서 아레로 나리 쓰는 것이 조흡니다 여태짜지의 우리글씨는 소리의 나는 차례대로 한결로 쓰지 아니하고 왼쪽에서 오른쪽으로 가로 쓰다가 넘어 넓을 듯하면 그만 아레로 나려가아서 또 왼쪽에서 오른쪽으로 가로씁니다 假令(가령) 『닭』이란 글씨를 그 소리나는 차례대로 쓸 것 가트면 『ㄷㅏㄹㄱ』이 되겟거늘 이를 『닭』으로 쓰는 것은 다만 모든 글씨꼴(字形)을 等邊四角形(등변사각형)(□)이 되도록만 쓰고자 한 째문이올시다 이를 고쳐야 할 것이외다

(二(이)) 읽기 쉽게

읽기에 쉽게 쓰자면 낫말(單語)이 얼른 눈에 들어도록 써야 할 것이니 이에는 다음의 여러가지의 條件(조건)을 가추어야 합니다

(1) 낫말을 한 덩이로 쓸 것　　우리가 글을 읽는다 함은 그 소리를 읽는 것이 아니라 그 뜻을 읽는 것이니 한 뜻을 가진 낫말(單語)을 한 덩이로 쓰는 것이 읽기에 쉽습니다 여태짜지의 우리글씨는 낫말을 한 덩이로 쓰지 아니하고 소리의 낫내(音節)를 한 덩이로 쓰나니 이는 **첫재** 뜻업는 짓이외다 假令(가령) 『사람』이란 낫말을 사와 람의 두 덩이로 쓰나니 사와 람에 各々(각각) 무슨 뜻이잇서々(서) 이런 짠 덩이로 쓸 必要(필요)가 잇슴니가 조금도 그럴 必要(필요)가 업슴니다 **둘재**는 낫내의 소리를 한 덩이로 쓰는 째문에 그 글을 읽을 적에는 그 소리 소리부터 보고 뜻이 되는 대로 짤아 낫말로 짐작하나니 참우리글씨는 입으로 소리내어 읽을 글이지 決(결)코 눈으로 그 뜻을 볼 글이 못 됩니다 소리로 읽게 되는 故(고)로 글읽기가 極

(극)히 어렵습니다 假令(가령) 여기에 넉 자 되는 한 줄 글이 잇다 하면 이를 보자면 여덟 번이나 고처 보아야 비로소 그 뜻을 짐작하게 됩니다

1.0.000 2.00.00

3.000.0 4.0.0.00

5.00.0.0 6.0.0.0.0

7.0.00.0 8.0 000

勿論(물론) 언제든지 여덟 번 읽어야 될 것은 아니지요마는 뜻 모르는 글에는 여덟 번이나 고처 본다 할지라도 그 뜻을 바로 짐작하지 못할 적이 잇슬 것이외다 우리 국문칙이 事實上(사실상) 보기 어렵은 것은 이 째문이올시다 萬若(만약) 이것을 소리를 내어 읽을 것 가트면 눈으로만 보기보다는 時間(시간)이 덜 들 것이외다 왜 그러냐 하면 입으로는 뜻이 되든지 마든지 소리만 내고 귀로는 自己(자기)의 내는 소리를 들으면서 속으로는 그 뜻을 짐작하게 되는 째문이외다 그러므로 흔히 우리글의 이야기칙을 보는 이가 소리를 질러 읽습니다

實(실)로 우리글은 소리를 絕對的(절대적)로 내지 아니하고 읽기는 極(극)히 困難(곤란)합니다 그러므로 누구든지 소리를 질러서 읽지 아니한다 할지라도 속으로는 가만히 소리를 내어보고 그 뜻을 짐작하는 것이외다 이것은 여러분이 스스로 反省的(반성적)으로 實驗(실험)하여 보시면 그 事實(사실)인 것을 發見(발견)하리다 소리를 내어 보아야만 그 뜻을 짐작하게 되는 故(고)로 直接(직접)으로(바로) 눈으로 보아 곳 그 뜻을 읽는 다른나라의 글보다 時間(시간)도 훨신 더 만히 듭니다 또 소리를 질러서 읽는 故(고)로 흔히 自己(자기)의 소리

에 精神(정신)이 빠저서 그 글월의 뜻을 짐작하지 못하는 일도 잇슴니다 우리글은 그 읽는 이보다 겻헤서 듯는 이가 그 뜻을 더 쪽々히 짐작하는 것은 이때문이올시다 엇지 올흔 글시이라 하겟슴니싸 쏘 낫말을 한 덩이로 씨지 아니하는 싸문에 글뜻을 『잘못 잡는 일도 만흠니다 이는 알에 붓처 읽을 것을 우에 붓치고 우에 붓처 읽을 것을 알에다가 붓친 싸문에 일어나는 일이올시다』 쏘한 가지 말할 것은 낫말을 한 덩이로 씨지 아니하는 글은 읽기에 힘이 만히 들 뿐 아니라 힘씻 읽은 뒤에도 記憶(기억)이 잘 되지 아니하나니 이는 그 뜻이 그 글자와 함께 얼는 머리에 들어 박힌 것이 아니라 그 소리가 머리에 남아 잇슬 뿐임으로 그러한 것이올시다

이에 한 가지 붓처 말할 것은 낫말을 한 덩이로 씨지 아니하는 싸문에 우리말이 잘 피어나지(發達하지) 못함니다 이것은 참 큰 關係(관계)가 잇는 일이올시다 우리가 西洋(서양)말 그 中(중)에도 『쏘이취』말을 볼 것 갓흐면 그 말이 잘 發達(발달)된 것을 아는 同時(동시)에 그 發達(발달)이 낫말을 한 덩이로 씨기 싸문에 잘 된 것임을 明白(명백)히 깨닷슴니다 이만하면 낫말을 한 덩이로 씨지 아니하고 낫내(音節)를 한 덩이로 씨는 것이 얼마나 큰 損害(손해)가 되는지를 대강 짐작하섯슬 줄로 암니다 그러하면 담에는 쏘 엇더한 條件(조건)이 잇서야 하는가를 보겟슴니다.

(二(이)) **가로 쓸 것**   우리 사람의 두 눈이 가로 박히엇스니 가로 보는 것이 세로 보기보다 훨신 쉬울 것이며 쏘 눈안에 잇는 힘줄(筋肉)도 눈알을 가로 움즉임이 세로 움즉임보다 쉽고 넓게 되여잇슴니다 이는 여러분이 누구의 눈알이든지 이러한 것을 날로 보는 바이올시다

(三(삼)) **낫々의 글씨가 꼴이 서로 다를 것**   낫글씨의 꼴이 들어나

게(顯著하게) 서로 달나야 눈에 얼는 들어와서 分間(분간)이 잘 될 것은 더도 말할 必要(필요)가 업슴니다

(四(사)) 알과 우로 나오는 획이 알맛게 잇서야 할 것　글씨를 다 우알이 쪽 갓게 쓰면 各字(각자)의 特色(특색)이 잘 들어나지 아니하는 때문에 보기에 힘이 듭니다 우알로 나오는 것이 잇어야 할 것이외다 그러나 우알로 넘어 말이 나와서는 도로혀 나오지 아니함과 갓하 보기에 어렵으며 쏘 보기에 아름답지도 못함니다 여기에 한 가지 말할 것은 우리글을 硏究(연구)하는 사람 가온대에 우로만 올니고 알로는 나리우지 마자 하는 이가 잇슴니다마는 나는 알맛게 나리우는 것이 잇는 것이 좃겟다고 싱각함니다 왜 그러냐 하면 알맛게 나리우면 아름답움을 허지(害하지) 아니하고 보기에는 크게 도음이 되는 싸문이외다

(五(오)) 획이 넘어 만치 아니하도록 할 것　가로씨는 글씨는 글씨에는 붓놀니는 법이 그리 만치 아니하나니 글자의 획을 넘어 만히 하여서는 다른 글자와 區別(구별)이 잘 나지 아니하야 보기에 不便(불편)함니다

(六(육)) 큰 글씨(大字)가 싸로 잇서야 할 것　월(文)의 첫머리와 홀로임(固有名詞)의 첫소리는 큰 글씨(大字)로서 區別(구별)하는 것이 알아보기에 매우 便利(편리)함니다 어썬 이는 큰 글씨를 싸로 만들면 아히들이 그것을 배호기에 힘들 것이니 큰 글씨로서 區別(구별)할 必要(필요)가 잇는 자리에 적은 글씨(小字)를 크게만 씨면 넉〃하다 함니다 이는 一理(일리)가 잇는 말이올시다 그러하나 적은 글씨 가온대에는 크게 씨기에는 맛치 못한 것이 잇스니싸 어썬 것은 적은 글씨를 그대로 크게만 씰 것도 잇겟지요마는 어썬 것은 큰 글씨가 반듯이 싸로 잇서야 할 것이 만읍니다

(七(칠)) 글자마다 一定(일정)한 꼴이 잇서야 할 것　어떤 이는 한글자를 境遇(경우)를 싸라 올리기도 하고 나리우기도 하자 하는 이도 잇습니다마는 이는 아주 보기에 有害(유해)한 줄로 나는 싱각합니다 一定(일정)한 形(형)이 잇서야 눈에 얼는 들얼을 것이외다

(三(삼)) 쓰기 쉽게

쓰기 쉬운 것이 조흔 글씨의 셋재 條件(조건)이니 이 條件(조건)을 가추랴면 다음의 여러가지의 條件(조건)을 가추어야 합니다

(一(일)) 가로 쓸 것　우리는 글씨를 쓸 적에 흔이 팔굼(肱)을 쌍에 부치고 습니다 그러므로 팔의 運動(운동)이 세로(縱)하기보다 가로(橫) 하는 것이 몃 배나 便(편)하고 速(속)하며 또 그 運動(운동)의 範圍(범위)도 넓습니다 짤아 글씨도 가로 쓰는 것이 極(극)히 便利(편리)하며 迅速(신속)합니다 이것은 先生(선생)의 講義(강의)를 筆記(필기)하여 본 이는 다 經驗(경험)한 일이외다

(二(이)) 왼쪽에서 올은쪽으로 쓸 것

예사사람은 다 올흔손으로 글씨를 쓰기 째문에 올흔쪽에서 비롯하야 왼쪽으로 써갈 것 가트면 써가는 글씨의 꼴이 잘 보히지 아니하야 쌜리 글씨를 잘 쓸 수 업스며 또 이미 쓴 글씨가 손에 다하서 지어지기도 쉬운 故(고)로 글씨는 반듯이 왼쪽에서 비롯하여 올흔쪽으로 써 갈 것이외다 漢文(한문)은 글줄이 올흔쪽에서 왼쪽으로 가지요마는 낫글자의 획은 亦是(역시) 왼쪽에서 始作(시작)됩니다 비록 漢文(한문)가치 글씨줄이 우에서 아레로 나리 쓴다 하드라도 글줄은 왼쪽에서 올흔쪽으로 버리어야 할 것이외다 이 世上(세상)에 글자의 획짜지 올흔쪽에서 始作(시작)하는 글씨는 아마 한아도 업습니다

(三(삼)) 획은 올흔쪽 우에서 왼쪽 아레로 글 것

大抵(대저) 글씨의 획은 다음의 그림과 가튼 方向 (방향)의 획으로 大別(대별)할 수가 잇습니다 그 中(중)에 一三(일삼)(一(일)에서 三(삼)의 方向(방향)로 근 것)이 가장 쉽고 二六(이육)(二(이)에서 六(육)으로 근 것)이 그 다음 쉽고 그리하야 그 남아지는 大盖(대개) 그 符號(부호)의 順序(순서)를 딸아 어렵어 가나니 六二(육이) 七四(칠사) 八五 (팔오) 가튼 획은 넘어 不自然(부자연)스럽게 어렵음으로 이런 획은 各國(각국) 文字(문자)에 거의 볼 수가 없는 획이올시다 (四七(칠사)가 튼 획은 가로글씨(橫書)에는 이어쓰기가 어렵으므로 흔이 나종 짜로 긋게 됨 니다) 그러한즉 조흔 글씨는 一三(일삼)에 갓가운 획을 만히 쓰게 됨 니다

(四(사)) 획이 둥글업게 굽어질 것

가로글씨의 획은 둥글게 굽은 획을 만히 쓸 쑨 아니라 또 글씨를 줄이 잇시도록 쓰자면 쏘이취재 (獨逸式) 글씨모양으로 획인 싹ㄱ(싹) 부터질 것 가트면 조치 못하나 니 英書(영서)와 가치 自然的(자연적)으로 둥글게 서로 잇히어야 조 흘 것이외다

(五(오)) 글줄이 잇힐 것

가로쓰는 글줄은 반듯이 주-ㄱ 잇히어야 쓰기에 쌔를 것이외다

(六(육)) 획이 홋질(簡單할) 것

획이 홋저야 쓰기에 조흘 것이외다

(七(칠)) 글자모양이 一定(일정)할 것

올리고 나리우는 글자는 一定(일정)할 것이니 一定(일정)하여야 익기에 쉽을 쑨 아니라 쓰기에도 쉽을 것이외다

(四(사))보기 조케

조흔 글씨는 보기에 조하야(곳 아름답아야) 하나니 보기에 아름답은 것은 다만 눈을 질겁게 할 뿐 아니라 익기에도 有益(유익)합니다 아름답은 글씨는 아름답지 못한 글씨보다 보는 사람의 눈과 精神(정신)을 덜 疲困(피곤)케 합니다 곳 아름답은 글씨는 아름답지 못한 글씨보다 長時間(장시간)을 繼續(계속)하드라도 精神(정신)이 過勞(과로)되지 아니하고 쌀아 밝은 理解力(이해력)을 가지고 읽을 수가 잇스며 쏘 사람의 美感(미감)을 길우는 效能(효능)이 잇습니다 그러므로 글씨가 아름답은 것이 큰 關係(관계)를 가진 重大(중대)한 條件(조건)이올시다 글씨가 아름답으랴면 다음의 條件(조건)을 가추어야 합니다

(一(일)) 획은 굽은 줄(曲線)을 쓸 것 곳은 줄(直線)은 굽은 줄보다 아름답지 못합니다 이를터면 곳은 줄은 知(지)와 意(의)를 表(표)하고 굽은 줄 情(정)을 表(표)하며 곳은 줄은 眞理(진리)를 表(표)하고 굽은 줄은 美(미)를 表(표)한다 할 수 잇습니다 우리가 곳은 줄을 對(대)하면 마치 嚴格(엄격)하고 두려운 先生(선생)의 압헤 나아간 듯하야 곳 疲勞(피로)를 늣기게 되며 굽은 줄을 對(대)하면 親愛(친애)한 벗을 맛난 듯하여 길검은 맘과 愉快(유쾌)한 精神(정신)으로서 이것을 보게 됩니다

(二(이)) 획에는 自然的(자연적)으로 굵고 가늘미 잇슬 것 획이 一樣(일양)으로 조곰도 굵고 가늘미 업슬 것 가트면 이는 쓰기에 어렵울 뿐더라 보기에도 變化(변화)가 업스므로 아름답지 못하며 실흔 情(정)이 나기 쉽습니다

(三(삼)) 基本線(기본선)이 잇서야 글줄이 그 우에 가즈런히 언칠 것 알아보기에 쉽게 하기 爲(위)하야 基本(기본)줄의 우와 아레로 나오는 획이 잇서야 하겟지마는 만흔 글자는 밋줄(基本線) 우에 나란이 잇서

야 할 것이외다 美感(미감)은 變化(변화)를 要求(요구)하는 同時(동시)에 秩序(질서)와 調和(조화)를 要求(요구)하는 때문이외다

우에 가늘게 말한 것을 다시 줄이어 말하면 조흔 흘림 글씨는 반듯이 (一(일)) 소리의 理致(이치)에 맛도록 쓸 것이요 (二(이)) 읽기 쉬어야 할 것이요 (三(삼)) 쓰기 쉬어야 할 것이요 (四(사)) 보기에 아름다아야 할 것이외다 이 네 가지의 條件(조건)은 조흔 흘림 글씨의 가추어야 할 것이어니와 박음 글씨(印刷字體)에 對(대)하야 볼진대 그 中(중) 셋재 條件(조건) 곳 쓰기 쉽게를 쌔고 그 대신에 『박기조게』가 必要(필요)하나니 박기에 쉽은 것이 文字(문자)의 運用上(운용상)에 얼마나 重大(중대)한 效果(효과)가 잇는가는 우에 말한 바이니 이제 다시 말할 必要(필요)가 업다고 싱각합니다. 그런대 박기 쉽게 하랴면 가로 써야 할 것이니 가로 써야만 낫내(音節)를 한 덩이로 하지 아니하고 낫소리를 한 덩이로 쓰는 故(고)로 活字(활자)의 數(수)가 훨신 적어집니다 活字數(활자수)가 적어야 박기에 쉽고 쌀아 글박는 費用(비용)이 적어지는 것은 우에 소리를 말할 적에 이미 말한 바와 갓습니다 假令(가령) 우리 한글(諺文)이 三十五字(삼십오자) 쑨이니(이 알에 우리글의 가로쓰기를 보시오) 活字(활자)의 數(수)도 비록 여러 가지의 大小號(대소호)가 잇슬지라도 몃 百(백)에 지나지 못하겟지요마는 萬若(만약) 이것을 낫내(音節)를 한 덩이로 쓸 것 가트면 그 數(수)가 넉々(넉)이 一萬字(일만자)가 넘습니다 쌀아 活字(활자) 數(수)는 그 여러 가지의 大小號(대소호)를 合(합)하면 數萬(수만)이나 될 것이외다 쏘 가튼 號(호)의 活字(활자)라도 그 數(수)가 相當(상당)히 만하야 할 것이니 그 數(수)는 씀직이도 만하질 것이외다 가로 쓰는 것과 세로 쓰는 것이 얼마나 큰 差異(차이)가 남니짜 참 놀랍지 아니함니짜

우에는 어쩌한 글이 조흔 글이며 어쩌한 글씨가 조흔 글씨인가를

대강 말슴하얏슴니다 이만하면 여러분이 글과 글씨에 對(대)하야 正當(정당)한 理解(이해)를 가지섯슬 줄로 밋나이다 짤아 現今(현금) 世界(세계)에 널리 쓰히는 英字(영자) 漢字(한자) 假名(가명) 文字(문자)가 다 不完全(불완전)한 것임을 짐작하는 同時(동시)에 우리 한글이 거의 理想的(이상적)으로 조흔 글에 갓갑은 것임을 알고 깃분 싱각이 우리의 머리 우를 솟을 것이오 자랑의 맘이 우리의 가슴 속에 웃을 것이요 다시 압흐로 나아가 이를 바로잡아 그 무친 빗을 들어내고 그 녹선 칼날을 갈아내어 써 어두운 가슴을 비최고 막힌 길을 열어 사랑하는 우리 조선민족을 하로밥비 잇글어서 어둠에서 밝음으로 가난에서 가멸로 어림에서 셈으로 울음에서 웃음으로 손잡고 나아가고자 하는 맘이 우리의 가슴에 불가치 피어나며 쇠가치 굿어지며 물가치 흐를 줄로 밋고 깃버하나이다

第三節(제삼절) 다른 나라의 國字改良運動(국자개량운동)

우에 말한 바에 依(의)하야 世界文字(세계문자)가 各々(각각) 不完全(불완전)한 點(점)을 가젓슴을 알앗슴니다 우리의 할 일은 우리의 아름답은 한글을 더욱 아름답게 함이외다 이제 우리글을 고치자는 案(안)을 提出(제출)하기 前(전)에 다른 나라에서 일어나는 國字改良運動(국자개량운동)의 大綱(대강)을 얼른 한 번 보는 것이 決(결)코 無意味(무의미)한 일이 아닐 줄로 압니다

먼저 北(북)아메리카에서 일어난 英字改良運動(영자개량운동)을 簡單(간단)히 紹介(소개)할진대 그 改良(개량)의 要旨(요지)는 (一(일)) 한 글자는 한 소리로 (二(이)) 한 소리 한 글자로 (三(삼)) 소리나지 아니하는 글자는 아니 쓰게 (四(사)) 글자마다 짠 소리로 (五(오)) 악센트를 부처 쓸 것 (六(육)) 不規則動詞(불규칙동사)를 規則動詞(규칙동사)

로(이는 語法(어법)의 改良(개량)이라) 고치자는 運動(운동)이외다(以上(이상)은 米國(미국)의 COLLINS 氏(씨)의 論文(논문)에 依(의)함) 그런대 이 改良運動(개량운동)의 一難關(일난관)은 圖書館(도서관)에 잇는 書籍(서적)을 改版(개판)하야만 될 問題(문제)이외다 그러나 아마 언제든지 改良(개량)되고 말겟지요 콜리쓰氏(씨)는 갈아되 이가치 고칠 것 가트면 小學校育(소학교육)에 二個年(이개년)을 短縮(단축)할 수가 잇스며 印刷費用(인쇄비용)만 하드라도 米國(미국) 全體(전체)에서만 每年(매년) 一億圓(일억원)의 金錢(금전)을 節約(절약) 할 수 잇다고 합니다 참 놀랍은 일이 아닙니가

中華民國(중화민국)에서도 그 傳來(전래)의 漢字(한자)가 不完全(불완전)하야 國民(국민)의 文化(문화)에 利(이)롭지 못함을 깨닷고 그것을 고치랴는 運動(운동)이 猛烈(맹렬)히 일어낫습니다 그 나라에서 나는 『新敎育(신교육)』이란 雜誌(잡지)를 보니 每號(매호)에 國字改良(국자개량)과 國語統一(국어통일)에 關(관)한 論文(논문)이 揭載(게재)되얏도다 그리하랴 배혼 사람들은 이제 소리글(音韻文字(음운문자))을 지어서 어느 地方(지방)에서는 발서 學校(학교)의 課程(과정)에 너허서 가르친다 합데다 그러나 아즉 그 內容(내용)은 모르거니와 字體(자체)가 甚(심)히 不完全(불완전)한 듯합니다 하여튼 漢文(한문)이라야 글인 줄로만 아는 우리 朝鮮(조선)의 頑固(완고)한 漢學者(한학자)님네들에게는 쯧밧게 나는 大砲(대포)소리 以上(이상)으로 놀랍(喫驚(끽경))의 거리가 될 줄로 밋나이다 漢字(한자)의 本土(본토)에서 이러한 運動(운동)이 일어난 오늘에 잇서서도 우리 朝鮮(조선)의 漢學者(한학자)님네들은 鄕校(향교)에서 新學問(신학문)의 講習(강습)을 하는 것이 孔子(공자)의 精神(정신)을 不安(불안)케 한다는 理由(이유)

로 이를 極反對(극반대)하고 百方(백방)으로 周旋(주선)하야 漢文講
習所(한문강습소)를 그 곳에 세우고 講習生(강습생)을 보아 가르친다
하니 참 우수은 일이지요 이 꿈은 언제나 쌜는지! 우리가 다 죽은
뒤에라야 쌜는지! 이런 漢學者(한학자)님네들에게는 이런 運動(운동)
을 좀 紹介(소개)하여 들엿스면! 담에는 日本(일본)의 國字改良運動
(국자개량운동)이외다. 日本(일본)의 國字改令運動에는 前(전)에도 말
한 바와 가치 여러 가지의 主張(주장)이 잇섯습니다. 그 가온대에 現
今(현금) 가장 有勢(유세)한 것은 로-마字(자)를 쓰자는 것과 가나(假
名)를 쓰자는 것이외다. 가나를 쓰자는 中(중)에도 平假名(평가명)만
쓰자는 것과 片假名(편가명)만 쓰자는 것과 平假名(평가명)와 片假名
(편가명)를 다쓰자는 것이 잇습니다. 그리하야 各自(각자)의 主張(주
장)을 짤아 月刊雜誌(월간잡지)를 發行(발행)합니다 그러나 그 中(중)
에도 『로-마』字(자)를 쓰자는 運動(운동)이 가장 有力(유력)하야 雜
誌(잡지)뿐 아니라 字典(자전)도 지엇스며 여러 가지의 冊(책)도 내엇
습니다 大學敎授中(대학교수중)에는 自己(자기)의 學說(학설)을 로-마
字(자)로 적어서 同僚間(동료간)에 돌린다 합니다 아마도 이 로-마字
運動(자운동)이 將來(장래)에는 成功(성공)할 줄로 압니다 그네들 가
온대에는 오늘의 漢字並用(한자병용)의 國字(국자)를 亡國的(망국적)
國字(국자)라싸지 부르지즌 이가 잇서 그 運動(운동)이 자못 猛烈(맹
렬)합니다

第四節(제사절) 우리글의 가로쓰기

　우에 말한 조흔 글과 조흔 글씨의 쌔닭을 들으신 여러분은 우리
글을 가로쓰기(橫書)로 고처야 할 것을 대강 짐작하섯슬 줄을 압니

다 이제 다시 가로글씨(橫書)가 理論(이론)에만 마즐 뿐 아니라 自然
的(자연적)인 것을 實地(실지)에 證明(증명)하기 爲(위)하야 英國(영국)
에 잇는 內外聖書會(내외성서회)에서 一九一二年(일구일이년)에 出版
(출판)한 萬國語福音(만국어복음)이란 冊子(책자)를 여러분의 눈압해
보여들이나이다 이 冊(책)은 요한傳(전) 三章(삼장) 十六節(십육절)을
各國語(각국어)로 飜譯(번역)된 聖書(성서)에서 빼어다가 모은 것인
대 그 收集(수집)된 標本(표본)이 四九八(사구팔)이요 國語數(국어수)
가 四三二(사삼이)어올시다 그러한대 이 모든 글씨가 대개는 다 가로
씨혓습니다 세로 씨힌 것(縱書)은 겨우 蒙古(몽고) 滿洲(만주) 中國(중
국) 朝鮮(조선) 日本(일본)의 글씨뿐이올시다 곳 數百分(수백분)의 五
(오)에 不過(불과)함니다 이것만 보드라도 理論(이론)은 어쩌케 되엇
든지 간에 글씨를 가로 쓰는 것이 自然的(자연적)임을 確認(확인)치
아니치 못할 것이외다

   이만하면 우리가 우리 한글(正音(정음) 諺文(언문))을 가로 쓰자함
이 決(결)코 오늘의 有勢(유세)한 英獨文(영독문)의 單純(단순)한 模
倣(모방)이 아니요 相當(상당)한 理由(이유)와 根據(근거)가 잇는 것임
을 짐작하섯슬 것이외다 나는 우리 民族(민족)의 將來(장래)를 爲(위)
하야 千慮萬思(천려만사)를 하드라도 이 우리의 아름답은 한글을 바
로 잡아 쓰는 것이 가장 根本(근본)이 되는 일인 줄을 밋나이다 이만
으로서 여러분씌서도 저와 갓흔 싱각을 가지신 줄로 압니다

   다시 實地(실지)에 나아가아 우리글을 고처야 할 것을 말슴하겟습
니다
   (一(일))『ㅇ』은 소리업는 글자이니 이는 쓰지 아니 할 것 또『ㆁ』은

쓰기에 不便(불편)하니까 『ㅇ』으로 쓸 것

(二(이)) 『·』는 이제 우리말에 왼통 업는 소리이니 예사로는 쓰지 아니할 것

(三(삼)) 『ㅡ』는 그 꼴 『形(형)』이 글자보다도 무슨 표가 타서 다른 글자와 어울리지 아니하므로 이를 곱으리어서 『V』로 쓸 것

(四(사)) 오늘 우리가 쓰는 세로글씨(縱書) 『와』 『워』의 첫소리 『ㅗ』 『ㅜ』는 홀소리(母音)가 아니요 닿소리(子音)이니 이것을 홀소리의 『ㅗ』 『ㅜ』와 區別(구별)하기 爲(위)하야 『소』 『수』로 쓸 것

(五(오)) 『ㅐ』 『ㅒ』와 가치 어떤 홀소리(母音(모음))와 『ㅣ』의 거듭소리(合音)인 글자들은 各各(각각) 짠 글자로 만들 것 곳 ㅐㅔㅖㅚㅟㅟ ㅞ의 짠 글자로 만들 것

이제 우에 고친 대로 우리 한글을 버리어 적으면 담과 가치 三十五字(삼십오자)가 됩니다

닿소리(子音)十六(십육)

ㄱㄴㄷㄹㅁㅂㅅㅇㅈㅊㅋㅍㅎ소수

홀소리(母音)十九(십구)

ㅏㅑㅓㅕㅗㅛㅜㅠV ㅣㅐㅒㅔㅖㅚㅟㅟㅞ

그런대 이 글씨는 到底(도저)히 손으로 쓰는 홀림글씨는 되지 못할 터이니 를로 박는 박음 글씨(印刷字體)로 쓸 것이외다

그러나 여기 한 가지 特別(특별)히 注意(주의)할 것은 우에 적은 우리 한글이 조흔 글은 될지라도 조흔 글씨는 되지 못한다는 일이외다 이는 먼저 말한 條件(조건)에 견주어 보시면 알 것이외다 그 字形(자형)이 거의 다 直線(직선)으로 되엇슬 쑨 아니라 그 直線(직선)이 모다 直角(직각)으로 交叉(교차)된 째문에 字字(자자)의 特色(특색)이 업스며 짤아 보기에 얼른 分揀(분간)되지 아니하며 쏘 美感(미감)을

주지 못합니다 이미 박음 글씨로 쓰자 하얏스니 쓰기에 어렵은 것은 問題(문제) 박게 일이지요마는 넑기에 쉽지 못하고 보기에 아름답지 못한것이 얼마나 큰 關係(관계)가 잇는가는 먼저 말에 비최어 보시면 아실것이외다 그러므로 이것을 박음 글씨로 쓴다 할지라도 반듯이 그 字形(자형)을 얼마콤 고처야 할 것이외다 그러나 나는 아즉 이에 對(대)한 깁흔 硏究(연구)가 업스므로 이 자리에 提案(제안)을 할 수는 업습니다

여기에 쏘 한 가지 말슴할 것은 홀림 글씨는 반듯이 싸로 만들어야 할 것이니 萬若(만약) 홀림 글씨(草書)가 박음 글씨로도 適當(적당)하게 되엇다 하면 그것을 곳 박음 글씨로 쓰고 박음 글씨를 싸로 두지 아니함도 조치 아니할가 그리고 우에 적은 글씨는 一種(일종) 古字(고자)로 두는 것이 어쩌할가 하는 意見(의견)도 잇습니다 이것도 참 싱각할 問題(문제)이외다 이제 우리글의 홀림 글씨를 새로 만들어야 할 것인대 이것을 만드는 대에 必要(필요)한 條件(조건)은 **첫재** 먼저 말한 조흔 글씨의 理致(이치)에 마처서 할 것이요 **둘재** 아모 쏘록 本形(본형)에 갓갑도록 할 것이외다

이제 내가 數年(수년)동안 싱각한 結果(결과)인 홀림 글씨를 적어 들이겟습니다 勿論(물론) 저 스스로도 完美(완미)하게 되엇다고 싱각하지는 아니합니다마는 이만하면 쓰어도 관계치 안켓다고 싱각하고 敢(감)히 이를 發布(발포)하야 써 쯧잇는 여러분의 깁흔 硏究(연구)와 밝은 批評(비평)을 하여주시기를 바라나이다 저는 싱각하기를 저가 이런 案(안)을 提出(제출)하는 것도 四千(사천) 年(년) 過去(과거)의 歷史(역사)를 이으고 無窮(무궁)한 將來(장래)의 發展(발전)을 쐬하랴는 조선사람의 한내인 義務(의무)이오며 여러분이 이 趣意(취의)에 共鳴(공명)하시와 이 問題(문제)를 解決(해결)코자 더욱 이를 硏究

(연구)하와 그 不完全(불완전)한 것이 잇거든 하로라도 쌀리 이것을 完全(완전)한 것으로 고칠 것이요 萬若(만약) 고칠 것이 업거든 하로라도 速(속)히 이것을 實地(실지)에 運用(운용)함이 또한 우리의 大同責任(대동책임)이며 大同義務(대동의무)이라 하노라

적은 흘림(小草)
　닿소리 열여섯(略)
　홀소리 열아홉(略)
큰 흘림(大草)
　닿소리 열여섯(略)
　홀소리 열아홉(略)

이 글씨를 보시고 或(혹)은 이것이 英字(영자)에 갓갑은 것이 만흠을 허물하실 이가 잇슬는지 모르겟습니다마는 元是(원시) 가로 글씨에는 그 붓놀리는 법(運筆法)이 極(극)히 單純(단순)한 째문에 서로 가튼 꼴이 잇는 것은 免(면)할 수 업는 일인 줄도 압니다 쏘 우리 글씨로 適當(적당)한 것이 이미 다른 나라의 글자가 되어잇다고 한아도 取(취)하지 아니함은 도로혀 固執(고집)스럽은 일인가 합니다

이제 이 흘림글씨로서 한 글월(文)을 적어 보겟습니다

　(ㄱ)올흠 을 보 고 하지 아니하는 사람 은날냄 이 업나니라
　(ㄴ)진달래꼿 붉게 핀 우리동산 에 깃붐 의 노래 가 울어나 리다
　(ㄷ)아정답은 형님이여 어느날 저녁벗에 서로 손을 난혼지 이제 얼마 인가! 동산에붉은 꼿은 쩔어저 흔적업고 압뜰에 누른 입만 요란히 날리도록 형님소식 적막하와 아우의 궁굼한맘 이로 말할수 업습니다

（以上橫書字體略(이상횡서자체략))

第五節(제오절) 끚맺음말(結論)

　우리의 말과 글에 對(대)하야 나의 하랴고 하는 말슴은 대강 다 하엿습니다 半千年(반천년) 쏘 어떤 意味(의미)로는 半萬(반만) 年(년)의 歷史的(역사적) 잘못을 밧아 이어 華麗(화려)한 二十世紀(이십세기) 넓은 天地(천지)에서 홀로 가난과 설움에 우는 우리 배달결레야 다시 한 번 이 가난과 설음의 根本的(근본적) 原因(원인)을 猛省(맹성)하여 볼지어다 그리하야 光明(광명)으로 가는 길을 하로밥비 쩌냅시다 참 우리 결레가 가야만 할 길은 매우 만을 것이외다 그러나 그 길은 오즉 우리글을 바로잡아 그 조흔 글의 價値(가치)를 完全(완전)히 發揮(발휘)하게 함에 잇슴을 나는 굿게 굿게 鐵石(철석)보다도 더 굿게 밋습니다 이 말슴을 끚까지 들으신 여러분께서도 아마 나와 가치 싱각하실 줄로 압니다 해야만 할 일인 줄을 알면서 어물어물 하고 이날 저날을 헛되게 보내는 것은 決(결)코 날랜 이의 할 짓이 아니다 責任(책임)을 아는 이의 할 바가 아니외다 우리는 現在(현재)의 우리를 爲(위)하야 쏘 無窮(무궁)한 將來(장래)의 우리를 爲(위)하야 이 해야만 할 일을 합시다 이 가야만 할 길을 쩌나갑시다 이 길이 우리의 동산에 아름답은 꼿이 되고 질겁은 노래가 울어날 唯一(유일)의 길이외다 우리는 이 오즉 하나인 첫 길을 들어선 뒤에라야 여러 方面(방면)으로 가는 여러 길을 차자엇을 것이외다 사람의 사람된 所以(소이)는 새나 즘승에 업는 말과 글이 잇슴이 아닌가 사람은 實(실)로 말과 글이 잇슴으로 하야 오늘의 文明(문명) 發達(발달)을 일운 것이 아닌가 우리는 이미 아름답은 말과 쌔어난 글을 우리의 祖先(조선)에게서 밧앗스니 이를 닥고 갈아서 사람의 文明發達(문명발달)에 가장 만흔 일을 하야 써 우리 民族(민족)의 빗을 내는 것이 우리의 最高(최고) 理想(이상)인 줄로 밋나이다 이미 半千(반천) 年(년)

의 긴꿈을 깨치고 새롭은 世上(세상)에 남과 가치 잘살고자 힘쓰는 우리 조선사람은 깁흔 自覺(자각)과 만흔 努力(노력)으로서 이 첫 길을열어 나아가기를 간절히 바라고 그만 그치나이다 아! 오누의들이여(一九二二(일구이이), 八(팔), 一(일))

-〈조선일보〉(1922. 8. 29.~9. 23.)-

인사하는 말

8·15 이후에 우리 조선이 해방되었다 하지마는, 그 실은 정치적으로나 경제적으로나 완전히 해방되지 못하였다. 다만 우리는 바야흐로 이러한 완전한 정치적, 경제적 해방을 얻기 위하여 여러 방면으로 애쓰고 있는 중일따름이다. 그런데, 우리의 말 하나만은 완전히 해방되었다 할 만하다. 어디로 가든지, 조선말이 쓰이고 있어, 우리에게 무한의 기쁨을 주고 있다. 학교에서나 공장에서나, 집안에서나 길에서나, 정다운 우리말이 환하고 시원스럽게 소리나고 있다. 오래ㅅ동안의 왜적의 악독한 정치로 말미암아, 쭈그러지고 비뚜러지고 여려지고 무미하여진 조선말이 마음껏 제 고유의 성능을 발휘하여, 삼천만 대중의 혀를 울리며 귀를 두드리게 되어, 조선 생명의 약동을 이 방면에서도 찾아 볼 수가 있다. 그렇다, 이제 우리 조선 겨레는 제가 가진 온갖 재주와 능력을 마음껏 부리어서, 우리 말을 갈고 다듬어서, 훌륭한 말을 만들 것이요, 또 나아가아 이 말과 이 글로써, 영원 발달한 조선의 새 문화를 세우지 아니하면 안 된다.

말의 갈기와 다듬질에 있어서, 인사하는 말을 어떻게 할 것인가 하는 것이 매우 중요한 물음이 되는 것이다. 오래ㅅ동안의 압박에서 풀려 나온 조선 민중은 학교에서나 집안에서나, 이 인사하는 말을 어떻게 하여야 할까 하고 고민하고 있다. 나는 이 앞으로 이 문제에 대하여, 좀 생각해 보고자 한다.

한 말로 "인사하는 말"이라 하지마는, 이 인사하는 말도 그리 간단한 문제가 아니다. 왜 그러냐 하면, 인사라는 것이 원래 사람의 사교생활의 여러가지 경우를 따라, 여러가지로 다르기때문에, 그에 응하는 말도 또한 여러가지로 되지 않을 수가 없는 것이기 때문이다. 이를테면, 나날의 생활(日常生活)에서의 인사, 새해의 인사, 사철의 인사, 혼인의 인사, 생신의 인사, 초상의 인사, 제사의 인사, 수연의 인사, 재화의 인사 들들의 여러가지가 있다. 그러므로, 이러한 모든 경우에 적당하고 품위있는 인사를 잘 하는 것이 곧 바른 말을 쓰는 일이 되어, 교육적으로 또 사교적으로 매우 긴하고 필요한 일이 된다.

다시 생각하건대, 우리 조선에서는 고대로 한문으로써 인사닦는 일을 배우기 일삼았으며 또 최근에는 오로지 일본말로나 인사하는 법을 배웠기때문에 우리에게 가장 친한 조선말로써는 인사말을 할 줄을 모르는 일이 많다. 아니, 조선말 자체가 이 점에 관하여 미비한 것이 매우 많다고 생각한다. 이제로부터 말의 자유를 얻고, 교육의 자유를 얻은 조선겨레는 이에 대하여, 많은 연구와 창작이 있어야 한다.

인사하는 말을 생각함에 다달아, 가장 먼저 생각하여야 할 것은, 맞은편(對者)의 건강 상태(문제)로 묻는 데에 쓰는 말의 등분스런(等分的) 표현이다. 곧 세상에서는,

"안녕하다" "평안하다" "태평하다"의 세 낱말을 맞은편(對者)의 높임의 등분을 따라, 달리 쓰는 것이 예사이다. "안녕하다"는 아주 높임으로, "평안하다"는 그 다음으로, "태평하다"는 맨끝으로 쓴다. 또

어떤 때에서는 "태평하다"를 "안녕하다"의 다음으로 쓰기도 하며, 어떤 때에서는 모두 "평안하다" 하나로써 두루 쓰기도 한다. 이제, 우리는 맞은편의 몸의 건강 상태를 묻는 말에 있어서 어떠한 등분스런 구별을 할 필요를 느끼지 아니한다. 근본인 한자를 보더라도, "泰平(태평)"이 "平安(평안)"보다, "平安(평안)"이 "安寧(안녕)"보다 낮은 말일 이유는 조금도 없다. 다만 조선 사람들이 공연히 이러한 말씨에도 높임의 등분을 구별하게 된것이니, 이는 옛날에 편지(書札)를 격식에 맞도록 잘 쓰는 것으로써 교육상 중요한 과제로 생각한 시대에 일부러 이러한 잔손질(細工)을 한 것이겠다. 구식 편지에는 이러한 쓸데 없는 인공적 구별이 많다. 이제 우리는 이러한 구별을 하지 말고 다만 "편안하다" 하나로써 두루 쓰되, 그 씨끝(語尾)을 달리함으로 말미암아 그 높힘의 등분을 구별하면 족하다고 생각한다. 곧

"평안하십니까?"　　　(아주 높임)

"평안하오?"　　　　　(예사 높임)

"평안한가?"　　　　　(예사 낮춤)

"편안하냐?"　　　　　(아주 낮춤)

로 하면 그만이겠다. 이렇게 말하면, 혹은 반대하더라! 그것은 실제의 어감과 너무 틀린다 어른에게 대하여, "평안하십니까?"를 씀은 어감상 용서하기 어렵다. 말은 원시 습관적인 것이니까, 한 번 그렇게 익은 것을 무슨 힘으로, 무슨 탓으로 고칠 필요가 있는가? 다 같은 밥먹는 일을 "먹다"와 "자시다"와 "잡수다"의 세 가지로 구별하지 아니하느냐? "자다"와 "주무시다" "있다"와 "계시다" 따위도 다 그러하지 아니하냐?고.

조선말에 높임의 등분이 있는것은 사실이지마는, 위에 보인 보기(例)와 같은것은 특별한 것이요, 보통으로는 한가지 동작에 대하여

한가지의 말이 있고, 그 말은 다만 씨끝(語尾)의 다름을 따라 그 높임의 등분을 구별할 따름이다. 곧

"보십니까?" "듣습니까?"

"보오?" "들으오?"

"보는가?" "듣는가?"

"보느냐?" "듣느냐?"

와 같다. 그래서, 나는 여기에서 "평안하다, 평안히"로써 모든 경우에 두루 쓰기를 제안하는 동시에, 또 "잘"로써 "평안히"와 똑같이 쓰기로 주장한다. 원래 "잘"은 썩 고상한 말로서, 아주 높임의 말에 예사로 쓰이던 것인데, 근래에 한짜말 숭상의 세에 인하여, 그만 얼마큼 그 자리가 낮아진 감이 있으나, 지방을 따라서 여전히 높임에도 두루 쓰이는 터인데, 이를 승격시켜—아니, 그 지위를 회복시켜서, 높임에까지 두루 쓰는 것이 좋겠다고 생각한다 곧

"잘 가십시오." "잘 가오."

"잘 가게." "잘 가거라."

와 같이.

(一) 나날의 인사(日常의 인사)

나날의 인사에는, 만날 적의 인사와 떠날 적의 인사와가 있다. 만날 적도 날마나 또는 하루에도 여러 번 만나는 경우의 인사와 오래간만에 만나는 경우의 인사와가 있다. —이러한 경우 경우의 인사를 어떻게 쓸까를 생각해 보기로 하자.

(1) 나날이 만나는 경우의 인사.

어제 만나고, 오늘 또 만나는 경우에,

"평안히 주무셨습니까?"　　"잘 주무셨습니까?"

"평안히 잤소?"　　　　　　"잘 잤소?"

"평안히 잤는가?"　　　　　"잘 잤는가?"

"평안히 잤니?"　　　　　　"잘 잤니?"

따위의 인사가 있다. 이 인사는 아침 일찌기 밥먹기 전에 만났을 적에 하는 것이요, 낮이 되어서부터는 부적당하게 된다. 이 때에는

"밤ㅅ새 안녕하십니까?"

"밤ㅅ새 안녕하오?"

"밤ㅅ새 어떻습니까?"

"밤ㅅ새 어떤가?"

따위로 함이 좋다. 이 인사말은 그날 아침ㅅ밥 전에 써도 좋다. 어제와 오늘 사이에는 밤 하나가 격하였으니, 그 격한 밤 사이에 그의 안부를 묻는 것이니, 오늘 어느 때에 만나든지간에 써도 좋은 것니다.

(2) 하루, 이틀 사이를 두고서 만난 경우의 인사.

"날ㅅ새 평안하십니까?"

"날ㅅ새 평안하시오?"

"날ㅅ새 어떻습니까?"

"날ㅅ새 어떻소?"　　　　　"날ㅅ새 어떤가?"

따위가 쓰인다.

(3) 여러 날 만에 만난 경우의 인사.

"요새 평안하십니까?"

"요새 평안하시오?"

"요새 어떻습니까?"

"요새 어떻소?"　　　　　"요새 어떤가?"

따위가 쓰인다.

(4) 오래간만에 만난 경우의 인사.

"그간 평안하십니까?

"그간 평안하시오?"

"그간 어떻습니까?"

"그간 어떻소?"　　　　　"그간 어떤가?"

"그간 잘 있는가?"　　　　"그간 잘 있나?"

따위가 예사로 쓰이며, 또

"그간 무고하시오?"

"그간 무고한가?"

따위가 쓰이기도 한다.

(5) 만나는 경우에 언제든지 두루 쓰이는 인사의 말.

위에서 보인 바와 같이, 만나는 경우에 두루 쓰이는 말은 맞은편(對者)의 몸의 안부를 묻는 말 곧 "평안하십니까?", "평안하오?", "어떻습니까?" 따위이다. 그러므로, 그 위에 대한 시간표시(時間表示)에 관한 말을 덮어버리면, 이로써 그 모든 경우에 두루 인사로 쓸 수 있다.

내가 여기에서 특히 한 가지 제안하고자 하는 말이 있으니, 그것은 곧 "반갑다"로써, 만나는 경우에 두루 쓰는 인사말을 삼자 함이다. 곧 맞은편(對者)의 높임의 등분을 따라,

"반갑습니다"　　　　　(아주 높임)

"반갑소"　　　　　　　(예사 높임)

"반갑네"　　　　　　　(예사 낮춤)

"반갑다"　　　　　　　(아주 낮춤)

로 쓸 것이다.

또 한 걸음 더 나아가아, 생각하건대, 일상에 만나는 인사는 그 말의 내용보다도 그 사람의 호의스런 감정의 표현의 필요로 무슨 반가운 소리를 교환하는 것이므로, 그 말이 그리 형식화하는 경향이 있다. 이 형식화한 인사말이 능히 우리 사람의 감정을 소통시켜, 사회 생활을 유쾌하게 만드는 효과를 내는것이다. 그러므로 이 "반갑다"는 말로 형식화, 편리화를 소용하나니, 이리 되려면 "반가워"가 좋은 것 같다. 다시 생각하면, "반가워"는 반말이기때문에, 상하를 물론하고, 두루 쓰이기에 좀 어려운 점이 없지 아니하다. 그래서, 한 걸음 더 나아가아,

　　"반가움" 또는 "반가"

로 함이 가장 편리할 듯하다. 이 "반갑다"는 말은 흔히 쓰이는 보통의 말이언마는, 이로서 만나는 경우에 두루 쓰는 인사로서 씀이 좋다고 생각하기에 이르기까지는, 이 노둔한 나는 오랜 동안의 모색 (더듬어 찾기)을 하였다. 이와 같이 형식화한 "반가움" "반가"는 영어 (English)에서의 "할로"와 비슷하게 된 것이다.

　(6) 나날이 만나는 사람끼리, 또 하루에도 여러번 만나는 사람들끼리 인사를 서로 바꿀 적에, 그 때의 다름을 따라, 그 인사말을 달리 나타내는 것이 더욱 우리의 감정 교환의 사교적 요구를 만족시키는 일이 된다. 곧 아침, 낮, 저녁, 밤의 만나는 때를 따라서 달리하는 인사를 어떻게 했으면, 가장 적당할 것인가? 조선에서는 중신에 밥먹는 일로써 인사를 삼았다. 그래서 때를 따라,

　　"아침 잡수셨습니까?"

　　"점심 잡수셨습니까?"

　　"저녁 잡수셨습니까?"

따위로 인사한다. 그러고, 두루 쓰기로는

"진지 잡수셨습니까?"

따위로 한다. 그러나, 아무리 덕성은 먹는 것으로 하늘은 삼는다는 옛말이 있기는 하더라도, 밤낮 밥먹는 것으로 인사를 삼는 것도 너무 문화적으로 낮은 말씨라 아니 할 수 없다. 더구나, 식사 시간하고는, 모든 식사 처소하고는 전연 관계가 없는 경우에서도, 다른 적당한 인사말이 없기때문에, "진지 잡수셨습니까?"로써 인사함과 같은 일은 거의 익살(滑稽)에 가까운 일조차 없지 아니하다. 우리는 말씨의 품위 올리기를 위하여, 언어 생활의 향상을 꾀하여, 이 하루 중의 때를 맞추고자 하는 요구를 적당히 채울 만한 인사말을 생각해내지 아니하면, 안 된다고 생각한다. 이에 대하여, 어떤 이는 앞에 든

"밤새 평안하십니까?"

"평안히 주무셨습니까?"

"평안하십니까?"

따위로써 하자 하나, 이런 말은 도저히 그 요구를 지을 수 없다. 나는 이 문제를 해결하기 위하여, 오랫동안을 두고, 학생들에게, 친지들에게, 그 적당한 말을 생각해보라고 한 일이 있었으나, 도무지 신통한 안이 나옴을 보지 못하였다. 그래서, 나는 다음과 같은 말을 생각해 보았다.

"좋은 아침"

"좋은 낮"　　　　　"좋은 날"

"좋은 저녁"

"좋은 밤"

이 말의 "좋은"은 맞은편(對者)의 건강의 좋음과, 그 날의 날씨의 좋음과, 그 날에 기쁜 일 있음 들을 두루 뜻하는 말이니 그 중에 하

나만 맞아도 무방한 것이요, 설혹 하나도 맞지 않더라도 말하는 나는 그렇기를 바란다는 것이니까, 안 들어맞을 이치가 없다. 더구나, 이러한 인사는 형식적으로 쓰이어서, 다만 서로 대하는 사람들끼리의 감정 소통을 더하면 그만이 되는 것인 즉, 거의 그 의미는 망각되게(잊어버리게) 되는 것이다. 날마다 만나는 사람이 사무실 복도에서 서로 만나서 아무 말 없이 멀거니 보고 지나가는것은 너무도 건조무미할뿐 아니라 이런 경우에는 오해조차 생기기도 할것이다. 이런 때에 그 형식화된 거의 속살의 뜻을 떠난 인사의 말—소리가 얼마나 사람의 사이를 윤택스럽게 만드는지 알 수 없다. 이런 인사는 낱말낱말을 또박또박 드러낼 필요조차 없고 다만 비슷한 간단한 소리를 내어 이쪽의 호감을 저편에 나타내면 되는 것이다. 그러므로, 들으니 도이츠에서는 "Guten Abend"(좋은 저녁)을 "namt"로 소리낸다 한다.

그런데, 이러한 인사도, 가끔히 하는 경우에는, 그 아래에 여러 가지의 높임의 등분 표시하는 잡음씨(指定詞) "이다"를 붙여서,

"좋은 아침이올씨다."

"좋은 아침이요."

"좋은 아침일세."

"좋은 아침이다."

따위로 하여도 좋을 것이다. 그러나, 이런 인사는 간단한 것이 필요하기 때문에, 일부러 그렇게 하지 아니하여도 좋으리라고 생각한다. 생도가 선생에게, 그 선생도 생도에게 한가지로 "좋은 아침"이라 해도 아무 부족함이 없겠다.

물론 이 말은 서양 여러 나라의 인사말식 직역이라 하겠지마는, 사상적으로는 동양, 조선의 말씨에 조금도 서투른 점이 없다고 생각한다. 다만 인사로서 처음 쓰기로 하는 일반이 서투르다면 서투름을

따름이다.

(7) 서로 갈릴(離別, 歸去) 적에 하는 인사.

　　보내는 사람의 인사.

　　"평안히 가십시오."　　　　"평안히 가시오."

　　"평안히 가십시오."　　　　"평안히 가오."

　　"잘 가십시오."　　　　　　"잘 가오."

　　"잘 가게."　　　　　　　　"잘 가거라."

　　"잘 다녀 오십시오."　　　"잘 다녀 오오."

　　"잘 다녀 오게."　　　　　 "잘 다녀 오너라."

　　떠나는 사람의 인사

"안녕히 계십시오.""평안히 계십시오.""평안히 계시오."

"잘 계십시오."(?) "잘 있소." "잘 있게." "잘 있거라."

　　보내는 이와 떠나는이와가 서로 같이 하는 인사로는

"또 뵙시다."

가 쓰인다. 또 피차 서로 헤어질 적에도 이 말을 쓰나니, 이 말은 가위 세계 공동의 방식이라 할만한 인사말이다. 그리고, 영어의 "굿바이"와 일어의 "사요나라"에 들어맞을 조선말은 나는 아직 적당한 것을 찾지 못하였다. 이탁님이 주장하는 인사 "한결같이"는 이 경우에 쓸 만한 것이라 할 수 있을 것이다.

-〈한글〉 11권 2호(1946)-

인사 말씨를 다듬자

0. 머리에

말이란 것은 원래 사람과 사람과의 사이의 의사와 감정을 소통하기 위한 수단이다. 사람과 사람과가 마주 대하면, 거기에 말이 없을 수 없으며, 따라, 말은 반드시 그 듣는 이를 예상한다. 사람과 사람이 서로 만나거나 갈릴 적에 그 호의를 주고받는 말씨가 곧 인사인 것이다. 인사에는 여러 가지 경우가 있다. 초대면에서 성명을 통하여 서로 알고 지나자는 뜻을 바꾸는 인사로부터 아는 이끼리 만나는 나날의 인사, 친구의 경사를 축하하는 인사, 친지의 궂은 일에 위문하는 인사, 남의 집에 찾아가는 경우의 인사, 또 이러한 인사를 받았을 적에 대답의 인사 들이 있으며, 이러한 경우도 또한 가늘게 들어가면 다 각각 같지 아니하기 때문에, 그에 응한 인사 말씨도 또한 똑 같을 수는 없다. 경우가 다르면 말씨도 또한 따라 다르며, 사람이 다르면 말씨도 또한 따라 다를 수밖에 없는 때가 많다.―이러한 모든 경우, 모든 형편에 딱 들어맞도록 인사 말씨를 쓴다는 것은 쉬운 일이 아니다. 만약, 그 경우에 벗어난 말씨를 하여서 남에게 취소를 하게 되는 경우는 말할 것도 없거니와, 그렇지는 않더라도, 혹은 할 말을 몰라서 모처럼 하는 남의 인사에 적당한 대답을 하지 못하거나, 나의 심정이 잘 발표되지 못했기 때문에 공연히 맞편(對者)의 감정의 소격을 사거나 함은 다 좋지 못한 일이다. 인사의 말씨의 적절하고 명쾌함은 다만 그 마당의 감정을 명랑하게 하기에 유리할 뿐 아니라, 경우를 따라서는 젊은이들의 일생의 진로에까지도 큰 영향을 가져오는 수도 없지 아니하다.

말씨란 것은 원래부터 사회적 공동 습관으로 된 것이지마는, 그 중에도 인사 말씨는 특히 공동적으로 어떤 형식을 정해서 서로 경우를 따라서 사용하는 것이 매우 편리하다. 그러므로, 어느 사회에든지 제각기 인사의 방식과 말씨를 규정해 놓고 쓰지 아니하는 데가 없다고 해도 과언이 아니겠다. 물론 우리 나라에도 어떠한 방식과 말씨의 버릇이 없지는 아니하다. 그렇지마는, 말씨는 그 자체가 시대를 따라 변하는 것이니만큼 인사의 말씨도 또한 시대의 바뀜에 따라 다시 다듬고 다시 마련하지 않으면 안 될 필요가 있다. 이제 내가 우리의 인사 말씨를 논하려는 뜻도 여기에 있다.

인사 말씨의 다듬질에 있어서, 나는 근본적으로 두 가지 요건을 들고자 한다. 하나는 인사 말씨를 민주주의스럽게 하기이오, 또 하나는 되도록 순수한 우리말로 하기이다.

첫째, 우리 나라에는 예로부터 한문(漢文)으로써 인사를 닦는 일을 힘써 왔다. 옛날의 교육이란 것은 결국 이러한 한문식 인사를 잘하는 법을 배우는 것이었다 하여도 과언이 아닐 것이다. 한문 편지를 한 장 경위에 조금도 어긋남이 없이 잘 한다는 것은 용이 한 일이 아니었다. 가령 편지 인사에 쓰이는 말씨 가운데, 첫째 가리킴(第一人稱, 自稱)만 해도, 거기에는 "僕(복), 吾(오), 生(생), 侍生(시생), 門

下生(문하생), 弟(제), 愚弟(우제), 情弟(정제), 小弟(소제), ……" 들이 있고, 둘째 가리킴(第二人稱, 對稱)에는 "兄(형), 尊兄(존형), 大兄(대형), 仁兄(인형), 高明(고명), 尊座(존좌), 貴兄(귀형), ……" 들이 있고, 또 그 일가 친척의 관계에 따라서는 또 여러 가지의 한자식 표현이 있어, 그 중에는 순 한문식과 한국식의 다름을 따라 그 뜻이 서로 반대되는 것조차 있다. 보기로, "內從(내종)"은 순 한문식으로서는 "외사촌"인데, 한국식으로는 "고종사촌"이 됨과 같다. 그뿐 아니라, 편지하는 이 자신에 관계되는 사람(부모·처자·일가·친척)과 편지 받는 이에 관계되는 사람은 경우마다 각각 다른 명칭의 말이 있어, 그것을 어긋치면 큰 실례가 된다. 그것은 사람에만 한한 것이 아니오, 모든 사물에까지 그러한 까다로운 구별의 말씨를 써야 한다.

이에, 한가지 사람·일·몬이언마는, 나의 것과 남의 것, 아이의 것과 어른의 것, 나에게 관계된 것과 남에게 관계된 것 들을 따라, 전연 딴말로 나타내는 말씨의 보기를 몇 낱 들어 보기로 하면, 다음과 같다.

나의 (것)	남의 (것) (높임말)
(ㄱ) 아버지, 家親(가친), 家君(가군), 家大人(가대인), 家父(가부), 家嚴(가엄), 嚴君(엄군), 嚴親(엄친).	(ㄱ) 어르신네, 어르신, 令尊(영존), 春丈(춘장), 春府丈(춘부장), 春府(춘부), 春府大人(춘부대인), 春堂(춘당), 春庭(춘정).
(ㄴ) 자식, 家兒(가아), 家隊(가대), 豚兒(돈아), 迷豚(미돈), 迷息(미식), 迷兒(미아).	(ㄴ) 자제, 令息(영식), 令胤(영윤), 令郎(영랑).
(ㄷ) 안해, 內子(내자), 妻(처), 荊妻(형처).	(ㄷ) 夫人(부인), 令夫人(영부인), 閤夫人(합부인), 內相(내상).
(ㄹ) 가시아비(방언), 丈人(장인), 聘父(빙부), 內舅(내구)(편지에서의 相對).	(ㄹ) 聘丈(빙장), 岳丈(악장).

나의 (것)	남의 (것) (높임말)
(ㅁ) 집, 가내(家內, 집안).	(ㅁ) 댁, 댁내(宅內).
(ㅂ) 밥.	(ㅂ) 진지.
(ㅅ) 먹다.	(ㅅ) 잡수시다, 잡숫다, 자시다.

이 얼마나 귀찮은 일일까? 이러한 구별은 공연한 봉건 심리에서 조작한 것이오, 한자 자체에 그러한 구별이 본래부터 있는 것도 아니다. 가령 "宅(택)"이 다만 '住居(주거)'의 뜻뿐이지, 거기에 무슨 높임의 뜻이 있는 것도 아닌데, 우리 사람들이 공연히 그러한 구별을 조작해 낸 것뿐이다. 더구나 우스운 것은 우리 모양으로 한문을 숭상하는 일본인들은 "宅(택)"은 제 집을 낮추어 가리킬 적에 쓰는 말로 되어 있다. "丈人(장인), 聘父(빙부)"가 제의 가시아비를 가리키는 것인데, 거기서 떼어붙인 "聘丈"은 남의 가시아비를 가리켜 높임에 쓰기 마련이니, 도대체 이런 마련은 어떤 할 일 없는 '양반'이 만들어 내었단 말인가? 그 자손들은 그 뒤에 이런 족쇄에 매이어서 고생만 하였던 것이다.

오늘날 민주주의 시대에서는, 사람은 다 평등한 것인즉, 그러한 쓸데없는 잔구별은 필요없는 것이다. 동일한 사물, 동일한 관계일진대, 무엇이고 누구의 것이고 다 한가지 말로 하는 것이 이치에 합당하며, 쓰기에도 간편하다. 그러나, 오늘에서도 남에게 대하여는 존경의 의사를 표현할 필요가 있는 것인즉, 그런 경우에는 간단한 높임의 말만을 덧붙이면 넉넉하다고 생각한다. 나의 "아들", 당신의 "아드님", 나의 "아버지", 당신의 "아버님", 내가 "간다", 당신이 "가신다"와 같이 하면 그만이다. 물론 "자다"에 대한 "주무시다"를 갑자기 없이하고 "자시다"를 사용하기는 좀 어렵겠지마는, "죽다"에 대하여 "죽으시다"가 현재 사용되고 있음이 사실이다. 남을 존경한다 해서 그에 관한 모든 것을 금기처럼 하여 감히 같이 쓸 수 없는 것으로 할 필요는 조금도 없겠다. 다 같은 "집"을 내 것과 남의 것과를 구별하여 딴말로 한다면, 세상 만물·만사가 다 적어도 두 가지씩으로 되어야 할 것이니, 이리 된다면 사람은 제가 만든 말씨에 얽매이어서, 그 말씨 창조의 본래의 목적을 이뤄 낼 수가 없을 것이 아닌가?

둘째의 요건은, 높임에 사용하는 말씨도 예사의 말씨와 마찬가지로 되도록 순우리말로 하되 부득이하면, 우리 입에 익게 쓰이는 한자말로 함이 좋겠다. 똑 같은 뜻이언마는, 한자말이 순배달말보다는 높다고 생각해 온 것은 심히 부끄러운 일이다. "宅(택)"이 "집"보다는 높임말이 된 것은 순연히 사대주의 외국 숭배의 사상의 한 표현이다. 이런 보기말은 얼마든지 있지마는, 여기 인사 말씨 하고 관련이 많은 말씨로는 ⑴ 성명 밑에 붙어서 높임의 뜻을 나타내는 말씨와 ⑵ 맞편의 안부를 묻는 말씨이다.

⑴ 성명의 높임말

우리들이 사람의 성명 밑에 붙이어 높임의 뜻을 나타내는 말로서 "님"을 쓰기 비롯한 것은 한 40년 전의 일이다. 한동안은 이에 대하여서도 의문을 제기하는 이가 없지 않았으나, 인제는 온 사회가 다 한가지로 쓰고 있다. 다만 한 가지 부족한 점은 이 "님"(아버님, 어머님, 누님, 형님, …)에는 남·녀의 성의 구별이 없기 때문에, 남·녀가 함께 일터에서, 사교장에서 지나는 오늘날에서는, 그 성별을 표시할 필요가 있음에 대하여, 만족하지 못한 점이 있다. 확실히 흔히는 남·녀를 갈라 부르는 필요가 있다. 그러면, 그것은 어떤 말로써 구별할 것인가?

이에 대하여, 나는 남자 성명에는 "선"을, 여자에게는 "씨"를 쓰자고 창도한다. "선"은 《훈몽자회》에 "丁(정) 순 명"이라 하였은즉, "스)선~산"은 壯丁(장정)의 남자를 가리키는 것이다. 딴은 남자를 "산아이"라 하니 "산~선"은 곧 남자를 뜻함이다. 신라 시절에서부터 사람 이름 밑에 붙이는 높임말에는 "지(智)"(金지, 李지, …)가 있고, 또 각종의 한자말이 있으나, 그 음창이 이만 못하니, "선"은 모든 경우에 두루 써서 나쁜 음창을 보지 못하고 그 울림도 비교적 아름답다. 어떤이는 "선비"를 사용함이 좋겠다 한다. 그것도 그럴 듯하다마는, 거기에는 혹 계급 의식이 잠재한 것 같은 점, 농·공·상을 천시하던 '士'의 뜻이 혹 남아 있는 듯도 함이 그 결점이라 하겠다. 여자에 대하여서는, 옛날부터 특히 여자에 한하여 써 오던 "씨(氏)"로써 함이 좋겠다고 생각한다. "김씨, 이씨" 하면, 으레 여자로 생각해 온 것이 종래의 관습적 관념이다. 다만 개화 이래로 남자의 성명 밑에 "씨"를 많이 붙여 써 온 것은 또한 사실이지마는, 이제 말씨의 정리를 위하여, 그 곁가지를 가려 버리고 그 온줄기를 살려서, 여자에게만 쓰기로 함이 말씨 분화의 필요한, 또 적당한 방법이라 아니할 수 없다고 생각한다.

또, 오늘날 사회 생활에서는 미혼 남·녀를 구별해서 높임말을 사용할 필요가 있다. 그래서 나는 미혼 남자에게는 "수재"를, 미혼 여자에게는 "아기씨"를 씀이 좋다고 세운다. "수재(秀才)"와 "아기씨"("아가씨"는 그 작은말, "새악씨"는 "새 아기씨"의 준말로서 '신혼한 아가씨'의 뜻)는 종래에 우리 나라에서 일반으로 써 오던 말씨이니, 조금도 서투름이 없는 것이다. 그러나, 만약 "아기씨"가 좀 길어서 불편하다면 "아씨"로 줄여서 써도 좋겠다. "아씨"는 종래에 독특한 내용을 가진 계급스런 말씨이지마는, 오늘날은 필요 없게 된 그 "아씨"를 단순한

"아기씨"의 준말로 하여도 무방하다고 생각한다. "수재" 대신에 "도령"을 쓰자 하고, 또 "아기씨" 대신에 "처녀"를 쓰자 하는 이가 있다. 그럴 듯하기도 하다. 그러나 "도령"에는 무슨 봉건스런 냄새가 붙은 듯하고, "처녀"에는 높임의 뜻이 있는 것 같잖음이 결점이라 하겠다. 그러나, "Miss Korea"와 같은 것은 "한국 처녀"로 하여 조금도 모자람이 없는 것이다.

이상 나의 제안인 "선·씨·수재·아기씨"는 다 나 개인의 만들어낸 새 말이 아니오, 옛적부터 우리 조상들이 써 오던 말인즉, 이들로써 오늘날의 높임말로 사용함이 아무런 서투름이 없건마는, 다만 서투르다고 생각하는 것은 오늘날 우리 나라 사회의 신사 숙녀들의 마음 속에 깊이 뿌리박고 있는 사대주의와 자기 천시의 사상인 것이다. 이런 사람들은 일제 시대에는 "상"을 달게 쓰다가 오늘에는 "미스터·미스"를 서슴없이 씀으로써 무슨 큰 영광으로 여기는 심정을 저도 모르게 깊이 품고 있는 것이다. 독립·자유의 국민된 배달겨레는 모름지기 사대주의를 깨끗이 청산 하고, 문화 창조의 자존심을 떨쳐지어, 제 고유의 말씨로서 제 스스로를 높이는(이중의 뜻에서) 국민이 되지 않으면 안 된다.

(2) 맞편(相對者)의 안부 묻는 말씨

여기에는, 맞편의 높임의 등분을 따라 "안녕하다, 평안하다, 태평하다" 의 세 가지 말을 쓰는 일이 서울에서 없지 않다. "안녕하다"는 아주높임에, "평안하다"는 예사높임에, "태평하다"는 예사낮춤에 쓰고, 아주낮춤에는 아예 한자말(본래 어마어마하다고 생각 하는 심리에서인지)을 쓰지 않고, 다만 "잘 있니?" 쯤을 쓰는 모양이다. 그러나, 민주주의 시대의 독립·자주의 국민으로서 우리는 이러한, 본래 없는 한자말에 등분을 매김과 같은 치사스런 일은 할 필요가 절대로 없다. 그래서, 나는 "편안하다" 하나로써 두루 쓰자고 창도하는 바이다. 우리말로서는 "평안" 보다 "편안"이 더 친숙한 말씨이다. 이를 억지로 한자로 고치고 보면 "平安(평안)"이 "便安(편안)"보다는 낫다 하겠지마는 우리말로서 "편안"이 낫다. "편안하다"는 온 나라 안에 두루 쓰이며, 입말로서는 이를 줄여서 "편ㅎ다, 편ㅎ고, 편ㅎ지, …"로 많이 쓰이고 있음만 보아도 알 일이다. 이 "편안하다"를 써서,

"편안하십니까?" (아주높임)
"편안하오?" (예사높임)
"편안한가?" (예사낮춤)
"편안하냐?" (아주낮춤)

로 하면 고만이겠다.

이렇게 말하면, 혹은 다음과 같이 반대하리라: 그것은 실제의 어감 (말맛)과 너무 틀린다. 어른에게 대하여, "편안하십니까?"를 씀은 용인하기 어렵다. 말은 원시 습관적인 것이니까, 한번 그렇게 익은 것을 무슨 힘으로 무슨 맛으로 고칠 필요가 있는가? 다 같은 밥 먹는 일을 "먹다, 자시다, 잡수시다"의 세 가지로 구별하지 않는가? "자다"와 "주무시다", "있다"와 "계시다" 따위도 다 그렇지 아니하냐?

배달말에 높임의 등분이 있음은 사실이지마는, 위에 보인 보기와 같은 것은 특별한 것이오, 보통으로는 한 가지 동작에 대하여 한 가지의 말이 있고, 그 말은 그 씨끝의 다름을 따라 높임의 등분을 구별한다. 곧

보십니까?	들으십니까?	가십니까?
보오?	듣소?	가오?
보는가?	듣는가?	가는가?
보느냐?	듣느냐?	가느냐?

에서와 같다. 그래서 나는 여기에서 "편안하다", "편안히"로써 모든 경우에 두루 쓰기를 제안하는 동시에, "잘"로써 "편안히"와 꼭 같이 쓰기를 주장한다. 원래 "잘"은 썩 고상한 말로서, 아주높임에 예사로 쓰이던 말인데, 근세의 한자말 숭상의 폐로 인하여 그만 그 자리가 얼마큼 낮아진 감이 있으나, 지방을 따라서는 여전히 높임에도 두루 쓰이는 터인데, 이를 승격시켜서—아니, 그 지위를 회복시켜서, 아주높임에까지 두루 쓰는 것이 좋겠다고 생각한다. 곧

"잘 오십시오."	"잘 가십시오."
"잘 오오."	"잘 가오."
"잘 오게."	"잘 가게."
"잘 오너라."	"잘 가거라."

와 같이.

1. 나날의 인사

　나날의 인사에는, 만날 적의 인사와 떠날 적의 인사와가 있다. 만날 적도 날마다, 또는 하루에도 여러 번 만나는 경우의 인사와, 오래간만에 만나는 경우의 인사와가 있다. —이러한 경우의 인사를 어떻게 쓸까를 생각해 보기로 하자.

(1) 나날 만나는 경우의 인사

어제 만나고, 오늘 또 만나는 경우에,

"편안히 주무셨습니까?"
"잘 주무셨습니까?"
"편안히 잤소?"
"편안히 잤는가?"
"잘 잤는가?"
"편안히 잤니?"
"잘 잤니?"

따위의 인사가 있다. 이 인사는 아침 일찍이 밥 먹기 전에 만났을 적에 하는 것이오, 낮이 되어서부터는 부적당하게 된다. 이 때에는

"밤새 편안하십니까?"
"밤새 편안하오?"
"밤새 어떻습니까?"
"밤새 어떤가?"

따위로 함이 좋다. 이 인사말은 그 날 아침밥 전에 써도 좋다. 어제와 오늘 사이에는 밤 하나가 격하였으니, 그 격한 밤 사이의 그의 안부를 묻는 것이니, 오늘 어느 때에 만나든지 간에 써도 좋은 것이다.

(2) 하루나 이틀 사이를 두고서 만난 인사

"날새 편안하십니까?"

"날새 편안하시오?"

"날새 어떻습니까?"

"날새 어떻소?"

"날새 어떤가?"

따위가 쓰인다.

(3) 여러 날 만에 만난 경우의 인사

"요새 편안하십니까?"

"요새 편안하시오?"

"요새 어떻습니까?"

"요새 어떻소?"

"요새 어떤가?"

따위가 쓰인다.

(4) 오래간만에 만난 경우의 인사

"그간 편안하십니까?"

"그간 편안하시오?"

"그간 편안한가?"

"그간 편안하냐?"

"그간 어떻습니까?"

"그간 어떻소?"

"그간 어떤가?"

"그간 어떠냐?"

"그간 잘 지내셨습니까?"

"그간 잘 지냈소?"

"그간 잘 있었는가?"

"그간 잘 있었나?"

따위가 예사로 쓰이며, 또

"그간 무고하시오?"

"그간 무고한가?"

따위가 쓰이기도 한다.

(5) 만나는 경우에 언제든지 두루 쓰이는 인사의 말

위에서 보인 바와 같이, 만나는 경우에 두루 쓰이는 말은 맞편(對者)의 몸의 안부를 묻는 말 곧 "편안하십니까?", "잘 지내셨습까?", "어떻습니까?" 따위이다. 그러므로, 그 윗말에 대한 때보임(時間表示)에 관한 말을 떨어 버리면, 이로써 그 모든 경우에 두루 인사로 쓸 수 있다.

내가 여기에서 특히 한 가지 제안하고자 하는 말이 있으니, 그것은 곧 "반갑다"로써, 만나는 경우에 두루 쓰는 인사말로 삼자 함이다. 곧 맞편의 높임의 등분을 따라,

"반갑습니다." (아주높임)

"반갑소." (예사높임)

"반갑네." (예사낮춤)

"반갑다." (아주낮춤)

로 쓸 것이다.

또 한 걸음 더 나아가아 생각하건대, 일상에 만나는 인사는 그 말의 내용보다도 그 사람의 호의스런 감정의 표현의 필요로 무슨 반가운 소리를 교환하는 것으로, 그 말이 그리 형식화하는 경향이 있다. 이 형식화한 인사말이 능히 우리 사람의 감정을 소통시켜, 사회 생활을 유쾌하게 하는 효과를 내는 것이다. 그러므로 이 "반갑다"는 말도 형식화·편리화를 소용하나니, 이리 되려면, "반가워"가 좋은 것 같다. 다시 생각하면, "반가워"는 반말이기 때문에, 상·하를 물론하고, 두루 쓰이기에 좀 어려운 점이 없지 아니하다. 그래서, 한 걸음 더 나아가아, "반가움" 또는 "반갑" 또는 "반가"로 함이 가장 편리할 듯하다. 이 "반갑다"는 말은 흔히 쓰이는 보통의 말이언마는, 이로써 만나는 경우에 두루 쓰는 인사로 씀이 좋다고 생각하기에 이르기까지는, 이 노둔한 나는 오랜 동안의 모색(더듬어 찾기)을 하였더니, 홍원 감옥에서야 비로소 이를 찾아내었다. 이와 같이, 형식화한 "반가움", "반가"는 영어에서의 "헬로"와 비슷하게 된 것이다.

(6) 나날이 만나는 사람끼리, 또 하루에도 여러 번 만나는 사람끼리 인사를 서로 바꿀 적에, 그 때의 다름을 따라, 그 인사말을 달리 나타내는 것이 더욱 우리의 호의 교환의 사교적 요구를 만족시키는 일이 많다. 곧 아침·낮·저녁·밤의 만나는 때를 따라서 달리하는 인사

를 어떻게 했으면, 가장 적당할 것인가?

우리 나라에서 종래에 밥 먹는 일로 인사를 삼았다. 그래서, 때를 따라,

"아침 잡수셨습니까?"
"점심 잡수셨습니까?"
"저녁 잡수셨습니까?"

따위로 인사를 한다. 그리고, 두루 쓰기로는

"진지 잡수셨습니까?"
"밥 먹었나?"

따위로 한다. 그러나, 아무리 백성은 먹는 것으로 하늘을 삼는다는 옛말이 있기는 하더라도, 밤낮 밥 먹는 것으로 인사를 삼는 것도 너무 문화적으로 낮은 말씨라 아니 할 수 없다. 더구나, 식사 시간하고는, 또는 식사 처소하고는 전연 관계가 없는 경우에서도, 다른 적당한 인사말이 없기 때문에, "진지 잡수셨습니까?", "밥 먹었나?"로써 인사함과 같은 일은 거의 익살(滑稽)에 가까운 일조차 없지 아니하다. 우리는 말씨의 품위 올리기를 위하여, 말씨 생활의 향상을 꾀하여, 이 하루 중의 때를 맞추고자 하는 요구를 적당히 채울 만한 인사말을 생각해 내지 아니하면, 안 된다고 생각한다. 이에 대하여, 어떤이는 앞에 든

아침 인사	저녁 인사
"밤새 편안하십니까?"	"밤새 편안하십시오."
"밤새 편안하오?"	"편안히 주무십시오."
"편안하십니까?"	"편안하십시오."

따위로써 하자 하나, 이런 말은 그 말 뜻과 쓰이는 동안이 아주 짧게 국한되어, 두루 쓰는 인사말과 때가 맞지 않아 도저히 그 요구를 채울 수 없다. 나는 이 문제를 해결하기 위하여, 오랫동안을 두고, 학생들에게, 친지들에게, 그 적당한 말을 생각해 보라고 한 일이 있었으나, 도무지 신통한 안이 나옴을 보지 못하였다. 그래서, 나는 다음과 같은 말을 생각해 보았다.

"좋은 아침" (아침 인사)

"좋은 낮", "좋은 날" (낮 인사)

"좋은 저녁" (저녁 인사)

"좋은 밤" (밤에 갈릴 적 인사)

이 말의 "좋은"은 맞편의 건강의 좋음과, 그 날의 날씨가 좋음과, 그 날에 기쁜 일 있음 들을 두루 뜻하는 말이니, 그 중 하나만 맞아도 무방할 것이오, 설령 하나도 맞지 않더라도 말하는 나는 그렇기를 바란다는 것이니까, 안 들어맞을 이치가 없다. 더구나, 이러한 인사는 형식적으로 쓰이어서, 다만 서로 대하는 사람끼리의 감정 소통을 꾀하면 그만이 되는 것인즉, 거의 그 의미는 잊어버리게 되는 것이다. 날마다 만나는 사람이 사무실 복도에서 서로 만나서 아무 말 없이 멀거니 보고 지나가는 것은 너무도 건조 무미할 뿐만 아니라, 어떤 경우에는 오해조차 생기기도 할 것이다. 이런 때에 그 형식화한 거의 그 속살의 뜻을 떠난 인사의 말—소리가 얼마나 사람의 사회를 윤택스럽게 만드는지 알 수 없다. 이런 인사는 낱말 낱말을 또박또박 드러낼 필요조차 없고, 다만 비슷한 간단한 소리를 내어 이쪽의 호감을 저편에 나타내어 보이면 되는 것이다. 그러므로, 들으니 도이취에서는 "Guten Adend"(좋은 저녁)을 "namt" 로 소리낸다 한다.

그런데, 이러한 인사도, 가끔히 하는 경우에는, 그 아래에 여러 가지의 높임의 등분을 표시하는 잡음씨 "이다"를 붙여서,

"좋은 아침이올시다."
"좋은 아침이오."
"좋은 아침일세."
"좋은 아침이다."

따위로 하여도 좋을 것이다. 그러나, 이런 인사는 간단한 것이 필요하기 때문에, 일부러 그렇게 하지 않아도 좋으리라고 생각한다. 학생이 선생에게, 또 선생이 학생에게 한가지로 "좋은 아침"이라 해도 아무 부족할 것이 없겠나.

물론, 이 말이 서양 여러 나라의 인사말의 직역이라 하겠지마는, 사상적으로는 동양 및 배달의 말씨에 조금도 서투른 점이 없다고 생각한다. 다만 인사로서 처음 쓰기로 하는 일만이 서투르다면, 서투르겠다.

(7) 서로 갈릴(離別, 散去) 적에 하는 인사

보내는 사람의 인사	떠나는 사람의 인사

(ㄱ) "편안히 가십시오."
　　 "편안히 가오."
　　 "편안히 가게."
　　 "편안히 가거라."
　　 "편안히 가아."

(ㄴ) "잘 가십시오"
　　 "잘 가오."
　　 "잘 가게."
　　 "잘 가거라."
　　 "잘 가아."

(ㄷ) "잘 다녀 오십시오."
　　 "잘 다녀 오오."
　　 "잘 다녀 오게."
　　 "잘 다녀 오너라."
　　 "잘 다녀 와."

(ㄱ) "편안히 계십시오."
　　 "편안히 계시오."
　　 "편안히 있게."
　　 "편안히 있어라."
　　 "편히 있어."

(ㄴ) "잘 계십시오"
　　 "잘 있소."
　　 "잘 있게."
　　 "잘 있거라."
　　 "잘 있어."

　　보내는 이와 떠나는 이와가 서로 같이 하는 인사로는 "또 뵙시다.", "또 봅시다.", "또 보세.", "또 보자."가 쓰인다. 또 피차 서로 헤어질 적에도 이 말을 쓰나니, 이 말의 뜻은 가위 세계 공통의 말이라 할 만한 인사말이다.

　　그리고, 영어의 "굳바이"와 일어의 "사요나라"와 같이 극히 형식화한 갈림 인사로서는 "또 만나!" 또는 더 줄여서 "또만!"으로 쓰는 것이 좋겠다고 생각한다. 이 밖에 이 탁 님이 주장하는 "한결같이!" 또는 줄여서 "한결!"을 피차 마주 쓰는 것도 좋겠다.

　　"또만"이나 "한결"을 처음 쓰면 좀 이상스럽기도 하겠지마는, 익어 놓으면 조금도 거북한 점이 없을 것이다. 저 일본인은 "오늘은", "오늘밤은", "그러면" 따위로써도 인사말로 훌륭히 쓰고 있는 것만 보아도 알 것이다.

2. 특별한 경우의 인사 말씨

(1) 경사의 인사로는 "축하합니다.", "OO을 축하합니다."로써 여러 경우에 통용할 수가 있을 것이다. 또 "기쁘시겠습니다.", "오죽 기쁘시겠습니까?", "당신의 기쁨을 (나도). 기뻐합니다." 따위의 말씨도 쓸 수가 있을 것이다.

(2) 궂은일(흉사)에 관하여는 만난 자리에서 입말로 똑똑히 하는 일이 없고, 다만 절하기로써 그 위문의 뜻을 표하는 것이 예사 라 할 수 있다. 그러나, 이런 경우에도 인사 말씨가 규정되어 있음이 필요하며, 또 있기도 하다. 가령, 부모상을 조문하는 경우에

(ㄱ) "상사 말씀 무슨 말씀 하오리까?"
(ㄴ) "대고는 할 말씀 없습니다."

을 쓰는데, 나의 생각에는 (ㄴ)이 낫겠다.

또 글로써 조문하는 경우에는 "당신의 끝없는 설움을 조위하나이다."로 할 만하고, 명함을 가지고 그 집으로 갈 적에 다만 "조문"이라고 쓰면 좋겠다.

또 자녀의 죽음을 당한 사람에게 대하여는

"너무도 뜻밖이라, 할 말씀 없습니다."

"할 말씀 없습니다."

"오죽이나 슬프시겠습니까?"

들을 쓸 수 있겠고, 글로써 위문하는 경우에는,

"당신의 슬픔을 (나도) 슬퍼합니다."

"삼가 조의를 표하나이다."

들로 할 만하다. 물론, 긴 글월로써 조문의 뜻을 적어 보낼 적도 있을 것이로되 그것은 여기에서 줄인다. 그것도 옛날 형식을 타파 하고서, 간결한 새로운 틀을 만들 필요가 있겠다. (4292. 6. 8.)

-〈연세춘추〉(1959. 6. 15.)-

전신타자기와 한글 풀어쓰기

1. '송식' 텔레타이프의 장단

금번 체신부에서 텔렉스(전신타자기 교환)를 시설하는 동시에 종래 사용하여 온 풀어쓰기 텔레타이프 약 300대를 서독 시멘스 회사로부터 구입하려는 계획이 있음을 계기로 하여, 국내 각 신문지에 '송식(宋式)' 모아쓰기 전신타자기를 채용함이 옳다는 선전과 주장이 많이 보도되었다. 그러나 우리 지성인들은 이 문제에 대하여 냉철한 사고·판단을 하여야 한다고 나는 생각한다.

신문지상에 선전된 송식 모아쓰기 전신타자기의 우수성의 조건은 9가지나 되지마는, 체신부에서 낸 통계에 따르면, 시인하기 어려움이 밝아졌다.

(1) 속도 신문지에 선전된 바에는, 송식 모아쓰기 전신타자기 (송식 타자기)가 종래 써 오는 풀어쓰기 전신타자기(종래 타자기) 보다 35% 빠르다 하였다. 그러나, 상식적으로 생각해서 그럴 리가 없다. 가령, "감"을 찍자면 세 번 침(打)을 요함은 종래 타자기나 송식 타자기가 마찬가지인데, 앞것은 세 번 치는 대로 글자가 종이에 찍힘에 대하

여, 뒷것은 두 번 침까지는 보류했다가 마지막 침을 기다려서 전자뇌에서 모아서 한목에 내리 찍는다. 그런즉, 송식 타자기는 그 전자뇌에서 '모아서 치는' 절차 때문에 오히려 느리면 느리지, 결코 빨라질 리는 없음이 기계 자체의 성능이다. 한글 학회에 부설된 '한글 기계화 연구소'의 심사원인 김 일관 님은 송식 타자기가 종래 타자기보다 도리어 11.5%가 느리다는 조사 결과를 발표하였다.

그러면, 송식이 35%나 빠르다는 계산은 어디에 기인한 것인가를 알아보면, 현재 체신부에서 쓰는 가로글씨가 모두 낱내마다 띄어 찍기 때문에, 그 띄는 절차와 공간 때문에 속도가 느리고, 또 종이도 많이 든다는 것이다. 그러나, 이는 기계의 문제가 아니오 가로글씨의 적는 방법의 문제이다. 가로글씨는 낱말을 표준 삼아 띄기를 할 것이오, 또 그 잦기에 있어서 전체 글자의 10분의 1을 차지하는, 소리값 없는 "ㅇ"를 첫자리로 안 쓰기로 한다면, 그 속도와 용지의 계산은 매우 달라질 것이다.

(2) 용지의 3분의 1 절약이 된다고 한다. 그러나, 이는 ㄱ) 앞에 말한 까닭으로 그런 절약이 될 리가 없으며, (ㄴ) 전보 용지는 일정한 규격이 있기 때문에, 75자까지는 한 장으로 될 수 있다 한다. 실제의 통계에 의하면, 75자 이상의 전보는 신문 전보 밖에는 극히 적다 한다. 그러니까, 송식 타자기가 용지 절약이 된다는 것은, 설령 사실이라 하더라도, 극히 미세한 것일 뿐이다. 1년에 1억 원이나 절약된다는 소리는 공연히 허풍에 지나지 않는다.

(3) 모아쓰기 전보는 읽기 편하단 것이다. 현재의 형편에서 편한 것은 사실이다. 그러나, 약 6천 통의 90%를 차지하는(통계) 25 자 이내의 전보문을 읽는 것이 큰 어려움이 될 것 없고, 또 금후에 국민학교 5·6학년 국어 독본 끝에 가로 풀어쓰기 공과를 하나씩만 넣어

가르친다면, 아무런 문제가 될 것이 없겠다. 현재 가로 글씨를 도무지 배우지 않아도 능히 그것을 읽으니, 두세 공과로서 여러 가지 이익을 거둘 수 있다면, 그 얼마나 쉬운 일인가!

다음에 송식 전신타자기 6대를 체신부에서 1960년에 사들여서 실지 경험한 결과에 의한 그 단처를 대강 들면 다음과 같다.

첫째, 고장률이 종래 것의 3배이며, 둘째, 기계 간수가 복잡하여, 그 고장을 고칠 사람이 전문적 훈련을 받아야 하며, 따라서 그 간수 비용이 많이 먹힌다. 셋째, 경제상 약 4배의 부담을 하게 된다. 송식 기계의 1960년 구입 가격은 1대에 6,665달러임에 대하여, 서독 시멘스 회사로부터 구입하려는 종래식 타자기의 가격은 1,396달러이며, 송식 기계는 정교한 이만큼 고장이 자주 나며 보수가 어려우며 또 사용 기간도 절로 짧을 것들을 합산한다면, 그 경제적 단점은 실로 크다.

송 님의 모아쓰기 전신타자기는 참 비범한 재간과 노력의 발명임은 틀림없다. 그러나, 나로서 평하게 한다면, 근본 착상이 공연히 어려운 길을 선택했다고 본다. 현재 허다한 한글 타자기들이 다 모아쓰기를 하는데, 송식 것은 모아쓰기의 결과는 마찬가지인데, 다만 그 과정이 서로 다를 뿐이다. 마찬가지의 결과를 내는 데에, 그 과정의 차이가 무슨 공효가 있을 것인가? 모아서 한목에 활자같이 찍기 위하여, 공연한 노고를 퍽이나 많이 하였음이 틀림없다. 만약, 송 님의 재간과 노력으로써 그 시작부터 같은 결과를 얻기에 '쉬운 길'을 선택했더라면 얼마나 더 큰 공효를 시간·경제에 미친 발명을 이뤄 내었을 것이 아닌가? 이런 생각은 인제 하는 것이 아니라, 1945년 해방 직후 특허국에서 한글 타자기 고안 현상 모집의 심사를 할 적에, 송 님의 착안을 보고서, '왜 구태여 저렇게 어려운 길을 가려 잡을 것인가?' 이것이 그 때의 나의 생각이었다.—그런데, 한 번 내지 다섯 번의 침을 모아두었다가 최종의 침에 이르러서 비로소, 그것들을 왈가닥 모아서 활자처럼 찍기 때문에, 그릇침(誤打)을 도중에서 발견, 개정하기 어려운 불리조차 가지게 되었다.

2. 국가에서 채용의 문제

(1) 어떤이는 13년 동안의 희생과 노고를 보상하기 위하여, 또 국민 발명을 장려하기 위하여, 체신부에서 당연히 송식 타자기를 채택해야 한다고 주장한다.

그러나, 송식 기계는 사용 및 보수에 불편과 불리가 너무 크다. 체신부의 '경제적 비교표'에 따르면, 그 한 대의 원가가 유지비, 감가상각비(減價償却費), 종이값, 차관 이자를 합산한 것이 종래 타자기(서독 M-100)는 1,676달러, 송식 타자기는 7,923달러로, 송식이 약 4.7배의 비싼 값이다. 이와 같은, 근 5배의 비용으로써 일본제 송식 기계를 사용하게 된다면, 그 사용 필요 수가 약 1,000대(현재, 군부·체신부·교통부·금융기관에서 사용하고 있는 대수 400~500을 다 송식으로 바꿔야 하고, 또 신설 300대와 증가될 수 약 200대를 가산하여)로 잡고, 그 원가만이 6,665,000달러인즉, 그 기계를 10년 동안 사용할 수 있다면 우리는 매년 666,500달러(86,645,000원)를 일본에 치름해야 할 것이오; 서독제 종래식 타자기를 사용 한다면, 그 1,000대의 원가가 1,396,000 달러, 그 매년의 치름이 139,600달러(18,148,000원)밖에 안 된다. 그 차액이 매년 526,900달러(68,497,000원) 이니,

이 돈이면 교실 150칸은 너끈히 지어서 우리 어린이들을 사람 대접을 하면서 의무 교육을 실시할 수 있게 될 것이다. 이 얼마나 국리민복에 위반된 낭비인가? 현재의 우리 나라 재정으로서는 이런 낭비를 해서는 절대로 불가하다.

천재적 발명력을 가진 송 님의 희생과 노고에 대하여, 나라는 무슨 보상과 장려의 길을 강구하는 일은 좋다. 그분에게 연구비를 넉넉히 대어 주어서, 더 간편·유리한 것을 연구·발명하기를 장려함이 좋겠다. 그러나, 발명·장려와 국가적 채택과를 혼동해서는 안 된다. 국가적 채택은 어느 개인이나 회사의 사정보다도 반드시 국리민복을 주안으로 하여 결정되어야 한다.

(2) "현재 한글은 모아쓰기로 되어 있으니, 전보 글도 모아쓰기로 함이 마땅하다. 따라, 송식 타자기를 채택해야 한다. 글 쓰는 방식을 두 가지로 하는 것은 큰 불리를 가져온다. 보기로, 일본이 좁은 궤도의 철길을 놓았던 까닭으로 오늘날까지 막대한 불리를 입고 있어, 이를 벗어나지 못해서 고민을 하고 있다."고 주장한다.

글 쓰는 방식을 한 길로 하자는 데에는 일리가 없지 않다. 그러나, (ㄱ) 앞에서 말한 바와 같이, 전보 글의 풀어쓰기의 읽기는 절대로 어려운 일이 아니며, (ㄴ) 그 조장 방법은 극히 간단함에 뒤치어, (ㄷ) 그 이익은 극히 크다. 그러므로, 작은 수고로써 큰 이익을 도모함은 살림살이의 당연한 방도가 아닐 수 없다.

일본의 좁은 궤도 철길의 사례는 저편 주장에보다 도리어 우리편 주장에 유리한 비유가 된다. 기다랗게 생긴 일본 땅에 처음으로 철로를 깔던 당시에서는 그만한 기차가 넉넉히 일본 국내의 수송력을 능히 담당할 수 있다고 생각하였을 뿐이오, 오늘날과 같은 인구 및 물산의 격증, 따라서 운송량의 격증 등을 생각해 미치지 못하였음이 오늘의 곤란과 고통의 원인인 것이다. 이론으로나 사실로나 풀어쓰기가 글자 사용의 한 길인즉, 기계 문명의 발달, 국리민복의 증진이 이로 좇아 나올 것임을 살피지 못하고, 다만 오늘의 고식적 형편에만 국축하여, 이미 근 20년이나 실용해 오는 전보 글 풀어쓰기를 일체 폐지하려는 주장은 일본의 철길 사례를 바로 해석하여 거울을 삼지 못하는 사고방식에 불과한 것이다.

요컨대, 전신타자기의 채택에 있어서 가장 필요한 것은 장래를 통찰하는 견식과 국리민복을 꾀하는 목적을 근본으로 삼는 일이다.

3. 한글 풀어쓰기 문제

한글 풀어쓰기는 주 시경 스승이 비롯한 것으로, 1922년에 내가 한 글씨안(字體案)을 신문에 발표한 이래로 많은 사람의 관심을 자아내었고, 8·15 해방 직후에는 '가로글씨 연구회'가 약 300명 회원으로 성립되어, 그 자체를 심사한 일이 있었고, 미 군정 시대의 '조선 교육 심의회'에서는 한글은 가로 풀어씀이 좋겠으나, 현재의 형편에는 글줄만 가로쓰기로 한다고 결정하였고, 이 승만 대통령 치하에서는 한글 간소화를 실현시키기 위하여 문교부에서 차린 '국어 심의회'에서 수차의 회의 끝에, "한글의 맞춤법의 간소화를 꾀하는 최선의 방도는 한글을 가로 풀어쓰기로 함에 있다."는 결론을 내린 일이 있었다. 오늘까지 신문·잡지·책들이 여전히 내리줄로 인쇄하고 있는 것은 순전히 자기네의 낡은 습관의 포로가 되어, 새 세대의 젊은이들로 더불어, 바르고 떳떳한 합리·편리의 길을 진취하는 자각과 의기가 없기 때문이니, 참 지도자로 자처하는 사람들의 시대 역행의 과오가 아닐 수 없다.

(1) 어떤이는 "전보 글을 풀어쓰기로 한 것은 모아쓰기 전신타자기가 없었기 때문이었다. 이제 송식 타자기와 같은 훌륭한 기계가 발명·제작되었으니, 전보 글을 풀어쓸 필요가 없다. 한 걸음 더 나아가, 원래 풀어쓰기는 기계화를 위한 것인즉, 이제는 풀어 쓰기 자체까지 필요없게 되었다."고 한다.

만약 모아쓰기 전신타자기가 값싸고 튼튼하고 편리하고 능률적이라면, 그리하여 그것을 채택하기로 결정되었다면, 전보를 풀어 쓸 필요가 없게 되기도 할 것이다. 그러나 아직은 그러한 기계가 발명되지 못하였으며, 또, 발명될 소망도 없다. 또, 그러한 기계가 발명되었다 가정하더라도, 그로 말미암아 풀어쓰기의 필요가 아주 없어질 것은 아니다. 왜냐하면, 기계화는 풀어쓰기의 한 가지 이유가 될 따름이오, 그 밖에도 여러 가지의 이유가 있기 때문이다.

그런데, 전신타자기가 모아쓰기로 잘 되었다고 가정하더라도 라이노타이프(줄타자기)까지 되지 않고서는 한글의 기계화가 그로써 완성된 것은 아니다. 그런데, 라이노타이프는 모아쓰기로써는 도저히 될 수 없다는 것이, '유솜(USOM)'에서 미국의 제작소 전문 기술자에게서 받은 단안이라 한다. 기계화의 큰 공효는 라이노타이프가 되지 않고는 거둘 수 없다. 한글 라이노타이프가 우리 나라에 널리 쓰이게 된다면, 신문·잡지 등 인쇄에 큰 혁명을 가져 올 것이다.

또 한층 더 나아가 생각하건대, 백보를 사양하여, 모아쓰기 줄 타자기(라이노타이프)가 완성되었다고 가정하더라도, 글자 사용의 기계화가 끝난 것은 아니다. 왜냐하면, 오늘의 보통 인쇄술도 일종의 기계화인즉, 인쇄술의 혁신을 가져오지 않고는 기계화의 목적은 완전히 도달되었다 할 수 없기 때문이다. 오늘날 모아쓰기의 인쇄에서는 옛글까지 합하여 활자의 수가 약 2,400(?)자나 되는데, 활자의 크기, 자체 들의 차이에 따라 활자의 수는 2,400의 서너배는 됨을 면하지 못하니, 순한글 신문·잡지·책을 내자면 적어도 일만 개의 활자를 갖춰야 한다. 활자 수가 많기 때문에 문선·식자 작업이 복잡다난할 뿐 아니라, 활자의 개량은 큰 비용과 수고와 시간을 소용하기 때문에 한글 인쇄의 진보가 아주 더디다. 이에 대하여, 만약 풀어쓰기로 한다면, 활자 수가 겨우 24. 이는 모아쓰기의 그것의 1/100에 맞는다. 활자 수가 현재의 1/100로 준다면, 그 조각·주조·문선·식자 들 작업이 또한 1/100로 줄어들 것이오, 공장의 면적과 시설이 어처구니없이 적어질 것이니, 활자의 개량, 인쇄 기술의 발달, 책값의 싸짐, 따라서 문화의 보급·향상·발달 및 국민 생활의 향상이 결과할 것이다. 이러한 인쇄 방면의 일들만 생각하더라도, 풀어쓰기는 절대로 요구되는 것으로, 장래의 국민은 반드시 이를 실현하고야 말 것이다. 더구나, 풀어 쓰기의 실현은 겨레의 글자 문화의 최상의 요구이라 아니 할 수 없다. (그러나, 여기서는, 지면 관계로 그러한 이유에 대해서 구체적으로 풀이할 수 없음은 섭섭한 일이다.)

(2) 1945년 해방 이래로, 우리 국군은 풀어쓰기 전신타자기로써 군사 작전을 아무 지장 없이 하여 왔으며, 체신부·교통부 및 금융 기관에서의 그 이용은 날로 증대하여 가고 있다. 그러나, 아무리 많이 쓴다 하더라도 그것은 한 국부에 한한 것이라, 전체의 글자 사용을 어지럽힌다고 걱정할 필요는 없겠다.

그렇지마는, 풀어쓰기의 국부적 실현은 현대의 기계 문명 세계에 처한 국민으로서, 과학 기술의 시대적 요구의 자연 또 당연의 소치로서, 진보·발달의 시작을 시사하는 것인즉, 여하한 이유로 써도 이

진보의 순을 막아서는 안 된다.

어떤이는, 나라에서 한글을 풀어쓰기로 한다고 결정을 내린다면 전신타자기도 풀어쓰기로 해도 좋겠지마는 아직은 그렇지 아니하고, 일반 맞춤은 모아쓰기로 하고 있는데 전신타자기만 풀어쓰기로 한다면 이는 우리 이중 생활을 또 하나 더 붙이는 것이 되니, 옳지 못하다고 말한다.

그것도 그렇지 않다. 원래 인류 사회의 진보는 종래의 전통을 깨는 데에 비롯한다. 그 전통 타파의 원동력은 제 안에서 솟아나는 새로운 창의에 말미암는 수도 있고, 또는 다른 사회의 진보된 생활의 모방에 말미암는 수도 있다. 하여튼, 종래의 전통을 깨뜨리는 일 없이, 고대로만 지키기만 한다면, 그 사회에는 창의의 발동과 진보의 실현을 보지 못할 것이다.

나는 상투를 짜고서 장가를 갔었다. 학교 아이들이 하루 공모하고서 모두 머리를 깎고서 집으로 돌아갔더니, 집집마다 곡성도 나고 야단 법석도 났었다. 오늘날에는 산촌에 가도 머리털을 지닌 남자를 보기 어렵게 되었고, 도회지에는 여자까지도 삭발을 하게 되었다. 양복을 입는 일도 마찬가지로 극소수의 사람에서 비롯하여 시방은 젊은이 대다수가 입게 되었고, 여자들까지도 양장을 하게 되었다. 하여튼 사람의 사회 생활은 변천함으로써 진보를 가져오는 것인데, 그 변화는 결코 법률적 제정이나 국가적 결정에 말미암은 것이 아니오, 감각이 예민한 이, 창의가 왕성한 이, 진취성이 있는 이 들로 말미암아 개인적으로 부분적으로 첫순을 나타내는 것인데, 이러한 개혁의 첫순은 낡은 머리의 소유자에게는 언제나 괴상하고 과격하고 망칙한 것으로 느껴지는 것으로서, 꾸중과 비난, 내지 조롱의 대상이 되는 것이 예사이다. 그렇지만, 낡은 머리를 가진 이는 능히 이를 막지 못하고 드디어 서산을 넘어가고 나면, 새 세대는 새 길로 활개를 치고 나아가게 된다. 여기에 인류의 역사는 문화의 발달도 있고, 자유의 실현도 있고, 생활의 향상도 결과하는 것이다.

오늘의 전신타자기의 풀어쓰기가 괴이하고 불편하다 하여, 이 순을 막으려는 이는 삽을 가지고 대하의 흐름의 머리를 막아 보겠다는 것과 다름이 없는 어리석은 짓일 것이다. 한글의 과학적 우수성이 시대의 과학 정신과 병진하는 곳에 배달겨레의 앞날이 밝아 옴을 우리는 바로 보아야 한다.　　　　　　　　　　　　　　　　(1963. 1. 11.)

-〈연세춘추〉 313호(1963. 1. 21.)-

조선 문자사

조선 문자사! 이러한 글월이 우리에게 있을 필요가 많겠지요. 그러나 그것을 지금에는 높은 학식과 많은 견문과 넓은 고증을 요한다. 이러한 요구 조건은 도저히 나의 천학누견(淺學陋見)의 미칠 바가 아니다. 여기에 적은 이 글월은 내가 '조선 사정 조사 연구회'에서 일석(一席)의 보고를 해야만 할 임무를 띠게 된 관계상 부득이 선배의 연구를 습철(拾綴)하여 겨우 무책임의 비방이나 면한 것이다. 그러므로 아무 독특한 연구와 가치가 없는 것은 그 당연한 결과이다. 이 변변치 못한 논문을 본 연구회와 '현대 평론사'와의 일반적 약속의 강요 밑에서 공간(公刊)에 부(附)하지 아니치 못하게 된 것을 일반 독자에게 부끄러움을 말씀한다. 그러나 그 계통적 조직을 세우며 다소의 조사와 연구를 더하며 조금의 사견을 붙인 것이 조금이라도 세인을 익(益)하는 바가 있다면 이는 분외(分外)의 행(幸)일 것이다.

제 1 장 고대 문자

조선에 고대 문자가 있었나? 즉 지나의 한자가 수입되기 전에 혹은 수입된 후라도 한자와는 딴판인 조선 고유의 문자가 있었나, 없었나? 이는 참 우리 겨레의 문화사에 있어서 중요한 한 문제가 된다. 이 문제에 대하여서 우리의 감정으로 말하자면 물론 있었다 하고 싶다. 그러나 세상에는 자기의 형편 좋은 대로, 감정이 하고 싶은 대로만 되는 것은 아니다. 우리 사람은 다만 감정의 소유주만이 아니오, 또 이성(理性)의 소유주이다. 감정이 아무리 원하더라도 이성의 승인이 없으면 그것은 적어도 현실계에서는 주장될 보편성이 없는 것이다. 우리는 감정의 요구를 보편화·합리화하려면 반드시 이성의 승인 위에서 해야만 한다. 만약 그러지 아니하고서, 다만 감정에만 구사(驅使)하여서 이성이 용인하지 아니하는 사실을 날조하다가는 필경에는 엄숙한 이성의 재결(裁決)앞에서 그 비열한 진상이 폭로되어 치욕을 만대에 끼치고 말 것이다. 이러한 실례는 우리가 저 일본에서 볼 수가 있는 것이다. 사실인즉 이러하다. 아니, 이러하다고 학자들이 판정하였다.

거금(距今) 2~3백 년 전에, 그 나라의 신도가(神道家) 국학자 중 특별한 애국자 몇 사람이 자국의 고대에 문자가 없었음을 국가의 체면에 손상이 된다고 생각하여서, 서로 음모하여 우리 조선의 '한글'을 모방하여서 이룬 자체를 석각(石刻)하여 그것을 산중에 매장하여 놓은 뒤에, 일부러 다른 사람들과 놀러 가는 척하고 그곳에 가서는 이럭저럭하다가 의외의 발견같이 그것을 파내었다. 그리하여 그는 무상(無上)한 귀중한 신기한 발견이나 한 듯이 그것을 가지고 곧 일본 신대문자(神代文字)라 하였다. 그뿐 아니라 우리 조선의 한글(本文, 諺文, 正音)이 그 소위 신대문자에서 나온 것이라고 떠들었다. 그러나 일본의 국학자가 다 그 몇 사람들 모양으로 단순한 감정과 열성(劣性)의 종이 아니었다. 그리하여 신대 문자의 존부에 대하여 갑론을박으로 논쟁을 하여 오다가 끝판에는 인간적 이성에게 승리가 돌아가게 되었다. 그에 유력한 재판관의 한 사람은 《假名 本末 一附神代字辨(가명 보말일부신대자별)》의 저자 반신우(伴信友)이었다. 그리하여 오늘의 일반 학자는 다 그 치사스러운 사실을 인정하고 있는 모양이다. 딴소리를 길게 했건마는, 이러한 허위의 실담(實談)이 우리에게 참고가 안 되는 것만은 아니다.

우리의 감정은 우리 조선의 고대에 고유한 문자가 있었다고 하고 싶다. 그러나 우리는 단순한 감정의 맹목적 노예가 되어서는 아니된다. 우리는 모름지기 감정의 기원(冀願)을 이지적으로 고사(考査)하여야 한다. 그리 한 결과, 만약 이지가 감정의 실증자·지지자일 것 같으면 우리는 대담히 이를 주장할 것으로되, 만약 그러지 못하여 이지의 실증이 확실하지 못할 것 같으면 우리는 그 감정의 바람을 다만 바람으로는 승인할지언정 그것을 내어세울 수는 없는 것이다.

그러면 우리 조선에 고대 문자가 있었나, 없었나? 나는 먼저 예전 기록에서 우리 조선에 문자가 있었음을 추측할 만한 것을 찾아 보고자 한다.

첫째, 《해동역사(海東繹史)》권 1 '동과총기(東夸總記)'에 《抱朴子(포박자)》(葛洪(갈홍)의 지음)를 인용하였으되,

黃帝東到靑邱(황제동도청구) 過風山(과풍산) 見紫府先生(견자부선생) 受三皇內文(수삼황내문) 以刻(이각) 名萬神(명만신)

이라 하였다. 이 말은 동방삭(東方朔)의 《신이경(神異經)》에도 났다 한다. '청구(靑邱)'는 곧 우리 조선을 가리킴이오, 한자를 지어 내었다는 창힐(蒼頡)이란 사람은 '황제(黃帝)' 때의 사람이니, 창힐의 조

적(鳥跡)을 보고 지었다는 한자가 청구 고유의 '삼황내문(三皇內文)' 하고 무슨 인연이 있다고도 할 만하기도 하다. 그러나 이것만으로 졸연히 우리 상고 문자의 존재를 믿기에는 너무 황당한 감이 있다.

다시 나아가 《사기(史記)》의 소전(所傳)으로 보면, 단군께서 나라를 창건하신 뒤에 홍수를 당하사, 팽오(彭吳)를 명하사 산천을 정하여 민거(民居)를 전(奠)하시며, 신지(神誌)로 서계(書契)를 장(掌)케 하시며, 고시(高矢)로 전사(田事)를 치(治)케 하셨다 하며, 신지(神誌)의 지은 《비사(秘詞)》(九變圖局 또는 九變震檀之圖)가 있음을 기록한 것에 《용비어천가》 주(註)에 이런 것이 있다.

> 九變圖局(구변도국) 檀君時人神誌所撰圖讖之名(단군시인신지소찬도참지명) 言東國歷代定都凡九變其局(언동국력대정도범구변기국) 並言本朝受命建都之事(병언본조수명건도지사)

《大東韻玉(대동운옥)》에 "神誌(신지) 檀君時人(단군시인) 自號仙人(자호선인)"이라 하고 또 "書雲觀秘記(서운관비기) 有九變震檀之圖(유구변진단지도) 朝鮮卽震檀(조선즉진단)"이라 하였다. 《문헌비고》 '예문고' 서명에 "神誌秘詞(신지비사)"가 있다.

그러나 신지의 맡은 '서계'란 것이 과연 어떠한 것인지 아무 실물의 소전이 없으니 답답한 일이오, 다만 "신지비사(神誌秘詞)"란 책명이 있다고 그것이 곧 그 때의 문자로 되었으리라고 속단하기는 어렵지마는, 여하튼 이 전기가 전연히 거짓이 아니라 할진대 단군 시대에 무슨 문자가 있었다고 상상할 수 있을 것이다. 《평양지》에 "平壤法首橋(평양법수교) 有古碑(유고비) 非諺非梵非篆(비언비범비전) 人莫能曉(인막능효)"라 하고, 또 가로되

癸未二月(계미이월) 掘覓石碑之埋于法首橋者(굴멱석비지매우법수
닌자) 出而視之(출이시지) 則折爲三段(즉절위삼단) 碑文非隷宗(비
분비례종) 如梵書樣(여범서양) 或謂此是檀君時神誌所書云(혹위차
시단군시신지소서운) 歲久遺失(세구유실)

이라고 하였다 한다. 만약 이 비문이 지금까지 보존되었던들 우리의
고대 문자의 존부에 관하여 일조(一條)의 광명이 되었을 것을, 그러
지 못하니 천고의 유한(遺恨)이라 할 만하도다. 우리 조선사람, 특히
평양에 사는 사람들은 마땅히 명심(銘心) 주의하여 묵힌 고대 문화
를 천명하기에 힘쓸 것이다.

《유문화보(柳文化譜)》에 "王文(왕문) 書文字(서문자) 而如篆如符(이
여전여부) 文卽受兢之父(문즉수금지부)"라 하였다 한즉, '왕문(王文)'
은 부여조(扶餘朝) 사람이오, 그 자체(字體)가 '여전(如篆)'이라 함은
지나의 전자와 다름을 반증함이오, '여부(如符)'라 함은 그 자체가
특이하나 그러나 부(符)도 아님을 반시함이니, 즉 부여 시대에 있었
던 우리 고대 문자임이 분명히 추상(推想)될 것이다.

《양서(梁書)》에 "新羅無文字(신라무문자) 刻木爲信(각목위신)"이라
하였다 하니, 이 '각목(刻木)'이라 하는 것이 과연 어떠한 것인지 정
확히 알 수는 없으나 '위신(爲信)'이라 함을 보면 일종의 문자인 것이
분명하다. 그리고 또 그것이 이두문자는 아닐 것이다. 왜 그러냐 하
면 이두는 한문으로 된 것이니, 특히 '문자' 아닌 '각목'이라 말할 리
가 없는 것이다.

《삼국사기》 헌강왕의 연기(年記)에

十二年春(십이년춘) 北鎭奏(북진주) 狄國人入鎭(적국인입진) 以片

木掛樹而歸(이편목매수이귀) 遂取以獻(수취이헌) 其木書十(기목서
십) 五字(오자) 云(운) 寶露國與黑水國人共向新羅國和通(보로국
여흑수국인공향신가국화통)

고 하였다. 이 문체대로만 해석한다면 그 '편목서(片木書)'란 것이
'寶露國與黑水國人共向新羅國和通(보로국여흑수국인공향신라국여
통)'의 15자이라 할 것이니, 특히 써 우리의 북방에서 쓰이던 고문(古
文)의 존재를 증명한다 할 수는 없으나, 만약 그것이 역문(譯文)이라
할 것 같으면 족히 써 고구려 부근의 나라에 별종의 문자가 있었다
할 수 있을 듯도 하다.

　당(唐) 현종 때에 만조가 다 모르는 것을 이 태백이가 알아내었다
하는 소위 '반서(蕃書)'는 곧 우리 대발해의 국서(國書)이니, 이는 발
해의 문자가 당(唐)의 그것하고 일치하지 아니함을 보이는 것이다.
그러나 그것이 과연 이두문이 아니던 것을 증명하기 어려우니 다만
의점(疑點)을 둘 따름이오, 만약 《금고기관(今古奇觀)》에 적어 놓았
다는 그 문체 그대로가 곧 그 '반서'이라 할 것 같으면 그것이 이두
이던 것이 분명할 것이다. 그러나 그 문체 그대로일 것 같으면 그다
지 몰라서 야단을 할 필요가 없을 듯도 하다. 무어라 단언하기 어렵
다 할 수밖에 없다. 《해동역사》에 《구당서(舊唐書)》를 인용하여 "渤
海(발해) … 頗有文字及書紀(파유문자급서기)"라 하였으니, 이도 또
한 우리로 하여금 그것이 이두이든지 이두 아닌 별종 문자이든지,
좌우간 발해에 국자가 있었음을 어림하게 하는 바이다.

　이 밖에, 고려 광종 때의 사람 장 유(張儒, 호는 晋山)가 지나 강남
(吳越錢氏 때)에 갔더니 그곳 사람들의 부탁에 의하여, 일찍 고려로
부터 그곳으로 유래(流來)하여 온 슬서(瑟書)—이것은 고려의 어떤 호

사가가 樂府(악부)의 寒松亭曲(한송정곡)을 瑟底(슬저)에 새긴 것—를 한시로 역(譯)하여 "月白寒松夜(월백한송야) 波安鏡浦秋(파안경포추) 哀鳴來又去(애명래차거) 有信一沙鷗(유신일사구)"라 일러 준 즉, 만좌한 강남인이 다 기뻐하기 그지없었다는 기사가 이 덕무의 《청비록(淸脾錄)》에 적히었다 한다. 그러나 이것만으로써 고려에 고대 문자의 유전함이 있었다고 말하기는 어렵다고 생각한다. 왜 그러냐 하면, 신라·고려의 가곡이 이두문으로 많이 전함을 보아 상거(上擧)한 '슬저서(瑟底書)'가 차라리 이두문으로 되었던 것이라고 추측하고 싶다.

그렇지마는 이 밖에 고려 모주(模鑄)의 원우통보(元祐通寶)의 배면(背面)에 '乜'형 자가 있다 하니, 이는 정히 한자도 아니오 이두도 아닌 고대 문자의 편영(片影)인 듯하다.

그뿐 아니라 신라 신덕왕 때 사람 균여대사《傳》최 행귀(崔行歸) 서(序)에

> 我邦之才子名公(아방지재자명곡) 解吟唐什(해음당십) 彼土之鴻儒碩德(피토지홍유석덕) 莫解鄉謠(막해향요) 矧復唐文(신부당문) 如帝綱交羅(여제강교라) 我邦易讀 鄉札似梵書連布(아방역녹양찰사범서면포) 彼土難語(피토난어)

이라 하였다. 그 중 '향찰은 인도 범서 비슷하게 연포(連布)하여 쓴(書)다(鄉札似梵書連布)'는 말은, 우리로 하여금 확실히 신라에 한문 또는 이두 아닌 고대 문자의 전함이 있었음을 추단하게 한다. (이 향찰을 곧 이두로 보는 해석은 아직 의문으로 하여 둠.) 이것 하고 앞에 든 "新羅無文字(신가무문자) 刻木爲信(각목위신)"이란 지나인의 소기(所記)하고를 아울러 보면, 더욱 우리 나라의 고대에 고유한 문자가 있

었음을 믿게 한다.

이상에 상고한 바에 의하면, 우리 조선에 고유한 고대 문자가 있어 그 전통이 남·북 양계가 있으니, 북계는 단조(檀朝)로부터 부여·고구려·발해에 이르고, 남계는 신라에서 고려에 이르니, 그 기원과 종류가 일원적인지 다원적인지, 그는 여기에 졸연히 단언하기 어렵거니와, 하여튼 우리의 조선(祖先)—세종 이전의 조선(祖先)이 이미 문자의 창조자·소유자이던 것만은 거의 의심할 것이 없는 듯하다. 그러면서도 오히려 아직 우리의 맘에 석연쾌연(釋然快然)함이 있지 못함은 그 있었던 고대 문자의 실형(實形)의 유전(遺傳)함이 없는 때문이다.

대체는 우리 조선에 있어서 문화 연구자로 하여금 항상 호단(浩嘆)을 금치 못하게 하는 것은 사서(史書)의 전하지 아니함이다. 《삼국유사》에 인용된 고대 서적만 하더라도 수십여 종이나 되는 것이 거의 전부가 오늘에 전하지 아니한다. 이는 다 역대 병선(兵火)의 소치이니, 첫째 신라가 당병으로 더불어 고구려를 멸할새 그 서고(書庫)를 태워 버리니 단조(檀朝)·부여·고려의 사적(史籍)이 이에 오유(烏有)에 귀(歸)하고, 부여로부터 발해로 전하던 것은 발해의 사직과 함께 금(金)에게 없어지고, 신라가 망하매 그 천년 실록이 또한 견훤에게 없어지고, 그런 중에서도 혹 요행히 남은 것의 공사간에 전하던 것은 이조·세조·예종·성종의 때에 8도 관찰사에게 명하여 장서가를 중상(重賞)과 엄벌로써 달래고 어르어서 찾고 모았으나 필내 또한 병선에 돌아가고 말았도다. 그러므로 우리 조선에서는 다만 사서의 기록—문자의 유전의 유무로만 고사(古事)를 속단하지 못할 것이다. 따라 여기의 문제인 고대문자도 그 금일의 유전이 없다고 그 원체(原體)조차가 본디 없었다고 속단치 못할 것이다.

우리가 여태까지 추단으로 있었다 한 고대 문자가 언제까지나 전하며 행하였던가? 이것이 우리의 다시 한번 생각해 볼 만한 일이다. 나의 생각으로 말하면, 첫째 한자의 수입으로 말미암아 타격을 받고, 다음에 이두의 제작으로 말미암아 다시 도태된 것이라고 보는 것이 근리(近理)한 듯하다. 그러면 신라 초엽까지나 행하다가 만 것이라 하겠다. 비록 설령 신라 말 고려까지 있었다 할지라도 그는 벌써 문자로의 직능을 할 수 없었으리라고 생각하며, 따라 이조 세종 대왕 때까지 그것이 전래하여 그 훈민정음의 원형이 되었으리라고는 생각지 아니한다.

있었다고 추단되는 우리 고대 문자의 유물의 명백한 것이 없음은 큰 유감이어니와, 우리는 우리의 아는 범위에서 우리와 관계있는 문자적 유물 몇 가지를 들어 보고자 한다.

일본 북해도 小樽(소준) 宮手(궁수)의 동혈(洞穴, 이것은 묘혈임이 판명되었음)에 이상한 문자의 조각이 있다. 이에 관하여 中目覺(중목각) 박사의 해박한 고증에 의하면, 이것은 고대 토이기 문자를 종(縱)으로 새긴 것인데, 그 문자로 표현된 말은 오소리(烏蘇里) 지방에 거(居)하던 숙신(肅愼)의 말이라 하고, 그를 독파하여 가로되

나는 부하를 거느리고 대해를 건너 … 싸우고 … 이 동혈에 들었다. …

라 하였더라. 그리하고 그는 이 연유에 관하여, 서기 7세기 초에 중앙 아시아의 기후 변동으로 말미암아 돌궐족의 동서 이동을 설(說)하여 숙신이 그 문자를 변용함을 단(斷)하고, 다시 북해도가 숙신의 식민지임을 설하여 手宮(수궁) 동혈의 문자가 숙신의 이민 추장의 묘

임을 단하였다. 만약 이 고증과 독파를 정확하다고 할 것 같으면, 거금 1270년쯤 전에 북부 조선(朝鮮과 肅愼은 동일한 명칭)에서 토이기 문자를 다소 변형하여서 자국어를 적기에 썼다 할 것이다. 그렇다고 보면 일본의 手宮 문자는 필경은 우리의 손으로 창작된 고대 문자는 아니라 할 것이다(中目覺 지은《小樽の古代文字》참고).

다음에 또 한 가지가 있으니, 그것은 곧 경남 남해군 이동면 양하리의 지면(地面)의 암석에 새기어 있는 문(文)이니(세로 1자 5치, 가로 3자 2치), 이는 지나의 어떤 사람이 서시(徐市)의 제명(題名)이라 하였다 하나, 그 자양(字樣)이 진전(秦篆)과 판이한즉 서시의 과차(過次)라 함은 억측에 불과한 것이다. 뉘가 이것을 독파하여 고대 남부 조선의 문자임을 증(證)할 자이냐. 뒤에 오는 독학자(篤學者)를 기다릴 것이다(《朝鮮 金石 總覽》上 참고).

만주 지방에서 금석문으로 남아 있는 거란자·여진자는 그 자형이 한자에서 탈화한 것이 분명하다. '여진·숙신·조선'이 본디 이자동음(異字同音)의 칭호이오, 거란이 또한 고조선의 유지(遺地)에서 선 나라인즉 거란·여진의 문자가 역시 우리의 고대 문자 중에 들어갈 것이다 할 만하다. 그러나 그것이 그렇다 할지라도 내가 여기에서 문제 삼아서 고찰하는 우리 조선(祖先)의 손에서 창작된 독특한 고대 문자는 되지 못할 것이다.

위에 말한 평양 법수교(法首橋) 비문이란 것이 만약 오늘까지 보존되어 있었던들 혹 우리의 갈구를 풀어 주었을는지 모르지마는, 아직까지의 유물로써는 쾌연히 우리 고대 문자의 존재에 관한 문헌을 실지에 증명할 것이 없다.

제2장 이두(吏讀, 吏道, 吏套, 吏吐)

　우리에게 독창적 고대 문자가 따로 있었을 듯한 기록의 단편이 있으면서도 그 실천의 명증(明證)할 만한 것이 없음은 실로 갑갑하고 애닲은 일이다. 그것은 그 실증적 유물이 발견되기까지는 그만두고 우선 '吏讀(이두)'라는 것에 관하여 말하고자 한다.

　(1) 창작자와 시대
　'吏讀(이두)(吏道, 吏套, 吏吐)'란 것은 일언으로 약(約)하면 표의문자인 한자의 음(音)과 의(義)를 차(借)하여 자국어를 표기함에 쓰는 일종의 표음문자이다. 따라 그것이 한문이 우리 나라에 수입된 뒤는 물론이오 한자가 성행된 뒤에 되었을 것은 넉넉히 추측할 수 있다. 그러면 그 창시의 연대는 과연 언제이며, 그 창작자는 과연 누구인가?
　《삼국사기》 '설총전'에 가로되

　　薛聰字聰智(설총자총지) 祖談捺奈麻(조담날내마) 父元曉(부원효)
　　… 性明銳(성명예) 生知道術(생지도술) 以方言讀九經(이방언독구
　　경) 訓導後生(훈도후생) 至今學者宗之(지금학자종지) 又能屬文(우
　　능속문) 而世無傳者(이세무전자)。

고 하였다. 이것에 말미암아 세인이 다 설 총으로써 이두의 창시자라 함이 보통이다. 이 태조 4년에 출판된 《대명률》의 '발문'에

　　本朝三韓時(본조삼한시) 薛聰所製方言文字謂之吏道(설총소제방

언문자위지이도) 土俗生知習熟(토속생지습숙) 未能遽革(미능거혁)
焉得家到戶誘人而敎之哉(언득가도호유인이교지재) 宜將是書讀之
(의장시서독지) 以吏道導之(이이도도지)

라 하였다 하며, 세종조 때 《훈민정음》 '서(序)'에도

昔新羅薛聰始作吏讀(석신라설총시작이독) 官府民間至今行之(관
부민간지금행지)

라 하였다. 그러나 이것만으로써 '설 총' 한 사람으로써 이두의 창작
자라고 하기는 어려운 것이 있으니, 《동국 통감》 하권 '경덕왕 6년
조' 하에

權近曰(권글왈) … 景德王五年(경덕왕오년) 始置諸博士(시치제박사)
其時强首薛聰輩(시기강수설총배) 通曉義理(통효의리) 以方(이방)
言講九經(언강구경) 訓導後學(훈도후학) 爲東方之傑(위동방지걸)
而其季葉有崔孤雲者(이기계엽유최고운자)…

라 하였다. 그런데 《삼국사기》의 '강수전'에는 다만 경학과 문장의
능하다는 말만 있고 '방언(方言)'을 가지고 '구경(九經)'을 강설하였
다는 말은 없으며, 또 후인인 권근(權近)의 소거(所據)는 어디인지는
모르지마는 방언화의 공을 설씨 한 사람에게 전속시키지 아니한 것
은 차라리 리(理)에 가까운 듯하다. 왜 그러냐 하면 이두의 된 법이
정연한 조직이 없이 그저 방언 그대로를 적어야 할 필요에 응하여
여러 사람들이 해를 따라서 자꾸 중보해 가면서 한자를 차용한 것

이 확인되는 때문이다. 그러므로 《문헌 촬요》에도

我國經書口決釋義(아국경서구결석의)는 중국에 없는 바이고 설 총에 시작하여 鄭(정) 圃隱(포은), 權(권) 陽村(양촌)에 成(성)하얏 다. (권 덕규 님 《조선 어문 경위》에 의함)

고 하였다 하니, 그것이 이두의 일시적 완성이 아니오, 시대를 따라 발달하여 온 것임을 말하는 점에서 근리(近理)하다고 할 만하다. 그 런데 이두가 설 총의 창시한 바가 아님은 오늘에서도 오히려 증명할 수가 있으니, 현(現) 함흥과 양주 등지에 남아있는 진흥왕 순수비와 창녕의 진흥왕 척경비에서 한자의 표음적 용법(즉 吏讀)의 예를 본 다. 그런데 설 총이 신문왕 때 사람인즉, 상기 비석의 건립된 진흥왕 때보다 100여 년 후인(後人)이라 어찌 이두 창제의 공을 독담하리 오. 대개 이두는 삼국 초로부터 써 온 것이라 하는 권 덕규 님의 말 씀이 옳다 할 것이다. (續)

-〈현대평론〉 11호(1928)-

조선 문학과 조선어
- 진정한 위대한 조선 문호의 출현을 바람 -

1

문학은 반드시 두 가지의 요소를 가지고 있나니, 하나는 내용으로의 사상·감정이오, 또 하나는 외형으로의 언어·문자다. 물론 어떠한 사상·감정이 언어·문자로 표현되기만 하면 다 진정한 문학이 되는 것은 아니겠지마는, 진정한 문학이 이 두가지의 요소를 요하는 것은 틀림이 없는 일이다.

세계에 문학의 종별이 많다. 그 생성의 지역을 따라서 이를 볼진대, 영국 문학·독일 문학·로서아 문학·불란서 문학 등 여러가지가 있어 각각 그 특색을 가지고 있다. 이제 '조선 문학'이란 것이 다른 국민 문학과 독립적 존재를 가진 이상에는 그에 독특한 특질이 있어야 할 것이다. 그 특질을 논함은 이 글월의 본지(本旨)가 아닌즉 자세히 들어갈 필요가 없거니와, 여기에서 다만 말하여 두어야 할 것은, 조선 문학의 내용인 사상·감정은 조선민족의 사상·감정이라야 할 것이오, 조선 문학의 외형인 언어·문자는 조선의 언어·문자라야 할 것이다 하는 말이다.

오늘의 세계는 교통 기관의 발달로 말미암아 각 국민간에는 공통하는 생활 문제와 그에 따른 사상·감정이 있다. 그러나 그 중에서도 항상 각각의 특수한 사정이 있으며, 따라 특수한 사상·감정이 있는 것이다. 그러므로 조선 문학은 그 내용에 있어서 세계 각 국민 문학과 공통되는 점이 있겠지마는, 그 중에서도 조선 문학의 독특의 무엇이 있을 것이다. 더구나 민족적 대수난기에 처한 이 때에 있어서 우리에게 있어야 할 문학은 진실로 이 특수한 사정에서 우러나며 특수한 운명과 싸워낼 것이라야 한다. 오늘의 조선사람이 요구하는 문학은 전민족의 충심의 요구에 응하여 전민족의 심중에 신생명과 신감흥을 환발(喚發)할 내용을 가진 문학이라야 한다. 물론 이 점에 대하여서는 여러 가지로 논란할 수가 있겠지마는, 적어도 나는 이와 같이 믿는 것이다. 조선 문학의 특질의 내용적 방면에 관하여는 이만큼만 약언하여 두고, 다음에 나의 주제인 조신 문학의 외형적 특질에 대하여 말하고자 한다.

원래 문학적 요구는 생명의 요구다. 오늘의 조선민족이 요구하는 이른바 조선 문학은 조선민족의 생명의 요구와 부합하여야 할 것이다.—아니, '부합하여야 한다' 하기보다 차라리 생명의 요구, 그것을 절실히 '표현하여야 한다' 할 것이다. 그러려면 진정한 조선심(朝鮮心)과 조선 기백으로써 그 내용을 삼아야 할 것은 말할 것도 없이 명백한 일이어니와, 그와 동시에 이 조선심과 조선 기백을 담기에 적절한 형식을 갖추어야 할 것이다. 그러한 형식은 어떠한 것인고? 그는 곧 조선말을 적은 조선글이라 할 것이다.

조선 문학은 조선말로써 드러나야 하며, 조선글로써 적히어야 한다. 이런 말은 너무 평범하여 얼른 보면 무의미한 소리인 듯하지마는, 나는 이 평범한 소리를 의미있게 보며 의미있게 말하고자 하는 바이다.

2

　빛난 아침 해와 맑은 하늘 빛과 같아드는 사시 가경 속에서 살아온 우리 조선민족에게 문학의 씨가 배태되기 시작한 지는 퍽 오래 전일 것이다. 전설과 같이 만약 단군 시절에 이미 문자가 있었다 하면 그 때부터 조선 문학은 탄생되었을 것이 사실일 것이다. 그러나 이런 것은 다 적실치 못한 것이니까 그만두고, 현재에서 확실히 그 유물에 접할 수 있는 조선 문학의 첫걸음은 삼국시절이라 할 수밖에 없다. 그러나 조선 문학은 그 탄생할 적부터 풍성풍성한 복을 타고 나지 못하였다. 그는 곧, 자기 발달에 이로운 자국 문자 위에서 나지 못하고 불행히 남의 나라의 문자를 빌어서 발아하였다. 그리하여 이두문인 신라 향가는 어느 정도까지 발달하였음은 진성(眞聖) 때에 향가집(삼대목)이 칙선(勅選)까지 된 것으로 넉넉히 추측할 수가 있다. 그렇지마는 이두문이란 워낙 불비하여서 우리말의 복잡한 소리를 도저히 자유로 표현할 수가 없으며, 또 이두문에 정통하려면 먼저 한문 그 자체부터를 정통하여야 하는 때문에 일반의 문학적 표현이 저절로 한문을 빌게 된 것은 자연의 세라 할 것이다.

　조선말은 가지가지의 소리를 갖추어서 그 말함의 가락이 참 유창하고 아름다운 말이다. 이 아름다운 말이 훌륭한 조선 문학의 표현 기관으로 그 완미한 사명을 다하지 못함은 오로지 그에 맞은 글자가 없기 때문이었다. 그 불편이 쌓인 지 천여 년에 조선 제4세 세종 대왕 성대에 훈민정음이 생겨나니, 이 글이야말로 정말 우리 조선 문학의 완전 선미(善美)한 표현 기관이었다. 세종 대왕께서는 이 글자(한글)가 이 백성의 문화 생활에 이기(利器) 될 사명을 완전히 다하게 하기 위하여 제 방면으로 한글 운동 곧 훈민정음의 정련과 그 보급에 힘쓰셨는데, 그 중에 하나는 여기에 말하고자 하는 문학 방면으로의 한글 운동이었다.

첫째, 이 태조의 4대조의 성덕을 칭송하는 《용비어천가》를 한글로써 지으시사 이 글에 한문에 지지 않는 권위를 부여하는 동시에 다른 한편에서는 유·불의 서적을 한글로 번역하게 하셨나니, 세종 대왕의 성의(聖意)가 진실로 주도(周到)하셨다 할 것이다. 그러나 세종과 세조 양대의 국민 문학의 재흥 노력은 드디어 후세의 성공을 보지 못하게 되었나니, 이는 일반 지식 계급의 사람들이 여지없이 지나(중국) 문자와 지나 문학의 정신적 노예가 되어서 자국의 글자를 숭상하며 자국의 문학을 수립할 만한 독창력과 기백이 없었기 때문이니, 어찌 통탄치 아니할 바이랴. 훈민정음—세계에서도 첫째 갈 만한 완전한 문자가 우리의 위대한 선인의 손으로 말미암아 나온 지가 500년 동안에 여태껏 조선 문학의 전적으로 자랑할 만한 저술이 생겨난 것이 없고, 있다 해야 다만 당·송(唐宋)의 찌꺼기를 핥고만 몇몇의 한시문가(漢詩文家)가 났을뿐이 아닌가. 슬프다, 이것이 어찌 정신적 수치가 아니랴. (미완)

-〈신생〉(1929. 3.)-

조선말과 흐린소리(濁音(탁음))

　우리 조선말에는 흐린소리(濁音(탁음))가 없다 하는 소리는 흔히
듣는 소리이다. 그러나 果然(과연) 우리말에는 흐린소리가 없을가?
이제 우리말에는 흐린소리가 없다는 論(론)의 根據(근거)를 추어보면
日本(일본)말의 소리 カ行(행) サ行(행) タ行(행) ハ行(행)에 對(대)하여
흐린소리로 ガ行(행) ザ行(행) ダ行(행) バ行(행)이 있는데 우리말의
소리에는 그렇지 아니하다는 것이 그 根據(근거)이다. 그러하다 우리
글에는 本來(본래) 그러한 淸濁(청탁)이 對立(대립)하는 딴소리가 없
다. 그러나 그렇다고 그만 우리말에는 흐린소리가 없다는 斷案(단안)
을 의심없이 내려버릴 수가 있을가? 우리의 學究的(학구적) 良心(양
심)은 그리 쉽게 俗見(속견)에 同意(동의)하고 安心(안심)할 수가 없다.
이에 나는 나의 意見(의견)을 베풀어가기 爲(위)하야 먼저 흐린소리
(濁音(탁음))란 무엇인가 그 뜻부터 캐어 보기로 하자.

　元來(원래) 呼吸(호흡)이란 生理作用(생리작용)으로 말미암아 한 번
부하에 들어간 空氣(공기)가 목 안(咽喉)으로 나올 적에 두 가지의
差別(차별)이 있나니 하나는 소리청(목청)을 떨어울리어서 소리로 되
어 나오는 것이니 이를 聲音學(성음학)(소리갈)에서 울음(Voice 聲)이
라 한다. 다른 하나는 목청을 떨어울리지 아니하고 나오는 것이다.

그러한데 이 두 가지가 몸밖으로 나올 적에는 입안에서나 혹은 코안에서나 다시 여러가지 狀態(상태)의 共鳴(공명)을 일우어서 나오나니 이 몸 밖으로 나온 것을 聲音學(성음학)에서 소리(Sound 音)이라 한다. 딸아서 소리에는 두 가지가 있을 것이다. 곳 하나는 목청을 떨어울리어서 나오는 것이니 이를 울음소리(有聲音 Voice Sound)이라 하며 다른 하나는 목청을 떨어울리지 아니하고 나오는 것이니 이를 울음없는 소리(Voiceless Sound 無聲音)이라 한다. 그러한데 우리가 흐린소리(濁音)란것은 울음소리(有聲音)를 가리킴이오 맑은소리(淸音)란 것은 울음없는 소리(無聲音)를 가리킴이다.

그러한즉 맑은소리란 것은 목청을 떨어울리지 아니하고 나는 소리이오 흐린소리란 것은 목청을 떨어울리어서 나오는 소리이다. 그러한데 이 목청을 떨어울리는 것을 알아보는 方法(방법)이 셋이 있나니 하나는 손가락을 목에 붉어진 甲狀軟骨(갑상연골)의 우에 대어서 소리내면 흐린소리는 그 손가락에 振動(진동)을 늣기며 또 하나는 두 손의 손가락으로 두귀구멍을 막고서 소리낼 것 같으면 흐린소리는 머리골속에 振動(진동)을 늣기며 또 하나는 손바닥을 머리정수리(頂上)우에 언고서 소리내면 흐린소리는 그 언은 손에 振動(진동)을 늣기게 된다. 그렇지 아니한 것은 모다 맑은소리이다.

이제 흐린소리와 맑은소리의 이러한 區別(구별)에 依(의)하여 보건대 홀소리(ㅏㅓㅗㅜㅡㅣㅐㅔㅚ)는 다 흐린소리이오(勿論(물론) 홀소리에도 맑은소리가 있다 하는 이가 있지마는 그러한 것은 標準(표준) 母音(모음)이 되지 못한다.) 그 담에 닿소리가온대에서는 ㄴ, ㄹ, ㅁ, ㅇ은 흐린소리이오. ㄷㅂㅅㅈㅊㅋㅌㅍㅎ는 맑은소리이다. 이만만 하여도 막대어놓고 조선말에는 흐린소리가 없다는 소리가 넘어나 學的(학적) 檢討(검토)가 없는 俗見(속견)에 不過(불과)함이 分明(분명)하다 할 것이다.

그러하나 우리 조선말에는 흐린소리가 없다는것이 이러한 單純(단순)한 無識(무식)에서 나온 것만은 아니다. 그 理由(이유)의 하나는 우리글(말은 말고)에는 ㄷㅂㅅㅈ의 맑은소리에 對(대)하여 그의 흐린 소리의 글자가 없는 것이다. 詳密(상밀)히 보면 實地(실지)에서의 말에는 ㄷㅂㅅㅈ의 흐린소리가 아조 없는 것은 아니다. 假令(가령) 우비(雨備)의 ㅂ, 간다의 ㄷ, 진지(飯)의 지의 ㅈ은 確實(확실)히 흐린소리로 나는 것이 普通(보통)이다. 그러나 그 흐린소리인 표도 없으며 또 딴 글자를 만들지도 아니하였을 뿐이다. ㅅ의 흐린소리가 現今(현금)의 조선말에 쓰이지 아니하는것은 確實(확실)하다. 그러나 訓民正音(훈민정음)에 있는 글자 ㅿ의 소리는 우리의 硏究(연구)에 依(의)하면 ㅅ의 흐린소리로 밖에 解釋(해석)할 수가 없다.(이 點(점)에 대해서는 담에 機會(기회)를 보아서 자세히 말하겠다) 要(요)컨대 ㅂㄷㅅㅈ의 흐린소리가 아조 업는것은 아니지마는 그에 當(당)한 글자가 없는 것이 不足處(부족처)이다.

또 ㄷㅂㅅㅈ(ㅅ은 말고)이 외로는 맑은소리로 나는 것이 原則(원칙)이로되 한 쌍거듭소리가 될 적에는 반듯이 흐린소리로 나나니 이는 글자는 한 가지이면서 前後(전후) 不一致(불일치)하는 不完全(불완전)한 것을 免(면)하지 못한다.

그러한즉 우리는 우리의 아름다운 한글(正音)이 더욱 그 本質(본질)을 완벽하게 하기 爲(위)하여 不足處(부족처)를 줏집어야 할 것이다. 그리하여 담과 같이 더하여 본다.

ㅂ, ㅂ의 흐린소리.

ㅹ, 오늘날 普通(보통)쓰는 「ㅃ」을 더 바르게 씬 것이니 곳 ㅂ의 짝거듭소리

ㆆ, ㄱ의 흐린소리.

ㄲ, 오늘날 普通(보통)쓰는 「ㄲ」을 더 바르게 씬 것이니 곳 ㅋ의 짝 거듭소리

ㄷ, ㄷ의 흐린소리.

ㄸ, 오늘날 普通(보통)쓰는 「ㄸ」을 더 바르게 씬 것이니 곳 ㄷ의 짝 거듭소리.

ㅈ, ㅈ의 흐린소리.

ㅉ, 오늘날 普通(보통)쓰는 「ㅉ」을 더 바르게 쓴 것이니 곳 ㅈ의 짝 거듭소리.

이렇게 적은 흐린표(濁音 符號)는 매우 不完全(불완전)한 줄 알건 마는 아즉 다른 좋은 생각이 나기까지는 위선 써서 區別(구별)을 짓 고자 할 따름이다. 하였든 이렇게 적어 놓고 보면 表音記號(표음기호)로써는 形式上(형식상)으로는 多少(다소) 不完全(불완전)하건마는 內容上(내용상)으로는 完備(완비)한 것에 더 갓갑은 것이 된다.

그러나 여기에 또 한가지의 問題(문제)가 있다. 우와 같이 흐린소 리 포를 할 것 같으면 內容上(내용상)으로 더 完備(완비)에 갓갑기는 하지마는 우리말을 적는 대에 果然(과연) 그러한 區別(구별)이 必要 (필요)할가? 그것은 다만 理論的(이론적) 要求(요구)에 滿足(만족)이 될 뿐이오 實際的(실제적) 要求(요구)에는 아모 意味(의미)가 없는 것 이 아닐가?하는 問題(문제)이다.

그렇다. 果然(과연) 朝鮮(조선)사람들은 소리의 淸濁(청탁)에─特 (특)히 ㄷㅂㅈ의 淸濁(청탁)에 對(대)한 差別的(차별적) 意識(의식)이 稀薄(희박)하다. 그리하여 實地(실지)에서는 ㄷㅂㅈ을 濁音(탁음)으 로 스스로 發音(발음)하고도 그것이 濁音(탁음)인 줄로 생각하지 아 니한다. 그럼으로 우리가 일본말을 배홀 적에 特(특)히 濁音(탁음)으 로 因(인)한 困難(곤란)은 夕行(행)과 ダ行(행)과의 區別(구별)이니 이

는 上述(상술)한 理由(이유)로 그러한 것이다. 또 우리말에는 ㅅ의 濁音(탁음)이 아조 없다.(우리가 일본말 ザ行(행)을 배호기 어려운것은 이때문이다.) 要(요)컨대 우리 조선말에 있어서는 ㅂㄷㅈㅅ의 淸濁(청탁)을 잘 가리지 아니한다. 딸아 그것을 特(특)히 區別(구별)하여 적지 아니하드라도 괜찮을 것이다.

그렇기는 하지마는 오늘날 世界(세계)가 한 나라같이 來往(내왕)이 頻繁(빈번)하며 交流(교류)가 많아지며 文字(문자)의 翻載(번재)가 많아지는 現代(현대)에 있어서는 우리는 우리의 □답은 한글을 조곰 줏집어서 남말에 들어나는 區別(구별)을 完全(완전)히 區別(구별)게 옴겨질수 있게 하는 것이 퍽 잘한 일이라 생각한다. 여기에 對(대)하여서도 우리글에 區別(구별)이 없는것은 다른 나라말을 적을 적에도 따로 區別(구별) 必要(필요)가 없다 할 이가 있을는지 모르나 우리는 그 意見(의견)에 贊同(찬동)할 수가 없다고 생각한다. 그러한 생각은 마치 우리가 西洋(서양)사람을 첨보면 그 老少(노소)를 짐작하기가 어렵으닛가 그만 西洋(서양)사람에게는 老少(노소)가 없다고 하든지 또는 우리를 標準(표준)삼아서 모두 白髮老人(백발노인)이라 하자든지 하는 수작과 같은 것이다. 그러나 그자세한 것은 담 機會(기회)로 밀우고 금번은 이만 그친다.

-〈한글〉 1권 6호(동)(1927)-

조선말본 강의

조선말본(朝鮮文法)을 알아야 하겠다는 것은 비단 학생계에 뿐
아니라, 일반 사회에서도 많이 요구하는 바이다. 이 번에 새로
나는 최현배씨의 지은 중등 조선말본은 우리의 중등 교육에 말
본을 가르칠 감으로나, 또는 말본을 처음 배우는 이에게 홀로
익힘에도 도움이 되리라 생각한다. 그러므로 그 책의 자세한 해
설(解說)을 청하였던 바, 다행히 지금부터 실리게 된 것을 감사
히 생각한다. (편집인)

제一(일)강 조선말본의 갈말(術語(술어))은 순 조선말로 하자는 까닭

이제 본문제에 들어가기 전에 이 조선말본에 쓴 쓰는 말(用語)에
대하여 잠간 먼저 말하려 합니다.

나는 조선말본을 풀이할 적에 될 수 있는 대로 순전한 조선말을
썼으며, 더욱 그 갈말(術語)은 순전한 우리말을 쓰기를 힘썼읍니다.
갈말이라 한다 하여 결코 도무지 없는 말을 새로 만들었다는 것은
아닙니다. 곧 보통으로 쓰이는 말을 모아서 더러는 그 본뜻대로, 더

러는 전의적(轉意的)으로 새 갈말을 지었을 따름입니다. 그러므로 갈말(術語)로서는 서투르겠지마는, 이는 새로운 사상체계(思想體系) 그것이 아예 서투른 것이기때문에, 그 서투른 사상체계를 담은 말조차 서투른 것은 피할수 없는 일입니다. 그러나 한 번 잠심하여 그 사상체계를 터득하고 나면 그 갈말이 결코 서투르지 아니할 뿐 아니라, 그 때에는 그 갈말이 아니고는 그 사상체계와 낱낱의 관념을 나타내기가 어렵게까지 되는것이니, 이는 우리들이 여러 가지의 학문에서 여러 번 경험하는 바입니다. 그러므로 이제 나의 조선말본의 갈말도 처음에는 서투르겠지마는, 누구든지 한번 나의 우리말본의 체계를 깨칠 것 같으면, 조금도 어려울것이 없을 것이라 합니다.

　이제 나의 『우리말본』에서 새로 나타난 갈말(術語)을 버려 적으면 대강 다음과 같습니다.(혹 도움이 될가 하여 한역(漢譯)을 붙여 적는다.)

　월(文, 文章)

　낱말(單語)

　대중말(標準語)

　말본(語法, 文法)

　소리갈(音聲學)

　홀소리(中聲, 母音)

　닿소리(初聲, 子音)

　흐린소리(濁音, 有聲音)

　맑은소리(淸音)

　거센소리(激音, 有氣音)

　홑소리(單音)

　거듭소리(重音, 複音)

　섞음거듭소리(混成重子音)

덧거듭닿소리(次成重子音)

소리의 닮음(音의 同化)

홀소리의 고름(母音同化)

씨갈(單語論, 品詞論)

씨가름(品詞分類論)

씨(品詞, 詞, 單語)

이름씨(名詞)

대이름씨(代名詞)

셈씨(數詞)

움즉씨(動詞)

어떻씨(形容詞)

잡음씨(指定詞)

어떤씨(冠形詞)

어찌씨(副詞)

느낌씨(感動詞)

토씨(助詞)

생각씨(觀念詞)

걸림씨, 걸힘씨(關係詞)

임자씨(體言)

풀이씨(用言)

꾸밈씨(修飾詞)

두루이름씨(普通名詞, 通稱名詞)

홀로이름씨(固有名詞, 特稱名詞)

완전한 이름씨(完全名詞)

불완전한 이름씨(不完全名詞)

사람대이름씨(人代名詞)

몬대이름씨(物代名詞)

가리킴(人稱, 稱格, Person)

씨끝바꿈, 끝바꿈(語尾活用, 活用)

줄기(語幹)

씨끝(語尾)

으뜸꼴(基本形, 原形)

마침법(終止法)

겸목법(資格法)

이음법(接續法)

베픔꼴(敍述形)

물음꼴(疑問形)

시킴꼴(命令形)

꾀임꼴(請誘形)

느낌꼴(感動形)

어찌꼴(副詞形)

어떤꼴(冠形詞形)

이름꼴(名詞形)

매는꼴(拘束形)

안매는꼴(不拘形)

벌림꼴(羅列形)

풀이꼴(說明形)

가림꼴(選擇形)

하렴꼴(意圖形)

목적꼴(目的形)

미침꼴(到及形)

그침꼴(中斷形)

되풀이꼴(反覆形)

잇달음꼴(連發形)

견줌꼴(比況形)

끄어옴꼴(引用形)

더보탬꼴(添加形)

더해감꼴(益甚形)

뒤집음꼴(翻復形)

벗어난 끝바꿈(變格活用)

바른 끝바꿈(正格活用)

ㄹ 벗어난 끝바꿈(ㄹ 變格活用)

ㅅ 벗어난 끝바꿈(ㅅ 變格活用)

으 벗어난 끝바꿈(으 變格活用)

ㄷ 벗어난 끝바꿈(ㄷ 變格活用)

ㅂ 벗어난 끝바꿈(ㅂ 變格活用)

여 벗어난 끝바꿈(여 變格活用)

러 벗어난 끝바꿈(여 變格活用)

거라 벗어난 끝바꿈(거라 變格活用)

너라 벗어난 끝바꿈(너라 變格活用)

르 벗어난 끝바꿈(르 變格活用)

도움줄기(補助語幹)

도움움즉씨(補助動詞)

제움즉씨(自動詞)

남움즉씨(他動詞)

시김법(使役法)

입음법(被動法)

때매김(時制, tense)

으뜸때(基本時)

마침때(完了時)

이음때(繼續時)

이음의 마침때(繼續完了時)

이제(現在)

지난적(過去)

올적(未來)

이제 마침(現在完了)

지난적 마침(過去完了)

올적 마침(未來完了)

이제 이음(現在繼續)

지난적 이음(過去繼續)

올적 이음(未來繼續)

이제이음의 마침(現在繼續完了)

지난적이음의 마침(過去繼續完了)

올적이음의 마침(未來繼續完了)

끝마꿈, 꼴(活用形, 形)

끝바꿈법, 법(活用法, 法)

자리토씨(格助詞)

도움토씨(補助詞)

이음토씨(接續助詞)

느낌토씨(感動助詞)

씨가지(接辭)

머리가지(接頭辭)

허리가지(接腰辭)

발가지지(接尾辭)

익은씨(熟詞)

이은씨(連詞)

거듭씨(複合詞)

월(文章論)

월의 조각(文章의 構成部 文章의 成分)

마디(節)

임자말(主語)

풀이말(述語)

부림말(目的語)

기움말(補語)

어떤말(冠形語)

어찌말(副詞語)

홀로말(獨立語)

홑월(單文)

겹월(複文)

가진월(包含文)

이은월(大連文)

　우에 보인 바와 같이 조선 말본의 갈말(術語)을 조선말로 지은 까닭은 대강 이러합니다.

　1, 조선말의 본을 풀이함에는 무엇보다도 첫재 조선말로써 함이 자연스러우며, 또 마땅합니다. 조선말이 현재에 살아 있는 말인즉,

그 스스로가 제(自己)를 풀이할 만한 기능(機能)을 가져야 할 것입니다. 만약 그렇지 못하다면, 이는 지나간 어떤 민족의 문화적 유물과 다름이 없이 다만 남의 문화적 활동의 재료가 될 따름일 것입니다. 우리의 소견에는 우리말에는 그만한 영능(靈能)이 넉넉히 있읍니다.

2, 특히 말본을 풀이하는 갈말(術語)만은 될 수 있는 대로 순 조선말로 함이 합리적입니다. 원래 말이란 것은 그 어족(語族)의 다름을 따라 또 국어의 다름을 따라, 그 스스로에 독특한 법이 있으며, 그 말본에 쓰인 갈말(術語)은 그 말본의 특이성(特異性)을 띠고 있는 것입니다. 그러므로 한 나라의 말본이 다른 나라의 말본의 갈말을 무조건으로 마고 삼키어서 제 말본을 설명하려듦은 확실히 자타(自他)를 불변하며 본말(本末)을 전도한 무모(無謀)한 몰비평(沒批評)의 짓이니, 식자우환의 비방을 면하지 못할 것입니다.

3, 조선말의 말본만은 조선사람의 과학적 활동에 맡겨둔 최후 유일의 조선 민족의 문화적 유산(遺産)인즉, 우리는 마땅히 우리의 지력(知力)과 어휘(語彙)로써 우리의 말본의 체계를 꾸미어야 할 것입니다.

4, 조선말로 된 말본의 갈말(術語)은 가장 자연스러운 동시에 가장 깨치기 쉽습니다. 우리가 조선의 역사를 상고하건대, 나라 이름, 벼슬 이름, 땅 이름, 사람 이름 기타 일용어가 모두 순전한 조선말로만 되었던 것이 부자연한 외세(外勢)와 및 그에 따르는 비렬한 심리 곧 내것은 나쁘다 하고 남의 것은 훌륭하다 하며, 남의 것이라면 무조건으로 숭상하는 가소로운 정세를 익혔음도 또한 사실입니다. 그리하여 조선말은 자꾸 뒤지고 없어지는 도중에 있으며, 한문말은 횡행하고 발호하여 큰 세력을 잡게 되었읍니다. 우리의 조선말로 짓는 갈말에 대하여 도리어 흔히 오해와 배척을 함을 보는 것도 단순히 이러한 습관이 있기 때문입니다.

대략 이상과 같은 이유에서 나는 조선 말본의 갈말(術語)을 될 수 있는 대로 순조선말로써 썼읍니다. 그렇지마는 나는 결코 한문을 전연 배척하자 주장하는 자는 아닙니다. 다만 같은 값이면 순 조선말을 쓸 것이요, 순조선말을 사랑할 것이요, 순조선말의 발달을 도모할것이요, 순조선말로 된 과학의 성립을 꾀할 것이요, 설영 다른 학문은 몰라도, 적어도 조선말본만은 될 수 있는 대로 순 조선말로써 풀이함이 지당한 것이라 합니다.

(1934. 3. 15)

이 글은 원고중에서 대강 절략하여 실은것이므로, 그 뜻의 반분도 나타내지 못하였다. 그 전문을 적당한 시기에 다시 발표하기로 한다.(편집인)

-〈한글〉2권 1호(1934)-

조선문자(朝鮮文字) '정음'(正音) 또는 '언문'(諺文)

[1]

'정음'(正音)은 세계 문자 가운데서 가장 새로운 것으로서 동양 유일의 알파벳식 문자이다. 그 조직의 학술적이고 조직적이며, 그 자형의 간단하고 정미(整美)함은 참으로 세계 음운 문자 가운데 있어서 가장 뛰어난 것이라 할 수 있다. 이것은 나만의 망단(妄斷)도 아니다. 조금 이 문자를 연구할 기회를 가지고 있는 학자는 어느 누구나 인정하지 않을 수 없는 사실이다. 지금 쓰이고 있는 '정음'의 수는

모음 11

ㅑㅕㅓㅕㅗㅛㅜㅠㅡㅣ·

자음 14

ㄱㄴㄷㄹㅁㅂㅅㅇㅈㅊㅋㅌㅍㅎ

합하여 25자이다. 그러나 이 한 자씩은 반드시 성음학 상의 한 단음을 나타내는 것은 아니다. 그 가운데 모음 ㅑ(ㅣㅏ의 합음), ㅕ(ㅣㅓ) ㅛ(ㅣㅗ) ㅠ(ㅣㅜ), ·(ㅣㅡ)와 자음 ㅊ(ㅈㅎ 또는 ㅎㅈ의 합음), ㅋ(ㄱㅎ 또는 ㅎㄱ), ㅌ(ㄷㅎ 또는 ㅎㄷ), ㅍ(ㅂㅎ 또는 ㅎㅂ)과의 9자는 복음이다. 그러면 지금 행해지는 단음 문자는 오직 16자 뿐이다. 이 16자가 서로 합하여 꼴을 만드는 복음은 위의 9자 이외에

모음— ㅐ(ㅏㅣ의 합음), ㅒ(ㅑㅣ), ㅔ(ㅓㅣ), ㅖ(ㅕㅣ), ㅚ(ㅗㅣ), ㅛㅣ(ㅛㅣ), ㅟ
(ㅜㅣ), ㅢ(ㅡㅣ), ㆎ(·ㅣ), ㅘ(ㅗㅏ), ㅝ(ㅜㅓ), ㅙ(ㅗㅏㅣ), ㅞ(ㅜㅓㅣ)의 13자
(더욱 ㆌ(ㅠㅣ)까지도 할 것인지?)

자음— ㄲㄸㅃㅆㅉ(흔히 ㅅㄷㅆ로 쓰는 것은 같은 꼴을 약하기 위하여
ㅅ으로써 대신한 것)의 5자를 합하여 18자가 있다. 이 가운데 중모음
ㅐㅔㅚㅢ의 4자는 자형만은 합성이나 그 실은 성음학적으로는 단음
이다.

[2]

조선에는 옛부터 고유한 문자가 있었다는 것은, 여러 가지의 기록
에 나타나고 있으나, 그 실물은 전혀 남아 있지 않다. 그래서 오늘날
의 유물에 관하여 말하면 지금부터 약 2천여 년 전 신라 시대의 '이
두'(吏讀)란 것이 있다. 이것은 한자의 음 또는 훈을 취하여 표음적으
로 사용한 것으로, 그의 간단화한 것을 특히 '구결'(口訣)이라 한다.
일본의 가나(假名)는 이에서 모방한 것으로 형음(形音) 함께 일치하
는 것이 적지 않다.

오늘날의 '정음'(구체적으로 말하면 훈민정음)은 기록에 의하면, 이
조 제4대왕 세종이 정 인지·성 삼문 등의 어진 신하들의 보좌를 얻
어 25년 계해 12월에 제정하시고, 2년간의 정련(精鍊)을 거치어, 28
년 병인(서력 기원 1446)에 전 백성에게 반포하신 것이다. 이 훈민정
음 반포 당시, 조정에 있어서도 반대자가 있었으나 영명한 세종은 일
반 백성의 복리를 위하여 이를 제정 반포하였다. 그리고 이것에 권
위를 부여하기 위하여 이조 선조의 송덕가인 용비어천가를 정음 문
자로써 지었고, 또 이것의 보급을 꾀하여 많은 불교 경전을 정음 문
자를 가지고 국역하였다. 또 뒤에는 유교의 경서, 한시 등도 국역하

였던 것이다. 그러나 불행히도 국민적 자각이 부족했기 때문에, 드디어 그 묘기(妙機)의 활용을 충분히 이루지 못하였던 것이나, 이른바 '갑오경장'(甲午更張) 이래 국민적 자각의 발흥과 함께, 이의 연구 활용에 뜻을 쓰고, 힘을 다하게 되었다. 그 선구의 첫 종을 울린 것은 고 유 길준으로서, 그의 중흥의 기초를 열고, 영구한 동력을 닦은 것은 고 주 시경이었다. 그리하여 '정음'은 지금은 그 고유의 영능(靈能)을 발휘할 붕정(鵬程)을 향하고 있는 것이다.

[3]

지금 '정음'의 세계 문화사적 의의를 관찰하면

(1) 정음은 세계 2백 수십 종의 국문 가운데, 가장 신식이면서, 더욱 가장 완전한 학술적 조직과, 미적 형태를 가진다.

(2) 오늘날 세계 문자의 많이는 그 근원을 찾으면 그림 문자, 상형문자에서 진화해 온 것(로마자나 한자나 가나(假名) 등은 그 보기)이다. 그런데 이 정음은 처음부터 표음 문자 더욱 알파벳식 표음문자로서 생산된 것이다.

(3) 정음의 유래에 관하여는 누구는 범자에 유사하다고 말하는 이가 있으나 그것은 옳다고 할 수 없다. 정음은 원래 아(牙) 설(舌) 순(脣) 치(齒) 후(喉)의 다섯 음으로 크게 나눈 것으로, 발음 기관을 본떠 창작한 표음 문자이다. 이 점에 있어서도 정음은 세계에서 유일하다.

(4) 세계의 문자는 그 발달의 역사에 있어서, 처음에는 흔히 치자(治者) 계급, 유한 계급의 소유이었다. 그들은 문자에 의하여 지식을 비장하고, 일반 민중을 지배하였다. 그리고 자기의 여러 가지 욕망을 만족시켰다. 그런 문자가 민중적으로 개방된 것은, 역사와 함

께 일반 민중의 자각적 노력의 결과이었다. 이에 반하여 조선의 정음 문자는 그 탄생의 대의(胎意)에 있어서 이미 민중의 교화, 민의의 창달, 생민(生民)의 편익을 목적으로 한 것이다. 이것은 훈민정음의 벽두에서 명확히 말하고 있는 것이다. 그리하여 정음 문자는 민중의 문자로서, 세계 미래의 새 문화에 대하여, 매우 중대한 사적 의의를 가지고 있다고 하지 않으면 아니 된다.

조선문자의 자모 발음 제례

(1) 모음

〈문자〉

[발음 로마자]

ㅏ	ㅑ	ㅓ	ㅕ	ㅗ	ㅛ	ㅜ	ㅠ	ㅡ	ㅣ	·
a	ya	ö,ēr,	yö,yer	o	yo	u	yu	eu(佛音)	i	지금은 a와같음

(2) 자음

〈문자〉

[발음 로마자]

ㄱ	ㄴ	ㄷ	ㄹ	ㅁ	ㅂ	ㅅ	ㅇ
k,g	n	t,d	r,l	m	p,b	s,t	ng무음(초성의 경우)

ㅈ	ㅊ	ㅋ	ㅌ	ㅍ	ㅎ
ch,j	ᶜch	ᶜk	ᶜt	ᶜp	h

(주의: 끝 2,3,4,5의 「ᶜ」는 희랍어의 기식음(氣息音))

(3) 철자의 예(무의미)

〈철자〉

가 갸 거 겨 고 교 구 규 그 기 ㄱ

〔발음〕 Ka Kya Kö Kyö Ko Kyo Ku Kyu Keu Ki Ka

(4) 문례(I)

인류의　문화를　　위하야　모다　함께　일합시다.

〔발음〕 inryueui munhwareul wihaýa mota hamge ilhapsita

〔뜻〕　人類の　文化の　　ため　皆　協同して　働きま
　　　　　　　　　　　　　　　　　　　　　　　　　せう.

(4) 문례(II)

모든　　민족은　　제각긔의　　특질을

〔발음〕 moteun minchokeun chekakkeuieui ᶜteukchileul

〔뜻〕　諸諸の　民族は　各自の　　特質を

가지고　세계　　전　　　　인류문화의

kachiko syekye chyun inryumunhwaeui

以て　　世界　全　　　　人類文化の

창조와　　　　발달에　　노력합시다.

ᶜchangchowa paltale nolyökhapsita

創造と　　　發達とに　怒力しませう.

1926. 8. 29. 崔鉉培

-웰스 〈세계문화사대계〉 일본어 번역판 상권(1938)* -

---

* 이 글은 저 유명한 저술 웰스의 '세계문화사대계'의 일본역판에 역자 특별 삽절(挿節)로
　외솔이 기고(寄稿)한 글이다. 웰스의 원저에는 없으나 역자 기다가와사부로(北川三郞)
　의 특별한 뜻으로 번역판에 실렸다. 상권 324~339쪽에 실린 것을 공주사범대학 하 동
　호 교수가 번역하였다.

조선사람은 조선말을 얼마나 아는가?
- 禧專門學校(연희전문학교) 文科(문과) 入學試驗(입학시험)에 朝鮮語(조선어)를 보이고 나서의 所感(소감) -

조선사람이 조선말을 얼마나 아는가? 특히 中等(중등) 乃至(내지) 專門(전문) 敎育(교육)을 받은 朝鮮(조선)의 靑年(청년)들이 朝鮮(조선)말을 얼마나 아는가? 이것을 참 硏究(연구)할 만한 물음거리이다. 모든 事象(사상)을 科學的(과학적)으로 생각할 줄을 아는 사람에게는 이것이 確實(확실)히 價値(가치)잇는 硏究(연구) 問題(문제)일 것이다.

그러나, 大多數(대다수)의 조선사람에게는 이것은 何等(하등)의 意味(의미)잇는 問題(문제)가 되지 아니한다. 그네들의 생각에 따를 것 같으면 조선사람—長成(장성)한 조선사람은 依例(의례)로 조선말을 다 아는 것이라 한다. 그러므로, 조선사람으로는 조선말을 배우기에 時間(시간)과 努力(노력)을 費用(비용)할 必要(필요)를 느끼지 아니한다. 그러고, 조선사람의 일부러 배워야 할 것은, 다른 나라의 말과 글이라 한다. 이는 朝鮮(조선) 數百(수백) 年來(연래)의 잘못된 생각이다. 그리하여, 그네들에게 必要(필요)한 것은, 다만 他國(타국) 語文(어문)의 辭典(사전)뿐이요, 제 나라의 말과 글의 辭典(사전)은 도모지 必要(필요)를 느끼지 아니하여왔다. 그러한 結果(결과)로, 오늘날까지 우리는 우리말의 辭典(사전) 한 券(권)을 만들어 놓지도 못하고, 도리어 다른 나라 사람들이 조선말의 辭典(사전)을 먼저 만들어

낸 것이 여러 가지가 잇을 따름이다. 이같이 矛盾(모순)된 일이 다시
는 없겟건마는, 조선사람에게는 이것이 부끄럽기는 커녕 當然(당연)
한 일로 생각되고 말아 버린다. 웨 그러냐 하면, 조선사람은 조선말
을 다 알기 때문에 다시 일부러 辭典(사전)을 만들어 놓고서 그것을
찾아 가면서 말이나 글의 공부를 할 必要(필요)가 조금도 없은즉, 조
선말 사전은 조선사람에게 必要(필요)한 것이 아니라, 조선말을 공
부하는 외국 사람에게만 必要(필요)한 것이다. 朝鮮語(조선어) 辭典
(사전)을 朝鮮(조선)사람이 만들지 아니하고 다른 나라 사람들이 만
들어 낸 것은, 理(이)의 當然(당연)한 것이라고 생각한다.

딴은 그러하다! 조선말을 畢乃(필내) 조선사람의 말이다. 그것은
朝鮮(조선) 民族(민족)의 五千(오천) 年(년)이란 길고 긴 歷史的(역사
적) 文化的(문화적) 生活(생활)에서 産出(산출)된 것이며, 保育(보육)된
것이며, 發達(발달)된 것이다. 그에 對(대)한 가장 깊은 理解(이해)와
切實(절실)한 愛着(애착)과 自由(자유) 自在(자재)한 使用力(사용력)을
完全(완전)히 가질 이는 조선사람일 것이다. 그러나, 이는 다만 한 理
論(이론)이며, 理想(이상)일 따름이다. 오늘의 조선사람은 제 말에 對
(대)한 理解(이해)와 사랑과, 驅使力(구사력)과를 充分(충분)히 가지고
잇다고 말할 수가 없음은 섭섭한 事實(사실)이다. 오늘날 敎育(교육)
잇는 조선 靑年(청년)은 他國(타국) 語文(어문)에 對(대)하얀 正當(정
당)한 理解(이해)와 正確(정확)한 發表力(발표력)을 가지고 잇으면서
도, 제 말인 조선말에 對(대)하얀 正當(정당)한 理解(이해)와 正確(정
확)한 發表力(발표력)을 가지지 못함은, 否認(부인)할 수 없는 一般的
(일반적) 事實(사실)이다. 그리하여, 그네들의 말하는 것을 보면, 조선
말인지 일본말인지 영어인지 도모지 분간할 수 없을 만큼, 잡동산
이의 뒤범벅이다. 그리하여, 朝鮮(조선)말로써는 自己(자기)의 思想

(사상), 感情(감정)을 正確(정확)하게 適切(적절)하게 發表(발표)할 수 없다 함으로써, 도리어 한 자랑거리로 아는 形便(형편)이다. 우서운 일이다. 처음에는 아는 것이기 때문에 배울 必要(필요)가 없다 하여, 輕視(경시) 받던 조선말이 인제는 모른다는 자랑을 理由(이유) 삼아 不問(불문)에 붙이게 되엇다.

大體(대체) 말이란 것은, 그 임자된 民族(민족)의 文化的(문화적) 努力(노력)의 産物(산물)인즉, 이를 充分(충분)히 理解(이해)하려면, 學習(학습)의 努力(노력)이 必要(필요)한 것이다. 오늘의 世界(세계) 各國(각국)의 初等(초등) 敎育(교육)에서부터 專門(전문) 敎育(교육)에 이르기까지의 敎育(교육)이 一面(일면)으로 보면, 言語(언어)의 敎育(교육)이라 할 만하다. 初等(초등) 學校(학교)에서는 집안에서 배우지 못한 말을 배우고, 中等(중등) 學校(학교)에서는, 初等(초등) 學校(학교)에서 배우지 못한 말을 배우고, 專門(전문) 學校(학교)에서는 中等 學校(중등학교)에서 배우지 못한 말을 배우게 되는 것이다. 이리하여 그 나라의 말은 理解(이해)되며 使用(사용)되며 育成(육성)되는 것이다. 한 나라의 사람이 그 나라의 말을 다 아는 것은 아니다. 그 各(각) 個人(개인)의 받은 敎育(교육)과 從事(종사)하는 職業(직업)의 다름을 따라서, 그 가진 바 語彙(어휘)의 種類(종류)와 數(수)가 各各(각각) 다를 것은 當然(당연)한 일이다. 假令(가령) 英國人(영국인)이라고 英語(영어)를 다 안다고 생각거나, 朝鮮人(조선인)이라고 朝鮮(조선)말을 다 안다고 생각하여서 안 된다. 그러케 생각함은 結局(결국) 그 생각하는 이의 無識(무식)을 나타내는 것이 되고 만다. 世界(세계) 어떠한 나라를 勿論(물론)하고, 그 國民(국민)이 日常(일상) 言語(언어) 生活(생활)에서 쓰는 낱말(單語(단어))의 數爻(수효)는 그다지 많지 못하다. 普通(보통) 敎育(교육)잇는 사람들의 가진 語彙(어휘)

의 範圍(범위)와 數爻(수효)는 그 國語(국어)의 全體(전체)에 比(비)하면, 極(극)히 微小(미소)한 部分(부분)에 지나지 못한다. 이제 英語(영어)의 큰 辭典(사전)을 보면, 그 語彙(어휘)의 總(총)數(수)가 十二萬(십이만)(1889年版 Websters Unabridged Dictionary의 語彙數 十一萬 八千 單語이다.) (日本語辭典에는 富山房 出版, 大日本 國語辭典의 語數는 二十餘萬이라 하엿고, 그 亦是 같은 집에서 낸 大英和辭典의 語彙數는 固有名詞 八千 四百 十一을 合算하여, 十四萬 一千 二百 餘라 하엿다.) 以上(이상)인데 現代(현대) 敎養(교양)잇는 英人(영인)의 一般(일반) 使用語(사용어)는 三千(삼천) 乃至(내지) 四千語(사천어)이요, (活用形은 치지 않고), 大思索家(대사색가), 大能辯家(대능변가)라도 一萬(일만) 語(어) 以上(이상)은 드물며, 막스 뮐러(Max Muller)에 依(의)하면, 밀톤(Milton)은 八千(팔천) 語(어)(散文은 除外하고)를 썻고, 쉐익스피어(Shakespear)는 一萬(일만) 五千(오천) 語(어)를 썻다 한다. (그리고, 舊約聖書의 用語 數가 五千 六百 四十二 語라 한다.) 이로써 본다면, 大學(대학)을 마친 紳士(신사)들도 自國語(자국어)의 三十分(삼십분) 乃至(내지) 五十分(오십분)의 一(일)밖에 쓰지 못하며, 大文豪(대문호) 大詩人(대시인)도 自國語(자국어)의 約(약) 十分(십분)의 一(일)을 쓸 수 잇음이 그 最高点(최고점)임을 알겟도다. 그런데, 朝鮮語(조선어)의 數(수)는 朝鮮總督府(조선총독부)에서 編纂(편찬)한 朝鮮語(조선어) 辭典(사전)에 모인 것이, 五萬(오만) 八千(팔천) 六百(육백) 三十(삼십) 九(구) 語(어)이요, 韓英字典(한영자전)이 約(약) 八萬(팔만) 二千(이천) 語(어)이요, 李常春(이상춘)님의 모은 語彙(어휘)가 約(약) 九萬(구만) 넘어라 하니, 萬若(만약) 完全(완전)히 朝鮮語(조선어)를 몯는다면 無慮(무려) 十五萬(십오만) 語(어)는 될 것이다. 이러한 수많은 조선말에서 普通(보통) 사람이 얼마나 알 것인가? 또 學者(학자) 文士(문사)라 하는 이들이 얼마

조선말을 알아 쓸 能力(능력)을 가졋는지. 이것은 正(정)히 우리들의 한 硏究(연구) 問題(문제)일 것이다.

何如(하여)튼 英國(영국)사람이라고 英語(영어)를 다 아는 것이 아님과 같이, 조선사람이라고 決(결)코 조선말을 다 아는 것은 아니다. 이것은 特(특)히 조선사람의 羞恥(수치)라 할 것이 아니라, 도리어 當然(당연)한 現象(현상)이다. 다만 모르는 것을 다 아는 척하는 것이 잘못이며, 모르는 것을 알기 爲(위)하야 공부할 줄을 모르는 것이 정말 수치일 따름이다. 우리에게는 우리 말의 말광(辭典)이 없음이 큰 수치이며, 더욱이 말광 하나 없이 能(능)히 文化生活(문화생활)을 해 갈 수 잇다고 생각하고서 當然(당연)히 지나아 가는 것이 큰 수치이다.

X   X

내가 敎務(교무)를 가지고 잇는 延禧專門學校(연희전문학교)에서 今春(금춘) 文科(문과) 入學試驗(입학시험)에 朝鮮語(조선어) 科目(과목)을 두엇다. 專門(전문) 學校(학교) 入學試驗(입학시험)에 朝鮮語(조선어)를 치르게 함은 이것이 처음이다. 入學(입학) 志願者(지원자)는 勿論(물론)이요, 全(전) 社會(사회) 사람들도 대단히 異常(이상)스러운 感(감)을 가졋을 줄로 안다. 『朝鮮(조선)사람이 조선말 試驗(시험)이란 大體(대체) 다 무엇인가! 이러케 생각하엿을 것이다. 조선말도 모르는 조선사람이 專門(전문) 學校(학교)에 入學(입학)하려고 할가?』 —이러케들 생각하엿을 것이다. 그러나, 事實(사실)이 그러하엿을가? 試驗(시험)의 結果(결과)는 어떠하엿든가? 爲先(위선) 그 問題(문제)부터 보자—

조선어 試驗(시험) 問題(문제)

一(일). 다음의 말의 뜻을 解釋(해석)하고 그것으로써 適當(적당)
한 말 한 마디씩을 만들라.(答案 本紙)

1. 시름없다
2. 그지없다
3. 상없다
4. 짐짓
5. 여간

二(이). 다음의 俗談(속담)의 뜻을 解釋(해석)하라.(表裏 兩面의 뜻)
(答案은 本紙에)

1. 한 집에 김별감 성 모른다.
2. 시앗 싸움에 요강 장수다.
3. 보리 고개에 죽는다.
4. 억지가 사촌보다 낫다.
5. 우지 아니하는 아이 젖 주랴.

三(삼). 다음의 時調(시조)를 解釋(해석)하라.(以下 二 問의 答案은
別紙에)

草原(초원)의 靜寂(정적)(白頭山 갓든 길에).

太古寂(태고적) 인연 없어 찾을 길 없드러니,

無邊(무변) 草原(초원)에 이르러 分外(분외) 淸福(청복) 누
리나다.

어디서 사슴이 울어 靜寂(정적) 더욱 깊드라.

四(사). 作文題(작문제)

『專門(전문) 學校(학교) 入學(입학) 試驗(시험)에 朝鮮語(조선어) 科目(과목)이 잇음을 보고』(限 一長)

이 問題(문제)를 꾸며 낸 趣意(취의)를 말하면, 中等(중등) 學校(학교)를 마치고, 專門(전문) 學校(학교)에 入學(입학)을 志願(지원)하는 조선 靑年(청년)의 朝鮮(조선)말에 對(대)한 理解力(이해력)과 使用力(사용력)이 얼마나 한가를 알아보고저 함에 잇다. 그러고, 綴字法(철자법) 같은 것은 하나도 묻지 아니하엿다. 이는 오늘의 各(각) 中等(중등) 學校(학교)에서 朝鮮語(조선어) 教授(교수) 內容(내용)이 아직 統一(통일)이 없기 때문에, 志願者(지원자)들에게 不公平(불공평)이 잇을가 함을 두려워한 때문이다. 그래서, 다시 말하면, 朝鮮(조선)말에 關(관)한 實質的(실질적) 知識(지식)만을 묻고, 그 形式的(형식적) 知識(지식)은 문제삼지 아니하엿다.

이제 그 答案(답안)의 內容(내용)을 詳細(상세)히 紹介(소개)하여, 이를 評論(평론)할 겨를이 없으니까, 그것은 讀者(독자) 여러분의 私試(사시)에 맡기기로 하고, 여기에서는 다만 成績(성적)에 對(대)하여 한 마디만 하고저 한다. 이 네 問題(문제)에 完全(완전)히 答(답)한 사람은 하나도 없엇다. 点數(점수)로 말하면, 80点(점) 以上(이상) 맞은 이가 꼭 한 사람밖에 없엇고, 大多數(대다수)는 厚(후)하게 줘서 及第(급제)의 標準点(표준점)인 60点(점)이 겨우 되엇다. 其中(기중)에는 四十(사십) 点(점) 以下(이하) 되는 것도 잇엇다. 三(삼) 四(사)의 問題(문제)는 다 무엇라고 答(답)을 하여서, 몇 点(점)이라도 얻기는 어렵지 않지마는, 一(일) 二(이)의 물음은 하나도 正解(정해)하지 못한 答案(답안)이 여럿이 잇엇다. 中等(중등) 教育(교육)을 받은 朝鮮(조선)

의 靑年(청년)들이 가진 조선말의 知識(지식)은 餘地(여지)없이 들어
낫다. 三(삼)의 「예」를 바로 사긴 사람은 하나도 없엇으며, 「여간」을
「매우」로, 「짐짓」을 「진작」으로, 「시름없다」를 「걱정없다」로 답한 것
이 여간 많지 아니하엿다.   (1932.5.1.)

                                        -〈한글〉1권 2호(1932)-

주 시경의 한글 학설

사적 지위

　세종 대왕이 낳은 한글의 연구는 시대를 따라, 여러 학자들이 여러 가지로 애써 온 중에, 신 경준(申景濬), 유 희(柳僖)의 연구 업적이 그 '이은 산'의 높은 봉우리가 됨은 앞에 말한 바와 같다. 유 희의 뒤의 한글갈(正音學)은 겨우 명맥이나 이을 따름이러니, 한힌샘 주 시경이 나서 비로소 배달의 말과 글의 연구가 면목을 일신하여 크게 나아가고 높이 이루어, 한글 갈기의 피어남이 역사상의 최고봉을 지었다. 이는 하나는 시대의 과학적 진보의 소치도 있겠지마는, 그보다도 더 힘있는 것은 그의 일생으로 쉬지 않는 한글 연구의 뜨거운 정성의 소치라 할 것이다.

학설 대요

　그의 학설은 그 국문 연구소 위원으로서의 보고서와 그 지음《국어문전 음학(國語文典音學)》(융희 2년 10월 6일)《국어 문법 (國語文

法)》(융희 4년 4월 15일)《말의 소리》(대정 3년 4월 13일)에 나타나 있다. 이에 그 한글 학설의 요령을 소개하면, 대략 다음과 같다.

섞김거듭

① 그는 ㅊ, ㅋ, ㅌ, ㅍ이 ㅈ, ㄱ, ㄷ, ㅂ과 ㅎ과의 섞김 거듭소리(混合子音)임을 보기(例)를 들어 밝히었다.

갈바씨기

② 그는 된소리는 갈바씨기로 표기함이 옳음을 주장하고, 이를 용감스럽게, 또 철저하게 사용하였다.(이 책 갈바씨기 가름을 보라)

중성(終聲)엔 복용(復用) 초성론(初聲論)

③ 그는 〈훈민정음〉의 "종성은 복용초성ᄒᆞᄂᆞ니라"의 글귀를 바로 해석하여 모든 닿소리(初聲, 子音)가 다 받침 노릇을 할 수 있음을 정당시하고, 그 실례를 들어 이를 증시하였다.

ᅀ의 소리값

④ 그는 ᅀ의 소리값에 대하여는 확신있는 판단을 내리기를 주저하였다. 곧 그《조선어 문전 음학(朝鮮語文典音學)》에서 ᅀ이 ㄹ의 다음 자리에 있는 반혓소리란 것과 ᅀ의 중국 북방음이 ᄚ이란 것을 이유로 하여, ᅀ의 소리값을 ᄚ이라 주장하였다. 그러나, ᅀ이 〈훈민정음〉에서 ㄹ의 다음에 있기는 하지마는, 결코 반혓소리이라 하지는 않고, 반닛소리이라 하였은즉, 그 이론의 근거가 틀림이 명백하다. 이를 깨침인지, 그의 다음의 지음《조선어 문법》에서는 이 주장을 버리고, "일모(日母)의 지나음(支那音)이 ㄹ, ᄚ, ㄴ, ᇡ, ㅅ, ᄊ, ㅈ, ᅑ 등 음에 혹근혹사(或近或似)하게 발음하는데, 지나 북음(支那北音)으로는 거진 다 후음(喉音)으로 발(發)하고, 남음(南音)으로는 치음(齒音)이나 설음(舌音)으로 발음함이 다(多)함"을 말하고, ᅀ자를 풀어, ᄊ의 합음이란 설이 많으나, 어느 소리이라고 단언하기 어렵다고 하고,

△소리가 우리말에 필요없음을 말하였다.

ㅇ와 ㆁ의 다름

⑤ 그는 ㅇ와 ㆁ과의 다름을 밝히어, ㅇ는 소리의 내용이 없는 것이요, ㆁ은 오늘의 받침으로 쓰는, 내용있는 소리임을 말하였다.

ㆆ의 소리값

⑥ ㆆ은 ㅎ보다 맑고 가벼운 소리이라고만 말하고, 더 깊이 파내지 못하였다.

⑦ 그는 "ㅇ연서 순음지하, 칙위순경음(ㅇ連書脣音之下, 則爲脣輕音)"의 ㅇ는 입술소리를 가볍게 하는 표임을 말하고, 또 《정음통석(正音通釋)》에 처음 나오는 ◇는 ㅱ의 줄임임을 말하였다.

홀소리의 거듭

⑧ 그는 홀소리의 거듭을 다음과 같이 풀이하였다.

ㅑㅣㅏ의 거듭 ㅕㅣㅓ의 거듭 ㅛㅣㅗ의 거읍 ㅠㅣㅜ의 거듭 ·ㅣ ㅡ의 거듭

'본문'의 연대

⑨ 속에서 쓰는 반절 곧 한글 본문에 대하여는 그 시대와 엮은이는 모르되, 그 차례가 《삼운성휘(三韻聲彙)》의 보기와 같으니, 그 뒤로 널리 쓰힌 듯하다고만 말하고, 또 ㆁ을 "행"이라 함은 "凝"의 그릇 읽음이라 하였다.

가로글씨

⑩ 《말의 소리》의 맨끝에다 "한글의 가로 쓰는 익힘"을 들어, 한글의 종국적 목적지는 가로글씨 만듬에 있음을 보이었다.

이 밖에 소리의 나는 법에 대하여, 여러 가지로 밝힘이 있으나, 그것은 한글갈의 문제라 하기보다, 차라리 소리갈(音聲學)에 속한 문제이므로, 여기에 소개하기를 그만둔다.

이상과 같은 한글 학설과 또 그의 말본 학설의 종합적 결과로 하여, 한글의 맞춤법이 크게 정리되어 오늘날의 새 맞춤법의 본을 드리웠다.

-〈고친 한글갈〉-

중등 조선 말본 길잡이(1)

「한글」을 편집하시는 이선생께서 조선 말본의 초보를 아주 쉽게 강설을 하라는 부탁을 받고서, 실제로 해보려고 붓을 잡은즉, 결국은 나의 「중등 조선 말본」에 지나지 아니한다. 그러므로 차라리 그보다는 「중등 조선 말본」을 가지고 조선 말본을 공부하거나 가르치거나 하는 이에게 도움이 될 만한 참고의 말을 함이 좋을가 하여, 이러한 이름을 붙이고 그 책에서 주석(註釋)을 요하는 것들을 뽑아내어서 아주 평이한 풀이를 보태고저 합니다. 그러나 그 책을 가지지 아니하신 분에게도 읽기에 아무 상관 없이 이해되도록 하였읍니다.

모도풀이(總說(총설))

一(일), 말. 사람의 생각을 소리로 나타낸것을 말이라 한다.

사람의 생각은 본대 소리도 없고 꼴도 없어, 도모지 바깥에서 감지(感知)할 수 없는것이다. 그러므로 이 감지할 수 없는 사람의 맘속에 있는 생각을 밖으로 남에게 전달하려면 반듯이 어떠한 감지성(感知性)을 띠게 하여야 할 것이다.

그런데 생각을 밖으로 나타내기 위하야, 그에 감지성(感知性)을 줌에는 두 가지의 방도가 있나니, 하나는 그 것에 꼴을 주어서 눈에 보이도록 하는 것이요, 다른 하나는 그것에 무슨 소리를 주어서 사람의 귀에 들리도록 하는 것이다. 눈짓, 안색, 몸짓, 그림 글자 따위로 생각을 들어내며, 혹은 미개인(未開人)이 조개껍질을 차며 또는 노끈을 매어서 생각을 들어냄과 같은 것은 다 꼴로써 우리의 눈을 거쳐서 생각을 전달하는 것이요 음악(音樂)으로써 음성(音聲)으로써 생각을 나타내는 것은 곧 소리를 주어서 사람의 귀를 거쳐서 생각을 전달하는 것이다. 학자를 따라서는 말이란 것의 뜻을 아주 넓게 잡아서 사람의 생각을 나타내는 수단을 죄다 말이라고 뜻 매기는 이가 없지 아니하지마는, 나는 여기에 말의 뜻을 보통의 뜻과 같이 좁게 잡아서 소리로 말미암아 생각을 나타내는 것만을 말이라 하였다. 사람의 소리는 사람이 몸을 기르기 위하야 빨아 들였다가 배앝는 공기를 이용한 것인데, 그 소리냄에 쓰는 여러가지의 틀도 대개는 다른 소용을 겸해하는 것들이니, 참 신통한 조화의 묘기라 할 만하니라.

그러나 다시 엄밀히 살펴보건대, 소리로써 사람의 생각을 들어내는 것 가운대에도 말이라 할 수 없는 것이 있다. 놀라거나 무서워하거나 기뻐하거나 슬퍼하거나 하는 따위의 격렬한 정서(情緖)에 따라내는 고함소리 같은 것은 확실히 생각을 나타내기는 하였지마는 말이라고는 할 수가 없는 것이다. 말이라 하는것은 그 소리와 뜻이 다 마디마디가 있어야 한다. 곧 마디 있는 소리로써 분석적(分析的)으로 생각을 들어낸 것이라야만 한다. 소리의 마디됨(有節化(유절화))은 새짐승에게도 있지마는, 생각의 마디됨은 새짐승에는 없고 사람에게만 있다. 이 점이 사람과 새짐승과의 중대한 다른 점이라 할 만하다.

　말은 한 쪽에는 뜻을 가지고 다른 쪽에는 소리를 가졌다. 그러나 뜻이 곧 말이 아니요 소리가 곧 말이 아니다. 그러므로 사람의 생각을 연구하는 학문과 소리를 연구하는 학문 밖에 따로 말을 연구하는 학문이 있는것이다. 그러나 또 말은 뜻과 소리를 가졌다. 그러므로 생각과 소리는 말의 연구에 또한 필요한 것이 안 될 수 없음도 절로 환한 일이다.

　二(이), 글.　말은 어두운 대서나 장벽을 격하여서나 자유스럽게 생각을 들어내는 편리한 것이지마는, 공간적으로 널리 퍼지지 못하며 시간적으로 오래 전하지 못하는 결점이 있다. 더구나 어려운 것을 여러 번 반복해서 그 뜻을 잡는 편의가 없다. 이러한 결점을 깁기 위하야 만들어낸 것이 곧 글이라. 글은 사람의 생각을 어떠한 꼴로써 들어내어 눈에 보이게 한 것이다. 우리가 옛 사람의 생각을 알며 제의 생각을 널리 세계에 펴며 길이 뒷 세상에 전하는 것은 오로지 이 글의 공로이다. 유성기, 라디오가 발달된 오늘날에서도 글의 공용은 결코 줄어지지 아니할 것이다. 도틀어 말하자면 사람겨레가 오늘과 같은 문명한 생활을 누리게 된 것은 거의 글의 은덕이라 하여도 과언이 아니겠다.

　글은 그 발달의 자취를 보건대, 처음에는 물형이나 생각을 직접으로 그림으로 나타내려 하던 것이 점차로 말의 소리를 그려내는 표로 되는 경향을 보임을 알겠다. 그래서 오늘날의 수백 가지의 세계의 글자를 크게 갈라서 뜻글과 소리글과의 두 가지로 할 수 있다. 만약 더 가늘게 본다면 뜻글에도 순전히 그림체(繪畵體)로 된 것(古埃及의 히에로글리프와 이제의 아메리카의 맥시코의 토인들이 쓰는 글과 같은)과 상형체(象刑體)로 된것(埃及의 히에라틱과 支那의 漢字의 大部分과 같은)과의 두 가지가 있으며, 소리글에도 또 한 자 한 말인 것(漢字의 六書의 諧聲이란것과 같은)과 한 자 한 낱내(一字 一音節)인 것(가나—假 名—와 같은)과 한 자 한 소리인 것(西洋의 로마글자, 우리의 한글과 같은) 과의 세 가지가 있다. 그런데 뜻글보다 소리글이 더 발달된 글이요, 소리글에서도 한 자 한 소리인 것이 가장 발달한 글이다. 그러한즉 우리의 한글은 세계의 글가운대에도 가장 발달한 것에 든다. 그런데 서양의 로마자는 근본은 상형글(象形文字)에서 점차로 발달해 온 것 이로되, 우리의 한글만은 이조 제사세 세종대왕(世宗大王)의 손으로 아예부터 한 자 한 소리의 소리글로 만들어진 것이니라.

글은 원래 사람의 생각을 꼴로 들어내어서 눈에 보이게 한 것인 즉, 저 사람의 생각을 소리로 들어내어서 귀에 들리도록 한 말과는 서로 마주서서 생각들어내기의 두 가지의 딴 길을 대표한 것이다. 그러나 글이 오늘과 같은 훌륭한 구실을 하게 된 것은 그것이 생각 을 꼴만들기(形象化)에 그치지 아니하고 한 걸음 나아가아 말을 나 타내는 표로 된 때문이다. 그리하여 말이 으뜸이요 글은 그의 붙음 (從屬)이 되는 것이다. 우리가 글만을 중하게 보고 말은 가볍게 보는 것은 일종의 잘못이니라.

그러나 다시 생각하건대, 아무리 소리글이라도 그것은 글이지, 말 그것은 아니다. 그것은 다만 말을 만들어 있는 소리를 대표함에 지 나지 아니한 것이다. 글은 결코 말의 소리를 일일이 꼭 그대로 적어 들어내는 것은 아니다. 우리의 말의 소리는 수없이 다름이 있어 도 저히 그것을 일일이 꼭 그대로 적을수 없을 뿐 아니라, 서령 적을 수 있다 하더라도 번거롭기만 하지, 별로 큰 소용이 없는 것이다. 그러 므로 어느 나라를 물론하고 그 말의 뜻을 나타내기에 해되지 아니 하는 정도에서 그 소리를 몇 가지로 크게 가름하여서 그것을 대표하여 적는 것이 곧 소리글이다. 그러므로 소리를 또박또박 그대로만 적는것이 글의 이상(理想)이 아니다. 이는 말과 글을 같이하는(硏究 하는) 사람들의 깊이 기억해 두어야 할 것이니라.

三(삼), **월과 낱말.** 낱말이 모여서 월이 된다는것은 얼른 아무 의심이 없는 밝은 일이라 할 것이다. 그러나 자세히 생각하면 여기에도 문제가 적지 아니하다. 그리하여 학자들의 연구한 결과에 의하면 도리어 그와 반대로 월이 먼저 있고 낱말은 그것을 쪼개어 낸 결과로 생긴 것이라 한다. 미개인(未開人)의 말을 조사해 보면 그 말이 한 뭉뚱그려진 생각을 한 덩어리와 말로(곧 월로) 나타내어 그것에서 낱말을 찾을 수 없다 한다. 이는 말을 연구하는 사람만이 이런 소리를 하는 것이 아니라, 생각을 연구하는 사람들도 판단이 표상(表象)이나 개념(槪念)보다 앞선다 한다. 이러한 이치는 우리가 어린 아이들의 말에서 얼마큼 터득할 수 있는 것이다.

四(사), **낱말.** 낱말은 월을 분석한 결과로 된 말의 낱덩이(單位)이니, 말본을 연구함에는 항상 이말의 낱덩이 곧 낱말이 그 기초가 되는 것이다. 조선에는 아직 대중말본(標準語法)과 말광(字典)이 완성이 되지 못하였기 때문에 아직도 낱낱의 낱말이 확립되지 못한 것이 많다. 낱말을 확립함이 말본의 한 중요한 구실이다.

낱말은 말본에서 다루는 말의 낱덩이(單位)인즉, 생각의 낱덩이(單位)하고는 꼭 같지는 아니하다. 이 두 가지는 어떤 때에는 일치하지마는 어떤 때에는 일치하지 아니함도 있다. 이를테면 「사람」이란 말은 그 생각과 일치한 낱덩이(單位(단위))이지마는 「그림의 떡」이란 말은 말로서는 여러 낱덩이이지마는 생각으로서는 한 낱덩이임과 같은 것이다. 그러므로 낱말은 생각의 낱덩이(單位)가 아니요, 말의 낱덩이이다. 우리말의 토와 같은 것은 생각으로서는 완전한 독립성이 있는 낱덩이라 하기 어렵지마는 말로서는 확실히 한 낱덩이가 되는 것이니라. 그리하여 말본에서 한 낱덩이로서의 다룸(取扱)을 받는 것이다.

-〈한글〉 2권 2호(1935)-

중등 조선 말본 길잡이(2)

대중말(標準語)
(모도풀이 이음)

五(오), 한 나라말 가운대에 그 대중(標準(표준))이 될 만하다고 잡은 말을 대중말(標準語(표준어))이라 하며, 그렇지 못하다고 잡은 말을 사토리라 한다.

(1) 대중말(標準語)이 생기는 길. 본래 말이란 것은 그 自然(자연)의 발달에 따르기만 할것같으면 그 말을 하는 사람이 사는 땅―시골(地方)의 자연적 형세와 관계로 말미암아 곳곳이 서로 다르게 갈라지는 기울성(傾向性)이 있는 것이다. 그러나 문화가 열리고 교통이 발달되고 민족이 통일되고 나라가 세워짐을 따라 여러가지로 그 자연의 형세를 재어하게 된다. 뿐아니라 곧 여러 곳의 사람들이 제가끔 다른 말을 쓰는 것보다는 다같은 말을 씀이 피차 편리하겠다는 요구(要求)가 생기게 된다.

그래서 그 나라안에서 문화와 교통의 중심이 되는 시골(地方)의 말이 차차 여러 가지의 시골말(方言)에 대하야 두루말(共通語)이 됨에 이르는 기울성(傾向)을 가짐도 또한 사실이다.

그러한데 문화적으로 상당한 발달을 이룬 나라에서는 이러한 자연적 경향(傾向)으로 만족하지 아니하고 나아가 계획적(計劃的)으로 그 나라안의 여러가지의 시골말(方言)을 하나 만들어서(統一하여서), 그것으로써 그 국민을 가르쳐서, 그 민족의 통일을 굳게 하며 그 나라의 문화를 적극적으로 높이려고 한다. 이리하여 그 하나 만들어진 말은 다른 여러가지의 시골말(方言)에 대하여 바른 대중(標準)이 되나니, 이것이 곧 그 나라의 대중말(標準語)이란 것이 된다.

(2) 대중말(標準語)을 잡는(定하는) 方法(방법).　　대중말을 잡음에는 대체 두 가지의 방법이 있다. 첫재는 그 나라안의 여러 가지의 시골말(方言)을 죄다 조사하여서, 그 중에서 좋은 것만을 모아서 한 대중말(標準語)을 만드는 방법이니, 이것은 가장 이상적(理想的)이라 할것이다. 그러나 이렇게 해서 만들어낸 말은 넘어도 인공적(人工的)이다. 낱말(單語)이나 말법(語法)이나 그 모양으로 여러 시골말에서 가리고 합하고 하기가 사실로 어려울 뿐 아니라, 서령 쉽게 된다 하더라도 실행이 여간 어렵지 아니할 것이다. 거의 할 수 없다 하여도 과언이 아닐 것이다.

이에 대하여 둘재 법은 실재적 방법(實際的 方法)이라 할 만한 것이다. 이것은 온 나라안의 가장 유력한 한 시골말(方言)을 뽑아서, 그것을 갈고 닦고 바루잡아서, 그것을 기초(基礎)로 하여서, 대중말을 만드는 것이다. 첫재 방법은 옛날 끄라시아에서 아테네 시골말(方言)과 또리아 시골말에서 고이네(Koine)라는 대중말을 지을 적에 쓴 일이 있었을 따름이요, 현대의 모든 나라들은 대개는 둘재 법을 써서 그 대중말을 만드나니, 영국에서는 런던 말, 프랑스에서는 바리 말이 그 대중말의 기초가 되었음은 다 그 보기이니라. 그러면 어째서 이 이러한 말들이 그 나라의 대중말의 기초로 뽑히고, 다른 시골말들은 뽑히지 못하였나 하면 그것은 이러한 까닭이 있다. 무릇 한 나라의 대중말로 뽑힐만한 말은 (1) 온 나라의 시골말 가운대 가장 널리 통하는것, (2) 온 나라의 시골말 가운대 가장 유력한 것, (3) 문학상(文學上)의 말로 가장 잘 쓰히는 것, 이 세 가지의 자격(資格, 껌목)을 갖훈 것이라야만 한다. 이 세가지의 자격을 갖훈 시골말이라야 능히 다른 모든 시골말보다 훌륭한 지위(地位, 자리)를 차지하여서 다른 시골말을 눌러버릴 수가 있을것이다. 그런데 각 나라의 서울의 말은 대개 이러한 자격을 갖훈 말이다. 왜 그러냐 하면 서울은 그 나라의 정치(政治), 문화(文化), 교통(交通)의 중심이 되는 것이므로 서울말은 다른 모든 시골말에 비겨서 가장 힘있는 말이 되는 때문이다.

(3) **대중말의 참뜻.** 이와 같이 오늘날 대중말이란것의 근본을 캐어보면, 흔히는 그 나라말가운대의 한 시골말이던 것이 뽑히어서, 사람의 의식적(意識的)의 갈기(琢磨) 닦기(修練) 바루잡기(修正) 깁기(補足)를 입어서 완전한 것이 된 전혀 이상적(理想的)의 말이다. 그것이 비록 어떠한 한 시골말을 기초로 삼아서 되었다 하더라도, 결코 어떠한 시골말 그대로를 취한 것은 아니다. 첫재 한 곳의 말이라도 그 곳의 사람 특히 계급(階級)의 다름을 따라서 말도 또한 다름을 면하지 못한다. 귀족계급에는 귀족의 말씨가 있고, 중류계급에는 중류계급의 말씨가 있고, 하류계급에는 하류계급의 말씨가 있는 것이다. 그런데 여러 사람에게 두루 쓰히기를 꾀하는 대중말은 넘어 우로 치우쳐도 안 될 것이요 넘어 알로 치우쳐도 안 될 것이다. 그리하

야 그 중류계급의 말이 그 시골말 가운데에서도 특히 대중말의 기초로 뽑히게 되는것이 예사이다. 우리 조선어학회(朝鮮語學會)에서 만들어 낸 「한글 마춤법 통일안」에 「표준말(대중말)은 대체로 오늘날 중류사회(中流社會)에서 쓰는 서울말로 한다」고 규정해놓았음도 이러한 근거(根據)에서 한것이다.

다시 생각하건대, 중류사회의 서울말이라 하더라도 역시 그대로 곧 채용할 수는 없는 것이다. 그 소리내기(發音)와 말수잡기(語彙決定)와 말법에 대하여 자세한 조사를 하고 정확한 연구를 더하여, 틀린것은 바로잡고, 여러가지로 흐트러진 것은 한 가지로 잡고, 깎을 것은 깎고 기울 것은 기워서, 그것에 인위적 개량(人爲的 改良)을 더하여야만 한다.

이제 그 다듬질의 원칙(原則)이 될 만한 것을 들건대,

1. 변화(變化)는 다 개선(改善)이라야 한다. 변화함으로 말미암아 아무 이익없는 것은 물리쳐야 한다.

2. 가장 빨리 이해(理解)되며, 또 말하기에도 가장 간편한 것이 가장 좋은 것이다. 이와 반대로 만약 혼동되기 쉽거나, 따라 오해되기 쉽거나, 깨치기가 어렵거나 말하기에 불편한 것은 버려야 한다.

3. 말은 아름다운 것이라야 한다. 품위(品位)가 없고 나쁜 연상(聯想)을 따르게 하는 것은 버려야 한다. 말은 문학의 거리(材料(재료))인즉 아름다움이란 것이 그 정리상의 한 본이 되는 것이다.

4. 될 수 있는 대로 널리 쓰히는 말을 가리라.

5. 그 말의 역사적 인연(歷史的 因緣)을 참작함이 또한 필요하다. 그리하야 같은 값이면 역사적 인연이 깊은 말을 취하여, 그 나라말의 순전함(純粹性)을 보존하기를 꾀할 것이다.

이와 같은 의식적인 다듬질을 거쳐서 비로소 대중말(標準語)이 성립하는 것이다.

그러므로 대중말(標準語)이란것은 어느 시골말(方言)의 사실(事實)의 모둠은 아니요, 사실의 말을 이상적으로(理想的)으로 갈고 닦고 깎고 깁고 하야 다듬은 것이다. 그래서 이렇게 말한다하기보다 차라리 이렇게 말해야 한다는 대중(標準)을 세운 것이다. 그러므로 대중말은 우리가 의식적으로 온 나라말의 대중을 삼는 대에서 성립하는 것이요, 다만 자연적으로, 사실적으로, 무의식적(無意識的)으로 성립하는 것은 아니다. 이른바(所謂) 두루말(共通語)이란 것은 그렇게 생기는 것이겠지마는, 대중말은 반듯이 사람의 이상적 다듬질(理想的 彫琢)을 말미암아서 생기는 것이다. 이렇게 하여 성립한 대중말은 다른 여러가지의 시골말에 대하여 우월한 권위(權威)를 가지고 그 여러가지의 시골말을 다스려가는 말이 되는 것이다.

(4) 대중말의 동요성(動搖性). 한 나라의 대중말은 반듯이 하나이라만 된다는 것은 아니다. 옛날 끄리시아에서 아타가(Attica)와 라고니아(Laconia)와의 두 가지의 대중말을 둔 일이 있었으며, 오늘날에도 뻬루기(白耳義)에 후라민말과 프랑스말이 함께 쓰히고, 쓰이스(瑞西(서서))에는 또이취말과 프랑스말이 함께 쓰힘과 같은 두 가지 넘어의 대중말이 한 나라안에 행하는 보기가 없지 아니하다. 그러나 이는 다 나라생김의 사정(事情)과 인종혼합(人種混合)의 결과(結果)와 정치상의 관계 같은 것이 각각 그렇게 안 될 수 없는 까닭이 있어서 그렇게 된 것이요, 결코 일부러 그리 되기를 바라서 그리 만든 것은 아니다. 될 수만 있으면 한 나라의 대중말은 하나로 함이 좋은 것이다.

또 대중말은 다른 여러가지의 시골말에 대하야 그 바름의 대중(標

準)이 되는 권위(權威)를 가지는 것이지마는, 한번 정한 대중말은 영구불변의 고정성(固定性)을 가지는 것은 아니다. 물론 그것은 보통의 날로 쓰히는 말따위와는 다른 성질을 가진것 인즉, 보통의 말에서와 같은 급속한 변화를 받는 일은 없다. 그러나 영구히 변화를 받지 아니할 수는 없다. 시대가 바꾸히고 형편이 달라짐을 따라, 그전 그대로는 대중말의 자리를 징길 수 없을 만큼 그 자격(資格)에 빠짐(缺陷)이 생기게 된다. 그래서 어떤 시기(時期)에는 그것을 고쳐야 함에 이른다. 곧 보통의 말의 경우에서는 그 변화가 대개는 무의식적(無意識的)이로되 대중말의 경우에서는 원래 그 제정(制定)이 의식적(意識的)임과 같이 그 변화도 또한 의식적이다.

(5) 시골말(方言(방언))과 사토리. 방언 「方言」은 곧 「地方言(지방언)」의 뜻이다. 지방(地方)을 만약 「시골」이라 할 수 있다면 방언(方言)은 「시골말」이라 할 수 있을 것이다. 방언은 흔히 그 나라의 서울말에 대하는 지방언(地方言)의 뜻으로 해석하는 일이 있지마는, 이는 그른 일이다. 한 나라의 서울(首府)의 말도 또한 그 지방(시골)의 말이니까, 마찬가지로 그 나라의 한 방언이 되는 것이다. 서울말이라고 해서 의례이 곧 다른 시골말보다 낫다는 이치는 없는 것이다. 서울말도 다른 시골말과 마찬가지로 좋은 점도 있으며 나쁜 점도 있는것이다. 그러므로 그 서울말을 대중말의 기초로 삼을 적에도 여러 가지의 다듬질을 받아야 함은 이 때문이다.

또 흔히 여러 곳의 말가운대에 특히 이상스러운 점만을 가리켜서 방언이라 하는 일이 있다. 이것은 일리가 없지 아니하지마는, 전반적으로는 역시 바른 해석은 되지 못한다. 정당하게 해석하면 방언(시골말)이란 것은 그 지방(시골)의 어떠한 남다른 말씨만을 가리킴은 아니요, 그 시골(地方)의 말씨 전체를 가리켜 이름이다.

그러하고 대중말에 맞지 아니하는 다른 말씨를 사토리라 함(방언이라 하지 않고)이 옳을 것이다. 대중말(標準語)은 우리가 의식적으로 세운 대중인즉, 이 대중에 어그러지는 말은 우리가 가치적(價値的)으로 보아 사토리(訛言)라 하는 것이다. 그러므로 사토리란 결코 서울밖의 지방(시골)의 말을 뜻하는 것이 아니라, 서울말이고 다른 지방(시골)말이고 간에 대중말에 틀린 말은 다 마찬가지로 사토리라 할 것이다. 「서울의 사토리」라 하면, 다만 서울이기 때문에 존귀하다고 생각하는 사람에게는 기이한 느낌을 줄는지 모르겠지마는, 정당하게 학문적으로 해석한다면 사토리는 서울말에도 반듯이 있을 것이다.

-〈한글〉 2권 3호(1934)-

중등 조선 말본 길잡이(3)

말본갈(語法學)
(모도풀이의 이음)

六(육), 어느 나라의 말에든지 제가끔 일정한 본(法)이 있나니, 그 본을 말본(語法)이라 하며, 그 말본을 닦는 학문을 말본갈(語法學), 더러는 줄이어서 말본(語法)이라 하나니라.

말이 다름을 따라 본(법)이 또한 다르나니, 잉글리쉬에는 잉글리쉬의 본이 있고, 한어에는 한어의 법이 있고, 조선말에는 조선말의 본이 있다. 여기 이 책은 조선말의 본을 닦는 책이다. 그러한즉 남의 나라 말본을 닦아서 우리말본의 닦기에 참고로 씀은 괜찮을 뿐 아니라, 차라리 해야만 할 것이지마는, 짬없이 남의 말본에만 따르고 제 말의 특유한 성질과 법칙을 살피지 아니함은 아주 큰 잘못이라 아니할 수 없나니라.

조선말에도 또 여러 시골말(方言)을 따라 여러가지의 본(법)이 있을 것이다. 그러나 여기 이 책에서 닦아 가는 것은 대중말의 본이다. 그러므로 이는 곧 조선말 그것의 고유의 일정한 본을 닦는 것이라 할지니라.

그러면 조선말의 일정한 본이란 대체 무엇인가? 조선말의 낱낱의 낱말도 이미 세계 사람에게 공통하는 생각을 특히 조선찍으로 표현한 것이지마는, 그 낱말만 가지고는 우리의 생각과 느낌을 잘 나타낼수 없는 동시에 또 말본이라는 것도 없을것이다. 사실은 우리는 우리의 생각과 느낌을 나타내기 위하야 그 여러 낱말을 서로 얽어 붙여서 쓰나니, 이에 비로소 말본이 생기는것이다. 그러므로 말본은 낱말을 부리어서 월(文)을 만드는대에서 생기는 것이다. 그러나 그 본(법)은 어떤 특정한 일개의 낱말에 전속한 것은 아니요, 그 종류를 따라 공통성을 가지는 것이다. 그리하야 어떤 갈래의 낱말은 다른 어떤 갈래의 낱말과는 도모지 서로 잇지 아니한다든지, 또 어떤 갈래의 낱말은 어떤 다른 갈래의 낱말과 잘 잇는다든지, 또 그 서로 이음에는 일정한 차례가 있어서 어떤 것은 우에 가고 어떤 것은 알에 간다든지, 또 그 서로 이음에는 어떠한 형태상의 변화를 요한다든지 하는 따위의 공통적 법칙이 있는 것이다. 이것은 곧 말본갈래의 연구의 대상이 되는 말본이다.

그러나 여기에 이른 말의 본(法則)이란 것은 저 언제나 어디서나 횟두루 통하야 조금도 틀림이 없는 자연계의 법칙과는 다르다. 원래 말이란 것은 사회적 역사적으로 발생변천하는것이라. 따라 그 법칙도 또한 사회적이요 역사적인 성질을 가진 것이다. 한 민족의 말이라도 첫재 시대를 따라 다르며, 동시대에서도 習慣(습관)을 따라 다를수 있다. 그러므로 아무리 작정한 대중말(標準語(표준어))의 본이라도 결코 저 자연과학적 법칙과 같은 정도의 필연성을 띨 수는 없다. 그리하여 원칙의 예외를 인정하게 되며, 또 그 예외가 드디어 원칙이 됨을 인정하지 아니할 수 없는 경우도 있음을 免(면)하지 못한다.

말은 사람의 사상을 나타내는 것이요, 말본은 그 말을 쓰는 사람의 사상에 의하야 운용되는 것으로되 생각이 곧 말이 아님과 같이, 생각의 본(法)이 곧 말의 본이 아니다. 생각은 온 누리 사람이 한 가지라 할 수 있겠지마는 말은 한 가지가 아니며, 생각의 본은 한 가지로되 말의 본은 한 가지가 아니다. 「삼각형의 내각의 화가 삼직각이다」가 생각으로서는 틀렸으되 말로서는 바르니 이는 생각이 곧 말이 아님을 보임이요, 논리자는 세계공통적이로되 어법학은 각국어를 따라 특수적이니 이는 생각의 본이 곧 말의 본 아님을 보임이다. 이리하야 말본갈이 저 논리학이라든지 심리학이라든지 하고 대립하야 독립적 학문을 이루는 것이다. 그러나 두 가지가 서로 돕는 관계가 있음은 또한 자연이라 하겠다. 생각으로 말미암아 말이 발달되는 동시에 거꾸로 말로 말미암아 생각이 또한 발달하며 논리학으로 말미암아 말본갈이 이익을 받는 반면에 말본갈의 연구가 또한 논리학에 이익을 끼치는 일도 있나니라.

말본은 개인의 머리속에서 순연히 생각으로 만들어 낸 것이 아니요, 객관적으로 사회적으로 실재하는 말의 사실에 기인하여서 귀납적(歸納的)으로 그 본(法)을 찾아낸 것이다. 그러므로 말본갈의 본은 기술적(記述的) 설명적(說明的)임이 그 본색이라 하겠다. 그러나 한번 발견되어서 일반이 인정한 말본갈의 본은, 다음에는 그 말을 쓰는 사람, 배우는 사람에게 대하야, 규범적(規範的)이 되는 것이다. 물론 말의 가변성(可變性)에 의지하야 그 본의 규범성(規範性)도 또한 가변적이다. 그러나 앞에는 말한바와 같이 대중말(標準語)의 개정이 의식적(意識的)임과 같이 그 말본의 개정도 또한 의식적이다. 그리하야 그 규범성(規範性)은 시간적(時間的)이나마 역시 고정적(고정성(固定性))을 지니게 되어 조석 또는 개인적 변개를 허흐지 아니한다.

七(칠), 말본갈(語法學)은 그 닦음(硏究)의 주안점의 다름을 따라, 세 조각(部分)으로 나누나니, 소리를 닦는(硏究하는) 조각을 소리갈(音聲學)이라 하며, 씨(낱말)를 닦는 조각을 씨갈(語論)이라 하며 월(文)을 닦는 조각을 월갈(文章論)이라 하나니라.

소리갈(音聲學)은 말의 전달가능성(傳達可能性)의 기초적 수단으로 쓰는 소리를 닦는 것이니, 말본갈(語法學)—아니 일반으로 말갈(語學)의 가장 기초적 조각(部門)이 되는 것이다. 그러므로 소리갈(音聲學)은 원래 말본갈과 대립하야 말갈(語學)의 한 갈래를 이루는 독립의 학문이다. 말본갈은 말의 내용적 방면에 관한 학문임에 대하야, 소리갈은 말의 외형적 방면에 관한 학문이다. 여기에 이 소리갈로 말본갈의 한 조각을 삼은 것은 이론적으로는 좀 덜 맞지마는 실제적(實際的)으로는 매우 필요한 일이다. 물론 여기에 넣은 소리갈은 우리말의 본을 연구함에 직접으로 필요한 범위에서 우리말의 소리를 논함이요 결코 소리갈 일반을 논함은 아니다. 소리에 관한 기초적 지식이 전연 없이는 도저히 우리의 말본을 닦아낼 수가 없을 것이다. 그러한 까닭으로 소리갈로 말본갈의 입문을 삼았노라.

씨갈(語論)은 생각의 낱낱의 조각조각을 나타낸 낱말을 월의 구성재료(構成材料)로 보아서 닦는 것이니, 그 성질을 따라 종류를 갈라서 그 형식을 연구하며 각 종류의 월 구성상의 작용을 연구하는 것이니, 말본갈의 중견부분이 되는 것이요, 연구의 대부분은 이에 허비된다. 그러나 낱말이 말 곧 전체가 아니요, 말본은 낱말을 부려서 월을 이루는 대에 성립하는 것인즉, 낱말을 닦는 씨갈은 다만 월갈의 차림(準備)이 될 따름이요, 그 자체가 곧 말본갈은 아니다. 말본은 학실히 월갈(文章論)에서 그 구실(任務)을 다 이루는 것이다. 곧 월갈(文章論)은 씨갈에서 연구한 낱말이 어떻게 서로 얽히어서 완전한 사상을 나타내게 되는가? 그 운용관계를 대체로 종합적으로 연구하는것이다. 이에도 그 요소를 분류하야 그 성질과 그 작용을 연구함이 그 주안(主眼)이니라.

-〈한글〉2권 4호(1934)-

중등 조선 말본 길잡이(4)

말본갈(語法學)

이 다음부터는 이 길잡이를 훨씬 쉽게 하겠습니다. 그래서 될 수 있는 대로 원문에 대하야 간단평이한 말을 하고저 합니다.

모도풀이의 익힘

一(일), 말과 글의 다름이 무엇이냐?

1. 말은 귀에 하소하는 것이므로, 막음(障壁)을 격하여서도, 또 어두운 가운대서라도 생각을 통할 수가 있지마는, 글은 눈에 하소하는것이므로, 막음이 없어야, 또 밝은 대에라야 능히 그 생각을 통할 수 있다.

2. 말은 말한 순간에 살아지고 말지마는, 글은 언제까지든지 남아있다. 그러므로 어려운 생각을 반복하여 가면서 그것을 깨치며, 또 생각을 뒤 세상에 전하려 함에는 글이 들어야 한다.

3. 말은 그 사무치는(達하는) 얼안(範圍)이 한정이 있다. 그래서 먼 대에서는 사무치지 못하며, 한 때에 수많은 사람에게 들릴 수가 없

다. 그러나 글자는 이 결점을 넉넉이 깁는다.

4. 말은 입에서 입으로 옮아가면 달라지기 쉽지마는, 글은 영구히 그대로 전하여 간다.

二(이), 소리글과 뜻글의 뜻을 보기를 들어 말하라.

소리글은 귀에 하소하는 말의 소리를 눈에 보이도록 적는 표(符號)이니, 전혀 말의 부속물(附屬物)이요, 뜻글은 애예 생각이 눈에 바로 보이도록 하는 표이니, 생각을 귀에 하소하는 말과 서로 대답하는 것이다. 이를테면 소리글인 한글 「하늘」은 일정한 말의 소리를 적은 것이니, 반듯이 그 일정한 소리로 읽어야 그 뜻이 통하는 것이요, 뜻글인 한자(漢字) 「天(천)」은 직접으로 생각을 눈에 보이도록 적는 표이니, 그것을 보기만 하면 능히 그 뜻이 통하게 되고, 그 읽기는 아무렇게나 하더라도 큰 상관이 없는 것이다.

三(삼), 四(사), 五(오)의 답은 약함.

첫재매 소리갈(音聲學)

첫재 가름 소리의 갈래
一(일), 홀소리(母音)와 닿소리(子音)

먼저 말뜻(語義)을 가지고 보면, 홀소리란 제 홀로 능히 소리날 수 있는 소리의 뜻이요, 닿소리란 다른 소리 곧 홀소리에 닿아야 소리날 수 있는 소리의 뜻이다. 이 말의 원어(原語)인 서양말들도 다 이 뜻으로 되었으며, 한자로 옮긴 「母音(모음)」과 「子音(자음)」도 이 뜻을 담은 것이다.

그러나 실제에서는 닿소리 가운대에서도 「ㅅ」 같은 것도 제 홀로

날 수 있을 뿐 아니라, 홀소리 모양으로 장단(長短)조차 있는 것이 있다. 그러므로 이 말뜻이 그 갈말(術語)의 진정한 과학적 개념(概念)을 완전히 표시한 것은 못 된다. 그래서 본글(原文)에 적은 바와 같이 그 뜻을 매기는 것이다.

이제 홀소리와 닿소리와의 다름을 들건대.

1. 홀소리는 다 목청을 떨어울려서 나는 소리이요, 닿소리는 그런 것(ㅁ, ㅇ, ㄴ)도 있고, 그렇지 않은것(ㅂ, ㅅ, …)도 있다.

2. 홀소리는 다 입으로만 나오지마는, 닿소리는 코로 나오는 것(ㅁ, ㅇ, ㄴ)도 있다.

3. 홀소리는 입으로 나올적에 큰 막음을 입지 아니하야 규칙 있는 소리결(音波)을 가지고 순하게 나는 악음(樂音)이지마는, 닿소리는 나오는 길에 목청, 이붕(입천정), 혀, 입술 들의 큰 막음을 입기 때문에, 규칙없는 소리결을 가지고 거츨게 나는 떠들소리(噪音)이다.

◎ 한글의 글자 수물 넉자의 차례와 이름에 대하여는 여러 가지의 생각과 안(案)이 있지마는, 한글 마춤법 통일안에서 규정한 것이 본 책에 적은 것이다.

ㄱ	ㄴ	ㄷ	ㄹ	ㅁ	ㅂ
기역	니은	디귿	리을	미음	비읍
ㅅ	ㅇ	ㅈ	ㅊ	ㅋ	ㅌ
시옷	이응	지읒	치읓	키읔	티읕
ㅍ	ㅎ	ㅏ	ㅑ	ㅓ	ㅕ
피읖	히읗	아	야	어	여
ㅗ	ㅛ	ㅜ	ㅠ	ㅡ	ㅣ
오	요	우	유	으	이

닿소리의 이름의 첫재 낱내(音節)「기니디리미비시이지치키티피

히」는 그 소리가 첫소리로 날적의 소리값(音價)을 나타낸 것이요, 그 이름의 끝 낱내(音節) 「윽은귿을음읍읏응읒읓읔읕읖읗」은 그 닿소리가 끝소리 곧 바침으로 날 적의 소리값을 나타낸것이다. 그러나 홀소리의 이름 「아야어여오요우유으이」는 그 홀소리의 소리값 그대로 써 이름을 삼은 것이다. 옛날 중종 시절의 최세진의 지은 훈몽자회란 책에서는 「ㅈㅊㅋㅌㅍㅎ」은 바침으로 안 쓴다 하야, 그 이름도 바침한 소리를 더하지 아니하고 다만 「지치키티피히」로만 지었었지마는, 이제 우리는 그러한 편견에 잡힐 필요가 없은즉 우에와 같이 이름지었다.

二(이), **흐린소리**(濁音(탁음))와 **맑은소리**(淸音(청음))의 구별은 목청을 떨어울리고 안 울리는 대에 있다. 이것을 실험하기는 쉬운 일이다. 숨대머리(喉頭)(목 앞쪽에 똑 볼거진대) 우에 손가락을 대고서 그 소리를 내면, 흐린소리는 손가락에 떪(振動)이 있음을 느낀다. 꼭 한 번 해보시기를 바란다.

三(삼), **홀소리**(單音(단음))와 **거듭소리**(重音(중음)). 그 뜻은 본 책에 적힌 대로 똑똑하다. 여기에는 다만 몇 가지 주의만 보태어 두겠다.

「ㅐㅓㅚ」가 글자로서는 거듭이로되, 소리로서는 앞뒤의 다름이 없는 홀소리이다. 또 「ㅓ」도 어떤 시골(全羅道)서는 홀소리로 내기도 하지마는, 대중소리(標準音)로서는 그 소리남의 앞뒤가 다른, 거듭소리라 할 것이니라.

「ㄲㄸㅃㅉㅆ」을 짝거듭으로 풀이한 적이 있었으며 그것에도 이치가 없는 바 아니로되, 한가지의 뜻매김(定義)을 굳이 지키고 보면, 역시 홀소리로 봄이 옳으니라.

「ㅊㅋㅌㅍ」도 홀소리로 보려는이가 있으나, 나는 이것을 거듭소리로 봄이 옳다고 생각하며, 또 말본의 풀이에도 매우 편리하다고 생각한다.

익힘

그 대답은 본글에 있은즉 다시 적을 필요가 없다.

-〈한글〉 2권 6호(1934)-

중등 조선 말본 길잡이(5)

둘재 가름 거듭소리(重音)

一(일), 거듭홀소리 「ㅑ, ㅕ, ㅛ, ㅠ」는 「ㅣ」가 먼저가고 「ㅏ, ㅓ, ㅗ, ㅜ」가 다음하여서 된 거듭홀소리이다. 그러므로 이를 길게 소리내면, 「ㅣ」는 첫머리에서 잠간 나버리고, 「ㅏ, ㅓ, ㅗ, ㅜ」만이 길어진다.

「ㅒ, ㅖ」는 「ㅣ」가 먼저가고 「ㅐ, ㅔ」가 다음가서 된 것이다. 그러므로 이를 길게 소리내면, 「ㅣ」는 잠간 나버리고 「ㅐ, ㅔ」만 길어진다.

「ㅟ, ㅝ, ㅞ」는 다 「ㅜ」가 먼저 나는 것이요, 「ㅘ, ㅙ」는 「ㅗ」가 먼저 나는 것이다.

二(이), 섞김거듭에는 반듯이 ㅎ이 다른 닿소리와 섞기는 거듭이니 이는 ㅎ이 다른 닿소리와 서로 섞길 만한 바탕(性質)이 있기 때문이니라. 자세히 말하자면, ㅎ은 목청에서 나는 오직 하나인(唯一의) 닿소리인때문에 다른 입안에서 나는 닿소리들과 동시에 날 수가 있는 것이다. 그리하야 먼저와 나중이 없이 다 같이 한 가지로 나나니, 이는 곧 서로 섞겨서 그 차례가 없어진 것이라 할 만하니라. 이를테면 ㄱ과 ㅎ이 서로 만날 적에 ㄱ이 먼저 가고 ㅎ이 나중 가거나, 또는 ㅎ이 먼저 가고 ㄱ이 나중가거나 다 마찬가지로 ㅋ으로 나나니, 이는 ㅎ은 목에서 나고 ㄱ은 입안에서 나기 때문에 두 홀소리 사이에서 ㄱ과 ㅎ이 한꺼번에 나기때문에, 그 선후의 차례는 어떻든지간에 ㅋ으로 나는 것이니라.

다만 ㅋ을 길게 내면 ㄱ소리는 살아지고 ㅎ만 남나니, 이는 ㄱ은 터짐소리인 때문에 더 길게 계속할 수가 없는 것이며, ㅎ은 갈이소리(摩擦音)이기 때문에 그것을 길게 늘일 수가 있는 때문이니라. 만약 이것을 섞김거듭으로 풀이하지 아니할 것 같으면 책에서 보인 바와 같은 조선의 말참일(言語事實)을 무어라고 설명할 도리가 없나니라.

덧거듭닿소리에 대하여는 더 특별히 말할 것이 없다.

익힘

二(이), ㅍ=ㅂ+ㅎ=ㅎ+ㅂ

ㅌ=ㄷ+ㅎ=ㅎ+ㄷ

ㅋ=ㄱ+ㅎ=ㅎ+ㄱ

ㅊ=ㅈ+ㅎ=ㅎ+ㅈ

一(일), 三(삼)은 약함.

셋재 가름 소리의 닮음(音의 同化)

둘재 조각 홀소리고룸(母音調化)

홀소리고룸은 우랄·알타이 말겨레(語族)에 특유한 말현상(言語現象)이다. 세계의 허다한 말들을 몇 갈래의 말겨레(語族)로 나누는데, 우랄·알타이 말겨레란 것은 핀란말, 털키말, 몽고말, 만주말, 조선말, 일본말 들을 통괄하여 일컫는 것이다. 그런데 홀소리고룸의 현상은 털키말, 몽고말 만주말 같은대에서는 매우 현저하게 들어나지마는, 우리 조선말에서는 이 법이 매우 풀린 모양이다.

그러나 우리말에서 이 홀소리고룸의 법을 아주 무시할 수는 없는

것이다. 그래서 풀이씨(用言)의 끝바꿈(活用)에서 다음과 같이 그 법을 정하였다. 이를테면

{ 잡아 잡았다   { 보아 보았다
  접어 접었다   부어 부었다

에서와 같이, ㅗ, ㅏ, 앞에는 씨끝(語尾)「아」, 도움줄기(補助語幹)「았」이 오고, ㅓ, ㅜ, ㅡ, ㅣ 알에는 씨끝「어」도움줄기「었」이 오는것으로 대중을 삼는다. 이런 것들도 시골(地方)을 따라서는 달리하는 일이 없지 아니하니,「잡아, 잡았다」를「잡어, 접었다」라 하며,「접어」「접었다」를「접아, 접았다」라 하며,「부어, 부었다」를「부아, 부았다」라 하는 대가 없지 아니하되, 이는 대중을 삼을 수가 없나니라.

  씨끝(語尾) 도움줄기(補助語幹)에 관한 것은 둘재 매 다섯재 가름 (二三 頁)에 풀이한 것인즉, 여기에서는 깊이 들어가 풀이할 필요가 없나니라.

셋재 조각 닿소리의 이어바꿈(子音의 接變)

  四(사),「불노」(不怒)가「불로」로 난다 함에 대하여, 세상사람들이 흔히 의혹(疑惑)을 가질 듯하다. 왜 그러냐하면 세상 일반사람들은 보통으로「불로」(不老)도 소리는「불노」로 나는 줄로만 생각하며,「실로」(實(실)로)도「실노」로 나는 줄로만 생각한다. 그러므로 이 책에「불노」를「불로」로 난다 함은 세인의 생각과는 정반대가 되는 것이다.

  그러나 발음의 진리는 결코 그렇지 아니하다. 이것을 판정하기 위하여「不怒(불노)」로「불노」로 내는가,「불로」로 내는가를 우리가 간단히 실험해 볼 수가 있다. 곧「노」의「ㄴ」은 코소리인 즉 코구먹을 다 막고서는 온전히 잘 낼 수가 없는 것이요,「로」는 코소리가 아닌

고로 코를 막든지 안 막든지 마찬가지로 조금도 변함없이 잘 나는 것이다. 그런데 이제 우리가 「不怒」를 발음할적에 코를 다 막아도 조금 탈이 없이 잘 나니, 이는 「불노」로 나는 것이 아니요, 「불로」로 나는것임이 분명한 것이라 하겠다. 따라 「實(실)로」가 그 말본으로만 바를뿐 아니라, 발음상으로도 바르니라.

五(오), 알의 실험의 방법으로써 「국리」 「금리」 「압력」 「종로」 따위는 제소리대로 나지 아니하고, 「국니」 「금니」 「압녁」으로 남을 분명히 시험할 수 있나니라.

-〈한글〉 2권 7호(1934)-

중등 조선 말본 길잡이(6)

씨갈(品詞論)

첫재 가름 씨가름(品詞分類)

낱말(單語)을 그 구실(職能)과 뜻과 꼴(形式)을 따라 갈라 놓은 것을 씨갈래(詞의 種別), 또 줄여서 씨라 일컫는다.

구실(職能)이란것은 낱말이 월에 서의 하는 노릇을 이름이니, 곧 어떤 것은 월의 임자(主體) 노릇을 하며, 어떤것은 월의 풀이(說明) 노릇을 하며, 어떤 것은 월의 꾸밈(語飾) 노릇을 하는 따위이니라. 이를 테면

저 사람이 노래한다.

에서 「사람이」는 임자이며, 「노래한다」는 풀이이며, 「저」는 꾸밈임과 같은 것이다. 그런데 씨의 갈래를 따라서 그 구실이 일정하야 찜 없이 서로 나들지 못하나니, 이것이 족히 씨가름의 한 대중(標準)이 될 만하니라.

「뜻」이란것은 일파 몬(物)의 이름을 나타내는가, 움즉임을 나타내는가, 그 바탕을 나타내는가 하는 따위이니, 이것이 씨가름의 한 대중이 된다. 이 뜻이 그 대중이 되므로 말미암아 그 씨가름이 빈 것

이 되지 아니하게 될 수 있게 되는것이다.

「꼴」(形式)이란 것은 낱말이 그 쓰힘을 따라 그 꼴이 일정한 법으로 바꾸함의 있고 없음을 이름이니, 이런것이 그 낱말의 갈래를 잡는(定하는) 대에 매우 필요한 한 대중이 된다.

내가 씨갈래를 모두 열 가지로 가른 절차의 비교적 자세한 것은 이 잡지 제오호의 십강(十講)에 말하였은 즉, 여기는 다시들지 아니한다. 그뿐 아니라 중등학생에게는 그러한 풀이(說明)는 필요가 없는 것이다.

어떻씨(形容詞)는 어떠하냐고 묻는 말에 대답이 될 만한 말들이니,

꽃이 어떠하냐? <u>붉다.</u>

잎이 어떠하냐 잎이 <u>푸르다.</u>

산이 어떠하냐? 산이 <u>높다.</u>

이것이 저것과 어떠냐? 이것이 저것보다 <u>낫다.</u>

에서의 붉다 푸르다 높다 낫다와 같으니라.

어떤씨(冠形詞)는 어떠한 것이냐? 의 대답이 될만한 말을 이름이니, 이를 테면 어떤 옷을 입었더냐? 새 옷을 입었더냐?

어떤 사람이냐? 저 사람이올시다. 에서의 새 저와 같은 것들이다.

어찌씨(副詞)는 어떻하게(어찌) 움즉이느냐? 어떻게 어떠하냐? 의 대답이 될 만한 말을 이름이니, 이를테면

그 사람이 어떻게(어찌) 가더냐? 천천히 갑데다. 빨리 달아납데다.

그 꽃이 어떻게 붉으냐? 매우 붉다. 조금붉다.

에서의 천천히 빨리 매우 천천히와 같은 것들이다.

어떻씨, 어떤씨, 어떤씨가 내용적(內容的)으로만 본다면 무엇을 형용(形容)하는 점에서는 다 한 가지이다. 그러나 이를 세 가지의 씨갈래로 잡은 것은 그것들의 월에서의 구실(職能)과 그에 따른 꼴이 다

름에 말미암은 것이니라. 어떻씨는 일과 몬(物)을 풀이하되 항상 그 풀이되는 일몬(事物)의 알에 쓰이며, 어떤씨는 일몬을 꾸미되, 그 꾸미어지는 일몬의 우에 쓰이며, 어찌씨는 움즉임이나 바탕을 꾸미되, 항상 그 꾸미어지는 말의 우에 쓰인다. 또 어떻씨에는 그 쓰임을 따라서 꼴이 달라짐 곧 씨끝바꿈(語尾變化, 活用)이 있되, 어떤씨와 어찌씨는 씨끝바꿈이 도무지 없느니라.

어떤씨를 씨의 한 갈래로 잡은 것은 가신 주시경 스승님의 밝으신 창작이다. 이것을 일몬을 형용한다 하야서 形容詞(형용사)에 집어 넣는 것은 아주 잘못이다. 구구든지 잠심하야 생각해 볼 것 같으면, 이 세 가지의 씨가 서로 같은 동시에 또 서로 같지 아니한 관계를 잘 알아 볼 것이라고 생각한다.

토씨는 주장으로 임자씨 알에 붙어서 쓰이는 것이다. 그러므로 풀이씨의 씨끝(語尾)은 토씨가 아니다. 토와 씨끝은 확연히 구별해야만 한다.

높다 높으니 높고 높아도 높은

익다 으니 고 아는은 따위는 풀이씨의 씨끝이요

사람이 사람도 사람은 사람을 높기가 높기도

높기는 높기를(풀이씨가 임자씨처럼 된것알에 쓰인토)의 이 도 은 을 따위는 토이다.

옛날에는 한자(漢字) 알에 붙는 조선식 말은 다 토라 하였다. 이를 테면

運動(운동)하다. 最貴(최귀)하니, 淸潔(청결)하지 아니하다.

의 하다 하니 하지 따위를 토라 하였다. 그러나 오늘의 정리된 말본으로 본다면, 이 따위는 결코 토가 아니다. 곧 운동하다 최귀하니, 청결하지,

의 다 니 지는 씨끝(語尾)이요, 운동하 최귀하 청결하는 씨줄기(語幹)이니라. (움즉씨 參照(참조))

익힘

[약호] 이 ─이름씨　　대 ─대이름씨

　　　셈 ─셈씨　　　움 ─움즉씨

　　　어 ─어떻씨　　잡 ─잡음씨

　　　어떤─어떤씨　　어찌─어찌씨

　　　느 ─느낌씨　　토 ─토씨

(ㄱ) (이)　(토)　(어)　　(이)　(토)　(어)

　　메　는 푸르고, 물　은　　히다.

(ㄴ) (대)　　　(토) (이)　　(토) (어찌)　　　(움)　(어떤) (이)

　　自己(자기) 의 職業(직업) 을 愛重(애중)히 녀기고 그　날

　　(어떤) (이) (토) (이)(토)　(움)　　　　(토) (어찌)

　　그　날　의 일 이 完成(완성)되었음 을 滿足(만족)히

　　(움)　　　　(이)(토) (움)　　　(이)(토)

　　생각하면서 집 에 돌아오는 이 처럼

　　(어)　　　　　(이)　(토)　(어)

　　幸福(행복)스러운 사람 은 없느니라.

(ㄷ) (이)　(토)　(움)　　(이) (토) (이) (토) (이) (토) (움)

　　여름 이 되면, 바다 가 물 의　사람 을 誘引(유인)한다.

(ㄹ) (이)　　　(토) (이)　　(토) (이) (토)　(어) (이) (토)　　(어)

　　父母(부모) 의 恩惠(은혜) 는 山(산) 보다도 높고 바다 보다도 깊다.

(ㅁ) (어찌)　(이) (움)　　(이)　　(토)　(이)　　　(어)

　　가만히 눈 감으면, 胸中(흉중) 에도 明月(명월)　있다.

(ㅂ) (어떤) (이) (토) (어떤)(어떤)(이)(토)(움)

   그   사람 이 저   새   집 에 사오.

(ㅅ) (대) (토) (대)   (이)   (잡)

   저이 가 우리 언니 이다.

(ㅇ) (셈) (토) (셈)   (움)   (셈) (셈) (잡)

   여덟 을 아홉 곱절하면 일흔 둘 이다.

(ㅈ) (이) (토) (대)(토) (움)   (느) (대)(토) (움)

   수길 아, 너 도 가느냐? 네, 저 도 갑니다.

(ㅊ) (느) (어찌)(어찌)(움)

   허허, 참 처음 보겠네.

(ㅋ) (느) (움)

   앗다, 그만두어라.

-〈한글〉 3권 1호(1935)-

중등 조선 말본 길잡이(7)

씨갈(品詞論)

둘재 가름 이름씨(名詞(명사))

一, 이름씨를 두 가지로 갈라서, 한 갈래의 일과 몬(物)에 두루 쓰이는 것을 **두루이름씨**(普通 名詞)라 하고, 특히 한낱의 일과 몬에만 국한되어 쓰이는 것을 **홀로이름씨**(固有名詞)라 한다. 그러나 사실에 있어서는 두루이름씨로서 한낱의 몬밖에 다시 더 넓게 두루 쓰일 것이 없는 것도 있으며, 홀로이름씨로서 한 낱의 일몬(事物)에 국한되지 아니하고, 몇개의 일몬에 두루쓰이는 일이 없지 아니하다. 이를 테면, 「해」「달」은 두루이름씨로되, 한 낱의 해나 달밖에 다시 더 넓게 쓰일대가 없으며, 「金尙容(김상용)」「李鍾國(이종국)」「쇠돌이」 같은 것들은 홀로 이름씨로되, 몇 사람에게 두루쓰이는 수가 없지 아니하다. 그러므로 그 「두루」와 「홀로」를 가름에는 실제의 일몬(事物)의 셈(數)으로 결정할 것이 아니나, 그 말됨의 바탕으로 보아서 두루 쓰일 만한 것은 서령 그 적용되는 일몬은 하나뿐일지라도 역시 두루이름씨라 일컫고, 두루 쓰일 만한 바탕이 없고, 다만 어떠한 일몬에만 쓰일제 바탕(本質)을 가지고 있는 이름씨는 서령 그러한 말이 몇

개의 경우에 두루쓰이는 일이 있다 할지라도 역시 홀로이름씨라 일 컫나니라. 그러므로 두루이름씨와 홀로이름씨와의 가름(區別)은 다만 단순히 객관(客觀)의 문제가 아니라, 주관(主觀)을 가미한 객관의 문제라 할 만하니라.

二(이), 불완전한 이름씨는 제홀로는 따루 서는 힘이 없고, 항상 어떤씨(冠形詞)나 어떤씨 같이 된 말 알에 붙어서 쓰인다. 이를테면

어느 것이 자네 책인가. (어떤씨 아래).

보는 것은 다 잡는다. (어떤씨 같이 된 움즉씨 알에)

좋은 것을 가지오. (어떤씨 같이된 어떻씨)

그것이 붓일 것 같잖다. (어떤씨 같이 된 잡음씨)

저 사람 것이 좋겠소. (어떤씨 같이 쓰인 이름씨 알에)

에서의 「것」과 같은 것이다.

불완전한 이름씨는 그 쓰임은 비록 불완전하지마는, 그 말본에서의 중요함은 매우 크니라.

익힘

이름씨의 옆에는 굵은 줄을 긋고, 홀로이름씨는 「홀」, 불완전한 이름씨는 「불」이라 표함.

(ㄱ) 오늘 은 비 가 온다. 지난 겨울 에는 눈 도 그렇게 많이 오더니.
　　　홀　　　　　　　　　　　　　　　　　　　홀

(ㄴ) 三角山(삼각산) 의 힌 구름 이 한 숨 에 달음질하여 南山(남산)
　　　　　　　　　　　　홀

으로 날아 오며, 南山(남산) 에 잠긴 안개 가 또 다시 풀려 날

홀
차게도 漢江(한강) 언덕 으로 달음질쳐나간다.
　　홀　　　　홀　　　　　　　　　　홀
(ㄷ) 慶州(경주) 의 佛國寺(불국사) 에는 有名(유명)한 多寶塔(다보탑)
　　　　홀　　　　　홀
과 釋迦塔(석가탑) 이 新羅(신라) 時節(시절) 의 文化(문화) 를 자랑
하고 있다.
　　　　홀
(ㄹ) 에디손 은 낮 이면 汽車(기차) 안 에서 新聞(신문) 을 팔고, 밤
이면 집 에 돌아와서 어머니 에게 글을 배웠다.
　　불　　　불　　　　불　　불
(ㅁ) 적은 것 을 아낄 줄 을 아는 이라야 큰 것 을 이루어 내는 법이오.
　　　　　　불　　　　　　　　불　　　　　불
(ㅂ) 스스로 어리석은 줄 을 아는 어리석은 이 는 슬기로운 이 로
더불어 相距(상거) 가 멀지 아니하니라.

셋재 가름 대이름씨(代名詞)

대이름씨에 관하여는 비교적 자세한 풀이를 본 책에 해 놓았은
즉, 여기에서 특별히 더 말할 것이 없겠다. 그러나 여기에 대이름씨
를 이름씨 속에 넣어버리지 아니하고, 따루 세워서 한 씨 갈래로 잡
은 까닭을 간단히 말하면 이러하다. 곧 대이름씨에는 가리키는 뜻
이 있으며, 또 그 가리킴에는 높임의 등분이 있어서, 그것이 월(文)의
임자말(主語)이 될 적과 서로 맞아야 하는 문법적 관계가 있는 것이
다. 이러한 문법적 관계를 설명함에는 대이름씨를 한 따루 선 씨갈
래(品詞)로 잡음이 옳으니라. 따라 대이름씨의 높임의 등분은 잘 기

억시키는 것이 필요하니라.

순연한 조선말에서는 둘재 가리킴의 아주 높임에는 대이름씨를 잘 쓰지 아니하기 때문에 그에 맞는 대이름씨조차 일반으로 똑똑하지 못하다. 그러나 근래에는 이에 당한 대이름씨의 필요가 간절하게 되어서 「당신」이란 말을 쓰게 된 것이다. 이런 경우에 「당신」이란 말이 좀 서투른 것 같은 느낌이 없지 아니하며, 또 가장 높이는 자리에는 쓰기 어려운 느낌이 없지 아니하지마는, 이 앞으로는 이 말을 내어 놓고는 오늘의 생각나타내기(思想發表)의 요구를 채울 수가 없나니라.

「이것」「그것」「저것」과 「이분」, 「이이」, 「이애」 따위는 두 씨로 풀 수도 있겠지마는, 한낱의 대이름씨로 잡음이, 여러 가지로 보아 편리하며 유익하니라.

익힘

一, 대이름씨는 옆줄을 긋고, 다시 사람 대이름씨는 「사」 첫재가리킴은 「첫」, 둘재 가리킴은 「둘」, 셋재가리킴은 「셋」으로 하고, 또 몬대이름씨는 「몬」, 가까움은 「가」, 떨어짐은 「떨」, 멀음은 「멀」 안 잡힘은 「안」으로 함.

몬, 가 몬, 가 　몬, 떨 　몬, 떨 　몬,멀 　몬,멀
(ㄱ) 이 것은 여 기 에, 그 것 은 거 기 에, 저것 은 저기 에 두어라.
　사, 둘 몬, 안 　　사, 첫 사, 첫 　　　몬, 멀
(ㄴ) 너 는 어대 로 가니? 저 는 우리 엄마 찾아 저리 로 갑니다.
　사, 둘 　사, 셋 　　　　사, 첫 사, 첫
(ㄷ) 당신 은 누구 를 찾아 왔소? 나 는 나 의 친구 를 찾아 왔소.

몬, 떨　　　　　몬, 안　　몬, 떨　　사, 둘

(ㄹ) 거기 있는 것 이 무엇 인가? 그것 이 자네 옷 이 아닌가?

　　사, 셋　　　　사, 첫

(ㅁ) 저이 가 요전 에 저 에게 책 을 빌려 주었읍니다.

　　사, 둘　　　　몬, 떨

(ㅂ) 어른 께서 한 번 거기 에 가아 보시면 어떻겠읍니까?

二, 는 약함.

-〈한글〉 3권 2호(1935)-

'텔레타이프' 풀어쓰기 문제

근일 신문지상에 '텔레타이프'의 이용에 있어서 풀어쓰기의 기계를 사용할 것인가, 모아쓰기의 기계를 사용할 것인가에 대하여 여러 사람들의 의견을 들어 놓고, 또 어떤 신문에서는 적극적으로 송 계범(宋啓範) 님이 발명한 모아쓰기 '텔레타이프'를 사용함이 좋다는 의견을 벌여 놓기도 하였다. 그 주장의 이유를 들어 보건대

첫째, 여태까지 풀어쓰기 '텔레타이프'를 사용하여 온 것은 아직 모아쓰기 기계가 발명되지 않았기 때문이었다. 이제 송 계범 님의 전자뇌 조직의 모아쓰기 '텔레타이프'의 훌륭한 기계가 발명되었은 즉 당연히 이를 채용함이 옳다고 주장하고 그 기계의 장점을 들어 놓았다. 그리고 이러한 좋은 기계가 발명되었은 즉 한글을 풀어쓰기로 할 필요조차 없어졌다고까지 말하는 모양이다.

우리가 지식인으로서 이러한 문제를 의논함에 당하여는 모름지기 과학적으로 또 실제적으로 조사, 연구, 결정하여야 할 것으로 생각한다.

첫째 모아쓰기 '텔레타이프'가 발명되었다고 풀어쓰기가 그만 필요없게 되는 것은 아니다. 구태여 송 님의 '텔레타이프'뿐 아니라 모든 한글 타자기가 다 모아쓰기를 찍고 있는 것은 누구나 다 아는 사

실이다. 이러한 한글 타자기는 어느 거나 한 가지로 '텔레타이프'를 만들 수가 있다.

그러므로 송 님의 '텔레타이프'가 나왔다고 모아쓰기가 갑자기 우위를 차지하게 될 만한 아무러한 큰 변동이 온 것은 아니다.

송 님의 기계가 보통의 타자기와 다른 점은 여느 타자기는 가령 '달'의 'ㄷ, ㅏ, ㄹ'을 하나씩 종이 위에다가 찍어서 '달'로 모아쓰기가 되게 함에 대하여, 송 님의 기계는 이를 'ㄷ, ㅏ, ㄹ'로 세 번 찍기는 일반이로되, 다만 그 글자가 찍을 적마다 하나씩 종이에 나타나지 않고 있다가 세 번을 다 찍고 나면 그 셋 'ㄷ, ㅏ, ㄹ'이 '전자뇌' 속에서 모아져서 보통 활자와 같이 '달'이 한 목에 찍어진다는 데에 그 차이가 있을 뿐이다. 그러므로 그 차이는 극히 작은 것이다.

우리는 송 님의 전자뇌 조직의 모아쓰기의 기계가 그 작용의 신기함과 그 발명자의 노력에 대하여 경탄과 경의를 표하기에 결코 인색하려 하지 아니한다. 그렇지만 그것의 타자의 결과가 여느 한글 타자기의 그것하고 아무 다름이 없고 다만 그 동일한 결과를 가져오는 과정이 다를 따름이요, 그 과정이 신기할 뿐이다.

그뿐 아니라 낱 글자의 하나 하나가 치는 대로 종이 위에 나타나는 것(ㄱ식)과 처음부터 나타나지 않고 있다가 한낱내(音節)를 다 친 연후에 한목에 나타나는 것(ㄴ식)의 이해 득실을 살펴본다면, 우리는 차라리 'ㄱ식'이 유리하다고 단정하고자 한다. 왜냐 하면 'ㄱ식'에서는 하나를 그릇 쳤다(잘못 쳤다)면 얼른 이를 발견하고서 고칠 수가 있지마는, 'ㄴ식'에서는 전자뇌 속에서는 발견하기도 고치기도 할 수가 없고 그 모아 쓴 한 낱내가 종이에 나타난 연후에야 이를 발견 및 고치기를 할 것이다.

따라서 앞의 ㄱ식에서는 한 침(스트록)이 무효로 돌리면 될 것을

ㄴ식에서는 2 내지 4 혹은 6 침(스트록)이 무효로 돌아가게 되는 일이 없지 아니하다.

그뿐 아니라 또 타자 도중에서 원고를 살피다가, 또는 다른 불의의 자극으로 말미암아 그 치기(打字)를 중단하였을 적에는 ㄱ식에서는 이미 친 것은 다 종이에 찍혀 있기 때문에 쉽사리 그 다음 자부터 치기를 비롯하면 그만이겠지마는, ㄴ식에서는 '전자뇌' 속을 들여다 볼 수가 없기 때문에 어디까지 쳤는지를 분간하기 어려워 그릇침(誤打)를 하기 쉽다. 만약 그릇 치면 아주 딴 자가 찍히기도 한다. 이러한 점들은 송 님의 타자기의 타자상 불편의 하나가 된다고 생각한다.

요컨대 모아쓰기 결과에 있어서는 여느 한글 타자기나 송 님의 타자기가 아무런 다름이 없음만은 분명하니, 이것이 되었다고 한글의 풀어쓰기가 필요없게 된 것은 절대로 아니다.

다시 말하면 각종의 한글 타자기들이 모아쓰기로 하기 때문에 그 글자의 배치와 기계의 조작에 여러 가지 난점이 있는 것은 누구나 쉽사리 인정하는 바이다.

만약 이를 풀어쓰기로 한다면 타자기의 제작과 글자의 배치와 학습과 실용에 큰 편익이 있을 것은 분명한 사리이지마는, 모아쓰기에 익어 온 현행 맞춤법대로 하느라고 타자기의 제작자, 학습자가 한 가지로 막대한 불편과 고통을 견디고 있는 터이다.

원래 말의 소리는 낱낱이 선후의 차례 있게 외줄로 나오는 것인데, 우리 한글은 한자의 네모꼴에 맞추기 위하여 이를 낱내(音節)를 표준 삼아 20여 가지의 맞춤 방식(組立方式)을 하고 있다.

곧 ① 세로한 것(보기: 보, 불), ② 가로한 것(보기: 가, 베, 때), ③ 가로와 세로가 섞인 것(보기: 과, 각, 댁, 됨, 꾀, 쾌, 닭, 깎, 욺, 긇, 땜, 꽝, 꿰,

펜, 됐)이 얼마나 부자연, 불합리한 맞춤인가?

우리 국민은 이러한 불합리한 네모꼴 맞춤 때문에 막대한 불편과 손해를 보고 있는 것이다. 이제 그 이해를 간단히 보기 위하여 '유솜'에서 조사한 '한글 풀어쓰기가 인쇄에 미치는 영향'을 다음에 소개한다.

① 한글 원도를 그리는 데에 소용되는 막대한 시간과 비용이 백분의 일로 줄게 된다.

② 자모를 조각하는 데에 소용되는 시일과 비용이 1/100로 감소된다.

③ 활자를 주조하는 데에 필요한 기계, 장소, 비용 등이 전연 안 들게 된다.

④ 활자를 저장하는 데에 필요한 목마, 장소, 납이 필요없게 된다.

⑤ 문선, 식자 작업이 전연 필요가 없게 되고, 조판 작업도 간편하게 된다.

⑥ 얼룩지우기(무라도기) 작업 시간이 절약된다.

⑦ 현재의 자모 제작, 주조, 문선, 식자, 조판에 소용되는 장소는 전체 인쇄 공장의 6할을 차지하고 있는 데 비하여, 그 1할도 들지 않는다.

⑧ 현재 소용되고 있는 조판 시간은 10분의 1로 감소된다.

⑨ 기계 한 대로 한글과 영문 조판이 모두 가능하게 된다.

⑩ 인쇄비가 싸게 들므로 책이 싸게 되고 더 많은 사람이 책을 읽게 되므로 더 많은 인쇄물이 필요하게 된다.

풀어쓰기가 인쇄 공업에 미치는 이러한 이익은 상승적 효과를 가져오므로 말미암아 인쇄 업자뿐 아니라 일반 국민에게도 막대한 이익을 가져오게 되므로 궁극에 가서는 국가 발전에 큰 도움이 될 것이라 하였다.

그러므로 우리 나라는 한글의 기능을 백 퍼센트로 거두기 위하여 필경에는 풀어쓰기의 가로글로 되어야 할 것임은 부동의 진리이며, 현대의 과학 정신은 이 방향으로 우리의 글자 생활을 인도하고 있는 것임을 명확히 인식하여야 한다.

그러나 나는 여기에서 한글을 전반적으로 풀어쓰기로 하자는 주장을 하는 것은 아니요, 다만 문제는 체신부가 금번 '텔렉스' 시설을 하고 통신망을 개선함에 있어서 모아쓰기의 기계를 채용함과 풀어쓰기의 기계를 채용함과의 이해 득실이 어디 있는가 하는 것에 있다.

금번 체신부에서 이를 채용함의 가부를 결정함에 있어서 개인의 재간보다도 국가의 이익과 장래를 주안으로 하지 않으면 안 된다고 본다. 송 님의 '텔레타이프'는 내부가 정교하게 되었는이만큼 고장이 잘 난다. 체신부에서 시험으로 6대를 사서 사용해 보았는데 고장이 잘 나기 때문에 하루 종일 쓸 수가 없어 그 옆에 풀어쓰기 '텔레타이프'로써 보충 대용하지 않으면 안 된다고 한다. 이것은 큰 불리점이다.

더구나 풀어쓰기 '텔레타이프'의 사용은 인제 시작하는 것이 아니요 벌써 해방 이래 10여 년 동안에 군부, 체신부, 교통부, 각 금융 기관에서 사용하고 있는 기계가 4, 5백 대나 된다고 한다.

만약 이제 모아쓰기 기계를 채택한다면 이미 가진 4, 5백 대의 기계를 버려야 할 것이니, 이제 재정이 긴박한 나라 형편에서 이러한 손실을 감당할 수 없겠다.

체신부 기술자의 말에 따르면 모아쓰기 기계로써는 국제적으로 소통되는 '모르스' 부호에 의한 통신은 받지 못하는 불리한 점이 있다. 더구나 체신부의 간단한 전보문 같은 것은 아무런 읽기 붉편의 장애가 없을 것으로 생각한다.

그뿐 아니라 만약 금후에 차차로 풀어쓰기의 방식을 이론적으로 바르게 하여서 한 낱말을 한 덩이로 묶어서 언제나 불변의 한 모양으로 나타나게 한다면 읽기, 곧 뜻 잡기가 몇 배나 빨라져서 서양 여러 나라의 글과 마찬가지로 소리글의 뜻글 삼기가 완전히 되어서 많은 이익을 거두게 될 것이다.

한 말로 줄이건대, 20세기 과학 시대는 급속도로 나아가고 있다. 우리는 낡은 형식 묵은 버릇만 고집할 것이 아니라, 모름지기 시대의 진운에 발맞추어서 모든 편리와 이익을 잡아누리면서 가난을 극복하고 살기 좋은 나라를 건설해야 한다.

-〈서울신문〉(1962. 12. 5.~7.)-

토씨(助詞(조사))의 品詞的(품사적) 單位性(단위성)에 對(대)하야

붙는말(添加語, 膠着語)에 屬(속)한 우리 조선말에 있어서, 토씨(助詞)의 存在(존재) 및 그 運用(운용)이 語法上(어법상) 매우 重要(중요)한 要素(요소)를 이루는 同時(동시)에, 또 다른 갈래의 말에 대하야 區別(구별)되는 重要(중요)한 特徵(특징)이 되는 것이다. 따라, 토씨(助詞)의 硏究(연구)가 우리말본의 硏究(연구)의 한 重要(중요)한 部分(부분)을 이루는 것이다. 이제 나는 여기에서 토씨의 品詞的(품사적) 單位性(단위성)에 對(대)하야, 論明(논명)하려고 한다.

토씨가 낱말이 될 만한 資格(자격)이 있을가, 풀이씨(用言(용언))의 씨끝(語尾(어미))이 낱말로서의 獨立性(독립성)을 얻을 수 없음과 같이, 토도 역시 낱말로서의 獨立性(독립성)을 얻을수 없지 아니할가. 이 點(점)에 關(관)하야, 여러가지로 생각할 수가 있을 것이다.

(一), 먼저 토씨가 한 獨立(독립)한 씨토서의 資格(자격)을 얻기 어려운 點(점)을 들면 다음과 같다.

(1) 소리법으로 보아서 ― 첫째, 「첫소리법」(頭音法則(두음법칙))에 依(의)하건대, 우리말에서는 ㄹ이 말의 첫머리에 가는 일이 없음이 語族的(어족적) 通性(통성)이다. 그러므로, ㄹ로 비롯한 漢字語(한자어)도 그것이 朝鮮語化(조선어화)하는 同時(동시)에 그것이 없어지거

나 다른 소리로 바꾸이거나 함은 우리의 이미 익게 아는바이다. 그런데. 토에는 이 ㄹ로 비롯한 「를」「로」와 같은 것이 있다. 이는 토가 獨立(독립)한 한 낱의 씨가 아니요, 씨 以下(이하)의 것임을 보임이라 할 수 있다.

다음에, 거듭씨를 만들 적에, 우의 이름씨의 끝소리 ㅅ, ㅊ, ㅌ, ㅈ,과 아래 말의 첫소리인 홀소리와가 서로 만날 적에, 우의 소리가 아래 말에 미치는 影響(영향)을 막으려는 言語心理(언어심리)에서, 그 ㅅ, ㅊ, ㅌ, ㅈ을 ㄷ으로 소리냄이 普通(보통)인데(보기—옷안=오단, 꽃 아래=꼬다래), 토씨 우에서는 그러한 일이 없다. 이를테면, 「붓이, 꽃 은, 밭에, 젖으로」 따위에서 ㅅ, ㅊ, ㅌ, ㅈ이 完全(완전)히 제 소리갑 어치대로 소리남과 같으니라.

(2) 토씨는, 그것이 붙는 으뜸되는 말의 소리(바침소리)의 다름을 따라서, 한가지 뜻의 토가 두가지로 달라지는 것이 적지 아니하니, 이것도 토씨가 생각씨(槪念司)의 從屬的(종속적) 部分(부분)에 지나지 아니함을 보이는 것이라 할 수 있다. 이를테면,

　　나무—가, 는, 와, 로, 를, 나

　　사람—이, 은, 과, 으로, 을, 이나

의 따위이다.

(3) 토는 항상 다른 생각씨(槪念詞(관념사))에 붙어서 쓰일 뿐이요, 결코 제홀로 따로 서어서(特(특)히 월의 첫머리에)쓰이는 일이 없다. 따로, 토씨는 항상 월의 成分(성분)의 獨立(독립)한 單位(단위)가 되지 못하고, 다만 생각씨에 붙어서 월의 成分(성분)의 從屬的(종속적) 部分(부분)밖에 되지 못한다.

(4) 풀이씨의 中心槪念(중심개념) 아래에 붙는 部分(부분)(從來(종래)의 周(주)스승님이 「곳」「잇」이라 하던것이니, 곧 토의 한 갈래로 보던 것)

은 죄다 씨끝(語尾)이라 하여, 그 으뜸되는 部分(부분)에 붙여버렸은
즉, 여기에서 말하는 토씨(周(주)스승님의 「겻」)도 그와 마찬가지로 그
가 붙는 생각씨(주로 임자씨)의 從屬的(종속적) 部分(부분)으로 봄이
옳을 것이다.

그뿐아니라, 一般(일반)으로 임자씨(體言)가 그 들어내는 槪念自體
(개념자체)로서는 獨立(독립)한 것이겠지마는, 그것이 實際(실제)로 쓰
이는 말에서는, 결코 孤立的(고립적)으로 쓰이는 것이 아니라, 반듯
이 어떠한 월에서의 자리(位格(위격))를 가지고 쓰인다. 그런데, 그 자
리를 보이는 것은 토씨인 즉, 임자씨는 반듯이 토씨를 데리고서야
實際(실제)의 말에 쓰인다. 그러한즉, 임자씨도 임자씨만으로는 다만
抽象的(추상적)의 것으로 되고, 토씨도 토씨만으로는 다만 抽象的
(추상적) 記號(기호)에 지나지 아니한다. 그러므로, 토씨는 임자씨에
붙여서 푸는 것 토씨에는 獨立(독립)한 씨의 資格(자격)을 주지 아니
하는 것이 좋을 것이다.

(5) 이른 所謂(소위) 『붙는말』(添加語, 膠着語)에는, 으뜸되는 말에
여러 가지의 從屬的(종속적) 조각인 씨가지가 더덕더덕 붙어서, 더러
는 뜻을 더하고, 더러는 말을 만들고, 더러는 말의 語法的(어법적) 關
係(관계)를 나타내는 구실을 한다. 그런데, 이 토씨도 結局(결국)은 더
러는 뜻을 더하고, 더러는 語法的(어법적) 關係(관계)를 나타내는 씨
가지에 지나지 아니하는것이다. 그러한즉, 토씨는 結局(결국) 아주 넓
게 뜻잡은 씨가지―발가지로 봄이 옳다. (續)

-〈한글〉 4권 3호(1936)-

토씨(助詞(조사))의 品詞的(품사적) 單位性(단위성)에 對(대)하야 (二(이))

(이) 우에 말한 바와 같이, 씨꼴(語形)과 쓰임(用途)과 語族的(어족적) 通性(통성)을 보아서 토씨는 씨 以下(이하)의 것이라 생각하지 아니할 수 없는 것 같다. 씨가지를 아주 넓게 뜻잡으면, 토는 또한 씨가지의 한 가지이라고 할수있을 것이다. 그러나, 이것만으로 토의 資格(자격)에 關(관)한 理論(이론)이 다한 것은 아니다. 이 모든 論點(논점)이 있음에도 거리끼히지 않고, 토로써 한낱의 씨의 資格(자격)을 가진것으로 보고저 하노니, 그 까닭은 大略(대략) 다음과 같다.

(1) 소리법으로 보아서는, 토가 씨의 껌목을 얻기 어려운 것은 事實(사실)이다. 그러나, 말의 모든 問題(문제)는 소리로만 規定(규정)할 수 없는 것이다. 말은 소리로 된것이지만, 소리가 끝말은 아니다. 소리로 보아서는 獨立(독립)한 資格(자격)을 얻기 어려운 것도, 다른 접(여러 가지 語法的(어법적) 關係(관계))으로 보아서 얻을 수 있는 것이다. 다른 나라에서 혹 소리로서는 獨立(독립)할 수 없는 것이 능히 씨로서의 獨立性(독립성)을 가지게 된 것이 있음은 이 까닭이다.

(2) 한 가지 뜻의 토가 우의 으뜸되는 말의 소리를 따라서 이리도 되고 저리도 되는 것은, 확실히 그것이 音聲上(음성상) 從屬的(종속적) 性質(성질)이 있음을 보인다. 그러나, 그렇다고 곧 그것은 獨立(독

립)한 씨의 資格(자격)을 얻을 수 없다 함은 넘어 速斷(속단)일 것이다. 그러한 從屬的(종속적)이 있으면서도, 오히려 제 特有(특유)의 獨立性(독립성)을 가질 수 있는 것이다. 이를테면, 잉글리쉬에서 아디글(article, 冠詞)의 不定冠詞(부정관사)는 그 다음에 오는 으뜸되는 말의 첫머리가 홀소리이면 an이 되고, 닿소리이면 a가 되며, 定冠詞(정관사)는 그 꼴(the)에는 달라짐이 없지마는, 그 아래의 말의 첫소리의 홀소리임과 닿소리임을 따라서, 그 소리냄(發音)이 얼마큼 달라진다. 그럼에도 거리끼히지 않고 다 각각 獨立(독립)한 한 낱의 씨로서의 資格(자격)을 주어져 있다.

(3) 토는 自體(자체)가 獨立自存(독립자존)하는 觀念(관념)을 나타내는 것이 아니요, 다만 事物(사물)과 事物(사물)과의 關係觀念(관계관념)나타내는것인즉, 그것이 제홀로 쓰이지 아니하고, 항상 생각씨에 붙어서, 從屬的(종속적)으로 쓰임은—따라 월의 成分(성분)의 獨立(독립)한 單位(단위)가 아님도—事實(사실)이다. 그러나, 從屬的(종속적) 用法(용법)이 곧 그 씨로서의 獨立性(독립성)을 拒否(거부)함이 아님은, 우리가 西洋(서양) 諸(제) 國語(국어)에서 볼 수 있다. 곧 잉글리쉬의 冠詞(관사)와 토(proposition, 前置詞)는 從屬的(종속적)이면서 獨立(독립)한 씨의 資格(자격)을 가졌다. 그리고 西洋(서양)의 冠詞(관사)와 前置詞(전치사)가 월의 成分(성분)의 獨立(독립)한 單位(단위)가 아니면서도 능히 씨로서의 獨立性(독립성)은 가지고 있다. 그러한 즉, 낱말에 要求(요구)하는 獨立性(독립성)은 구태어 從屬性을 拒否(거부)하지 아니함을 알 것이다.

어떤이는 월의 成分(성분)의 낱덩이(單位)로서 씨의 根本的(근본적) 定義(정의)를 삼고서, 씨와 월의 成分(성분)과를 一致(일치)시키기 爲(위)하여, 토에 씨로서의 資格(자격)을 剝奪(박탈)함이 當然(당연)하다

하는 이가 있다. 그러나, 월의 成分(성분)과 씨와의 온전한 一致(일치)는, 나의 아는 바에는, 世界(세계) 어느 自然語(자연어)에서든지 볼 수 없는 것이라고 생각된다. 굽치는말(屈曲語)인 印度歐羅巴(인도구라파)말에서는 語法的(어법적) 關係(관계)를 나타냄에 觀念的(관념적) 自體(자체)의 形式(형식)의 變化(변화)로써 하는 性質(성질)을 가졌음(곧 월의 成分과 씨와가 一致할 可能性이 豊富함)에도 不拘(불구)하고, 冠詞前置詞(관사전치사) 같은 單獨(단독)으로는 월의 成分(성분)이 될 수 없는, 말이 發達(발달)되어서, 獨立(독립)한 씨로서의 資格(자격)을 取得(취득)하였은 즉, 元來, 語族的(어족적) 性質(성질)이 그것과 判異(판이)하야 아예부터 월의 成分(성분)과 씨와의 一致(일치)의 可能性(가능성)이 薄弱(박약)한 우리말에서는, 구태어 두 가지를 꼭 一致(일치)시켜야 할 必要(필요)가 없는 것이다. 토는 월의 成分(성분)의 獨立(독립)한 單位(단위)는 아니다. 그러나, 特異(특이)한 獨自性(독자성)을 가진 씨이다. 이를 비겨 말하건대, 집짓기(家屋建築)에 있어서 못이나 틀이나 세멘트 따위가 항상 나무나 흙이나 돌 사이에 쓰이기 때문에, 다된 집에서의 그 位置(위치)는 分明(분명)하지 못하지마는, 그 집짓기의 거리(材料)로서는 特殊(특수)한 獨立性(독립성)을 가진 單位(단위)가 되는 것과 같으니라.

(4) 周(주) 스승님의 「끗」(終結詞(종결사), 곧 나의 씨끝) 따위의 그 우의 말(씨줄기)에 對(대)한 關係(관계)와 나의 이른 「토씨」의 그 우의 말(임자씨)에 對(대)한 關係(관계)와의 사이에는 큰 다름이 있다. 첫재, 임자씨(사람, 집…)는, 우리의 理解(이해)로 보나, 말함(談話)에서의 쓰임 用法(용법)으로 보나, 제홀로로서 넉넉한 獨立性(독립성)을 가지고 있지마는, 풀이씨(用言)의 줄기(먹, 잠…)는 결코 제홀로로서는 능히 理解(이해)될 수 없는―따라 獨立性(독립성)이 없는 것이요, 반듯

이 다른 씨끝(곧 「끗」)하고 어울려야만 비로소 理解(이해)되는것이다. 다음에, 임자씨와 토씨와의 사이에는 그 分離性(분리성)이 많지마는, 풀이씨의 줄기와 씨끝과는 서로 녹아 합하여서 그 사이에는 分離性(분리성)이 매우 薄弱(박약)하다. 이를 사람에 비겨 말하자면, 씨끝은 발 같은 것이니, 그 사람에게서 띄어버릴 수 없는 것이지마는, 토씨는 사람이 탄 말과 같아서, 사람에게서 따로 떨어져서 獨立(독립)할수 있음과 같으니라. 말은 물론 사람에게 딸린 것(從屬된 物)이기는 하지마는, 사람과는, 獨立(독립)할 수 있는 存在(존재)임과 같이, 토씨가 임자씨에 對(대)한 從屬性(종속성)을 가지기는 하였지마는, 獨立的(독립적) 單位性(단위성)을 가진 것이니라.

또, 임자씨나 토씨가 제 單獨的(단독적)으로는 한 抽象的(추상적)의 것이요. 實際的(실제적)으로는 항상 서로 얽혀서 하나가 되어서 쓰인다고 하였다. 그러나, 만약 그러한 점으로만 본다면, 하필 임자씨, 토씨뿐 아니라, 월의 分析(분석)한 結果(결과)로 얻은 씨는, 다 마찬가지로 抽象的(추상적)의 것에 지나지 못한다. 왜 그러냐 하면, 實際(실제)의 思想發表(사상발표)에 있어서는 반듯이 월로서 表現(표현)됨이 原則(원칙)이기 때문에.

(5) 붙는말(添加語)의 語族的(어족적) 通則(통칙)으로 보아서, 토씨가 으뜸되는 생각씨를 돕는 것임은 事實(사실)이다. 그러나, 낱말에서 한 가지가 다른 한가지를 돕는다고 해서, 곧 그 도와지는 것만 獨立(독립)한 씨의 껌목이 있고 그 돕는 것은 獨立(독립)한 씨의 껌목이 없는 것은 아니다. 다만 그 두 가지 사이의 分離性(분리성)과 各各(각각)의 獨立性(독립성)의 如何(여하)에 依(의)하야 씨의 資格(자격)의 있고 없음이 決定(결정)될 것일 따름이다. 토씨가 그 우의 생각씨를 돕기는 하지마는, 그 스스로 獨特(독특)한 分離性(분리성)과 獨立性(독

립성)이 있으니, 마땅히 씨로서의 資格(자격)을 얻을 수 있는 것이다. 오늘날의 조선사람의 一般(일반) 言語意識(언어의식)에 依(의)하야 보더라도, 생각씨에 토씨를 붙인 것(例 사람이, 사람을, 사람으로……)을 한낱의 씨로 보지 아니한다. 그 두 가지는 서로 의지하기는 하였지마는, 결코 한 낱의 씨로까지 익은 것은 아니다. 끝장은 조선사람의 言語意識(언어의식)이란것이 낱말(씨)을 어떤 것으로 보는가 하는 대에 매었다고 할 만하다.

(6) 토씨의 셈(數)은 퍽 많다. 나의 調査(조사)에 依(의)하건대, 자리토씨(格助詞)가 쉰 가량이요, 도움토씨(補助詞)가 또한 쉰 가량이다. 이제 만약 한 낱의 임자씨에 이 백 낱의 토가 붙을 뿐 아니라, 자리토씨와 도움토씨가 서로 거듭하여 (모두 規則的으로 서로 거듭함이 可能(가능)하다면 모두 二千 五百가량이나 될것이나, 實際(실제)는 그다지 많아지지는 아니하지마는, 相當(상당)한 多數(다수)에 達(달)할것은 넉넉히 想像(상상)할수가 있다), 그 임자씨에 붙는다면, 한낱의 임자씨가 적어도 數百(수백) 種(종)의 變形(변형)을 가지게 될것이다. 그러면, 임자씨가 넉넉히 獨立的(독립적) 存在性(존재성)과 可解性(가해성)과 通用性(통용성)을 가졌음에 不拘(불구)하고, 무엇이 괴로와서, 이렇게 煩雜(번잡)한 文法的(문법적) 變形(변형)을 그것에다가 賦與(부여)할 必要(필요)가 있을가. 이렇게 하면, 뒷날 가로글씨에 있어서는 讀書上(독서상) 말할 수 없는 弊害(폐해)를 끼칠 것이다. 더구나 한낱내의 임자씨에 있어서는 그것보다도 낱내가 많은 토가 여럿이 드러붙기 때문에, 배꼽이 배보다 큰 병신과 같으며, 가지가 줄기를 둘러싼 다박쏠과 같아서, 그 本體(본체)의 存在(존재)와 意義(의의)를 잡기에 매우 不便(불편)할 것이다.

(7) 뚜렷하게, 獨立性(독립성)을 가진 임자씨 아래에다가 數百(수

백)의 토씨를 붙여 쓰는 것(가로글씨에서 이 그 임자씨) 그것이 把持(파지)와 理解(이해)에 不利(불리)함은 앞에 말한 바와 같거니와, 더구나 임자씨와 토씨와의 形式上(형식상) 區分線(구분선)이 없어지기 때문에, 여러가지의 形式上(형식상) 混亂(혼란)이 생기게 되어 말의 正確(정확)하고 빠른 理解(이해)에 적지않은 不利(불리)를 오게 하는 나쁜 現像(현상)이 나타나게 된다. 그 보기를 들면, 다음과 같다.

1. 임자씨기리의 섞임

　(ㄱ) ㅅㅗㄹ—ㄹ……소(牛)를, 솔(松)을

　　　ㅂㅗㄹ—ㄹ……보(褓)를, 볼(頰)을

　　　ㄱㅣㄹ—ㄹ……기(旗)를, 길(道)을

　　　ㅍㅏㄹ—ㄹ……파(葱)를, 팔(腕)을

　　　ㄴㅏㄹ—ㄹ……나(我)를, 날(刃)을

　(ㄴ) ㅅㅗㄴ—ㄴ……소(牛)는, 손(手)은

　　　ㅂㅗㄴ—ㄴ……보(褓)는, 본(法)은

　　　ㅈㅏㄴ—ㄴ……자(尺)는, 잔(盃)은

　　　ㄴㅗㄴ—ㄴ……노(繩)는, 논(畓)은

2. 임자씨와의 풀이씨

　　　ㄴㅏㄴ—ㄴ……나(我)는, 나는(飛하는)

　　　ㅂㅗㄴ—ㄴ……보(褓)는, 본(法)은, 보는(見하는)

　　　ㅊㅏㄴ—ㄴ……차(茶)는, 찬(饌)은, 차는(蹴하는)

　　　ㅈㅏㄴ—ㄴ……자(尺)는, 잔(盃)은, 자는(眠하는)

　　　ㄴㅗㄴ—ㄴ……노(繩)는, 논(畓)은, 노는(遊하는)

이리하여 畢竟(필경)에는 한가지의 마춤(綴字)에 두세 가지의 뜻

을 가지게 되는 것이 여간 많아지지 아니할 것이다. 그러나, 이것이
다만 뜻의 틀림(相違)일 따름이면 그리 큰 문제가 되지 않겠지마는‥
그 실상인 즉 形式(형식)의 差異(차이)가 混同(혼동)된 것이기 때문
에, 表記法(표기법) 一般(일반)의 큰 問題(문제)가 안 될 수 없으며, 또
만약 여기에다가 各(각) 形式(형식)에 가질 수 있는 여러 가지의 뜻을
더할 것같으면, 그 實際(실제)의 갈래가 여간 많지 아니하야 말할 수
없이 眩亂(현란)하게 될 것이다.

(8) 우에서 들어온 여러가지의 까닭을 가지고, 나는 토씨에다가 獨
立(독립)한 씨로서의 껌목(資格(자격))을 줌이 옳다고 생각한다. 곧 토
씨는 생각씨에 從屬的(종속적)으로 쓰이기는 하지마는, 그 스스로 생
각씨와 따로서서 씨의 單位(단위)가 될 可能性(가능성)이 있다 한다.

토씨에다가 씨의 껌목을 주어서 다른 모든 씨들과 같이 낱말로서의
같은 班列(반열)에 두었다. 그러나, 이는 토씨와 다른 씨와의 사이에 獨
立性(독립성)의 差異(차이)가 아주 없다 함은 아니다. 元來(원래), 토씨뿐
아니라, 모든 씨갈래 사이에는 그 獨立性(독립성)의 程度(정도)가 꼭 같지
아니하다. 이제 그 獨立性(독립성)의 程度(정도)를 따라 차례로 적으면,

1. 느 낌 씨 ……………………………………………… (一)
2. 이 름 씨 ⎫
3. 대이름씨 ⎬ 임자씨 ⎫
4. 셈   씨 ⎭   ⎬ ……………………… 으뜸씨(二)
5. 어 떻 씨 ⎫   ⎪
6. 움 직 씨 ⎬ 풀이씨 ⎭
7. 어 찌 씨 ⎫
8. 어 떤 씨 ⎬ ……………………………… 꾸밈씨(三)
9. 잡 음 씨 ⎫
10. 토   씨 ⎬ ………………………………… (四)

토씨(助詞(조사))의 品詞的(품사적) 單位性(단위성)에 對(대)하야 (二(이)) | 283

와 같다. 곧, 느낌씨는 제 홀로도 능히 完全(완전)한 한 덩이 思想(사상) 感情(감정)을 完結(완결)한 形態(형태)로 들어낼 수 있는 點(점)에서 가장 獨立性(독립성)이 豐富(풍부)하다. 그 다음에는, 임자씨가 그것을 풀이하는 풀이씨보다 앞설 것은 自然(자연)한 일이며, 으뜸씨가 그것을 꾸밈씨보다 그 獨立性(독립성)이 많을 것도 自然(자연)한 일이다. 다만 느낌씨는 꾸밈씨 가운대에 特別(특별)한 것인 때문에 가장 獨立性(독립성)이 많으며, 잡음씨는 純形式的(순형식적)인 때문에 獨立性(독립성)이 가장 弱(약)하다. 그러고, 으뜸씨끼리의 사이에서, 또 꾸밈씨와 으뜸씨 사이에서, 그 뜻과 關係(관계)를 나타내는 토씨이 獨立性(독립성)이 그것들보다 낮을 것도 또한 환한 일이다.—要(요)컨데 이와 같이 그 程度(정도)의 差(차)는 크게 보아서 四段(사단)의 品別(품별)이 있지마는 각각 다 獨立(독립)한 씨로서의 겸목을 가진 점에서는 一般(일반)이다.   (끝)

-〈한글〉 4권 4호(1936)-

풀이씨(用言)의 줄기잡기(語幹決定)에 관한 문제
- 五月 十一日 本會 月例會 講演抄
(오월 십일일 본회 월례회 강연초) -

—

우리말의 풀이씨(用言)에는 두 가지의 조각이 있나니, 하나는 그 풀이씨의 중심관념(中心觀念)을 나타내는 실질적부분(實質的部分)이니, 이를 줄기(語幹)라 하며, 다른 하나는 그 풀이씨의 말본의 관계를 나타내는 형식적 부분(形式的 部分)이니, 이를 씨끝 또는 줄여서 끝(語尾)이라 한다. 이를테면 「가다」(往) 「먹다」(食)의 「가」 「먹」은 줄기이요, 「다」는 씨끝(語尾)임과 같은 것이다.

그런데 이 씨의 줄기(語幹)는 고정하여 변하지 아니하되, 그 끝(語尾)은 여러 가지의 말본의 관계를 따라 여러 가지로 달라지나니,

이를테면

줄기	씨끝
먹	다, 으오, 어 는 을 으니 으면
보	다, 오 아 는 ㄹ 니 면

와 같다. 이와 같이 풀이씨가 그 어법적 관계를 나타내기 위하여 여러가지로 바꾸이는것을 끝바꿈(活用)이라 일컫는다. 이 끝바꿈(活用)에는 마침법(終止法), 껌목법(資格法), 이음법(接續法)의 세 가지의

법이 있나니, 이를테면

끝바꿈 / 보긴말	마침법	껌목법	이음법
먹(食)	다 으오 어라	을 음 게	으니 으면 고
보(見)	다 오 아라	ㄹ ㅁ 게	니 면 고

에서와 같다. 곧 마침법(終止法)이란 것은 풀이씨가 임자말(主語)의 풀이(說明)가 되어서 그 월(文)을 마치는 법이요(보기 아이가 밥을 먹으오), 껌목법(資格法)이란것은 풀이씨가 임자말의 풀이가 되어서 그 월을 마치지 아니하고서 그 껌목(資格)을 바꾸어서, 더러는 어떤씨(冠形詞) 같이 되고, 더러는 이름씨(名詞) 같이 되고, 더러는 어찌씨(副詞) 같이 되는 법을 이름이니, 「비가 오는 날에 저 애가 왔읍니다」의 오는과 같은 것이다. 이음법(接續法)이란 것은 풀이씨가 임자말의 풀이가 되어서 그 월을 끝내지 아니하고 다른 말에 잇는(接續하는) 법을 이름이니, 「비가 오니, 풀이 잘 자라오」의 오니와 같은 것이다.

二

우에 대강 풀이씨의 줄기(語幹와 끝(語尾)의 뜻과 그 일함(作用)을 말하여서 이 글월의 허두를 삼은 것이다. 이제 이 글월이 논하고저 하는 문제는 우에서 본 바와 같이 닿소리로 끝진 줄기를 가진 풀이씨의 알에 어떠한 끝(語尾)이 붙을 적에 소리 고루기 위하여 그 사이에 「으」가 들어간다. 이를테면

가오, 가면, 가니, 간,

에서는 「으」가 들어가는 일이 없다가,

먹<u>으</u>오, 먹<u>으</u>면, 먹<u>으</u>니, 먹<u>은</u>

에서는 군 「으」가 더 들어감을 보겠다. 그러면 이러한 「으」를 어법적으로 어떻게 볼 것인가? 다시 말하면 풀이씨의 줄기를 어디까지 잡을 것인가?

이 「으」의 풀이법(說明法)이 여러가지가 있을 수 있으나, 이를 크게 다음의 세 가지로 갈라 볼 수가 있다.

1. 「으」를 독립한 한낱의 도움줄기(補助語幹)로 보는 법

2. 「으」를 그 우의 씨몸(語體)이나 줄기(語幹)의 조각으로 보는 법

　　여기에는 또 두 가지가 있다. 이제 그 보기로 「잡다」란 말을 가지고 말하건대

　　(ㄱ) 「자브」를 씨몸(語體)이나 줄기(語幹)의 으뜸꼴(原形)로 보고 「잡다」의 「잡」을 그것의 줄어진 꼴로 보는 법.

　　박승빈(朴勝彬)님의 주장(「자브」는 原段, 「잡」은 原段略音, 「자바」는 變動段이라는)은 외형상(外形上)으로는 이 설과 비슷하나, 그 실상은 같지 아니하다. 곧 그에게 있어서는 아직 활용(活用)의 진의(眞儀)가 이해(理解)되지 못하고 따라 줄기(語幹)와 씨끝(語尾)과의 의의의 구별도 언어학적(言語學的)으로 정당히 확립되지 못하였으니 (곧 「자」는 語幹, 「브」는 語尾라 함) 그는 결코 이 견해의 정당한 한 대표자라 할 수 없다.

　　(ㄴ) 「잡」을 줄기의 으뜸꼴(原形)로 보고, 「잡으시다」의 「잡으」를 그것의 늘어진꼴(Erwei—terte Stamm)로 보는 법이니, 이것은 독일사람 Eckardt님이 주장하는 것이다.

3. 「으」를 그 알의 씨끝(이를테면 「니, 면, ㅁ」)이나 도움줄기(이를테면 「시」)에다가 붙여서 (으니, 으면, 음, 으시), 그 씨끝이나 도움줄기의 일부분으로 보는 법.

우에 든 세 가지의 풀이법은 각각 상당한 이유와 특장이 있다. 그러나 우리는 맨끝의 법 곧 「으」를 독립한 한 낱의 도움줄기로 보지 아니하고, 또 씨몸(곧 씨줄기)의 한 조각으로도 보지 아니하고, 다만 씨끝이나 도움줄기의 소리를 고루는 한 조각으로 보는 법을 취하노니, 그 까닭은 대략 다음과 같다.

(1) 첫재의 풀이법의 장처는 「으」 자체가 얼마큼 유리성(遊離性)을 가지어서 들어가기도 하고 없어지기도 하는 것인 즉, 이것을 한 독립한 도움줄기로 보면 그 다룸질(取扱)에 편리가 있다 할 만한 점이다. 그러나 원래 아무 실질적 뜻이 없는 소리에다가 한 독립한 도움줄기의 자격을 허락하여줌은 너무 분석적 유희(分析的 遊戲) 같은 폐해를 면ㅎ지 못할 것이다.

(2) 둘재 풀이법의 첫재것 (「자브」를 줄기의 으뜸꼴 곧 근본 형식으로 보는 법)은 오늘날 말로써 보면 도무지 정당성이 없는 것이다.

(ㄱ) 첫재 「잡으니, 잡으면」 한다고서 「자브」로써 그 줄기의 으뜸꼴로 인정한다면, 다른 이름씨 같은 것도 이와 같이 그 법을 마련하여야 할것이다. 이를테면 끝낱내(末音節)에 바침 없는 이름씨 「배」「대추」가 토와 만나서 「배나, 대추나」, 「배로 대추로」로 됨에 대하야 그 끝낱내에 바침 있는 이름씨 「감(柿) 떡(餠)」은 토를 만나서 「감이나, 떡이나」, 「감으로, 떡으로」로 되나니, 이러한 경우에서도 「가미, 떠기」, 「가므, 떠그」로써 그 이름씨의 으뜸꼴(原形)로 잡고, 「갑, 떡」은 그 줄어진 꼴로 잡아야 할 것이 아닌가? 만약 그렇게 한다면 무엇보다도 첫재 한 가지의 이름씨의 으뜸꼴이 또박또박 둘씩(例…柿 가미, 가므, 餠 떠기, 떠그)으로 될 것이니, 이것이 너무나 불합리한 억설이라 아니할 수 없다.

(ㄴ) 더구나 박승빈 님은 풀이씨(用言)의 끝바꿈(活用)을 말하되 「머

그」(食)는 原段原音(원단원음), 「먹」은 原段略音(원단약음), 「머거」는 變動段(변동단)이라 하니, 이는 단순한 일본 문법에서 동사(動詞)의 활용은 동일한 줄(行)에서 변동한다는 오십음도(五十音圖)를 적용한 활용설(活用說)의 그 어법상의 진의를 이해(理解)하지 못하고, 다만 피상적(皮相的) 관찰에서 단순한 동일행(同一行)에서의 변형이란 형식적 모방을 하여본 것에 지나지 아니한 것이다.

원래 어느 나라의 말을 물론하고, 그 풀이씨의 끝바꿈(活用, Conjugation)이라 하는 것은 단순한 음성상(音聲上) 형식상(形式上)의 변화가 아니라, 그 음성상 형식상의 변화가 그 사상 발표의 어법상(語法上) 무슨 의의를 가지는 것이니, 이를테면

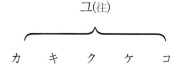

가 그저 단순한 동일행(同一行)에서의 변형(變形)이 아니라, 그 각각의 변형이 어법상 일정한 무슨 의의를 가지어

例(예) \ 活用形(활용형)	未然 (미연)	連用 (연용)	終止 (종지)	連體 (연체)	己然 (기연)	分命 (분명)
往(왕)	カ	キ	ク	ク	ケ	ケ
愛(애)	セ	シ	ス	スル	スレ	セ(ヨ)

와 같이 된다. 또 영어의 "Talk, go"는

Root (原形)	Past (過去形)	past Participle (過去分詞形)	Present participle (現在分詞形)
Talk	Talked	Talked	Talking
Go	Went	Gone	Going

과 같이 끝바꿈을 한다. ─이러한 보기로써 보더라도 끝바꿈(活用, Conjugation)이란 그저 단순한 어형(語形)의 변화가 아니라, 그 변화가 어법상 일정한 의의를 가진 것임을 깨치겠다. 그러므로 어떤 경우에는 이를테면 上例(상례)의 「往(왕)ク, 往(왕)ク」 "Talked Talked"가 그 形式(형식)은 꼭 같으되 그 意義(의의)가 다르기 때문에 딴 갈래의 끝바꿈꼴(活用形)을 차지하게 됨은 정히 이 까닭으로써 그러한 것이다. 이 끝바꿈(活用)의 語法的(어법적) 의의를 모르고 그저 단순히 막연히 동일행에서의 변형으로만 해석하고서,

머(食)

가 야 거 겨 고 교 구 규 그 기 ㄱ

로 점검(點檢)하야, 「머그(먹)머거」로써 조선말의 활용이라 할 뿐이요, 그 각각의 꼴 머그, 머거 가 어법적으로는 하등의 의의를 가짐을 밝히려고도 아니하며 또 했자 할 수도 없게 되었으니, 이는 실로 일소(一笑)의 치밖에 없는 유치한 피상적 모방이라 할 수밖에 없는 것이다.

ㄷ 더구나 만약 그의 말대로 풀이씨에 原段原音(원단원음)(머그), 原段略音(원단약음)(먹), 變動段(변동단)(머거)의 세 가지의 段形(단형)이 있다 하면, 이름씨에도 그와 마찬가지의 세 段(단)이 있다 하겠다. 곧 雁(안)의 「기러기」는 原段原音(원단원음), 「기러가」는 變動段(변동단), 「기럭아범」의 「기럭」은 原段略音(원단약음)이 될 것이며, 또 家(가)의 「집은」의 「지브」는 原段(원단), 「집에」의 「지베」는 變動段(변동단), 「집도 있다」의 「집」은 原段略音(원단약음)이라 할 것이다. 다시 말하자면, 이름씨에도 풀이씨 마찬가지의 끝바꿈(活用)을 인정하게

될 터이니, 이름씨와 풀이씨와에 한 가지의 끝바꿈(活用(활용))을 풀이함은 세계 어법학(語法學)에 그 유례가 없는 바이다. 그러나 한걸음을 사양하여 그렇다고 했자 그것이 문법을 설명함에 무슨 소용이 될가? 이는 말의 조리를 밝히기보다 도리어 그 조리를 어지럽게 하는 것밖에는 안 될 것이라 하노라.

(3) 둘재의 풀이법의 둘재것(「잡」을 줄기의 기본형 「잡으」는 그 늘어진 형(形)으로 보는법)에는 이러한 까닭이 있을 수 있다. (이것을 주장하는 에칼트님은 이러한 까닭을 말하는 것은 아니다) 오늘날의 말을 표준삼아 볼 것 같으면, 「먹다」가 그 으뜸꼴인 즉, 따라 「먹」이 그 줄기의 으뜸꼴이 됨이 당연할 것이다. 그러나 이것이 경우를 따라선 늘어져서 「먹으」로 된것인 즉, 「먹으」 또는 「머그」로써 늘어진 줄기(擴張된 語幹)로 봄이 옳다는 까닭을 말할 수 있다. 그러나 이것과 역시 앞의 풀이법에 對(대)한 비평을 그대로 받을 것이다. 그리하여 우리는 이것도 취할 수 없겠다 하노라.

(4) 우에서 들어 온 모든 풀이법을 버리고 보니, 남은것은 곧 셋재 풀이법(「잡」이 줄기, 「으」는 「으니, 으시」의 한 조각으로 보는 법) 하나뿐이다. 이제 우리는 이 셋재법을 취하노니, 이에 그 까닭을 말하겠노라

(ㄱ) 오늘날의 말로써 보면 앞에 든 보기말 「잡다」의 줄기의 으뜸꼴이 「잡」임은 분명한 사실이다. 이는 이제 몇 개의 문법가가 새로 입설(立說)하는 바이 아니라, 오늘날 일반의 언어의식(言語意識)에 비취어 보더라도 그러함을 알지니, 곧 식자는 누구를 물론하고 반듯이 「잡다, 잡아, 잡으니」로 적는것은 그 일반적 언어의식이 「잡」으로써 「잡다」의 줄기의 으뜸꼴로 본다는 것의 적확한 증거이다. 이제 그 줄기(語幹)의 으뜸골이 「자브」임을 주장하야, 그 마춤법을 「잡다, 자바, 자브니」로 적어야 한다 함은 현대의 일반 언어의식에 위반된 이

름이라 아니할 수 없다.

(ㄴ) 우리말에는 바침없는 말과 바침 있는 말이 그 알로 다른 토 같은 것을 취할 적에 각각 문법상 특수의 형식을 취하게 분화(分化)되어 있음은 오늘날 조선말에서의 엄연한 법칙적 사실이다. 그래서 이름씨에서 바침없는 말 「새」 「나무」가 토씨 「토」를 붙여서 「새로」 「나무로」 됨에 대하야, 바침 있는 말 「범」 「꽃」은 소리 고루는 「으」를 「로」 우에 더한 「으로」 토씨를 붙여서 「범으로」 「꽃으로」로 되는 것은 누구든지 부인할 수 없는 사실이다. 그러한즉 이와 조응적(照應的)으로 움즉씨에서도 바침있는 줄기 「먹」이 그 씨끝의 분화를 따라서 소리고루는 「으」를 붙여서 「먹으니, 먹으면……」으로 된다고 푸는 것이 서로 들어맞는 체계적(體系的) 설명이라 하노라.

(이 문제에 관하야 좀더 깊이 들어가고저 하는 생각이 있지마는, 끄리는 바가 있어서 여기서는 그만두고 불원에 완성되어 나올 나의 「우리말본」으로 밀우노라)

-〈한글〉 3권 5호(1935)-

한글 難解(난해)의 心理分析(심리분석)
-「한글 마춤법 통일안」은 어렵다는 것이 果然(과연) 眞正(진정)한 事實(사실)일가 -

第一(제일), 한글 運動(운동)의 必然性(필연성)

우리의 글을 科學的(과학적)으로 整理(정리)하야 사람의 文化的(문화적) 活動(활동)의 利(이)로운 연장으로써의 文字的(문자적) 使命(사명)을 完全(완전)히 遂行(수행)하도록 하려는 한글 運動(운동)은 여러 先覺者(선각자) 特(특)히 이를 爲(위)하야 一生(일생)을 바친 한글 運動(운동)의 創始者(창시자)라 할 만한 故(고) 周時經(주시경) 스승님으로부터 始作(시작)되어 邇來(이래) 三十(삼십) 餘年(여년) 동안에 끊힘 없는 同志(동지)의 정성스러운 活動(활동)과 前古未曾有(전고미증유)한 科學情神(과학정신)의 急速化(급속화) 普遍化(보편화)의 時代相(시대상)의 發展(발전)과 함께 長足(장족)의 進步(진보)를 이루었다. 그 맨 처음에 있어서는 저 훌륭한 眞書(진서) 漢文(한문)을 내두고서 朝鮮文字(조선문자) 조선말을 硏究(연구)한다는 것부터가 점잖은 學者(학자)의 할 것이 아니라 하야 隱然(은연)히 鼻笑(비소)를 받았으며 다음에는 이것을 學徒(학도)들에게 가르치려 하매 다만 일없는 사람의 怪癖(괴벽)스러운 짓으로 看做(간주)되기도 하였던 것이다. 그러나 오늘날에와서는 이런 일은 다 지나간 이야기거리에 지나지 아니하게 되었다. 言語(언어)를 整理(정리)하며 文字(문자)를 統一(통일)하여야 高等(고등)의 文化活動(문화활동)이 그 地盤(지반)우에서 能(능)히 健實(건실)한 發展(발전)을 이룰 수 있다 함은 萬人共認(만인공인) 平凡(평범)한眞理(진리)가 되고 말았다. 官定敎科書(관정교과서)가 이러한 眞理(진리)알에 編纂(편찬)되어 全朝鮮(전조선)의 學校(학교) 아이들이 그를 배우기 시작한 지가 발서 五年(오년)이나 되고 各種(각종)의 新聞(신문) 雜誌(잡지)가 같은 原理(원리)에 依(의)하야 編輯(편집) 發行(발행)되어 坊坊谷谷(방방곡곡) 家家戶戶(가가호호)에 이를 朝夕(조석)으로 分傳(분전)하며 朝鮮語學會(조선어학회)의 「한글 마춤법 통일안」이 完成發表(완성발표)된 지는 발서 찬 한 해가 다 되어 간다. 이와 같이 正常(정상)한 健實(건실)한 發展(발전)을 이룬 한글運動(운동)의 成果(성과)는 決(결)코 幾個人(기개인)의 努力(노력)에 依(의)하야 된 것이 아니요 世界(세계)를 風靡(풍미)하는 科學情神(과학정신)과 自家(자가)의 文化(문화)를 사랑하며 愛育(애육)하려는 朝鮮心(조선심)의 所致(소치)이다. 이 科學情神(과학정신)이 世界(세계)를 떠나지 아니하고 이 조선마음이 조선을 떠나지 아니한 다음에는 이 한글運動(운동)은 그와 함께 永久(영구)히 淮展(회전)하야 말지 아니할 것이다.

그러나 人間(인간)의 凡事(범사)는 다 明暗(명암)의 兩面(양면)을 가진 것과 마찬가지로 한글運動(운동)의 線上(선상)에도 多少(다소)의 産苦(산고)와 行路難(행로난)이 없지 아니하다. 이제 그러한 暗面(암면)가운데에서 나는 「한글難解(난해)」란 世人(세인)의 批評(비평)을 들어서 果然(과연) 한글이 어려운 것인가를 科學的(과학적)으로 檢討(검토)하려 하노라.

第二(제이), 學生(학생)의 「한글難解(난해)」

첫재 한글이 어렵다는 소리는 中等學校(중등학교) 生徒(생도)나 專門學校(전문학교) 生徒(생도)의 입에 나오는 일이 있다. 勿論(물론) 그네들의 全部(전부)가 다 그러한 소리를 하는 것은 아니요 少數(소수)의 分子(분자)가 間或(간혹) 그러한 소리를 하는 것도 事實(사실)일 것이다. 그러면 이러한事實(사실)이 곧 한글—「한글 마춤법 통일안」이 어려운 不當(부당)한 잘못整理(정리)된 마춤법임을 一言下(일언하)에 證明(증명)함이 될 수 있을가?

이러한 不平的(불평적) 批評(비평)에도 多少間(다소간) 正當(정당)한 理由(이유)가 있을 줄을 容認(용인)하기를 우리도 아끼지 아니하거니와 그보다도 그렇다고 해서 우리 한글을 어려운 잘못整理(정리)된 것이라고는 할 수 없음을 또한 더 많이 發見(발견)하지 아니할 수 없다.

(1) 그네들의 「한글難解(난해)」의 正當(정당)한 理由(이유). 첫재로 오늘의 中等學生(중등학생)이나 專門學生(전문학생)들은 다 그前(전) 階段(계단)의 學校敎育(학교교육)에서 한글에 對(대)한 相當(상당)한 準備知識(준비지식)을 얻지 못하였다. 다만 順當(순당)한 準備(준비)를 하지 못하였을 뿐만 아니라 도리어 不利(불리)한 基礎知識(기초지식)과 不當(부당)한 先入見(선입견)을 가지게 되었다. 이러한 사람에게 갑작이 整理(정리)된 統一(통일)된 한글을 가르침은 그네들에게 五六年(오륙년) 乃至(내지) 十餘年間(십여년간)의 旣得(기득)의 知識(지식)과 굳은 慣習(관습)과의 訂正(정정) 乃至(내지) 淸算(청산)을 要(요)하는 것이 된다 할 수 있다. 그러므로 그네에게 한글이 어려워 보히는 것도 어느 意味(의미)에서는 必然(필연)의 勢(세)이라 하겠다. 더구나 그네는 조선글이란 아모렇게나 써도 좋다는 不當(부당)한 偏見

(편견)까지 배워얻은 것이 있기 때문에 새로 入學(입학)한 中等(중등) 또는 專門(전문) 學校(학교)의 한글 敎員(교원)이 成績(성적)에 對(대)하야 잘 되었느니 못 되었느니 하고 批評(비평)함을 하는것이 甚(심)히 못마땅하게 생각되는 일이 없지 아니하다. 그리하여 그런 不平(불평)을 부려 가로되 「한글이 어렵다」 하는 수가 있다.

이미 東(동)으로 굽게 자란 나무가지를 西(서)로 굽게 하는 것이 어려운 일임을 잘 아는 敎育者(교육자)로서는 이 사람의 손으로 말미암아서 일즉이 東(동)으로 굽어진 나무가지가 이제 다시 사람의 손으로 말미암아서 그 反對方向(반대방향) 西(서)로 굽어짐을 强要(강요)될 적에 원망의 不平(불평)을 하는 것은 어느 意味(의미)에서는 當然(당연)히 容認(용인)하여야 할 不平(불평)이다. 그러나 東(동)으로 벋어서는 初志(초지)의 目的(목적)을 達(달)할 수 없음을 明察(명찰)한 우리로서는 그 被敎育者(피교육자)를 爲(위)하야 그 當者(당자)의 現在(현재)의 不平(불평)을 甘受(감수)하면서라도 東(동)에서 西(서)로 바로잡기를 抛棄(포기)할수 없는 學的 良心(학적양심)과 敎育的(교육적) 義務(의무)를 느끼는 바이다.

(2) 英語(영어)數學(수학)은 難解(난해)라하지 않고 다만 「한글難解(난해)」라 하는 心理(심리). 이와 같은 意味(의미)에서 어느 程度(정도)의 正當(정당)한 理由(이유)가 있음에도 不拘(불구)하고 한글을 다른 學科(학과)와 比較(비교)하여 볼 것 같으면 한글이 어렵다 하는 不平(불평)은 넘어도 不當(부당)한 것이 아니 될 수 없다. 이제 시험으로 한글을 저 英語(영어)나 數學(수학) 같은 學科(학과)에 비겨 보자. 中學(중학) 五年(오년) 동안에 英語(영어)의 敎授時間數(교수시간수)가 每週(매주) 近十時間(근십시간)인 즉 여기에다가 다시 그 準備(준비)와 複褶(복습)에 虛費(허비)된 時數(시수)를 加算(가산)할진대 五年

間(오년간) 總計(총계)는 實(실)로 莫大(막대)한 時間(시간)이 될 것이다. 그 異常(이상)한 發音法(발음법) 그 特異(특이)한 語法(어법) 그 어려운 單語(단어)의 記憶(기억) 그 어려운 文意等學習(문의등학습)에 그럴 듯한 刻苦(각고)의 工夫(공부)와 저렇 듯한 莫大(막대)한 時間(시간)을 虛費(허비)하고도 五年(오년)을 지나 卒業狀(졸업장)을 타는 마당에서도 오히려 會話(회화) 한 마디를 하지 못하며 新聞(신문) 한 장을 읽지 못함은 才鈍(재둔)을 不問(불문)하고 共通(공통)의 實相(실상)이다. 그나 그뿐인가. 다시 專門學校(전문학교)에 進入(진입)하야 繼續(계속)하야 英語(영어)를 三四年(삼사년) 동안 熱心(열심)으로 工夫(공부)한다 할지라도 그 專門的(전문적)이 아니고는 能(능)히 英語(영어)로 편지를 쓰며 自由(자유)로 意思(의사)를 發表(발표)하는 會話(회화)의 能力(능력)을 가지느냐 하면 이에 對(대)하야 大膽(대담)스럽게 나는 그러하노라고 對答(대답)할 專門學校(전문학교) 乃至(내지) 大學(대학) 出身(출신)이 몇 사람이나 있을는지? 十分(십분) 疑訝(의아)함을 마지 아니한다.

그러면 그럼에도 不拘(불구)하고 朝鮮(조선)의 中等學生(중등학생)이나 專門學生(전문학생)들이 英語(영어)가 어려워서 공부할 수 없다는 不平(불평)을 부리지 아니함은 대체 무슨 까닭인가? 이 點(점)이 正(정)히 우리가 銳利(예리)한 觀察(관찰)로써 그 心理(심리)를 分析(분석)할 必要(필요)가 있다고 생각하는 바이다.

大抵(대저)「알기 어렵다」(難解)의「알기」는 사람의 精神(정신)의 知的(지적) 作用(작용)이니 그「알기 어렵다」도 또한 知的作用(지적작용)에 所屬(소속)한 判斷(판단)이라 할 것이다. 그러나 사람의 精神(정신)을 知情意(지정의)의 三要素(삼요소)에 區別(구별)하는 일이 흔히 行(행)하는 일이지마는 이는 單純(단순)한 便宜的(편의적)의 것이요 그

實(실)은 人格(인격)이 本來統一體(본래통일체)임과 같이 사람의 精神(정신)도 또한 知情意(지정의)의 統一體(통일체)이요 決(결)코 知(지)는 知(지)대로 情(정)은 情(정)대로 意(의)는 意(의)대로 各各(각각) 分立(분립)하야 無關係(무관계)하게 獨立的(독립적)으로 活動(활동)하는 것은 아니다. 三者(삼자)는 서로 深切(심절)한 關係(관계)를 갖이고 있어 知的活動(지적활동)에도 情意的(정의적) 要素(요소)가 參加(참가)하며 情意的(정의적) 活動(활동)에도 知的(지적) 要素(요소)가 參加(참가)하는 것이다. 그러므로 이제이 이 「알기 어렵다」도 決(결)코 單純(단순)한 知的(지적) 判斷(판단)이 아니라 그 가운데는 多分(다분)으로 情(정)과 意(의)의 要素(요소)가 들어 있는 것이다.

물러가아 가만히 사람의 活動(활동)의 根本的(근본적) 慾望(욕망)을 삶어 보건대 所有慾(財慾)(소유욕(재욕)) 性慾(성욕) 名譽慾(명예욕) 權勢慾(권세욕) 創造慾(文化慾)(창조욕(문화욕))이 그 重要(중요)한 것이 된다. 그리하야 或(혹)은 些少(사소)한 또 不確實(불확실)한 財慾(재욕)의 滿足(만족)을 爲(위)하야 犬馬(견마)의 勞苦(노고)도 꿀같이 甘受(감수)하며 或(혹)은 卑劣(비열)한 또 盲目的(맹목적)인 性的(성적) 衝動(충동)을 爲(위)하야 高潔(고결)한 人格(인격)을 沮喪(저상)하며 貴重(귀중)한 生命(생명)을 犧牲(희생)하기를 不謝(불사)하는 者(자)도 있으며 或(혹)은 名譽(명예)를 爲(위)하야 食少事紛(식소사분) 東奔西走(동분서주)하며 權勢(권세)를 爲(위)하야 阿諛苟容(아유구용)과 狐假虎威(호가호위)를 일삼는다. 그러면서도 創造慾(창조욕) 文化慾(문화욕)을 爲(위)하야 眞實(진실)한 努力(노력)으로써 一生(일생)을 바치는 者(자) 全世(전세)에 그 數(수) 많지 못하도다. 이와 같이 사람은 自己(자기) 一身(일신)에 財利(재리)가 오며 名譽(명예) 또 무엇이 올적 아니 올 것 같기만 할 적에는 그 奴隷(노예) 같은 勞苦(노고)와 禽獸

(금수) 같은 卑賤(비천)을 甘受(감수)하며 甚至於(심지어) 그 貴中(귀중)한 生命(생명)까지도 犠牲(희생)하야 말지 않는 것이 世(세)의 常態(상태)이며 人(인)의 常情(상정)임은 到底(도저)히 긔울 수 없는 바이다.

우리 조선사람이 옛날에는 五六歲(오륙세) 때부터 千字文(천자문)을 배우기 始作(시작)하야 白髮(백발)이 훗날릴 때까지 漢文(한문)말을 專攻(전공)하되 오히려 名文巨詩(명문거시)가 되지 못하고도 일즉 漢文難解(한문난해)의 嘆聲(탄성)과 漢文當廢(한문당폐)의 不平(불평)을 부르짖지 아니하였음은 도대체 무슨 까닭인가? 書中(서중)에 自有(자유) 千種錄(천종록)이라 財利(재리)도 거기 있으며 榮華(영화)도 거기 있으며 美人(미인)도 거기 있다고 믿었던 때문이다. 그런데 입을 열면 문득 그 富貴(부귀) 榮華(영화)를 求(구)하노라고 平生(평생)을 漢文學習(한문학습)에 虛費(허비)한 先祖(선조)의 어리석음을 원망하는 오늘의 朝鮮靑年(조선청년)이 저렇듯 어려운 英語(영어)나 數學(수학)이나 또 무엇 무엇을 學習(학습)하기에 莫大(막대)한 勞苦(노고)를 虛費(허비)하면서도 오히려 그 알기 어려움을 慨嘆(개탄)하며 그 不當(부당)한 過重(과중)한 課業(과업)을 擯斥(빈척)하지 아니함은 또한 무슨 까닭인가? 알고 보면 이 心理(심리)도 또한 옛 사람의 그것과 조곰도 다름이 없다. 英語(영어)와 數學(수학)을 잘 배워내어야 能(능)히 上級(상급) 學校(학교)에 入學(입학)도 할 수 있으며 就職(취직)도 할 수 있다고 생각하는 때문이다. 다시 말하면 財利(재리)를 원하며 榮達(영달)을 바라는 者(자)로서는 晝宵(주소)로 부즈런히 이것을 힘쓰지 아니하지 못할 것이니 만약 어떤 學生(학생)이 「나는 英語(영어)가 어려워서 못 배우겠다」「數學(수학)이 어려워서 못 배우겠다」……의 不平(불평)과 嘆聲(탄성)을 發(발)하는 者(자)가 있다면 이는 곧 이 世上(세상)의 生存競爭場裡(생존경쟁장리)에서 落伍者(낙오자) 될 것을 自白(자백)하는 것이 되며 남의 鼻笑(비소)와 輕蔑(경멸)을 하로라도 일즉이 自招(자초)하는 것인 즉 有爲(유위)의 靑年(청년)으로서는 決(결)코 이러한 卑怯(비겁)의 嘆聲(탄성)을 發(발)할 것이 아니라고 굳이 깨친 때문이다. 要約(요약)하면 英語(영어) 數學(수학) 等(등) 學科(학과)가 쉬워서 不平(불평)을 부리지 않고 잘 배워 가는 것이 아니라 그것에 利益(이익)과 榮譽(영예)가 따르리라고 생각하기 때문에 惟恐不及(유공불급)으로 仔仔(자자)히 공부하는 것이다.

그런데 이제 한글 조선어는 어렵다 함은 무슨 理由(이유)인가? 이것은 도모지 저 英語(영어) 數學(수학)에서 期待(기대)하던 것과 같은 좋은 報償(보상)이 따르지 아니한다고 생각하는 때문이다. 한글은 아모리 잘 배워야 上級(상급) 學校(학교) 入學(입학)에도 소용없으며 就職(취직)에도 소용없으며 權勢(권세)와 榮達(영달)에도 소용이 없기 때문이다. 아모 소용이 없으니까 그것을 잘 배워 보겠다는 意志(의지)가 서지 아니하며 그것을 貴中(귀중)히 녀기는 情(정)이 動(동)하지 아니한다. 情(정)이 動(동)하고 意志(의지)가 서어야 熱心(열심)과 勤勉(근면)과 硏究(연구)가 생기며 따라 그 理解(이해)도 잘 될 터인데 이미 情意(정의)의 發動(발동)이 없은 즉 무엇으로 理解(이해)가 공부하지 안해도 절로 잘 될 理(리)가 있을소냐? 俗談(속담)에 「남의 일은 오뉴월에도 손이 쓰리다」하는 말이 있다. 나에게 利害(이해)가 있고 興味(흥미)가 깊은 일일 것 같으면 아모리 어려운 일이라도 어려운 줄 수고로운 줄을 모르고 해 낼 터이지마는 自己(자기)에게 아모 利害關係(이해관계)가 없는 없는 남의 일은 五六月(오육월) 炎天(염천)에도 손이 차고 쓰려서 못한다는 말이니 實(실)로 物的(물적) 利害(이해)에 支配(지배)되는 人心(인심)의 正鵠(정곡)을 道破(도파)한 말이라 하겠다. 이와 같이 한글이란 도모지 現實(현실)의 物的(물적) 利益(이익)에 아모 關聯(관련)이 없는 것이라 熱心(열심)으로 이것을 공부하며 이것을 배우는 學生(학생)이 極(극)히 적음도 또한 人心(인심)의 한 自然的(자연적) 傾向(경향)의 所致(소치)라 구타여 그런 學生(학생)들만을 過責(과책)할 수 없는 點(점)도 없지 아니하다. 보라 저 三種(삼종) 二種(이종) 一種(일종)의 朝鮮語獎勵金(조선어장려금)을 타기 爲(위)하야 바다를 건너온 巡査(순사)와 敎員(교원)들이 얼마나 熱心(열심)으로 조선말을 공부하는가? 物質(물질)에 支配(지배)되는 人心(인심)을 누가 能(능)히 막을 수 있으랴? 이제 만약 조선어를 잘 못하면 普通學校(보통학교) 敎員(교원) 노릇을 못한다든지 上級學校(상급학교) 入學試驗(입학시험)에 及第(급제)할 수 없다든지 해보아라. 조선어를 어렵다 할 普通學校敎員(보통학교교원)이 어대 있으며 조선어 成績(성적)이 나쁠 學生(학생)이 어대 있을 것인가?

그러므로 나는 가르되 朝鮮學生(조선학생)이 조선어가 어렵다 함은 다만 조선어의 소용없음을 애써서 배울 價値(가치)가 없음(?)을 하소연하는 것밖에는 아모것도 아니라 하노라.

(3) 音聲(음성)과 語法(어법)의 理論(이론) 難解(난해)임의 當然性(당연성). 어떤 學生(학생)의 한글이 어렵다 하는 不平(불평)의 다른 一面(일면)이 있으니 그것은 곧 조선말의 소리에 關(관)한 理論(이론)과 말본(文法)에 關(관)한 理論(이론)이 어렵다 하는 것이다.

이제 이러한 不平(불평)의 心理(심리)를 分析(분석)하면 이러하다. 조선말은 우리말이다. 音理(음리)와 語法(어법)의 理論(이론)을 몰라도 나는 조선말을 잘 한다. 그런데 무슨 턱으로 이 소리와 말본에 關(관)하야 細細(세세)한 理論(이론)이 이렇게도 많으며 이렇게 어려운가? 이런 잔소리를 안 배운들 무슨 상관이 있나? 이것이 그 難解(난해)란 不平(불평)의 心理狀態(심리상태)이다.

　그러나 이는 學問(학문)의 眞意(진의)를 알지 못한 소리이다. 우리
는 營養學(영양학)과 生理學(생리학)을 도모지 몰르더라도 넉넉이 食
物(식물)을 攝取(섭취)하면서 健全(건전)히 살아갈 수 있는 것이다. 밥
먹고 사는 일은 極(극)히 平易(평이)한 本能的(본능적)으로 行(행)할
수 있는 일이다. 그렇지마는 한 번 밥먹기와 살기에 關(관)한 學問(학
문)이 있어 그것들을 그 學問(학문)의 對象(대상)을 삼을 적에는 그
理論(이론)이 決(결)코 그리 平易(평이)한 것은 아니다. 하로에 무엇을
얼마나 먹어야 人體榮養(인체영양)에 가장 적당할가? 副腎(부신)의
生理作用(생리작용)이 무엇일가? 이러한 問題(문제)가 우리가 날마다
먹고 싶은 대로 밥먹듯이 쉬운 일이 아니다. 그러나 쉬운 밥을 먹고
서 이러한 어려운 理論(이론)을 窮究(궁구)한 必要(필요)가 있는 것과
같이 쉬운 말을 하면서도 이러한 어려운 말의 理論(이론)을 究明(구
명)할 必要(필요)가 있는 것임은 내가 여기에 特(특)히 말할 것까지 없
이 다 아는 바이다. 英語(영어)의 音理(음리)와 法理(법리)가 決(결)코
英人(영인)에게 平凡容易(평범용이)한 것이 아님과 같이 朝鮮語(조선
어)의 音理(음리)와 法理(법리)도 또한 朝鮮人(조선인)에게 쉬운 것일
理(리)가 萬無(만무)하다. 차라리 저 英語(영어)는 그 나라 사람의 硏
究(연구)와 整理(정리)가 歲月(세월)이 오래고 學問(학문)이 進步(진보)
된 만큼 새로 배우는 英人(영인)에게 쉽겠지마는 우리 조선말은 아
즉 그 硏究(연구)가 日淺(일천)하고 整理(정리)가 未完(미완)한이마큼
새로 배우는 朝鮮學徒(조선학도)들에게 더 어려워 보힐 것을 우리는
認定(인정)하지 않으면 안 된다. 그러한 즉 學問(학문)의 眞意(진의)를
理解(이해)하는 者(자)로서는 決(결)코 朝鮮語學(조선어학)의 어려움
의 不當(부당)을 鳴(명)할 바가 아니다.

(4) 新術語(신술어)와 未知語(미지어)의 出現(출현)에 對(대)한 不平(불평)의 心理(심리). 조선어학을 배워갈 적에 새로운 術語(술어)가 나오든지 모르는 말이 나오든지 할 것 같으면 곧 조선어가 어렵다 하는 사람이 있다.

이런 사람의 心理(심리)는 대강 이러하다. 「나는 朝鮮人(조선인) 가운데의 한 成人(성인)이다. 조선말은 내가 다 아는 것인데 어째서 學校(학교)에서 가르치는 朝鮮語(조선어)는 이렇게 내 모르는 말이 많은가? 아마도 이것은 古語(고어)를 갖닥아 쓴 것인가 보다. 또 이 알수 없는 새 術語(술어)는 이게 다 무엇인가? 남들이 모처럼 모든 學問(학문)의 術語(술어)를 漢字(한자)로 써 알아 보기 쉽게 다 만들어 놓았는데 무슨 턱으로 이 새로운 어려운 朝鮮(조선)말로 만들어 내어놓았는가? 이 두 가지가 다 不當(부당)한 것이다.」

이에 對(대)하야는 두 가지 點(점)으로 辯解(변해)할 터이다.

첫재 조선사람은 조선말을 다 안다는 것은 아주 根本的(근본적)으로 잘못된 觀念(관념)이다. 어느 나라 사람을 勿論(물론)하고 그 言語(언어)의 知識(지식)은 決(결)코 先天的(선천적) 賦與(부여)가 아니요 後天的(후천적) 獲得(획득)에 屬(속)한 것이다. 사람의 자식이 그 母胎(모태)에서 처음으로 出産(출생)할 적에는 自國語(자국어)의 知識(지식)은 全然(전연) 白紙(백지)이다. 그애가 차차 成長(성장)함을 따라서 어머니에게서 兄弟姉妹(형제자매)에게서 이웃동무에게서 學校(학교) 先生(선생)과 동무들에게서 書籍(서적) 新聞(신문) 雜誌(잡지) 等(등)에서 社會的(사회적)으로 그 나라말을 배워 얻는 것이다. 그러므로 學校敎育(학교교육)은 小學(소학) 中學(중학)은 勿論(물론)이어니와 專門(전문)乃至(내지) 大學(대학)에 이르기까지 모두가 一邊(일변)은 自國語(자국어)를 배우는 것이라 할 만하다. 왜 그러냐하면 모든 科學的(과학적) 知識(지식)과 社會的(사회적) 思想(사상)과 人心(인심)의 活動(활동)에는 항상 그 表現(표현)으로서 言語(언어)가 必要(필요)한 것인 즉 새 知識(지식)을 배우는 것은 곧 새 말을 배우는 것이라 할 수 있기 때문이다. 다시 더 넓게 말하자면 사람은 그 一生(일생)을 通(통)하야 말을 배우는 것이라 할 것이다.

그런데 朝鮮(조선)사람은 古來(고래)로남의 文字(漢文)(문자(한문))를 배우기에만 젖어온 關係(관계)로 말미암아 힘써서 배울 것은 남의 말과 남의 글이요 제 민족말은 天賦的(천부적)으로 다 아는 것인 즉 特別(특별)히 힘써서 배울 必要(필요)가 없다 하는 根本的(근본적) 誤謬(오류)를 犯(범)하게 되었다. 그리하야 漢字(한자)의 辭典(사전)은 지었지마는 제말인 조선말에 對(대)한 文法(문법)과 辭典(사전)은 지을랴고 꿈도 꾸지 아니하였었다. 그리하야 半萬年(반만년) 文化民族(문화민족)으로서 오늘날까지 아즉도 自手(자수)로 이룬 辭典(사전)한 권을 所有(소유)하지 못하고도 이것이 民族的(민족적) 큰 羞恥(수치)인 것좇아 모르고 泰然(태연)히 지나는 터이다.

個人(개인)은 그 어느 나라 사람임을 勿論(물론)하고 그 自國語(자국어)를 解得(해득)한 知識(지식)의 分量(분량)은 甚(심)히 局限(국한)되어 있는데 다만 그 知識(지식)의 博狹(박협)과 職業(직업)과 經驗(경험)의 다름을 따라서 그 所有(소유)한 語彙(어휘)도 多少(다소)가 있을 뿐이요 비록 如何(여하)한 天才(천재)와 博識(박식)으로서도 제 나라말의 全部(전부)를 達通(달통)한 이는 古今(고금)에 한 사람도 없을 것이다. 英語(영어)의 大辭典(대사전)의 語彙(어휘) 數(수)가 十餘萬(십여만)이나 되는데 現代(현대) 敎養(교양)있는 英人(영인)의 使用語(사용어)는 三千(삼천) 乃至(내지) 四千語(사천어)이요 大思索家(대사색가) 大雄辯家(대웅변가)라도 一萬語(일만어) 以上(이상)을 알기는 드물다 하니 이로써 본다면 大學敎育(대학교육)을 받은 紳士(신사)들도 自國語(자국어)의 三十分(삼십분) 乃至(내지) 五十分(오십분)의 一(일)밖에는 쓰지 못하며 大文豪(대문호) 大詩人(대시인)도 自國語(자국어)의 十分(십분)의 一(일)을 能(능)히 쓰지 못함이 예사이다. 아즉 完成(완성)된 辭典(사전)을 가지지는 못하였지마는 朝鮮語學會(조선어학회)에서 編纂中(편찬중)에 있는 語彙數(어휘수)가 이미 十萬(십만)이 되었으니 이만한 數(수)의 朝鮮語(조선어)를 다 아는 朝鮮(조선)사람이 어대 있을 것인가? 「내가 조선말은 다 아는데 내 모르는 조선말이 왼 일인가?」. 이 따위의 不平(불평)은 全然(전연) 誇大妄想(과대망상)이 아니 될 수 없다.

다음에 새 術語(술어)特(특)히 朝鮮語法(조선어법)의 說明(설명)에는 적어도 조선어로 하여야 되겠다는 理由(이유)의 具體的(구체적) 陳述(진술)은 다른 다른 機會(기회)로 미루거니와 여기서는 다만 배우는 이가 이 새로운 조선어로 된 術語(술어)가 어렵다는 心理(심리)를 分析(분석)하야 그 可當性(가당성)과 不當性(부당성)을 糾明(규명)하고자 한다.

조선말 조선글로 表現(표현)된 學問(학문)의 術語(술어)가 어렵다는 조선사람의 心理(심리)에도 얼마큼 容認(용인)할 만한 핑게가 있다. 그것은 다름이 아니다. 오늘날 朝鮮(조선)사람이 初等(초등) 中等(중등) 專門(전문)의 各種(각종) 敎育(교육)을 通(통)하야 모다 남의 學術(학술)을 통으로 삼키기에 버릇들어 왔으니 그 許多(허다)한 學科(학과) 中(중)에서 홀로 조선말갈(朝鮮語系)만이 조선말로 說明(설명)되었으니 이는 그 記憶(기억)의 習慣性(습관성)에 多少(다소) 不合(부합)하는 點(점)이 있을 듯도 함이다.

그러나 다시 깊이 생각해 보면 이러한 不平(불평)이 全然(전연) 正

當(정당)한 根據(근거)를 缺(결)함임도 또한 認定(인정)하지 아니할 수가 없다. 조선 사람에게 조선말과 조선글로 表現(표현)된 術語(술어)가 남의 말과 글로 表現(표현)된 것보다 어렵다는 理由(이유)는 到底(도저)히 成立(성립)되지 아니할 것은 自明(자명)한 普遍的(보편적) 原理(원리)이다. 그럼에도 不拘(불구)하고 이러한 難解(난해)의 批評(비평)을 하게 된 心理的(심리적) 徑路(경로)는 다만 本末(본말)을 顚倒(전도)한 價値感情(가치감정)에 基因(기인)한 것일 따름이다. Vowel. Consonant를 꼭 母音(어머니소리) 子音(아들소리)으로 해야 되며 해야 쉽고 「홀소리」「닿소리」로 해서는 어렵다는 것이다. 理由(이유)는 도모지 없다. 다만 조선사람은 예나 이제나 마찬가지로 조선말 조선글로 官名(관명) 地名(지명) 人名(인명)을 쓰는 것을 賤視(천시)하는 망녕된 버릇에 젖은 때문에 「구리개」보다 「銅峴(동현)」이 「진고개」보다 「泥峴(이현)」이 「아버지」보다 「父親(부친)」이 「쇠바우」보다 「金岩(금암)」이 더 품위가 있다고 그릇 생각한다. 조선사람의 이름은 구태여 어려운 漢字(한자)로 지어야 할 理由(이유)가 무엇이며 또 모처럼 조선말로 지어 부르던 이름을 구태여 漢字(한자)로 音譯(음역) 乃至(내지) 意譯(의역)을 해야만 될 理由(이유)가 어대 있는가 다만 예나 이제나 不合理(불합리)한 觀念(관념)과 制度(제도)가 이를 要求(요구)하였을 뿐이다. 우리 조선사람 가운대에는 조선말로 지은 術語(술어)홀소리 닿소리 같은 말을 蛇蝎(사갈)같이 싫어하는 이가 있음을 듣는다. 이런 사람은 아즉도 依然(의연)히 言語上(언어상) 乃至(내지) 觀念上(관념상) 事大主義的(사대주의적) 奴隷根性(노예근성)을 벗어나지 못한 實(실)로 可嘆(가탄) 可憐(가련)한 무리임에 그칠 따름이다.

　(5) 個性(개성)에 基因(기인)한 難解(난해). 設令(설령) 한글이 어렵다는 學生(학생)의 理由(이유)가 다 正當(정당)하다 할지라도 그것으로

해서 한글 그自體(자체)를 非難攻擊(비난공격)함은 옳지 못하다. 왜 그러냐하면 假令(가령) 數學(수학)이나 物理學(물리학)이 어렵다고 해서 數學(수학) 그것이나 物理學(물리학) 그것을 非難(비난)할 수 없기와 마찬가지의 까닭에서이다. 더구나 學生(학생) 全部(전부)가 조선어 한글이 어렵다 하는 것이 아닌 즉 이것으로 그全般(전반)을 槪括(개괄)할 수 없으며 또 非但(비단) 한글 數學(수학) 物理學(물리학)뿐아니라 如何(여하)한 學科(학과)라도 各(각)個性(개성)의 다름을 따라서 好惡(호악)과 難易(난이)가 절로 있음은 不可避(불가피)의 事實(사실)이다. 바꿔 말하면 根本的(근본적)으로 語學(어학)一般(일반) 乃至(내지) 朝鮮語學(조선어학)에 趣味(취미)를 가지지 못한 個性(개성)의 存在(존재)를 우리는 조곰도 非難(비난)할 수없는 同時(동시)에 그 個性(개성)으로 말미암아 잘 깨치지 못하는 조선말갈을 우리는 조곰도 非難(비난)할 수 없는 것이다.

第三(삼), 새것은 어렵다는 心理(심리)

나는 앞에서 特(특)히 中等學生(중등학생)과 專門學生(전문학생)의 「한글이 어렵다」하는 心理(심리)를 分析(분석)하였거니와 인제부터는 一般(일반)으로 世人(세인)의 「한글이 어렵다」하는 心理(심리)를 分析(분석)하고저 한다. 그런데 그 한글이 어렵다 는 理由(이유) 곧 그 사람의 心理(심리)를 列擧(열거)하면

1. 새 것은 익은 것보다 어렵다.
2. 複雜(복잡)한 것은 簡單(간단)한 것보다 어렵다.
3. 規則的(규칙적)인 것은 無規則的(무규칙적)인 것보다 어렵다.

4. 統一(통일)은 어렵다.

5. 反對(반대)하기 爲(위)하야서 다짜고짜로 한글이 어렵다.

의 다섯 가지를 들수가 있다. 이제 앞으로 이낱낱의 心理(심리)를 차례차례 分析(분석)하여 보겠다.

첫째 어떠한 方式(방식)의 글을 익혀서 識者(식자)의 노릇을 오랜 歲月(세월)을 하여 오는 사람에게 對(대)하야는 새로운 것은 어렵다 하는 心理(심리)를 이르키케 된다. 이러한 心理(심리)는 다시 서너가지로 갈라 볼 수 있으리라고 생각한다.

첫째로 老人(노인)이 이러한 心理(심리)를 품는다. 老人(노인)은 나히가 많은 이이니 그는 곧 낡은 慣習(관습)에 젖기를 누구보다도 많이 한 사람이다. 그리하여 늙은이의 心情(심정)은 恒常(항상) 進取的(진취적)임보다 退嬰的(퇴영적)이요 理想的(이상적)임보다 回想的(회상적)이다. 그래서 動搖(동요)와 改革(개혁)을 싫어하고 固定(고정)과 守舊(수구)를 좋아하며 새 것으로의 適應性(적응성)은 微弱(미약)하고 낡은 것에의 戀着心(연착심)은 豊富(풍부)하다. 그러므로 늙은이의 입에서는 恒常(항상) 옛날을 讚美(찬미)하는 말이 나올 뿐이요 새 것에 對(대)한 讚辭(찬사)는 되도록 避(피)하는 것이다.

이러한 心情(심정)의 主人(주인)인 늙은이가 文字(문자)에 對(대)하여서도 그 改革(개혁)을 싫어하며 이를 어렵다 함은 必然(필연)의 勢(세)이라 하겠다. 그러나 우리는 過去(과거)에 살랴는 老年(노년)의 朝鮮(조선)사람이 아니요 光明(광명)있는 未來(미래)에 살랴는 朝鮮靑年(조선청년)이다. 文字(문자)를 整理(정리)하고 統一(통일)하여 朝鮮文化(조선문화)의 建設工事(건설공사)의 基礎(기초)를 삼고자 함은 오로지 이 未來(미래)에 살랴는 靑年(청년)의 事業(사업)인 즉 지난 過去(과거)의 追憶(추억)에 겨우 그 感懷(감회)를 慰(위)하는 老年人

(노년인)의 心理(심리)에 同情(동정)은 할지언정 左右(좌우)될 必要(필요)는 없는 것이다.

둘재로 새 것은 어렵다 할이는 舊勢力分子(구세력분자)이다. 그는 오늘날까지 識者(식자)로서 그 社會(사회)의 勢力(세력)을 가지었다. 그런데 이제 朝鮮靑年(조선청년)으로 말미암아 이르켜진 「한글」은 그의 識者的(식자적) 權威(권위)에 動搖(동요)를 가져 온 것은 지울 수없는 現勢(현세)인 즉 그자 이에 어렵다 하며 싫어하며 反對(반대)하라는 것도 또한 그럴 듯한 人心(인심)의 自然(자영)이라 하야 容恕(용서)할 만도 하다. 그러나 文字(문자)뿐 아니라 社會(사회)의 諸般(제반) 事相(사상)에있어서 새로운 改革(개혁) 變動(변동)이 있을 적마다 恒常(항상) 그 社會(사회)의 舊勢力(구세력)이 이를 끄리는 일이 있게 됨은 우리가 古今(고금) 史事(사사)에 비춰 보아 넉넉이 짐작할 일이다. 그러나 새 運動(운동)이 終乃(종내) 舊勢力(구세력)의 反抗(반항)을 꺾어지르고 成就(성취)의 道程(도정)을밟아 가는 것도 또한 明確(명확)한 文化運動(문화운동)의 發展(발전)의 眞相(진상)이다.

셋재로 새 것은 어렵다 하는 소리는 저 硏究的(연구적) 理論的(이론적) 態度(태도)를 가진 사람의 心理(심리)에서 나옴을 본다. 우리가 한글에 關(관)한 講究(강구)을 할 적에 흔히 다음과 같은 質問(질문)을 받는다.

1. 「가」에 ㄷ받침을 하면 어째서 「갇」(「갓」과 같은 소리)으로 나는가?
2. 「꽃도」가 어째서 「꼬츠도」로 소리나지 아니하고 「꼳도」와 같이 나는가?

이러한 質疑(질의)는 硏究的(연구적) 態度(태도)를 가진 사람의 當然(당연)히 發(발)할 만한 물음이다. 그러나 그렇다고 해서 새로운 「한글」이 어려워서 못 쓰겠다는 正當(정당)한 理由(이유)가 될 수는 없다.

우리는 이러한 물음을 받을 적마다 도리어 그 質疑者(질의자)에게 反問(반문)한다. 곧

1. 「가」에 ㅅ받침을 하면 어째서 당신이 發音(발음)하는 「갓」으로 되는가!

2. 그보다 먼저 「밥도」가 어째서 「바브도」로 소리 나지 아니하고 「밥도」로 나는가?

이러한 反問(반문)에 對(대)하야 完全(완전)한 學理的(학리적) 對答(대답)을 하는 사람은 거의 없다. 우리는 이 때에 비로소 먼저 우리가 反問(반문)한 곧 그가 잘 알기(?) 때문에 疑問視(의문시)하지 않는 爾前(이전)부터 一般(일반)으로 써오는 마춤(綴字)「갓」「밥도」에 對(대)하여 그 音理(음리)를 說明(설명)하여 준 뒤에 다시 나아가 새로운 마춤 그가 疑問視(의문시)하는 마춤 「간」「꽃도」 따위에 對(대) 하여 그 音理(음리)를 說明(설명)하여 준다. 그러면 그 質疑者(질의자)는 新舊(신구)마춤을 完全(완전)히 理解(이해)하게 되어 우리의 한글 運動(운동)을 支持(지지)하기를 아끼지 아니하게 됨을 본다.

이러한 事實(사실)은 곧 무엇을 說明(설명)함이 되는가? 普通(보통)으로 사람이 文字(문자)를 배우는 것은 決(결)코 그 文字(문자)의 字學(자학)을 배우는 것이 아니며 發音原理(발음원리)를 曉得(효득)하는것은 아니다. 文字(문자)의 使用(사용)의 方道(방도)를 學習(학습)함과 文字(문자)의 理論(이론)을 學習(학습)함과는 딴판이다. 우리는 文字(문자) 그 自體(자체)의 理論(이론)을 모르더라도 넉넉이 그 使用法(사용법)을 解得(해득)하여서 完全(완전)히 그것을 使用(사용)할 수가 있는 것이다. 이는 마치 우리가 農學(농학) 物理學(물리학) 生理學(생리학) 榮養學(영양학) 따위의 學理(학리)를 모르더라도 넉넉이 農

事(농사)를 지어서 밥지어 먹고 살아갈 수 있음과 한 가지이다. 그런데 이제 質問者(질문자)가 그 幼時(유시)에 배운 마춤 「간」 「꽃도」에 對(대) 하야는 조곰도 疑問(의문)을 가지지 아니하면서 새로운 마춤 「간」 「꽃도」에 對(대)하야는 疑問(의문)을 가지고 이를 어렵다 하는가? 이는 세 가지의 心理(심리)에서 나온 것이다.

하나는 「갓」 「밥도」 「꽃도」 따위는 그가 幼時(유시)에 先生(선생)에게 배웠으니 그 때는 나히가 어렸으므로 그러한 高等(고등)의 理論(이론)을 캘 情神能力(정신능력)이 아즉 發達(발달)되지 못하였으며

또 하나는 그가 優越視(우월시)하는 尊敬(존경)하는 學校先生(학교선생)에게 배웠으니 이를 의심할 必要(필요)를 느끼지 아니할 만큼 信賴(신뢰)하였으며

셋재로 또 하나는 그렇게 다만 文字使用法(문자사용법)만 배워서 오늘날까지 使用(사용)하여도 아모도 反駁(반박)하며 是非(시비)하지 아니하니 스스로 滿足(만족)하다고 생각한 때문이다.

그런데 反對(반대)로 새로운 마춤법 「간」 「꽃도」 따위에 對(대)하야는 疑問(의문)은 갖이게 됨은 무슨 까닭인가?

첫재 그 當者(당자)의 情神能力(정신능력)이 發達(발달)된 때문이요

둘재는 새로운 마춤법을 말하는 사람이 幼兒(유아)에 對(대)한 先生(선생)과 같은 學的(학적) 權威(권위)를 그에게 對(대)하야 가지지 못한 때문이요

셋재로 이 한글은 比較的(비교적) 새로운 運動(운동)으로서 이리함이 學理的(학리적)으로 옳다 고 宣傳(선전)하는 時期(시기)에 있기 때문이요

넷재로 이것은 使用(사용)이 손에 서투르기 때문이다.

이러하여서 그는 舊(구)綴字法(철자법)에 對(대)하야는 無條件(무

조건)으로 是認(시인)하는 態度(태도)를 取(취)하면서 新綴字法(신철자법)에 對(대)하여서는 疑問(의문)의 態度(태도)를 갖이고서 이를 어렵다 하는것이다. 이제 우리로서 볼것 같으면 그가 疑問(의문)을 가짐은 至當(지당)하다. 다만 己往(기왕) 疑問(의문)을 가지거든 새 것에 뿐아니라 낡은 것에도 疑問(의문)을 가질 것이요 또 새마춤법의 理論(이론)이 어렵다 할진대 모름즈기 낡은 마춤법의 理論(이론)도 마찬가지로 어렵다 할 것이라 하노라. 낡은 것에 對(대)하야는 盲目的(맹목적) 追從(추종)을 하고 다만 새 것에 對(대)하야만 理論的(이론적) 是非(시비)를 걸어서 부지럽이 어렵다고만 하는 것은 偏狹(편협)한 心理(심리)이라 아니할 수 없다.

새 것이 어렵다 는 말 가운대는 된시옷한 글자보다 並書(병서)한 글자가 더 어렵다고까지 한다. 이제 나는 並書(병서)의 可否(가부)는 論外(논외)로 하고 並書(병서)가 된시옷한 것보다 더 어렵지 아니함만을 辯明(변명)하고자 한다. 期成(기성) 證者(증자)가 이를테면 「싸 쎄 쐬」가 「까 꺼 꼬…」보다 쉽다 함은 다만 理由(이유)없는 主觀(주관)의 慣習(관습)의 所致(소치)에 不過(불과)한 것이다. 만약 初學者(초학자)로써 본다면 「싸…」보다 「까…」가 도리어 쉬울 것이다. 왜 그러냐 하면 「싸」는 그 字形(자형)이 「사」와 「가」의 聯合(연합)과 같으니 「사」와 「가」를 먼저 배운 아이는 「싸」를 「사가」로 읽기는 쉬울지언정 「가」의 된소리로 읽기는어렵다. 그런데 「까」는 그 字形(자형)이 「가」에 그 ㄱ이 하나 더 붙었다. 무엇이든지 하나보다 둘이 合한 것이 더 단단하다고 보는 것은 一般(일반)의 心理的(심리적) 解釋(해석)이다. 이제 ㄱ이 하나인 「가」보다 ㄱ이둘이 合(합)한 「까」가 그 소리가 더 단단하리라고 보기는 容易(용이)한 일이다. 그러므로 並書(병서)를 어렵다고 非難(비난)함은 도모지 不當(부당)한 일이라 아니할 수 없다.

第四(제사), 複雜(복잡)한것은 어렵다는 心理(심리)

무엇이든지 複雜(복잡)한것은 簡單(간단)한 것보다 어렵다 하는것은 一般(일반)의 眞理(진리)이라 할 만하다. 그러나 이러한 一般的(일반적) 眞理(진리)도 그 適用(적용)을 그르치면 誤謬(오류)에 떨어짐을 免(면)ㅎ지 못하게 된다. 이제 한글의새 마춤법에 對(대)하야 이러한 理論(이론)을 가지고 한글이 어렵다 하는 이가 있다. 이는 곧 한글의 새 마춤법에서는 받침으로 쓰는 글지의 數爻(수효)가 이전보다 많은 것과 두 자받침이 이전보다 그 數(수)가 많아진 것을 指摘(지적)하여 말하는 것이다.

한글의 새마춤법에서는 (1)이전부터 받침으로 써오는 ㄱㄴㄹㅁㅂㅅㅇ의 밖에 또 ㄷㅈㅊㅌㅍㅎ의 받침을 쓰며 (2)이전부터 써 오는 두 자 받침 ㄺㄻㄼ의 밖에 ㄿㄾㅀㄳㅄㄵㅀㄲㅆ의 따위를 더 쓴다. 그러나 이것이 어렵다고 해서 턱없이 是非(시비)할 것은 못 된다. 이에 그것을 辯護(변호)하건대 대략 다음과 같다.

(1) 少數(소수)의 받침으로서 여러가지의 發音(발음)에 通用(통용)하기보다 多數(다수)의 받침으로써 각가지의 發音(발음)에 區別的(구별적)으로 適用(적용)하기는 어렵다 할 만도 하다. 그러나 이 여러가지 境過(경과)를 區別(구별)함이 純然(순연)히 人爲的(인위적) 設則(설측)이라 할 것 같으면 그것은 정말로 어려운 일에 屬(속) 할 것이겠지마는 그렇다고 그것이 確實(확실)히 現在(현재)의 明白(명백)한 言語事實(언어사실)에 基因(기인)한 區別(구별)인 故(고)로 決(결)코 漠然(막연)히 多數(다수)의 文字(문자) 小數(소수)의 文字(문자)보다 어렵다는 理論(이론)은 適用(적용)할 것은 아니라 생각한다. 假令(가령)

낫(鎌) 낮(晝) 낯(顏) 낱(個) 낟(穀)

에서 여러가지의 받침을 區別(구별)하는 것은 ㅅ 한 가지 받침만 하기보다는 매우 어려운 것 같지마는 그實(실)은 그렇지 아니하다. 왜 그러냐 하면 이러한 것은 우리가 日常(일상)쓰는 말에서 이미 分化(분화)가 되어 있는것이기 때문에 이것을 區別(구별)하야 적는 것은 實際(실제)의 語感(어감)과 發音(발음)에 符音(부음)하게 되어서 저 「낫」 한 가지로만 욱이는 것보다는 차라리 適切(적절)하고 따라 容易(용이)하다는 感(감)을 준다. 만약 이것을 區別(구별)하지 아니하고 「낫」 한 가지로만 할 것 같으면 「낫은」을 적어 놓고서 읽기는 「낫은」 「낮은」 「낱은」 「낮은」의 여러가지로 읽어야 하게 된 것인 즉 이는 決(결)코 쉬운 일이 아니다. 事實(사실)로 이러한 不合理(불합리)한 難問(난문)은 新 綴字法(신 철자법) 改正前(개정전)의 普通學校(보통학교) 敎科書(교과서)에서 學的(학적) 良心(양심)이 있는 敎員(교원)들을 괴롭게 하던 것이었다. 이미 實際(실제)의 말에 區別(구별)이 있은 즉 그것을 旣有(기유)의 文字(문자)로써 區別(구별)해 적는 것은 決(결)코 그리 어려운 일이 아니다.

(2) 簡單(간단)한 것은 複雜(복잡)한 것보다 쉽다는 原則(원칙)을 適用(적용)하여서 無條件(무조건)으로 두 소리로만 된 글자(所謂(소위) 받침없는 글자) 「가거도추즈치」 따위가 세 소리로 된 所謂(소위) 받침 있는 글자 「감밥떡…」 따위보다 으레히 배우기 쉽다 한다. 그러나 이도 그렇지 아니하다.

첫재 아이들이 글을 배울 적에 그 發音(발음)에 難易(난이)의 差(차)가 있음은 事實(사실)이다. 그러나 그 發音(발음)의 難易(난이)는 반듯이 그 音素(음소)의 多少(다소)에만 依(의)하는 것은 아니다. 곧 받침없는 글자라도 發音(발음)하기 어려워하는 것이 있으며 받침있는 글자라도 發音(발음)하기 쉽게 녀기는 것도 있다.

둘재 아이들이 글을 배울 적에는 그 音素(음소)를 分析(분석)하고 또 綜合(종합)하여서 배우는 것이 아니다. 글자는 事物(사물)이나 觀念(관념)의 符號(부호)로 배워 얻는 것이다. 이를테면 「밥」과 「소」가 마찬가지로 그 어떠한 事物(사물)을 가리키는 말의 符號(부호)로 배울 뿐이요 決(결)코 그 音節(음절)의 音素(음소)를 分析(분석)하여 「밥」은 세 소리로 「소」는 두 소리로 되었는데 그것들이 合하여서 「밥」「소」가 된 것이라고 배우는 것이 아니다. 그러므로 낱낱의 音素(음소)의 이름과 그 音價(음가)를 全然(전연) 모르고도 能(능)히 그 글을 넉넉이 배울 수 있는 것이다. 만약 讀者中(독자중)에 이 말을 疑心(의심)하는 이가 계시거든 모름즈기 子弟(자제)에게 對(대)하여 試驗(시험)해 보면 알 것이다. 그러므로 初學(초학) 兒童(아동)에게 難易(난이)의 度(도)는 音素(음소)의 數(수)의 多寡(다과)보다 차라리 그 글이 가리키는 內容(내용)이 兒童(아동) 生活(생활)에 親近(친근)하고 아니함을 따라서 달라지는 것이다. 이 말은 舊式(구식)의 敎授法(교수법)을 墨守(묵수)하야서 文字(문자)를 가르친 然後(연후)에 그것으로 말을 가르치는 사람에게 좀 알아 듣기가 어려운 말일는지 모르지마는 만약 新式(신식)의 敎授法(교수법)을 따라서 첫재 事物(사물) 直觀(직관) 둘재 말 셋재 글자의 順序(순서)로 아이를 가르친다면 이 말의 眞理性(진리성)을 到底(도저)히 否認(부인)할 수가 없을 것이다. 이를테면 「부하」(肺) 「애」(腸) 「시름」(愁) 「사」(私情) 「치」(舵) 「추」(錘)와 같은 보기 어려운 것 볼 수 없는 것 아이 生活(생활)에 親(친) 하지 못한 것 들보다 「눈섶」 「입」 「씨름」 「상」(賞, 床) 「침」 「춤」과 같은 보기 쉬운것 볼 수 있는 것 아이 生活(생활)에 親(친)한 것이 그 音素(음소)는 더 複雜(복잡)함에도 不拘(불구)하고 배우기는 比較的(비교적) 쉬운 것이됨은 確實(확실)한 一般的眞理(일반적진리)이다.

(3) 人類(인류)의 文化(문화)가 極(극)히 低劣(저열)한 野蠻社會(야만
사회)에 있어서는 모든 것의 單純簡便(단순간편)함으로써 滿足(만족)
할 수 있지마는 文化(문화)가 점점 高等(고등)으로 發達(발달)함을 따
라 人類社會(인류사회)의 모든 制度文物(제도문물)도 절로 複雜化(복
잡화)하여 왔다. 문자의 發生(발생) 그것부터가 발서 文化(문화)의 發
展(발전) 文物(문물)의 複雜化(복잡화)를 意味(의미)한 것이어니와 文
化(문화)의 高度(고도)의 發達(발달)은 必然的(필연적)으로 文字(문자)
의 複雜化(복잡화)를 要求(요구)하게 되는 것이다. 이는 文字(문자)의
複雜(복잡) 그것이 必要(필요)하여서 그런 것이 아니라 相當(상당)히
複雜(복잡)하게 된 然後(연후)에라야 能(능)히 高等文化(고등문화)의
表現符號(표현부호)로서의 그 職能(직능)을 다할 수가 있기 때문이다.

現代(현대)의 都市(도시)에는 人道(인도)와 車道(차도)의 區別(구별)
이 있으며 左(좌)右(우)側(측) 通行(통행)의 規則(규칙)이 있으며 그래
도 不足(부족)하여서 交通(교통)을 整理(정리)하는 交通巡査(교통순
사)가 十字街上(십자가상)에 서서 있다. 分業(분업)이 盛行(성행)하야
各種(각종)의 會社(회사)가 列立(열립)하여 있고 家庭生活(가정생활)
도 複雜化(복잡화)하야 電燈(전등) 電話(전화) 라디오 風琴(풍금) 피
아노 또 무엇무엇이 있고 學生(학생)의 冊床(책상)에는 여러 나라 말
로 적힌 各種(각종)科學(과학)文學(문학)哲學(철학) 책들이 벌려져 서
있다. 이러한 모든 文化(문화)의 基礎(기초)는 말과 文字(문자)에 있
는 것인즉 高等(고등)의 文化(문화)에는 高等(고등)으로 發達(발달)한
말과 글이 必要(필요)하다. 高等(고등)의 程度(정도)로 複雜化(복잡화)
規律化(규율화)한 말과글이 아니고는 이러한 高等文化(고등문화)의
內容(내용)을 낳을 수 없으며 담을수 없으며 기를 수 없을 것은 明白
(명백)한 事理(사리)이다.

이제 朝鮮(조선)의 文字(문자)가 舊時女子(구시여자)의 閨房文字(규방문자) 所謂(소위) 「암클」로 自足(자족)하거나 또는 漢文(한문)의 附庸文字(부용문자) 所謂(소위) 「諺文(언문)」으로 自足(자족)한다 할 것 같으면 이미 되는 대로行(행)하는 舊來(구래)의 方式(방식)에 무슨 硏究(연구) 整理(정리) 統一(통일)을 애써 할 必要(필요)가 있으리오마는 오늘날 朝鮮(조선)사람의 覺醒(각성)한 文化意識(문화의식)에서는 우리의 唯一(유일)한 遺寶(유보)인 訓民正音(훈민정음)을 到底(도저)히 이러한 「암클」이나 「諺文(언문)」으로서의 低劣(저열)과 素朴(소박)과 「平易(평이)」에 滿足(만족)할 수가 없고 모름즈기 規律(규율) 整理(정리) 複雜(복잡)의 「한글」에 까지의 發達(발달)을 要求(요구)ㅎ지 아니ㅎ지 못하게 된 것은 明明(명명)한 事實(사실)이다. 間或(간혹) 어떠한 사람은 在來(재래)의 方式(방식)대로 하면 쉽고 便利(편리)하지 아니하냐?고 疑訝(의아)하는 이가 있다. 이런 사람은 아즉도 高等文化(고등문화)의 表現(표현) 傳達(전달)의 符號(부호)로서의 「한글」의 使命(사명)을 正當(정당)히 理解(이해)하지 못한 사람이라 아니할 수가 없다. 한글은 다만 閨房婦女(규방부녀)의 親庭(친정)과 通(통)하는 편지에만 쓰힐(使用될) 것이 아니라 또 다만 無事乾坤(무사건곤)에 한가이 醉坐(취좌)한 野農(야농)이 심심소일로 읽는 이야기 책에만 쓰힐 것이 아니라 家庭日記(가정일기) 商用女書(상용여서) 같은 것에 쓰힐 것은 勿論(물론) 萬般(만반) 科學(과학)의 妙理(묘리)를 적으며 藝術(예술)의 精趣(정취)를 실으며 人心(인심)의 徵妙(징묘)를 나타내며 哲學思想(철학사상)의 深邃(심거)를 들어내며 論理的(논리적) 思索(사색)의 毫末難侵(호말난침)의 正確(정확)한 條理(조리)를 밝히고저 하는 높고 먼 理想(이상)을 가진 文字(문자)이라 到底(도저)히 오늘날의 無規律(무규율) 無秩序(무질서) 不統一(불통일)의 「平易(평이)」와 「簡單

(간단)」에 滿足(만족)할 수가 없는 것이다. 만약 그러한 「平易(평이)」와 「簡單(간단)」에만 滿足(만족)하고서 다시 다른 아모 생각이 없는 사람이 있다면 그는 民族文化(민족문화)의 高級(고급)의 發達(발달)에 對(대)한 理想(이상)을 가지지 못한 사람이라 할 것이다.

　要(요)컨대 우리가 한글의 「複雜(복잡)」을 만듦은 複雜(복잡) 그것을 좋아해서가 아니며 어려움 그것을 좋아해서가 아니라 複雜(복잡)의 가운데에 簡便(간편)을 찾는 것이며 어려움 가운대에 쉬움을 찾는것이다.

　(4) 이러한 意味(의미)에서 複雜化(복잡화)한 한글이 배우기에 多少(다소) 어려움이 있어 時間(시간)을 多少(다소) 더 쓰는 일이 있음을 認定(인정)한다 할지라도 사람은 그 一生(일생)에서 文字(문자)를 배우는 期間(기간)이 極(극)히 쩌르고 文字(문자)를 使用(사용)하는 時日(시일)은 훨신 긴즉 얼마 동안의 어려움으로써 오래 동안의 쉬움을 圖謀(도모)함이 또한 至當(지당)할 것이다.

第五(제오), 規則(규칙)은 어렵다는 心理(심리)

　어떤 이는 한글의 새 마춤법에 規則(규칙)이 있음이 어렵다 한다. 이전에는 조선 諺文(언문)은 아모렇게나 써도 아모도 잘 썼느니 못 썼느니 하고 是非(시비)하는 일이 없더니 近者(근자)에 「한글」이 생긴 뒤로부터는 도모지 躊躇(주저)가 되어서 조선글을 쓸 수가 없다. 이렇게 어려워서 어떻게 한단 말이냐? 고.

　딴은 規則(규칙)이 있음은 어려운 일일 것이라. 더구나 規則(규칙) 없이 되는 대로 쓰기에 젖은 사람에게는 規則(규칙)은 어려울 것이다. 그러나 個人(개인)이거나 社會(사회)이거나 그 健全(건전)한 存立

(존립) 發達(발달)을 爲(위)하야는 規則(규칙)이 絕對(절대)로 必要(필요)하야 放縱無節制(방종무절제)한 生活(생활)은 그 個人(개인)에게 便利(편리)한 듯하되 그 實(실)은 莫大(막대)히 不利(불리)하며 無法律無制裁(무법률무제재)한 社會(사회)는 가장 自由(자유)스럽고 좋은 듯하되 그 社會(사회)의 滅亡(멸망)을 招致(초치)하는 것이다. 또 素朴(소박) 未開(미개)한 社會(사회)에서는 極(극)히 簡單(간단)한 法(법)으로써 能(능)히 그 社會(사회)를 다스려 갈 수가 있을 것이다. 옛적에 支那(지나)의 堯舜周公(요순주공)의 時代(시대)에는 말함이 없이 天下(천하)를 다스렸다 한다. 그러나 人口(인구)가 많아지고 文化(문화)가 發達(발달)되고 社會(사회)가 裂雜(열잡)해진 오늘날에서야 相當(상당)한 法律(법률)이 없이 어떻게 그 社會(사회)를 다스려 갈 수가 있으랴? 이러한 複雜(복잡)한 社會(사회)의 高等(고등)으로 發達(발달)된 思想(사상) 感情(감정)의 表現機關(표현기관)으로서의 말과 글이 그에 相當(상당)한 規律(규율)이 없어야 어떻게 그 使命(사명)을 다할 수 있으랴? 規則(규칙)이 있는 것이 그 없는 것에 比(비)하야 어렵고 귀찮은듯하되 그實(실)인 즉 法律(법률)이 있음으로 해서 이 複雜(복잡)한 社會(사회)가 運轉(운전)되는 것과 같이 規則(규칙)이 있음으로 해서 文字(문자)가 그 高等(고등)의 使命(사명)을 다할 수 있는 것이다. 治道(치도)하는 것은 귀찮은 일이요 길로만 사람을 가라는 것은 성가신 일이다. 그러나 治道(치도)를 해 놓음으로 해서 단기기가 百倍(백배)나 쉬워지며 길로만 단김으로 해서 다른 土地(토지)는 다른 目的(목적)에 使用(사용)할 수가 있는 생략便益(편익)이 있는 것이다.

이 글을 쓰는 이 때에 慶尙(경상) 全羅(전라) 兩道(양도)에 乙丑年(을축년) 以上(이상)의 水災(수재)로 因(인)하야 莫大(막대)한 生命(생명)과 財産(재산)의 損害(손해)을 보게 되어 方今 社會(방금사회) 各(각)

方面(방면)에서 그 救助(구조)에 焦慮(초려)하고 있다. 이제 이 大水災(대수재)의 原因(원인)을 캐면 治山(치산) 治水(치수)의 不完全(불완전)이 그 重大(중대)한 原因(원인)이 된다는 것은 萬人共認(만인공인)의 事實(사실)이라고 新聞紙上(신문지상)에 報道(보도)되어 있다. 治山(치산) 治水(치수)는 진실로 귀찮고 어렵고 힘드는 일이다. 이 귀찮고 어렵고 힘드는 治山(치산) 治水(치수)를 잘해 놓고 살아야만 百姓(백성)은 長久(장구)한 生樂(생락)을 누리게 되는 것이다. 말과 글을 다스리는 일도 마찬가지로 어려운 일이다. 그러나 이 어렵고 귀찮고 힘드는 일을 社會的(사회적)으로 個人的(개인적)으로나 해놓고 살아야만 能(능)히 高等(고등)의 文化(문화)를 누릴 수가 있는 것이다. 이만한 努力(노력)을 아껴서 한글을 앙탈하는 사람은 나무를 심을 줄은 모르고 치기만 하며 내를 내며 뚝을 쌓을 줄은 모르고 논밭만 가는 사람과 다름이 없나니 이런 사람에게 高尙(고상)한 文化(문화)가 이뤄지며 永久(영구)한 福樂(복락)이 누려질 理(리)가 萬無(만무)한 것이다.

第六(제육), 統一(통일)은 어렵다는 심리

한글을 統一(통일)하기는 어려운 일이다. 첫재 한글을 쓰는 사람의 意見(의견)이 統一(통일)되기 어려우며 둘재로 조선 사람가은데 글자 아는 사람이 다 꼭같은 方式(방식)이 마춤법을 쓰기가 어렵다. 더구나 在來(재래)로 各人各種(각인각종)으로 써 오는 慣習(관습)이 굳이 박혀 있는데 어찌 一朝一夕(일조일석)에 一定(일정)한 方式(방식)으로 統一(통일)될 수가 있겠느냐? 한글 마춤법 통일안이란 것은 空想的(공상적)의 것이요 그것을 내어 놓은 조선어학회는 이 空想(공상)을 꿈꾸는 사람들의 모힘에 不過(불과)한 것이다. 이러한 생각을 가진 이가 또한 적지 아니할 줄로 안다. 이에 對(대)하야 나는 그 疑惑(의혹)을 밝게 풀어 보겠다.

첫재 論者(논자)가 統一(통일)이 어렵다는 생각은 그러한 意味(의미)에서 다 맞은 말이다. 첫재로 한글 硏究家(연구가)의 意見(의견)의 統一(통일)은 果然(과연) 어려운 일이다. 무엇보다 조선어학회 회원 스스로의 안에서 이 일은 참 어려운 일이였다. 그러나 우리는 오즉 한글의 統一(통일)을 爲(위)하야 뜨거운 精誠(정성)과 맑은 心懷(심회)로써 長久(장구)한 時間(시간)을 두고 討論(토론)하고 硏究(연구)하되 各自(각자)의 主張(주장)을 굳세게 하는 同時(동시)에 또 讓步(양보)를 아끼지 아니하여서 드디어 이뤄 낸 것이 「한글 마춤법 통일안」이다. 이리하야 우리 조선어학회 안의 統一(통일)은 이뤄졌지마는 조선글에 留意(유의)하는 사람들의 생각이 아직 이案(안)에 다 合致(합치)되지 못한 것도 또한 事實(사실)이다. 더구나 온 조선글 아는 사람마다가 다 一致(일치)하여서 이 案(안)대로만 쓰게 되기야 참 어려운 일이다. 그러나 그렇다고 해서 統一(통일)이 成立(성립)되지 아니하였다 할 것은 못 된다.

元來(원래) 統一(통일)이란 것은 한 國家(국가)의 統一(통일)이든지 한 團體(단체)의 統一(통일)이든지 萬人(만인)이면 萬人(만인)의 意思(의사)가 毫末(호말)의 差異(차이)도 없이 全然(전연)히 合致(합치)되었음을 뜻하는것은 아니다. 비록 少數人(소수인)의 異見(이견)이 있을지라도 全體的(전체적)으로 大多數(대다수)의 意見(의견)이 一致(일치)되어 能(능)히 그 專體(전체) 그 國家(국가)의 意見(의견)을 代表(대표)하게 되면 그것이 곧 統一(통일)이다. 그러므로 統一(통일)이란 元來(원래) 形式的(형식적) 問題(문제)이요 權威(권위)의 問題(문제)이다. 形式(형식)으로 合一(합일)이 되고 그것에 權威(권위)가 賦與(부여)되면 그것이 곧 統一(통일)이다. 그러므로 조선어학회의 「한글 마춤법 통일안」에 對(대)하야 그 會員(회원)의 各人(각인)의 意思(의사)가 私的(사적)으로 좀 다른 點(점)이 있다 할지라도 그것이 한글의 統一(통일)에 흠이 되지 아니함은 勿論(물론)이거니와 그 회의밖의 다른 少數(소수)의 사람이 多少意見(다소의견)을 달리 하는 이가 있다 할지라도 그것도 또한 한글의 統一(통일)의 成立(성립)에 큰 相關(상관)이 없는것이다. 왜 그러냐 하면 조선어학회의 통일안은 이미 全社會(전사회)의 支持(지지)를 받고 있으니까 그 少數人(소수인)의 異見(이견) 固執(고집)은 問題視(문제시)할 것이 아닌 때문이다.

우리는 부디 焦燥(초조)한 心理(심리)를 버리고 民族文化(민족문화)의 永遠(영원)한 理想(이상)의 漸進的(점진적) 實現(실현)을 爲(위)하야 根氣(근기)있게 恒久餘一(항구여일)한 不斷(부단)의 努力(노력)을 다할 것이다.

第七(제칠), 마춤법(綴字法)을 대중말(標準語) 問題(문제)와 混同(혼동)하는 ,心理(심리)

한글 마춤법 통일안이 어렵다 하는 사람가운데 간혹 마춤법의 問題(문제)와 대중말(標準語)의 問題(문제)를 混同(혼동)하는 일이 있다. 이를 테면 「여들」이나 「여듧」은 잘못이요 「여덟」이 옳은 것이라 할 적에 그것을 누가 알아 쓰겠나 고 어려워하며 「값」(價)보다 「갑」이 옳으니 「갑」으로 쓰자 하는 따위이다.

그러나 이는 대중말(標準語)를 ——(일일)히 알기 어렵다는 말은 되여도 마춤법이 어렵다는 말은 되지 아니한다. 왜그러냐 元來(원래)

대중말 問題(문제)와 마춤법 問題(문제)와 그 本質上(본질상) 別個(별개)의 것이다. 勿論(물론)마춤법은 그 대중말에 基因(기인)하여서 되는 것이다. 그러므로 한글 마춤법 통일안에서도 必要(필요)한 程度(정도)에서 대중말을 規定(규정)하기도 하였지마는 그것이 決(결)코 標準語(표준어) 全體(전체)를 規定(규정)한 것은 아니다. 대중말의 全般的(전반적) 査定(사정)은 實(실)로 어려운 일이다. 다만 그 査定(사정)함이 어려울 뿐 아니라 그것을 各(각)個人(개인)이 完全(완전)히 領解(영해)하기도 또한 어려운 일이다 우리가 正當(정당)한 마춤법을 쓰랴면 먼저 그 正當(정당)한 대중말을 알아야 한다. 이 두가지의 密接關係(밀접관계)로 말미암아 대중말의 어려운 것을 고만 마춤법의 어려움으로 보아 버리는 잘못 된 心理現象(심리현상)이 있다. 그리하여 더욱 한글 마춤법을 難解(난해)라고 非難(비난)하는 수가 없지 아니하다. 이러한 誤解(오해)는 반듯이 풀어야 할 것이다.

第八(제팔), 反對(반대)하기 爲(위)하야서 「한글 難解(난해)」를 부르짖는 心理(심리)

朝鮮(조선) 社會(사회)에서는 무엇이든지 되어 가는 일에는 흔히 反對(반대)가 잘 일어난다. 한글의 統一(통일)도 되어 가는 形勢(형세)를 보고서 反對(반대)하는 사람이 생겨 났다. 그래서 그 口實(구실)로서는 「한글이 어렵다」를 내어 세운다. 이와 같이 反對(반대)하기 爲(위)하여서 한글이 어렵다는 사람의 心理(심리)는 대략 두가지로 가를 수가 있나니.

하나는 한글 運動(운동)의 創始者(창시자) 周時經(주시경) 스승의

學說(학설)을 亂射的(난사적)으로 攻擊(공격)하며 한글 마춤법을 턱 없이 非難(비난)하여서 自家(자가)의 學的(학적) 地位(지위)와 世間的 (세간적) 功勞(공로)를 그보다 더높이 세우랴는 異說人(이설인)의 心 理(심리)이요

또 하나는 政治的(정치적) 衝動(충동)에 驅使(구사)되어 自家(자가) 의 이름을 내랴는 사람의 心理(심리)이다.

이 두 가지 心理(심리)의 主人(주인)들은 根本(근본)부터 우리의 한 글 마춤법에 反對(반대)하기를 爲主(위주)한 사람들이니 만약 그 心 理(심리)를 精細(정세)히 苛酷(가혹)히 分析(분석)할 것 같으면 實(실) 로 可笑(가소) 可嘆(가탄)할 것이 기막히게 많을 뿐 아니라 따라 이 分析(분석)의 筆刀(필도)를 잡는 이 사람도 또한 마찬가지로 反對(반 대)를 反駁(반박)하기 爲(위)하야 하는 것 같아 보히게 될는지 모르겠 으므로 그만두기로 한다.

第九(제구), 初學(초학) 兒童(아동)과 한글

나는 앞에서 먼저 中等(중등) 學生(학생)이나 專門(전문) 學生(학 생)이 中途(중도)에서 한글 마춤법을 배우기 된 事情(사정)과 其他(기 타) 여러가지 不合理(불합리)한 根據(근거)로써 한글이 어렵다 는 心 理(심리)를 分析(분석) 批評(비평)하고 다음에 世人(세인)이 또 한글이 어렵다 하는 그릇된 心理(심리)를 檢討(검토)하여 왔다 이만하면 한 글이 어렵다는 것이 決(결)코 眞正(진정)한 事實(사실)이 아님을 짐작 할 줄로 안다 그런데 이제 한글의 難易(난이)를 一層(일층) 根本的(근 본적)으로 闡明(규명)하랴면 初學(초학) 兒童(아동)이 한글 새 마춤법

을 어떻게 생각하는가를 考察(고찰)함이 가장 重大(중대)한 意義(의의)를 가지는 것이라 생각한다.

普通學校(보통학교)의 初學(초학) 兒童(아동)이 한글을 배우는 成籍(성적)의 如何(여하)를 따라서 그 한글의 難易(난이)를 正當(정당)히 判斷(판단)하랴면 두 가지의 條件(조건)을 必要(필요)로 한다. 곧 하나는 敎員(교원)이 한글의 새 마춤법에 對(대)한 充分(충분)한 知識(지식)을 가져야 할 것이요 또 하나는 한글 敎授法(교수법)이 좋아야 할것이다. 그런데 이 두 가지의 要件(요건)이 오늘날의 朝鮮(조선)에서는 다 不足(부족)한 듯하다.

첫재로 總督府(총독부)의 綴字法改正(철자법개정)이 아즉 時日(시일)이 옅은지라 오늘의 普通學校(보통학교) 敎員(교원)들이 새 마춤법에對(대)하야 知識(지식)을 修得(수득)할 機會(기회)를 일즉 그 學校(학교) 生活(생활)에서 가지지 못한 때문이요 둘재로 朝鮮語(조선어) 學科(학과)가 매우 輕視(경시)되는 形便(형편)에 있은 즉 그 敎授法(교수법)의 硏究(연구)가 一般(일반)으로 進步(진보)되었다고 말하기 어려운 때문이다.

그러므로 오늘의 普通學校(보통학교) 兒童(아동)의 조선어 成績(성적)으로써 곧 한글 새 마춤법의 難易(난이)를 判定(판정)할 수는 없는 것이다. 그러나 平素(평소)부터 多少(다소)한글에 留意(유의)하고 아울러 그 敎授法(교수법)에 致思(치사)하는 普通學校(보통학교) 敎員(교원)의 말을 듣건대 새 마춤법으로 된 新(신) 敎科書(교과서)는 文字(문자)와 言語(언어)와가 一致(일치)하야 不合理(불합리)와 矛盾(모순)이 적기 때문에 아이들의 成績(성적)에 도리어 前(전)보다 낫다 하며 더욱 特別(특별)히 敎授法(교수법)에 硏究(연구)를 더하는 이는 一年間(일년간)의 成績(성적)이 數年間(수년간)의 그것보다 낫다 함을 듣는다.

그러나 나는 方今(방금) 普通學校(보통학교)에서 敎鞭(교편)을 잡고 있는 사람이 아니니까 그 實例(실례)을 여기에 들어 보이지 못함을 섭섭히 생각한다. 그 대신으로 우리집 아이 (자랑 같기도 해서 좀 안 되었기도 하지마는 이는 決(결)코 자랑하고저 함이 아니라 다만 實例(실례)를 들고자 함이요 또 決(결)코 자랑이 될 수도 없는것이다 다른 아이들도 이런 아이가 많은 터이니까)의 새 마춤법의 글월을 읽는 힘을 들겠다. 이 애는 今年(금년)이 여덟 살 今春(금춘)에 普校(보교)에 入學(입학) 百日咳(백일해)로 해서 約(약) 二個月(이개월)이나 缺席(결석)하였다. 그런즉이 애의 現在(현재) 讀書力(독서력)은 學校(학교)에서의 所得(소득)이라 하기보다 家庭(가정)에서의 所得(소득)이라 하겠다.

家庭(가정)에서도 決(결)코 이 애를 組織的(조직적)으로 조선글을 가르친 것은 아니다. 다만 朝夕(조석)으로 들어오는 新聞紙(신문지)에 大字特書(대자특서)해 놓은 藥廣告(약광고) 같은것에서 한 자 두 자씩 그 兄姉(형자)에게 물어서 배우고 차차쉬운 말을 부처 읽고 또 普通學校(보통학교) 朝鮮語讀本(조선어독본) 첫재 卷(권)을 읽고 해서 드디어 不知中(부지중)에 그만 新聞(신문) 雜誌(잡지)의 쉬운 이야기 (勿論漢字는 말고) 같은 것을 넉넉히 읽는 힘을 가지게 되었다. 그러므로 이애는 아즉 字母(자모) ㄱㄴㄷㄹ…도 읽을 줄을 모른다. 다만 音節(음절)을 읽을 뿐이다. 나는 이 글을 쓰는 中(중)에 일부러 새 마춤법을 採用(채용)한 新聞(신문) 東亞日報(동아일보) 한 장을 끄집어 내어서 다음의 句節(구절)을 읽혀 보였다.(漢字만 읽어 주고서).

1. 博士(박사)도 많구나.
2. 여름에 몸이 파리하는 까닭.
3. 우리집 앞뜰엔 봉사꽃 두 나무.
4. 이렇게 한 마디를 남기어 놓고.

이 글 가운대에는 여러 가지 새 받침이 들어 있음에도 상관없음이 아이는 서슴잖고 내리 읽어 버린다. 그러나 이 애가 조선글을 아주 完全(완전)히 解得(해득)하였나 하면 決(결)코 그런 것은 아니다. 새 받침 아닌 다른 우리에게 쉬운 것이라도 이 애가 읽기 어려워 하는 일이 있다. 이것을 가지고 볼진대 한글의 새 마춤법이란 것이 決(결)코 그리 어려운 것 아님을 確認(확인)하지 아니하지 못하겠다

第十(제십), 끝맺는 말슴

나는 以上(이상) 數千言(수천언)을 費(비)하야 學生(학생)과 및 世人(세인)의 한글이 어렵다는 心理(심리)를 比較的(비교적) 精細(정세)히 分析(분석)하여 왔다. 이제 그 心理(심리)를 類別(유별)하면 대략 다음과 같다.

한글이 어렵다 함은

첫재 改革(개혁)이 遂行(수행)되어 가는 過渡時期(과도시기)에 處(처)한 心理(심리)로 말미암음이니 學生(학생)은 갑작이 배우니까 어렵다 하며 旣成(기성) 識者(식자)는 새 것이니까 어렵다 하는 것이요

둘재 文明(문명)은 努力(노력)의 産物(산물)이요 高等(고등) 文化(문화)는 必然的(필연적)으로 더많은 努力(노력)을 要(요)함을 깨치지 못하고 다만 歇價(헐가)의 쉬움과 懶怠(나태)의 安逸(안일)을 貪(탐)하는 心理(심리)로 말미암음이니 그래서 조선글은 뒷간에서도 다 배우고 하로 아침에도 다 배워서 法則(법칙)도 없이 統一(통일)도 없이 一平生(일평생)으로 되는 대로 써도 좋잖으냐? 무엇을 하랴고 이렇게 애써서 배우도록 하느냐고 非難(비난)함이요

셋재 아모리 平凡(평범) 低劣(저열)한 것이라도 한 번 그것이 科學(과학)의 硏究對象(연구대상)이 될 적에는 本質的(본질적)으로 어려운 理論(이론)이 생겨남을 깨치지 못한 心理(심리)에 말미암음이니 그래서 조선말의 소리와 말본의 理論(이론)이 어렵다고 앙탈함이오

넷재 조선사람의 自悔(자회)의 心理(심리)에 말미암음이니 그래서

(1) 돈도 地位(지위)도 이름도 생기지 아니하니까 배워서 무엇에 쓰나 하야 一分(일분)의 價値(가치)를 認(인)하지 아니하기 때문에 英語(영어) 數學(수학) 같은 것들은 밤낮 苦心(고심)하면서도 어렵다 하지 아니하되 다만 조선말과 한글은 一分(일분)의 애도 쓰지 아니하고서 아예부터 어렵다고 擯斥(빈척)하며

(2) 조선말은 到底(도저)히 훌늉한 學問(학문)의 術語(술어)가 될 만한 品位(품위)가 없다 하야 조선말로 된 術語(술어)는 根本的(근본적)으로 嫌惡(혐오)의 情(정)으로써 어렵다고 自己否認的(자기부인적)으로 排斥(배척)하며

(3) 조선말 그까짓 것이야 내가 다 아는데 이것 내가 모를 이것은 무슨 소리인가?하야 어렵다 하며

(4) 다른 나라말은 조공만 그 綴字法(철자법)을 그르치더라도 自己(자기)의 學者的(학자적) 乃至(내지)紳士的(신사적) 體面(체면)에 汚損(오손)이 된다고 생각하면서 조선글만은 一人白色(일인백색) 百人萬色(백인만색)으로 되는대로 써도 조곰도 體面(체면)에 相關(상관)이 없다고 생각하여서 이것은 이렇게 써야 옳고 저것은 저렇게 써야 옳다고 하는 한글의 새 마춤법을 어렵다고 비웃음이요

다섯재 「統一(통일)」의 뜻을 넘어 偏狹因陋(편협인루)하게 解釋(해석)하거나 또는 「統一(통일)」의 實際的(실제적) 實現(실현)을 넘어 過速(과속)하게 바라는 焦燥(초조)한 心理(심리)에 말미암음이니 그래

서 世人(세인)은 한글 마춤법 통일안을 어렵다고 非難(비난)하며 어떤 이는 곧 이 통일안을 改正(개정)하여야 정말 통일안이 되겠다고 생각하는 것이요

여섯재 根本(근본)부터 反對(반대)를 僞主(위주)하는 不純(불순)한 心理(심리)에 말미암음이니 그래서 우리의 통일안을 얼척 없이 어렵다고만 떠드는 것 等(등)이다.

「한글 難解(난해)」의 心理(심리)를 分析(분석)한 結果(결과)가 대략 이러한지라 우리는 어떤 點(점)에서는 그 心理(심리)에 얼마콤 同情(동정)은 할지언정 是認(시인)은 할 수가 없음이 明白(명백)하도다. 이러한 그릇된 心理(심리)는 陽春(양춘)의 白雪(백설)같이 점차로 녹아저 없어질 것임은 明白(명백)한 일이다.

朝鮮語學會(조선어학회)는 微微(미미)한 寒土(한토)의 조고만한 合體(합체)이다. 이러한 地位(지위)로 名聲(명성)으로 더구나 財力(재력)이나 權力(권력)으로 아모 보잘것 없는 사람들의 모힘으로서 그 業績(업적)이 能(능)히 全(전) 朝鮮社會(조선사회)를 움즉이게 된 까닭은 大體(대체)무엇이냐?이는 다만 첫재로 우리가 이 일을 爲(위)하야 至誠(지성)을 다함이요 둘재로 우리가 바로 眞理(진리)를 잡음이다. 우리의 잡은 眞理(진리)는 能(능)히 理性人(이성인)의 理性(이성)을 움즉이고 우리의 가진 至誠(지성)은 能(능)히 人格者(인격자)의 人格(인격)을 움즉이는 것이다. 그러므로 우리는 現代(현대) 及(급) 未來(미래)의 朝鮮(조선)의 男女青年(남녀청년)이 다함께 이 「한글 마춤법 통일안」의 完成(완성)과 實現(실현)을 爲(위)하야 協力(협력)을 아끼지 아니할줄을 믿어 마지 아니하노라.

(一九三四(일 구삼사). 七(칠). 三一(삼일).)

-⟨신동아⟩ 제4권 제9호(1934)-

한글 맞춤법 통일안 해설

第三章(제삼장) 文法(문법)에 關(관)한 것

第一節(제일절) 體言(체언)과 토

　第七項(제칠항) 體言(체언)과 토가 어우를 적에는 소리가 變(변)하거나 아니하거나를 勿論(물론)하고 다 제 原形(원형)을 바꾸지 아니한다. (甲을 取하고 乙 버린다)

　　例(예)　甲(갑)　乙(을)　甲(갑)　乙(을)

　　　　　　굵이　　골시　　꽃에　　꼬체

　　　　　　밭이　　바치

　【解說(해설)】 우리 文法(문법)에 體言(체언)이란 말을 아니 썼으면 좋겠으나, 이것이 다른 文法(문법)에서 이미 익히어진 것이므로 아직 그대로 쓴다. 體言(체언)을 우리말로 임자씨(主語)라 함이 가장 적당할 것이다. 곧 한 월(文章) 가운대 임자가 되는 것인데, 주장으로 이름씨(名詞)를 이름이다. 토는 언제든지 웃 말에 딸리어(從屬되어) 쓰이는 것이다.

體言(체언)(임자씨)과 토는 각각 獨立(독립)한 씨(品詞(품사))이다. 비록 現今(현금)의 習慣上(습관상) 便宜(편의)에 따라 體言(체언)과 토는 띄지 아니하기로 하였으나, 그 原形(원형)은 바꾸지 아니하여야 한다.

例語(예어)에 있는 말소리에 대하여 붙이어 말하겠다. 「곬」은 골(谷(곡))과 같은 말이나, 흔히 「곬」이라고 하는 때도 있으니, 그 때에 이렇게 쓸 것이요, 또 등곬이라 할 때에는 분명히 「곬」으로 소리내니 의례히 그렇게 쓸 것이다. 「밭이」를 「바치로」 소리내게 되는 것은 口蓋音化(구개음화)의 法則(법칙)에 의지하여(第二章(제이장) 第三節(제삼절) 第五項(제오항)을 參照(참조)) 그렇게 發音(발음)할 수 있다. 「밭치」로 쓰는 것은 옳지 않다. 「꽃에」도 「꼿테」로 소리내는 일이 있으나, 이왕에 「꼿헤」라 써놓고 「꼿테」로 發音(발음)하던 그릇된 習慣(습관)으로 된 것이나, 마땅히 말소리를 矯正(교정)하여야 할 것이다. 「꽃에」라 말하여 조금도 알아듣지 못할 리가 없다.

第二節(제이절) 語幹(어간)과 語尾(어미)

第八項(제팔항) 用言(용언)의 語幹(어간)과 語尾(어미)는 區別(구별)하여 적는다.

例(예) 먹다 먹고 먹으니 먹어서 먹은 먹을
　　 할고 할가 할지

【解說(해설)】 用言(용언)이란 것도 體言(체언)과 같이 우리 文法(문법)에 아니 쓰는 것이 좋을 것이다. 用言(용언)은 우리말로 풀이씨(說明語)라 하는 것이 가장 적당하니, 한 월(文章)의 뜻을 풀이하(說明하)는 것인데, 어떻씨(形容詞) 움즉씨(動詞)들을 이름이다. 풀이씨에

는 반듯이 語幹(어간)(줄기)과 語尾(어미)(씨끝)의 區別(구별)이 있으니, 活用(활용)되지 않는 部分(부분)을 語幹(어간)이라 하고, 活用(활용)되는 部分(부분)을 語尾(어미)라 한다.

用言(용언)(풀이씨)의 語幹(어간)(줄기)은 그 中心槪念(중심개념)을 나타내는 것이니, 固定(고정)하여 變(변)하지 아니하는 實質的(실질적) 部分(부분)이요, 語尾(어미)(씨끝)는 文法的(문법적) 關係(관계)를 나타내는 것이니, 쓰임을 따라 여러가지로 바꾸이는 形式的(형식적) 部分(부분)이다. 줄기와 씨끝이 합하여 한 낱의 풀이씨(用言)를 이루는 것인 즉, 그것은 각각 獨立(독립)한 씨가 아니다. 이것이 저 體言(체언)과 토와의 關係(관계)와는 서로 다른 점이다. (前日(전일)에는 語尾(어미)도 토라 하였었으나, 語尾(어미)는 全然(전연) 獨立(독립)이 없는것인 즉, 저 獨立的(독립적) 한 씨인 토와는 아주 다르다) 이와 같이 語幹(어간)과 語尾(어미)는 서로 합하여야만 비로소 한낱의 씨(品詞)를 이루는 것이로되, 마춤법으로서는 따루 區別(구별)하여 적는 것이 옳다. 이것을 안 갈라 적더라도 語幹(어간)과 語尾(어미)와의 文法的(문법적) 關係(관계)는 說明(설명)할 수가 있기는 하지마는, 그리하면 語幹(어간)의 形(형)이 固定(고정)하지 못하여서 그 內容(내용)과 形式(형식)이 서로 一致(일치)하지 아니하게 되기 때문에, 그 說明(설명)과 理解(이해)가 함께 不利(불리)하게 된다. 그러므로 語幹(어간)과 語尾(어미)는 區別(구별)하여 적기로 한 것이다. 또 이렇게 區別(구별)하여 적는 것은 우리글의 적는 법의 歷史的(역사적) 發展(발전)의 傾向(경향)과 一致(일치)한 것이다.

〔附記(부기)〕 다음과 같은 말들은 그 語源(어원)이 分明(분명)한 것은 본 語幹(어간)과 語尾(어미)를 區別(구별)하여 적고, 그 語源(어원)이

分明(분명)하지 아니한 것은 본 語幹(어간)과 語幹(어간)과 語尾(어미)를 區別(구별)하여 적지 아니한다.(甲을 取하고 乙을 버린다)

例(예) (1) 그 語源(어원)이 分明(분명)한 것

甲(갑)	乙(을)	甲(갑)	乙(을)
넘어지다	너머지다	떨어지다	떠러지다
늘어지다	느러지다	돌아가다	도라가다
들어가다	드러가다	엎어지다	어퍼지다
흩어지다	흐터지다		

(2) 그 語源(어원)이 分明(분명)하지 아니한 것

甲(갑)	乙(을)
나타나다(顯(현))	낱아나다
부러지다(折(절))	불어지다
불거지다(突出(돌출))	붉어지다
자빠지다(沛(패))	잦바지다
쓰러지다(倒(도))	쓸어지다

【解說(해설)】 다음과 같은 (1), (2)의 말들은 이미 합하여 한 낱의 낱말(單語)이 된 것이니까, 그 分析的(분석적) 要素(요소)의 사이에서 특히 語幹(어간)과 語尾(어미)와를 꼭 區別(구별)하여야만 할 까닭은 없다. 그러나 만약 이런 말에서 그 語源(어원)이 分明(분명)한 것조차 語幹(어간)과 語尾(어미)와를 區別(구별)하여 적지 아니할 것 같으면, 아직 單語(단어) 成立(성립)에 대한 觀念(관념)이 薄弱(박약)한 오늘의 조선 社會(사회)에서는 도리어 混亂(혼란)한 생각을 가지게 될 것인

고로, 그 語源(어원)이 分明(분명)한 것은 서로 갈라 적기로 하였다.

무론 여기에서 語源(어원)이 분명하고 아니함의 區別(구별)은 무슨 絶對的(절대적) 標準(표준)을 세울수 없는 것인 즉, 자연히 얼마큼 曖昧(애매)한 느낌이 없지 아니하다. 그러나 그 例(예)에서 넉넉히 이를 대략 깨쳐 얻을 수 있는 것이다. 그러나 이에 다시 그 標準(표준)을 세우자면, 우의 말이 語尾(어미) 「다」를 붙이어서 풀이씨(用言(용언))의 原形(원형)이 되어 같은 뜻으로 쓰이는 것은 그 語源(어원)이 똑똑하지 못한 것이라 치면 근사할 것이다. 그래서 그 例語(예어)에서 (1)의

넘다, 늘다, 떨다, 돌다, 들다, 엎다, 홀다는 다 合成語(합성어)에서와 同一(동일)한(비록 自動(자동) 他動(타동)의 다름은 있을지라도) 뜻으로 쓰이지마는, (2)의

낱다(顯(현)), 붉다(突出(돌출)), 불다(折(절)), 잛다 혹은 잦브다(沛(패)), 쓸다(倒(도))

는 결코 그 合成語(합성어)에서의 뜻(곧 括弧(괄호) 안에 漢字(한자)의 뜻)으로 쓰이지 아니한다. 이 중에서도 맨끝의 「쓸다」만은 原意(원의)의 뜻을 가지고 쓰인다고 세울 이가 있을지는 모르지마는, 이렇게 나간다면 語源(어원)의 明不明(명불명)은 오로지 主觀的(주관적) 見解(견해)의 問題(문제)가 되고 말게 된다. 그러므로 여기에 통일적으로 그와 같이 정하였다.

第三節(제삼절) 規則(규칙) 用言(용언)

第九項(제구항) 다음과 같은 動詞(동사)는 그 語幹(어간) 아래에 다른 소리가 붙어서 그 뜻을 바꿀 적에 소리가 變(변)하거나 아니하거나를 묻지 아니하고 다 그 原形(원형)을 밝히어 적는다.(甲을 取하고 乙을 버린다)

例(예) 甲(갑)	乙(을)	甲(갑)	乙(을)
맡기다	맛기다	낚이다	낙기다
쫓기다	쪼끼다	핥이다	할치다
솟구다	소꾸다	돋우다	도두다
갈리다	갈니다	닫히다	다치다
걸리다	걸니다	잡히다	자피다
먹이다	머기다	묻히다	무치다
보이다	보히다		

【解說(해설)】 이것은 動詞(움즉씨)의 줄기(語幹)에 도움줄기(補助語幹)가 붙어서 그 뜻을 바꾸는 것들의 적는 법이다. 이 도움줄기(補助語幹)에는 각각 一定(일정)한 獨立(독립)한 뜻이 띄어서 一定(일정)한 법에 의지하여 모든 動詞(움즉씨)에 두루 쓰이는 것이다. 그러므로 그 소리야 변하든 아니하든 언제든지 그 原形(원형)을 밝히어 적어야 할 것이다.

시킴(使役)의 뜻을 나타내는 도움줄기(補助語幹) 「이, 기, 리, 구」가 붙는 경우.

맡기다(使任), 돋우다(作高), 솟구다(使涌出), 걸리다(使步行), 먹이다(使食之), 보이다(示), 낚이다(使釣), 핥이다(使舐),

입움(被動)의 뜻을 나타내는 도움줄기(補助語幹) 「히, 기, 리」가 붙는 경우.

잡히다(被捉), 닫히다(被閉), 묻히다(被埋), 쫓기다(被逐), 갈리다(被磨)

「보다」「핥다」가 입움(被動)이 될 적에는 「보이다」「핥이다」로 되고, 「낚다」가 입움이 될 적에는 「낚기다」로 될 것이로되, 本文(본문)

의 例(예)에는 이런 점이 똑똑이 規定(규정)되지 아니하였나니, 이는 대개 發音(발음)의 便宜(편의)를 따라, 그 시킴(使役)의 形式(형식)과 같이 쓰고저 함이다.

第四節(제사절) 變格(변격) 用言(용언)

第一○項(제십항) 다음과 같은 變格(변격) 用言(용언)을 認定(인정)하고, 각각 그 特有(특유)한 變則(변칙)을 좇아서 語幹(어간)과 語尾(어미)가 變(변)함을 認定(인정)하고 變(변)한 대로 적는다.

【解說(해설)】 여기에 變格(변격) 用言(벗어난 풀이씨)이란 것은 普通(보통)의 大多數(대다수)의 用言(풀이씨)과는 조금 다른 特有(특유)의 變則(변칙)에 의지하여 끝바꿈(活用)을 하는 얼마의 用言(풀이씨)을 이름이니, 그 變則(변칙)을 認定(인정)하고 그 變則(변칙)대로 적기로 한 것이다. 대체 變則(변칙)을 認(인)함은 어느 나라의 文法(문법)을 물론하고 不可避(불가피)의 言語事實(언어사실)에 基因(기인)한 것이니, 만약 이를 容認(용인)하지 아니할 것 같으면, 글이 말과 一致(일치)하지 아니하게 되어서 實際上(실제상) 여러가지의 不便(불편)과 不利(불리)를 가져오게 될 것이다. 그러므로 前日(전일)에 이것을 認定(인정)하고 꼭 原則(원칙)대로만 적으려는 생각을 가진 이가 더러 있었지마는, 금번에는 이 儼然(엄연)한 言語事實(언어사실)을 認定(인정)함의 當然(당연)함을 두루 작정한것이다.

대체로 줄기(語幹)나 씨끝(語尾)이 변한 대로 곧 發音(발음) 그대로 적는 것이니까, 특별히 많은 說明(설명)을 할 必要(필요)가 없다. 이 아래 각 例(예)에 疑義(의의)를 품는 것에 대하여 약간의 說明(설명)을 붙이고저 한다.

(一(일)) 語幹(어간)의 끝 ㄹ이 ㄴ ㅂ과 「오」 우에서 주는 말

例(예) (1) ㄴ 우에서

      울다 우나 우니 길다 기나 기니

    (2) ㅂ 우에서

      놀다 놉니다 갈다 갑니다

    (3) 오 우에서

      놀다 노오니 갈다 가오니

【解說(해설)】 이는 ㄹ 벗어난 풀이씨(ㄹ 變格(변격) 用言(용언))이라 이른다. ㄴ 우에서 ㄹ이 아주 줄고 한 번도 나는 일이 없다. 그러니까 「우는 아이」 「운 아이」 「긴 실」로 적을 것이요, 결코 「울는 아이」 「욹 아이」 「긿 실」로 적을 것이 아니다.

〔附記(부기)〕 ㄹ ㄷ ㅅ ㅈ 우에서도 주는 일이 있지마는 안 주는 것을 原則(원칙)을 삼되, 尊敬(존경)의 「시」와 未來(미래)의 ㄹ 우에서는 도무지 나지 아니하는 것으로 한다.

【解說(해설)】 ㄹ이 ㄹ 우에서는 주는 일이 도무지 없은 즉, 「놀사람」 「알사람」으로 적는 것이 법으로는 옳을 것이다.(두 ㄹ 가운대에 어떤씨(冠形詞)처럼 나른 임자씨(體言) 우에 쓰일 적에 취하는 一種의 語尾이다.) 그러나 表記(표기)의 버릇과 便宜(편의)를 따라 本文(본문)과 같이 「놀 사람」 「알 사람」으로 적기로 할 것이다.

(二(이)) 語幹(어간)의 끝 ㅅ이 홀소리(母音) 우에서 줄어질 적

例(예) 잇다(續) 이어 이으니

낫다(癒) 나아 나으니

【解說(해설)】 이것은 ㅅ 벗어난 풀이씨(ㅅ 變格 用言)이라 이른다. 이것을 歷史的(역사적) 原因(원인)을 살펴보면, ㅅ이 본디 △(半齒音)이던 것이다. 어떤 地方(지방)에서 「잇어 잇으니」 「낫아, 낫으니」라 말하는대가 있으나, 그것이 표준말이 아니므로 취하지 아니한다.

(三(삼)) 語幹(어간)의 끝 ㅎ이 줄어질 적
例(예) 하얗다 하야니 하얀 하야면

【解說(해설)】 이것은 ㅎ 벗어난 풀이씨(ㅎ 變格 用言)이라 이른다. 이것은 「기뻐하다, 슬퍼하다」와 같이 「하야하다」라 할 것에 「하」의 ㅑ만 줄어서 된 말이니, 마땅히 ㅎ 바침을 쓸 것이다.

(四(사)) 語幹(어간)의 끝 ㄷ이 홀소리(母音)) 우에서 ㄹ로 變(변)할 적
例(예) 듣다(聞) 들어 들으니
묻다(問) 물어 물으니

【解說(해설)】 이것은 ㄷ 벗어난 풀이씨(ㄷ 變格 用言)이라 이른다. 여기에 든 「듣다」 「묻다」따위를 「듯다」 「뭇다」로 하여서 그 ㅅ이 ㄹ로 바꾸이는 것이라 하지 아니하고, 「듣다」 「묻다」로 하여서 그 ㄷ이 ㄹ로 바꾸이는것이라 하였음의 까닭은 대략 다음과 같다.

(1) ㄷ과 ㄹ은 訓民正音(훈민정음)에 이른 舌音(설음)이니(거기서도 ㄹ은 半舌音(반설음)이라 하였으니, ㄷ과 ㄹ이 아주 서로 같음은 아니다), 그 소리나는 자리가 서로 가깝기 때문에 ㄷ이 ㄹ로 바꾸인다 함은 가

장 이치에 가까운 일이다.

(2) 理論上(이론상)으로만 아니라, 소리의 實際(실제)를 볼지라도, 이런 말 가운대에 도무지 ㄹ로 바꾸이지 않고 항상 ㄷ으로만 내는 地方(지방)이 있나니, 이를테면 平安道(평안도) 地方(지방)에서 「듣다, 듣으니, 들어」로 말함과 같은 것이다.

(3) 그뿐아니라, 조선말에는 같은 뜻의 말이 ㄷ과 ㄹ의 두 가지로 된것이 적지 아니하니, 이를테면

　ㄷ, 이다, ㅣ도다, ㅣ더라, ㅣ더니,

　　　차뎨(次第), 굳(坑), 바다

　ㄹ, 이라, ㅣ로다, ㅣ러라, ㅣ러니,

　　　차례, 굴(窟), 바랄(海의 古語)

와 같은 따위이다. ㄷ이 ㄹ로 바꾸임은 西洋(서양)말에서도 있는 말이다.

(4) (二(이))의 語幹(어간)의 끝 ㅅ이 홀소리(母音) 우에서 줄어지는 말들(잇다, 낫다)은 말본(語法)에서는 ㅅ 벗어난 끝바꿈 움즉씨(ㅅ 變格 用言)란 이름으로 한 種類(종류)를 세워야 하겠는데, 이제 만약 「듯다」, 「뭇다」로 한다면, 이것도 또한 같은 이름의 갈래를 세워야 하겠은 즉, 言語(언어) 整理上(정리상)에도 매우 不便(불편)하게 됨을 免(면)하지 못한다. 그러므로 「듣다」「묻다」로 하여 이 따위를 ㄷ 벗어난 끝바꿈 움즉씨(ㄷ 變格 用言 動詞)라 함이 가장 合理的(합리적)이 된다.

(5) 더구나 그 바침이 ㄹ로 變(변)하지 아니하는 경우 「듣다, 듣고, 듣다가, 듣지……」에서도 그 바침은 ㅅ으로 난것이 아니라 ㄴ으로 난 것이다. 그러한즉 發音(발음)의 實際(실제)에 있어서도 한 번도 ㅅ으로 난 일이 없다. 그러한즉 ㄷ 받침으로 함이 音理上(음리상) 에서도

조금도 틀린 일이 없다.

(五(오)) 語幹(어간)의 끝 ㅂ이 홀소리(母音) 우에서 「우」나 「오」로 變(변)할 적

　例(예) 돕다(助) 도와 도우니　　곱다(姸) 고와 고우니

　　　　눕다(臥) 누워 누우니　　춥다(寒) 추워 추우니

【解說(해설)】 이것은 ㅂ 벗어난 풀이씨(ㅂ 變格 用言)라 이른다. 이것은 ㅂ이 「우」로 바꾸인 경우이니, 「도와」 「고와」…로 써야 하겠지마는, 이러한 새 글자를 만듦은 現在(현재)의 慣習(관습)에 너무 서툴겠으므로, 本文(본문)과 같이 「도와」 「고와」로 쓰기로 한 것이다. 이것이 본디는 ㅸ(脣輕音)이던 것이다. 어떤 地方(지방)에서 「곱아」 「눕어」 「춥어」라 말하는 대가 있으나, 이것이 표준말이 아니므로 취하지 아니한다.

(六(육)) 語尾(어미) 「아」나 語幹(어간)의 아래에 오는 「았」이 「여」나 「였」으로 날 적

　例(예) 하디 하여 하여도 하였으니 하였다

〔附記(부기)〕 「하야」의 경우 하나만은 또한 「야」도 認定(인정)한다. **(甲形(갑형)은 認定(인정)하되, 乙形(을형)은 모두 認定(인정)하지 아니한다)**

　例(예) 甲(갑)　　　　乙(을)

　　　　그리하야　　하야도 하얐으니 하얐다

【解說(해설)】 이것은 「아」 벗어난 풀이씨(아 變格 用言)라 이른다.

씨끝(語尾) 「아」와 도움줄기(補助語幹) 「았」이 「하다」 따위 풀이씨(하다類 用言)에서는 「야」 「얐」과 「여」 「였」의 두 가지로 쓰이는 극히 一般的(일반적) 事實(사실)이다. 통일안에서는 이것을 「여」와 「였」으로 통일하기로 하였다. 그러나 「야」 하나만은 許容(허용)하기로 한 것이다. 그렇지마는 「야」로 비롯한 다른 씨끝들(例(예) 하야도, 하야는, 하야야)은 許容(허용)하지 아니하기로 한 것이다.

(七(칠)) (語尾(어미)) 「어」와 語幹(어간) 아래에 오는 「었」이 「러」나 「렀」으로 날 적

例(예) 이른다   이르러   이르렀다.

     푸르다   푸르러   푸르렀다

     누르다   누르러   누르렀다

【解說(해설)】 이것은 「러」 벗어난 풀이씨(러 變格 用言)라 이른다. 語法(어법)으로는 「이르어」라 함이 옳으나, 워낙 소리에 맞지 아니하므로 그렇게 못 쓴다.

(八(팔)) 語幹(어간)의 끝 音節(음절) 「르」의 다음에 語尾(어미) 「어」와 語幹(어간) 아래에 오는 「었」이 올 적에 ㅡ가 줄고 ㄹ이 ㄹㄹ로 날적.

例(예) 고르다 골다 골랐다   오르다 올라 올랐다

     누르다 눌러 눌렀다   흐르다 흘러 흘렀다

【解說(해설)】 이것은 「르」 벗어난 풀이씨(르 變格 用言)라 이른다. 이 「르」 벗어난 끝바꿈(르 變格 用言)은 (七)의 「러」 벗어난 끝바꿈에서 다시 「ㅡ」가 준 것이다. 곧 「흐르어」 「흐르러」 「흘러」로 된 것이

다. 우리가 이미 (七)의 「러」 벗어난 끝바꿈(러 變格 用言)에서 一般(일
반)의 記法(기법)과 言語意識(언어의식)에 따라서, 「이를어」로 적지 않
고, 「이르러」로 적기로 하였은 즉, 여기의 「르」 벗어난 끝바꿈에서도
「훓어」로 적을 것이 아니라, 「흘러」로 적을 것임은 明白(명백)한 일이
다. 이것은 꼭 「훓어」로 적어야만 文法的(문법적) 說明(설명)이 되는
것은 아니다. 차라리 「흐르어」로 씀이 語法(어법)에는 맞을 것이다.

그런데 「흘러」에서는 (ㅡ)가 줄었어서도 오히려 줄기에 한 「ㅡ」가
남아 있기 때문에, 씨끝(語尾) 「러」가 그대로 있어도 홀소리고룸(母
音調和)이 잘 되지마는, 「골라」에서는 한번 「ㅡ」가 빠지고 보니, 줄기
의 끝 홀소리가 「ㅗ」가 되었기때문에, 홀소리고룸을 이루기 위하여,
「러」가 「라」로 바꾸인 것이다.

第五節(제오절) 바침

第一一項(제십일항) ㄷ ㅈ ㅊ ㅋ ㅌ ㅍ ㅎ ㄲ ㅆ ㄳ ㄵ ㄶ ㄺ ㄾ ㄿ
ㅀ ㄻ ㅄ의 열 여덟 바침을 더 쓰기로 한다.

ㄷ바침

걷다(收)	곧다(直)	굳다(固)	낟(穀)
닫다(閉)	돋다(昇)	뜯다(摘)	맏(昆)
묻다(埋)	믿다(信)	받다(受)	벋다(延)
뻗다(伸)	쏟다(寫)	얻다(得)	

ㅈ바침

갖다(備)	꽂다(揷)	궂다(凶)	꾸짖다(叱)
낮(晝)	낮다(低)	늦다(晩)	맞다(迎)
버릇다(爬)	부르짖다)	빚(債)	빚다(釀)
맺다(結)	애꿎다	잊다(忘)	잦다(涸)

젖(乳)　　　젖다(濕)　　　짖다(吠)　　　찢다(裂)

찾다(尋)

ㅊ바침

갖(皮膚(피부))　꽃(花(화))　낯(顔(안))　닻(錨(묘))

돛(帆)　　　몇(幾)　　　빛(光)　　　숯(炭)

옻(漆)　　　좇다(從)　　　쫓다(逐)

ㅋ바침

녘(方)　　　부엌(廚)

ㅌ바침

같다(如)　　　겉(表)　　　곁(傍)　　　끝(末)

낱(個)　　　돝(猪)　　　맡다(任)　　　머리맡(枕邊)

뭍(陸)　　　밑(底)　　　밭(田)　　　밭다(迫)

배앝다(吐)　볕(陽)　　　부릍다(腫)　　　붙다(付)

샅(股間)　　　솥(鼎)　　　숱(量)　　　얕다(淺)

옅다(淺)　　　팥(豆)　　　흩다(散)

ㅍ바침

갚다(報)　　　깊다(深)　　　높다(高)　　　늪(沼)

덮다(蓋)　　　무릎(膝)　　　섶(薪)　　　숲(林)

싶다(欲)　　　앞(前)　　　엎다(覆)　　　옆(側)

잎(葉)　　　짚다(杖)　　　헌겊(布片)

ㅎ바침

낳다(産)　　　넣다(入)　　　놓다(放)　　　닿다(接)

땋다(辮)　　　빻다(碎)　　　쌓다(積)　　　좋다(好)

찧다(舂)

ㄲ바침

깎다(削)	꺾다(折)	겪다(經)	낚다(釣)
닦다(拭)	덖다(垢)	볶다(束)	밖(外)
볶다(炒)	섞다(混)	솎다(抄)	엮다(編)

ㅆ바침

겠다(未來)	았다(過去)	었다(過去)	있다(有)

ㄳ바침

넋(魄)	몫(分配)	삯(賃)	섟(곁)

ㄵ바침

끼얹다(撒)	앉다(坐)	얹다(置上)

ㄶ바침

꼲다(訂)	괜찮다	귀찮다	끊다(絶)
많다(多)	언짢다	적잖다	하잖다

ㄽ바침

곬(向上)	돐(朞)	옰(代償)

ㅀ바침

곯다(未滿)	꿇다(跪)	끓다(沸)	닳다(耗)
뚫다(穿)	싫다(厭)	앓다(病)	옳다(可)
잃다(失)			

ㄾ바침

핥다(舐)	훑다

ㄿ바침

읊다(詠)

ㄻ바침

굵(穴)	낡(木)

ㅄ바침

값(價)	가엾다(憐)	실없다(不實)	없다(無)

【解說(해설)】 임자씨(體言)와 토를 갈라적으며, 줄기(語幹)와 씨끝

(語尾)을 갈라적어서, 낱말(單語)의 獨立(독립)과 文法的(문법적) 關係(관계)를 明示(명시)하려는 根本精神(근본정신)을 遂行(수행)하려면, 모름지기 전에 쓰지 아니하던 새 바침 여럿을 써야 할 것은 不可避(불가피)의 事勢(사세)이다. 그리고 이는 다만 文法的(문법적)으로 不可避(불가피)의 事勢(사세)일뿐만 아니라, 歷史的(역사적)으로 또 音理的(음리적)으로 正當(정당)한 根據(근거)가 있는 것이다. 그러나 여기에서는 張皇(장황)을 避(피)하기 위하여 根據(근거)를 자세히 說明(설명)하지 아니하고, 다만 그 새 바침을 알아보는 법을 간단히 말하겠다. 새 바침 알아보는 법에는 두 가지가 있다.

(1) 임자씨(體言)의 바침을 알아보는 법

첫재 「은」(토)을 붙여보고, ―낮, 값은

다음에 「이」(토)를 붙여 봄, ―낮이, 값이

(2) 풀이씨(用言)의 줄기의 바침을 알아보는 법

첫재 「다」(原形(원형)의 語尾(어미))를 붙여 보고, ―좋다, 받다, 겪다

둘재 「어」나 「아」(資格法(자격법) 副詞形(부사형)의 語尾(어미))를 붙여 보고, ―받아, 좋아, 겪어

셋재 「으니」(接續法(접속법)의 매는 꼴의 씨끝)를 붙여 봄, ―받으니, 좋으니, 겪으니

이와 같이 어떠한 말이든지 그 原形(원형)에 語尾(어미)를 붙여서 共通(공동)으로 되는 것은 바침을 달아 쓸 수 있는 것이요, 그렇지 않는 것은 다 變格(변격) 用言(용언)으로 認(인)하여 그 소리나는 대로 쓸것이다. 곧 「올으다(등(등)), 앞으다(痛(통)), 슲으다」로 씀은 絶對(절대)로 옳지 못하다.

이 모든 바침 가운대 ㅊ바침과 ㅌ바침이 서로 混用(혼용)되는 고로, 그것은 使用(사용) 範圍(범위)의 넓은 것과 歷史的(역사적) 原因

(원인)을 살펴서 그리 處理(처리)된 것이다. 여기에 깊은 注意(주의)를 가지어 混同(혼동)되는 폐단이 없게 할 것이다.

그런데 이 새 바침들 가운데에서 남들이 흔히 問題(문제)삼는 것은 ㅎ ㄲ ㄾ의 바침인 것 같다. 그러므로 여기에 몇 마디 더 붙여 써서 그 誤解(오해)를 풀고저 한다.

ㅎ바침을 反對(반대)하는 사람은 ㅎ의 音理(음리)와 바침의 眞意(진의)를 正當(정당)히 깨치지 못하였거나, 現在(현재)의 自己(자기)를 標準(표준)하여서 배우기 어렵다고 보는 때문이니, 이는 여기서 장황히 말하지 아니하노니, 자세히 알고저 하는 이는 따루 ㅎ바침에 關(관)한 論文(논문)을 읽기를 바란다.

ㄾ, ㄲ의 바침을 是非(시비)하는 사람들의 말을 들으면, 그것은 이 바침의 音理的(음리적) 乃至(내지) 語法的(어법적) 不合理(불합리)를 論(논)하기보다 차라리 標準音(대중말)을 달리 잡음이 옳다는 論(논)인 듯하다. 그러나 우리는 오늘의 서울말을 표준말로 삼고, 오늘의 말을 표본말로 삼는 다음에는 이 ㄾ ㄲ의 바침을 안 쓸 수 없는 것이라 한다.

또 특히 ㄲ바침의 不可(불가)를 論(논)하는 이가 걸핏하면 「낡이, 낡에, 낡은, 낡을, 낡으로, ……」는 보통으로 쓰이지마는, 「낡도」는 도무지 쓰이지 아니한 즉, 이는 ㄲ바침의 不可(불가)를 證示(증시)함이라 한다. 그러나 이는 言語(언어)의 社會的(사회적) 性質(성질)을 알지 못한 論(논)이다. 대저 말이란 社會的(사회적) 慣用(관용)으로 말미암아 成立發達(성립발달)하는것이므로, 곡 같은 뜻이 있마는 甲(갑)의 경우에는 이 말을 쓰고, 乙(을)의 경우에는 저 말을 쓰기도 하며, 한 가지의 말이라도 이렇게는 쓰이면서 저렇게는 쓰이지 아니하는 일이 퍽 많은 것이다. 이를테면, 「아버님」「어머님」「누님」「아우

님」은 있으면서, 「언님」은 쓰이지 아니하며, 「달라」(請求) 「다오」만 쓰이고, 「달다」 「달다가」 「달아」 「달면」 「달지」……가 도무지 쓰이지 아니함과 같다. 그렇다고 해서 「언니」와 「달라」가 다 말이 안 된다 하든지, 표준말이 안 된다 하든지, 글을 잘못 썼다 하든지 함은 너무도 어림없는 誤謬(오류)가 될 것이다. 그러므로 「낡도」가 안 쓰인다고 해서, 「낡」이 말이 안된다 할수는 없는것이다. 또 語源的(어원적)으로 낡이 남구 等(등)에서 發源(발원)하였을는지 모른다. 그러나 語源(어원)이 「남구」이라고 해서 오늘의 표본말도 「남구」이라고 한다 하는 이가 있으나, 이는 言語(언어)의 發達(발달)과 變遷性(변천성)을 도무지 理解(이해)하지 못한 소리에 지나지 못한 것이다. 만약 이것을 無視(무시)한다면 古語(고어)로써 오늘의 표준말을 삼아야 할 것이니, 넓은 世界(세계)에 어디 이런 나라가 있을손가? 하물며 語源的(어원적) 解釋(해석)이란 사람을 따라 區區不一(구구불일)한 것이 예사인즉, 語源的(어원적) 見解(견해)로서 오늘의 마춤법의 표준을 삼고저 함은 危險千萬(위험천만)의 일이다.

또 한 가지 注意(주의)할것은 여기에 「낡」 「굵」을 들었음은 결코 저 「나무」, 「구무, 구멍…」을 全然(전연) 否認(부인)함이 아닌 일이다. 「낡」보다 「나무」가 훨신 더 正當(정당)한 표준말임은 물론이다. 다만 우리는 「나무」와 「낡」의 複標準語(복표준어)를 두자 함에 不過(불과)한 것이다. 만약 꼭 한가지의 표준말만 두기로 한다면, 「낡」 「굵」을 업새버릴 것임은 말할 것도 없다.

第六節(제육절) 語源(어원) 表示(표시)

第一二項(제십이항) 語幹(어간)에 「이」가 붙어서 名詞(명사)나 副詞(부사)로 되고, 「음」이 붙어서 名詞(명사)로 轉成(전성)할 적에는 口蓋音化

(구개음화)의 有無(유무)를 勿論(물론)하고 그 語幹(어간)이 變(변)하지 아니한다.

例(예) 먹이   벌이   길이   울음   웃음   걸음
　　미닫이 개구멍받이   쇠붙이 굳이   같이

【解說(해설)】 語源(어원)은 通則的(통칙적)인 一般的(일반적)인 것만을 表示(표시)하기로써 原則(원칙)을 삼았다. 그래서 여기의 「음」과 「이」는 通則的(통칙적) 乃至(내지) 一般的(일반적)인 것이니까, 그것이 붙는 語幹(어간)과 그것을 다 原形(원형)을 바꾸지 아니하기로 하였다.

第一三項(제십삼항) 語幹(어간)에 「이」나 「음」 以外(이외)의 소리가 붙어서 他詞(타사)로 轉成(전성)할 적에는 그 語幹(어간)의 原形(원형)을 밝히어 적지 아니한다.

例(예) 마개   주검   무덤   올개미 귀머거리
　　너무   비로소

【解說(해설)】 「이」「음」 밖의 것들은 通則的(통칙적) 一般的(일반적)인 것이 아니니까, 그 語源(어원)을 나타낼 必要(필요)가 없다. 이에 대하여 어떤이는 「죽음」「묻음」은 그 語源(어원)을 表示(표시)하면서 「주검」「무덤」은 왜 語源(어원) 表示(표시)를 하지 아니하느냐고 생각하는지 모른다. 그렇다 「죽음」(死)과 「주검」(屍)과의 사이에는 「죽」으로써 본다면 그 상거가 그리 멀지 아니하다 할 만하다. 그러나 「음」과 「엄」은 語法的(어법적)으로 보아도 差違(차위)가 매우 멀다. 「음」은 通則的(통칙적)의 것이요, 「엄」은 결코 通則的(통칙적)의 것이 못 된다. 그러니까 「음」은 갈라적되, 「엄」은 갈라적지 아니한

것이다. 만약 이런 따위도 語源(어원)을 表示(표시)한다면, 「마개」는 「막애」로, 「노래」는 「놀애」로, 「너무」는 「넘우」로, 「비로소」는 「비롯오」로, 「올개미」는 「옭암이」로 적어야 할 것이며, 이렇게 나아간다면 모든 語源(어원)은 될 수 있는 대로 낱낱이 表示(표시)하여야만 될 것이니, 그리 되면 마춤법은 더욱 어렵고 混亂(혼란)해질 따름이다. 그러한즉 整理(정리)의 손은 반드시 그 사이에 어떠한 限界(한계)를 정하여야 하겠는데, 그 限界(한계)는 그 語尾(어미)의 通則性(통칙성) 一般性(일반성)의 有無(유무)로써 標準(표준)을 삼지 아니할 수 없는것이다. 물론 어떻게 정한 限界(한계)는 文字上(문자상)에서는 人爲的(인위적) 限界(한계)인즉, 限界(한계)의 兩端(양단)은 가까운 듯한 感(감)이 없지 아니하나, 이는 혹 할 수 없는 모든 區分(구분)에서 必然(필연)의 運命(운명)이라 할 수밖에 없는 것이라.

第一四項(제십사항) 名詞(명사) 아래에 「이」가 붙어서 他詞(타사)로 轉成(전성)될 적에는 口蓋音化(구개음화)의 有無(유무)를 勿論(물론)하고 그 名詞(명사)의 原形(원형)을 바꾸지 아니한다.

例(예) 집집이   곳곳이   샅샅이   곰배팔이   애꾸눈이

【解說(해설)】「집집」, 「곳곳」은 이름씨(名詞)로 「이」가 붙어서 어찌씨(副詞)로 轉成(전성)하고, 「샅샅」은 뚜렷한 뜻이 없으나, 「곳곳이」와 類推關係(유추관계)가 있고, 「곰배팔, 애꾸눈」은 이름씨(名詞)로, 「이」가 붙어서 다른 뜻을 나타낸다. 그러므로 그 原形(원형)을 바꾸지 아니하였다.

第一五項(제십오항) 名詞(명사) 아래에 「이」 以外(이외)의 딴 홀소리

가 붙어서 他詞(타사)로 變(변)하거나 뜻만이 變(변)할 적에는 그 말의 原形(원형)을 밝히어 적지 아니한다.

例(예) 끄트머리　　　지프래기　　　지붕

【解說(해설)】「끄트머리」가 「끝」에서, 「지프래기」가 「짚」에서, 지붕이 「집」에서 나온 말이라 하더라도, 그 아래에 붙는 것이 一般的(일반적) 通則的(통칙적)이 못 되므로 이렇게 處理(처리)하였다. 「지붕」 같은 것은 도리어 서투른 것 같기도 하지마는, 이것부터 例外(예외)를 設(설)할 것은 없으니 다른 것들과 같이 處理(처리)하였다.

이 一四項(십사항), 一五項(십오항)은 앞의 一二(십이), 一三項(십삼항)의 說明(설명)으로써 밀워보면 알 것이다.

第一六項(제십육항) 名詞(명사)나 語幹(어간)의 아래에 닿소리로 첫소리를 삼는 音節(음절)이 붙어서 他詞(타사)로 變(변)하거나 본 뜻만이 變(변)할 적에는 그 名詞(명사)나 語幹(어간)의 原形(원형)을 바꾸지 아니한다.

例(예) 낚시　　　옆댕이　　　잎사귀
　　　옮기다　　　굵직하다　　　넓적하다　　　얼둑얼둑하다
　　　얽죽얽죽하다

〔附記(부기)〕 左記(좌기)의 말은 그 語源的(어원적) 原形(원형)를 밝히어 적지 아니한다.

例(예) 악죽악죽하다　　　　　　각작각작하다 먹숭하다
　　　널직하다　　　말숙하다

【解說(해설)】「낚시」의 「시」와 「옆댕이」의 「댕이」와 「잎사귀」의 「사귀」가 다 一般的(일반적) 通則的(통칙적)이 못 된다 하겠으나, 「낚」을 「낙」으로, 「옆」을 「엽」으로, 「잎」을 「입」으로 바꾸어 씀이 不合理(불합리)한고로 이렇게 處理(처리)되었다. 「얽다」 「멹다」…는 分明(분명)히 쓰이는 말이지마는, 「앍다」 「멹다」 「널다」는 獨立的(독립적)으로 쓰이는 것이 아닌 즉, 그 語源(어원)을 밝히어 나타낼 必要(필요)가 없는 것이다.

第一七項(제십칠항) 語幹(어간)에 「브」가 붙어서 他詞(타사)로 轉成(전성)하거나 뜻이 變(변)할 적에는 그 語幹(어간)의 原形(원형)을 밝히어 적지 아니한다(甲을 取하고 乙을 버린다)

例(예) 甲(갑)	乙(을)	甲(갑)	乙(을)
슬프다	슳브다	아프다	앓브다
고프다	곯브다	미쁘다	믿브다
나쁘다	낮브다	구쁘다	궂브다
바쁘다	밭브다	기쁘다	깃브다
이쁘다	잇브다	가쁘다	갇브다

【解說(해설)】 여기 든 보기(例)가 語源的(어원적)으로는 다 그 原 語幹(줄기)에 「브」가 붙은 것이라 할 만하다. 그러나 그 각 例(예)의 사이에는 語源的(어원적) 明瞭度(명료도)가 매우 區區(구구)하여 一定(일정)하지 아니하므로, 限界(한계)를 정하기 困難(곤란)하다. 그래서 몰밀어서 그 語源(어원)을 表示(표시)하지 아니하기로 한 것이다.

第一八項(제십팔항) 動詞(동사)의 語幹(어간)에 「치」가 붙어서 된 말

은 그 語幹(어간)의 原形(원형)을 밝히어 적는다.(甲을 取하고 乙丙을 버린다)

例(예) 甲(갑)	乙(을)	丙(병)
받치다(支)	밧치다	바치다
뻗치다	뻣치다	뻐치다
엎치다	업치다	
덮치다	덥치다	
놓치다	놋치다	노치다

【解說(해설)】 이것은 움즉씨(動詞)의 줄기(語幹)에 도움줄기(補助語幹)가 붙어서 대체로 같은 뜻을 힘세게 하는 경우이니, 그 語幹(어간)의 原形(원형)을 바꾸지 아니함은 當然(당연)한 것이다. 다음의 보기에서 ㄱ과 ㄴ이 같은 뜻인데, ㄴ은 「치」를 더하여서 그 뜻이 더 셈(强함)을 보겠다.

ㄱ	ㄴ	ㄱ	ㄴ
(물이)넘다.	넘치다.	(물이)밀다.	밀치다
(종이를)접다.	접치다.	(옷을)걸다.	걸치다.
(門을)닫다.	닫치다.	(팔을)뻗다.	뻗치다.
(雨傘을)받다.	받치다.	(그릇을)엎다.	엎치다.

다만 「놓다」와 「놓치다」와는 그 뜻이 좀 달라졌으나, 그것도 힘이 세어짐에 따라서 옆으로 좀 비끄러진 것이다.

第一九(구)項(제십구항) 形容詞(형용사)의 語幹(어간)에 「이」나 「히」나 또는 「후」가 붙어서 動詞(동사)로 轉成(전성)한 것은 그 語幹(어간)의 原形(원형)을 바꾸지 아니한다.(甲을 取하고 乙을 버린다.)

例(예) 甲(갑)	乙(을)	甲(갑)	乙(을)
잦히다	자치다	낮히다	나치다
좁히다	조피다	밝히다	발키다
넓히다	널피다	높이다	노피다
갖후다	가추가	낮후다	나추다
늦후다	느추다	맞후다	마추다

【解說(해설)】 어떻씨(形容詞)를 움즉씨(動詞)로 만듦에는 「히」나 「후」를 그 줄기의 아래에 더 붙임이 原則(원칙)이다. 그러니까, 그 줄기와 「히」나 「후」의 原形(원형)을 밝히어 적어야 表音文字(표음문자)의 表音化(표음화)에 매우 有利(유리)한 것이 된다. 여기에 「높히다」라 하지 않고 「높이다」로 한 것은 다만 便宜的(편의적) 處理(처리)이다.

第二○項(제이십항) 語源的(어원적) 語幹(어간)에 다른 소리가 붙어서 토로 轉成(전성)될 적에는 그 語幹(어간)의 原形(원형)을 밝히어 적지 아니한다.

例(예) 조차   부터   마저

【解說(해설)】 이것을 語源的(어원적) 關係(관계)를 嚴格(엄격)히 따진다면, 「좇아」「붙어」「맞아」로 쓰겠으나, 이미 그것이 토로 化(화)하여 한 낱의 딴 뜻의 말로 이룬 것이기 때문에 그 原形(원형)을 밝힐 必要(필요)가 없는 것이다.

第二一項(제이십일항) 「하다」가 붙어서 되는 用言(용언)의 語源的(어원적) 語根(어근)에 「히」나 「이」가 붙어서 副詞(부사)나 名詞(명사)가 될

적에는 그 語源(어원)을 밝히어 적는다.(甲을 取하고 乙을 버린다)

例(예) 甲(갑)　　乙(을)　　甲(갑)　　　　乙(을)

　　　답답히　　답다피　　반듯이　　　　반드시

　　　답답이　　답다비　　반듯반듯이　　반듯반드시

　　　곰곰이　　곰고미

〔附記(부기)〕「하다」가 붙지 아니하는 語源的(어원적) 語根(어근)에 「히」나 「이」나 또는 다른 소리가 붙어서 副詞(부사)나 名詞(명사)로 될 적에는 그 語根(어근)의 原形(원형)을 밝히어 적지 아니한다.

　　例(예) 군더더기　　　　오라기

【解說(해설)】 이런 것들에서는 原語根(원어근)의 獨自的(독자적) 存在(존재)가 매우 똑똑할 뿐더러, 이름씨(名詞)나 어찌씨(副詞)의 끝소리로서의 「히」나 「이」의 獨自性(독자성)도 또한 또렷하므로, 이를 각각 原形(원형)대로 밝히어 적음이 깨치기에 便利(편리)할 것이며, 또 現在(현재)의 익음으로 보아서도 便利(편리)한 것이다.

　　그러나 「군더더기」 「오라기」 「모름지기」따위는 그리할 必要(필요)가 없다.

　　第二二項(제이십이항) 語源的(어원적) 語根(어근)에 「하다」가 붙어서 用言(용언)이 된 말은 그 語根(어근)의 原形(원형)을 바꾸지 아니한다.

　　例(예) 착하다　딱하다　급하다　속하다

【解說(해설)】 「착하다」 「딱하다」는 語源(어원)이 그리 똑똑하지 못한 것이로되, 「차카다」 「따카다」는 아무리 하여도 서투러 보인다 그

래서 在來(재래)의 적는 버릇으로「급하다」「속하다」따위와 같이
處理(처리)함이 도리어 便利(편리)하다 한 것이다.

　第二三項(제이십삼항) 動詞(동사)의 語幹(어간)에「이 히 기」가 붙을
적에 語幹(어간)의 끝 音節(음절)의 홀소리가 그 ㅣ소리를 닮아서 달
리 나는 일이 있을지라도 그 原形(원형)을 바꾸지 아니한다. (甲을 取
하고 乙을 버린다)

例(예) 甲(갑)	乙(을)	甲(갑)	乙(을)
먹이다	멕이다	먹히다	멕히다
박이다	백이다	맡기다	맽기다
속이다	쇡이다	벗기다	벳기다
죽이다	쥑이다	쫓기다	쬧기다
뜨이다	띄이다	숨기다	쉼기다
잡히다	잽히다	뜯기다	띧기다

　〔附記(부기)〕 이 境遇(경우)에 둘이 合(합)하여 아주 딴 音節(음절)로만
나는 것은 소리대로 적는다. (甲을 取하고 乙 丙을 버린다)

例(예) 甲(갑)	乙(을)	丙(병)
내다	내이다	나이다
깨다	깨이다	까이다
재다	재이다	자이다

【解說(해설)】 원래 글이란것은 아무리 소리로 된 글일지라도, 그
實際(실제)에 말을 적는 마춤(綴字)은 결코 꼭 소리나는 그대로 적는
것은 아니다. (이는 매우 重要한 原理이다). 그러므로 그 實際(실제)의

소리남(發音)에서는 아무리 乙(을)과 같이 난다 하더라도, 글조차 그리 적을 수는 없는것이다. 그러므로 本文(본문)과 같이 規定(규정)한 것이다.

第二四項(제이십사항) 擬聲(의성) 擬態的(의태적) 副詞(부사)나 「하다」가 붙어서 用言(용언)이 아니 되는 語根(어근) 아래에 「이」가 붙어서 名詞(명사)나 副詞(부사)로 될 적에는 그 語根(어근)의 原形(원형)을 밝히어 적지 아니한다.

例(예) 기러기　꾀꼬리　뻐꾸기　다짜구리　귀뜨라미

　　　　개구리　코끼리　가마귀　살사리　　더퍼리　삐쭈기

　　　　얼루기　떠버리

【解說(해설)】 이런따위를 만약 그 擬聲(의성) 擬態的(의태적) 語源(어원)을 찾아 나타내기로 함은 다만 조그마한 語源(어원) 闡明(천명)의 知的(지적) 興味(흥미)는 있을는지 모르지마는, 마춤법으로 보아서는 매우 幼稚(유치)한 것이 된다. 더구나 이런 따위의 말에도 자꾸 그 魚喎(어원)을 찾아 쓰기로 한다면, 各個人(각개인)의 主觀的(주관적) 見解(견해)를 따라서, 실로 區區(구구)한 마춤이 되고 말 것이다. 이를테면 「제비」도 「젭이」로, 「까치」도 「갗이」로, 「가마귀」도 「감악위」로 쓸 수가 있을 것이다. 그러므로 도대체 이런것들은 모두 語源(어원)을 밝히지 아니함이 上策(상책)이다. 그리고 「기럭아」 「개굴아」의 「기럭」 「개굴」은 「기러기」 「개구리」의 준(略된) 것으로 보면 그만이다.

第二五項(제이십오항) 語源的(어원적) 語根(어근)에 「이다」가 붙어서 된

用言(용언)은 그 語根(어근)을 밝히어 적는다. (甲을 取하고 乙을 버린다)

例(예) 甲(갑)　　　乙(을)　　　甲(갑)　　　乙(을)

움즉이다　　움즈기다　번적이다　번저기다

번득이다　　번드기다

【解說(해설)】 이것은 「움즉」 「번득」 「번적」이 한 單語(단어)처럼 되어, 가령 「움즉움즉」 「번득번득」 「번적번적」이라 할 수 있고, 아래에 「이다」가 自動詞(자동사)처럼 되어 있허, 각기 제 뜻을 나타내게 되는 고로, 語根(어근)을 밝히어야 한다는것이다.

第二六項(제이십육항) 用言(용언)의 語幹(어간)에 다른 소리가 붙어서 된것이라도 그 뜻이 아주 딴 말로 變(변)한 것은 그 語幹(어간)의 原形(원형)을 밝히어 적지 아니한다.

例(예) 바치다(納)　드리다(獻)　부치다(送)　이루다(成)

【解說(해설)】 이러한 말을 嚴格(엄격)한 語源(어원)을 따지어 「받히다」 「들이다」 「붙이다」 「일우다」로 쓸 수 있으나, 그 뜻이 아주 달라진 以上(이상)에는 구태어 그 語源(어원)을 찾아 나타낼 必要(필요)가 없는 것이다.

第二七項(제이십칠항) 바침이 있는 用言(용언)의 語根(어근)이나 語幹(어간)에 接尾辭(접미사)가 붙어서 딴 獨立(독립)한 單語(단어)가 成立(성립)될 적에는 그 接尾辭(접미사)의 原形(원형)을 밝히어 적지 아니한다.(甲을 取하고 乙을 버린다)

例(예) (1) 앓다(얾다)

甲(갑)	乙(을)	甲(갑)	乙(을)
발갛다	밝앟다	노랗다	놀앟다
파랗다	팔앟다	가맣다	감앟다
벌겋다	벍엏다	누렇다	눌엏다
퍼렇다	펄엏다	거멓다	검엏다

(2) 업다(읍다)

甲	乙	甲	乙
미덥다	믿업다	무섭다	뭇업다
우습다	웃읍다	드럽다	들업다
간지럽다	간질업다	서느럽다	서늘업다
부드럽다	부들업다	무겁다	묵업다
부끄럽다	부끌업다	시끄럽다	시끌업다
징그럽다	징글업다	어지럽다	어질업다

〔附記(부기)〕 「없다」만은 갈라 적는다.(甲(갑)을 取(취)하고, 乙(을)을 버린다)

例(예) 甲(갑)	乙(을)	甲(갑)	乙(을)
객없다	개겂다	시름없다	시르없다
부질없다	부지럲다	숭없다	상없다

【解說(해설)】 대체 이것은 마춤을 쉽게 하고저 함에서의 處理(처리)이다. 만약 乙(을)대로 한다면 「감앟다」「검엏다」「믿업다」「웃읍다」만은 그 語源(어원)이 分明(분명)하지마는, (감다, 검다, 믿다, 웃다)의 原語(원어)로 보아 그 밖의 것들은 죄다 그 語源(어원)의 獨立性(독립성)이 없는 것이다. (곧 밝다(朱) 놀다(黃) 팔다(靑)……따위의 말은 도무지 쓰이지 아니한다) 그러므로 몰밀어 甲(갑)과 같이 함이 便利(편리)

하다는 것이다.

　다만 附記(부기)의 「없다」만은 獨立性(독립성)이 分明(분명)한 이름씨(例, 시름, 숭) 아래에 붙기도 하기 때문에 이것만은 그 本刑(본형)을 保存(보존)하도록 하였다.

第七節(제칠절) 品詞(품사) 合成(합성)

　第二八項(제이십팔항) 둘 以上(이상)의 品詞(품사)가 複合(복합)할 적에는 소리가 接變(접변)하거나 아니하거나를 勿論(물론)하고 각각 그 原形(원형)을 바꾸지 아니한다.

　　(一(일)) 變(변)하지 아니할 적
　　例(예) 문안　　집안　　방안　　독안　　밤알　닭의알　집오리
　　　　　물오리　　속옷　손아귀　홀아비

　　但(단) 語源(어원)이 不分明(불분명)할적에는 그 原形(원형)을 밝히어 적지 아니한다.
　　例(예) 오라비

　　(二(이)) 變(변)할 적

　　(1) 닿소리와 닿소리 사이
　　例(예) 밤물　국물　맞먹다　받내다　옆문　젖몸살
　　(2) 닿소리와 홀소리 「이」(야 여 요 유) 사이 (이 境遇(경우)에는 아래의 홀소리의 첫소리로 口蓋音化(구개음화)한 ㄴ 소리가 덧난다)(甲을 取하고 乙을 버린다)

例(예) 甲(갑)	乙(을)	甲(갑)	乙(을)
갓양	갓냥	잣엿	잣녇
담요	담뇨	편윷	편늋
밭일	밭닐	앞일	앞닐
집일	집닐	공일	공닐(거저 하는 일)

〔附記(부기)〕 그 웃 品詞(품사)의 獨立(독립)한 소리 ㄴ이 變(변)할 적에는 變(변)한 대로 적되, 두 말을 品別(품별)하여 적는다.(甲(갑)을 取(취)하고 乙(을)을 버린다)

例(예) 甲(갑)	乙(을)	甲(갑)	乙(을)
할아버지	한아버지	할머니	한어머니

【解說(해설)】 두 씨(品詞)가 서로 합하여서 한 낱의 거듭씨(複合詞)를 이룰 적에 그 각각의 原形(원형)을 되도록 保存(보존)함이 깨치기에 有利(유리)하다. 그 거듭씨의 소리남이 변함이 없는 것(一(일)의 例(예))은 물론이요, 그 소리남이 多少(다소) 변함이 있을지라도 닿소리와 닿소리와의 이음으로 말미암아 必然的(필연적)으로 변하는 것(二(이)의 (1)의 例(예))과 변함에 대한 言語意識(언어의식)이 習慣上(습관상)으로 顯著(현저)히 들어나지 아니하는 것(二의 (2)의 例)은 다 제 原形(원형)대로 적기로 한 것이다. 그리고 그 변함에 대한 言語意識(언어의식)이 顯著(현저)한것(附記의 것)은 그 변한 대로 적기로 하였다.

第二九項(제이십구항) ㄹ바침이 있는 말과 딴 말과 어우를 적에는 (1)나기만 하는 것은 나는 대로 적고, (2) 도무지 나지 아니하는 것은 아니 나는 대로 적는다.

例(예) (1) 물새 불꽃   (2) 무자위 부삽

【解說(해설)】 (2)의 「무자위」 「부삽」은 「물」의 ㄹ이 아주 줄어진 것이니까, 준대로 적는 것이 읽기 쉬우며, 또 當然(당연)한 것이다.

第三〇項(제삼십항) 複合名詞(복합명사) 사이에서 나는 사이ㅅ은 홀소리 아래에서 날 적에는 우의 홀소리에 ㅅ을 받치고, 닿소리와 닿소리 사이에서는 도무지 적지 아니한다.

例(예) 홀소리 밑

　　　뒷간　곳집　나뭇배　담뱃대　잇몸　깃발

【解說(해설)】 複合名詞(거듭이름씨)에서의 所謂(소위) 「사이ㅅ」의 處理(처리)는 참 성가신 일이다. 만약 사이ㅅ을 그 나는 대로 ――(일일)이 적자면 참 번거롭기 짝이 없는 일이 된다. 그러므로 이 案(안)에서는 될 수 있는 대로 그 사이ㅅ을 적게, 不得已(부득이)한 경우에만 쓰기로 한 것이다. 그래서 홀소리(母音) 아래에서 나는 사이ㅅ만은 적기로 하고, 닿소리(子音)와 닿소리와의 사이에서 나는 사이ㅅ은 도무지 적지 아니하기로 한 것이다. 「장군」(將軍)과 「장ㅅ군」(市人), 「문자」(文字, 熟語)와 「문ㅅ자」(文字)에서와 같이 사이ㅅ을 적지 아니할것 같으면 서로 混同(혼동)될 念慮(염려)가 없지 아니한 말은 극히 그 數(수)가 드물다. 이 두어 말 때문에 또 特例(특례)를 둘 必要(필요)는 없다. 이 두어 말만은 사이ㅅ으로 區別(구별)하지 아니하더라도, 그 경우를 따라서 틀림없이 區別(구별)될 것이다. 그래서 닿소리 아래에서는 몰밀어서 사이ㅅ을 적지 아니하기로 한 것이다.

홀소리(母音) 아래에서 쓰기로 한 사이ㅅ을 그 우의 홀소리(母音)

에 받쳐서 적기로 하였다. 이전에는 사이ㅅ은 또박또박 사이에 적는 것(例 뒤ㅅ간)이 예사이었지마는, 이미 거듭하여서 딴 한 낱의 씨를 이룬 以上(이상)에는 구태여 ㅅ으로 그 사이에 獨立(독립)한 한 간의 자리를 차지하게까지 할 必要(필요)가 없는 것이다. 거듭씨에서의 사이ㅅ의 구실을 생각하건대, 만약 ㅅ에 獨立的(독립적) 意義(의의)를 주어서 본다면, 그것이 사이에 있어서 우알의 말을 잇게 한 것이라 할 수도 있겠지마는, 또 만약 두 원 名詞(명사)를 가지고 본다면, 우의 名詞(명사)가 ㅅ을 얻어서 어떤씨(冠形詞) 같은 資格(자격)으로써 아래의 名詞(명사)와 接合(접합)한 것이라고도 할 수 있을 것이다. 見解(견해)는 어떠하든지 간에, ㅅ을 우의 홀소리(母音)의 바침으로 받치는 것이 便利(편리)한 것이다. 어떤 이는 이리하면 根本(근본)부터 우의 名詞(명사)가 ㅅ받침으로 된 것인지 아닌지가 不明(불명)하기 때문에 「큰 混亂(혼란)」이나 생길 듯이 떠들지마는, 이는 그저 反對(반대)하기 위한 너무 誇張(과장)한 杞憂(기우)에 지나지 아니한 것이다. 「뒤ㅅ간」보다 「뒷간」이, 또 다음 項(항)의 「조ㅂ쌀」보다 「좁쌀」이 훨신 便利(편리)한 것임은 지울 수 없는 事實(사실)이다.

第三一項(제삼십일항) 다음과 같은 말은 소리대로 적는다.(甲을 取하고 乙을 버린다)

例(예) 甲(갑)	乙(을)	甲(갑)	乙(을)
좁쌀	조ㅂ쌀	찹쌀	차ㅂ쌀
멥쌀	메ㅂ쌀	햅쌀	해ㅂ쌀
수캐	숳개	암캐	앓개
조팝	좋밥	안팎	앓밖

【解說(해설)】 이것은 무엇보다 쓰기 쉬운 것을 취한 것이다. 누구든지 이것이 너무 쉽다고 해서 異議(이의)를 提出(제출)할 이는 없을 줄로 안다. 만약 語源的(어원적)으로만 적는다면, 乙(을)과 같이 「조ㅂ쌀(조쌀) 해ㅂ쌀(해쌀) 숳개……」로 적을 수도 있을 것이다. 그러나 이는 반듯이 그래야만 語源的(어원적) 說明(설명)이 되는 것이 아닌 것도 없지 아니하다. 이를테면 「수캐」 「암캐」 「조팝」은 ㄱ ㅂ이 우연히 거센소리(激音)로 났다 하여도 조금도 틀림이 없을 줄로 안다. 왜 그러냐 하면 우리말에서 원래 ㄱ이던 것이 아무 까닭 없이 ㅋ으로 나는 일이 흔히 있기(例 갈(劍)—칼, 고—코, 갈치—칼치) 때문이다.

第八節(제팔절) 原詞(원사)와 接頭辭(접두사)

第三二項(제삼십이항) 接頭辭(접두사)와 語根(어근)이 어울러서 한 單語(단어)를 이룰 적에는 소리가 接變(접변)하거나 아니하거나 그 原形(원형)을 바꾸지 아니한다.(甲을 取하고 乙을 버린다)

例(예) 甲(갑)	乙(을)	甲(갑)	乙(을)
짓이긴다	짓니긴다	엇나간다	언나간다
샛노랗다	샌노랗다	싯누렇다	신누렇다

【解說(해설)】 接頭辭(머리가지)는 비록 獨立(독립)한 낱말의 資格(자격)은 없지마는, 여러 경우에 두루쓰이는 一種(일종)의 獨自性(독자성)을 가진 것이다. 그러니까 각각 原形(원형)대로 적는 것이 옳은 것이다. (第六項(제육항)의 說明(설명)을 參照(참조))

-〈한글〉 2권 8호(1934)-

한글 맞춤법은 과연 어려운가

1

《한글 맞춤법 통일안》이 온 사회 식자들의 절대의 지지 아래에 세상에 발표되어, 널리 행하게 된 일정 시대에, 이것이 어렵다는 일부의 사람이 있어, 우리들은 그네들로 더불어 혀로, 붓으로 적지 않은 토론을 하여 이를 설복하고, 천하의 의혹을 푼 일이 있었다. 이제, 우리는 또다시 그러한 설법을 하지 않을 수 없는 애꿎은 경우를 당하고 있다.

그 소견에 있어, 또 그 태도에 있어, 옛날의 박 승빈 님을 받들고 나서서, 큰소리로써 그 선지자의 예언에 의하여 나타난 자기를 자랑하면서, 금년 안으로 우리의 한글 새 맞춤법이 폐기될 것을 외람하게도 예언한 사람이 있었다 함을 들었더니, 과연 얼마 아니하여서, '국무 총리 훈령'으로써 '한글 맞춤법'을 버리고 옛날 소리대로만 적는 맞춤법으로 돌아가라는 지시가 있어, 사회에 큰 파문을 던지고 있다. 그래서, 사회의 각 방면의 문화인들은 이러한 처사의 부당함을 외치고 있거니와, 어떤 일부의 사람들은, 또 이와 반대로, 그 새 맞춤법의 어려움을 새삼스레 말하는 일이 없지 않다. 그러면, 과연 한글 새 맞춤법은 어려운 것인가? 나는 여기에 이 점을 약간 밝히고자 한다. 이 점을 학문적으로 밝혀 두는 것이 문제 해결의 근본이 된다고 생각하는 때문이다.

우리 지식인은 이성(理性)의 신도이다. 현대는 이성이 지배하는 시대이다. 모든 문제의 해결의 열쇠는 이성에 있다. 이성은 우리에게 진리를 보여 준다. 이성이 드러내어 보여 주는 진리에 따라, 일의 정곡(正曲)과 시비를 판단하여 처리하고 행동하는 곳에만 성공과 승리가 결과하며, 발전과 번영이 따르는 것이다. 우리 나라는 옛 나라이다. 그러나 '광복된 대한'은 새 나라이다. 이 새 나라의 발전과 번영은, 반드시 현대적 이성(理性)의 시킴에 따라 모든 일을 벼르고 경륜하는 데에만 가능하게 되는 것이다. 말과 글은 사람 이성의 소산이오, '한글 맞춤법'의 문제도 또한 이성의 문제이다. 이론적 이성만이 이 문제를 올바르게 처리할 만한 힘을 가진 것이다.

2

그러면, 《한글 맞춤법》이 어렵다는 문제는 대체 어떠어떠한 것들인가?

첫째, ㄷ받침은 ㅅ받침보다 어렵다 한다. 이를테면, '가'자에 ㅅ받침을 할 것 같으면 '갓' 소리로 되는 것은 쉽지마는, '가'자에 ㄷ받침을 하여도 '갓' 소리로 된다는 것은 알기 어렵다고 한다.

나는 이러한 물음을 받은 일이 흔히 있다. 나는 이러한 물음을 내는 사람에게 대답하기 전에, 먼저 도리어 그에게 묻는다. 당신이 쉽다고 치는 바, '갓'이란 자형이 어째서 당신이 발음하는 것과 같은 소리, 곧 /kat-/으로 나는가? 그 이치가 무엇인가? 이렇게 되물음을 받은 그는 대개 멍하니 대답하지 못하거나, 그저 당연히 그리 소리 나는 것이라고만 하는 것이 예사이다. 이 때에 나는 이론적으로 설명하기 시작한다.—/ㅅ/는 원래 갈이소리(摩擦音)이므로 '갓'은 영어의 'kas'가 되는 것이 원칙이오, 이것을 /kat/으로 내는 것은 단순한 우리말에서의 한 버릇에 지나지 아니하는 것이다. 이에 뒤치어, /ㄷ/는 원래 닫힘소리(密閉音)인 즉, '갇'은 당연히 /kat/으로 나는 것이다. 다시 말하면, 말소리로서의 /kat/은 당연히 '갇'으로 적을 것이로되, 우리 글의 버릇으로서 '갇'을 흔히 '갓'으로 적을 따름이다. 이러한 즉, '갓'은 쉽지마는, '갇'은 어렵다 할 것이 아니라, 거꾸로 '갇'은 쉽지마는, '갓'은 어렵다 할 것이다.

그런데, 세상 사람들이 흔히 '갓'은 쉽지마는, '갇'은 어렵다고 생각하는 소이연(所以然)은 무엇인가? 이는 다름이 아니라, 이미 제 몸이나 마음에 익은 것은 쉽게 여기고, 설은 것은 어렵다고 느껴지는 것은 사람 심리의 일반스런 현상이기 때문이다. 곧 그에게 있어서는, '갓'은 아무런 이론도 캐지 않고, 무조건스럽게 배워 익은 것이기 때문에, 그것은 쉽게 또 당연하게 생각하지만, '갇'은 처음 보는 서투른 것이기 때문에, 그것은 어렵다고 생각하는 것일 따름이다. 시골 농촌에 있는 우리 집 문전의 골목길은 울퉁불퉁하고, 꼬불꼬불하지마는, 나는 침침 철야에라도 조금도 서슴지 않고서 예사로 잘 다닌다. 처음으로 머무르게 된 도회지의 여관의 앞길은 곧고 평탄하지마는, 내가 다니기에는 우리 집 앞의 골목길보다 오히려 어렵게 느껴짐은, 다만 하나는 익은 것이오, 다른 하나는 익지 않은 설은 것이기 때문 뿐이다. 그러므로, 이러한 어려움은 심리의 자연이기는 하지마는, 그것은 객관적 진리는 아닌 것이다.

둘째, 옛날에는 ㅅ 받침이 하나로 족하던 것을, 이제는 그밖에 또 ㅈ, ㅊ, ㄷ, ㅌ 들을 쓰니, 어렵다는 것이다.

이 말은 십분의 이유가 있다. ㅅ 하나로만 하던 것을 여러 가지로 하며, 더구나 어떤 경우에는 ㅈ, 어떤 경우에는 ㅊ, 또 어떤 경우에는 ㄷ, 또 ㅌ으로 하여야 한다 하여, 그 사이에 경우를 가르며, 말씨를 분간하니, 이것은 확실히 전의 것보다 어렵다 할 만하다.

그렇지마는, 새 맞춤법에서 이와 같이 ㅅ, ㅈ, ㅊ, ㄷ, ㅌ 들을 구별하여 적기로 한 것은 상당한 이유가 있어서 그리한 것이다. 그 이유는 이러하다. 전에 ㅅ 받침 하나로만 할 적에는,

(ㄱ) 낫(晝), 나지(晝가), 나즌(晝는), 나제(晝에), 나즈로(晝로)
　　낫(面), 나치(面이), 나츤(面은), 나체(面에), 나츠로(面으로)

와 같이 적으면서,

(ㄴ) 낫(鎌이), 낫이(鎌이), 낫은(鎌은), 낫에(鎌에), 낫으로(鎌으로)

와 같이 적어 왔다. 이러한 맞춤법을 지키는 사람은, 누구든지 그 앞과 뒤와의 사이에 제 스스로 어떤 불통일과 모순이 있음을 발견하지 않을 수 없었다. 곧 (ㄴ)의 경우에 있어서는, 이름씨(名詞) '낫'(鎌)과 토씨 '이, 은, 에, 으로'와가 각각 서로 구별되어서, 발음에 맞는 동시에 법에도 맞아 우리의 깨치는 힘과 알아 읽는 힘에 편리하게 딱 들어맞음을 느끼지마는, 앞의 (ㄱ)의 경우에서는, 낱말과 낱말이 서로 독립하고 서로 구별되는 일 없이, 다만 소리나는대로만 적히었기 때문에, 그것은 우리에게 이해되기가 어렵다는 결과에

떨어짐을 느끼지 않을 수 없었다. 무릇 인식과 이해는 차별에서 생기는 것이다. 차별이 없는 세계는 쉬운 듯하면서 그 실은 어려운 것이다. 여기에, 우리는 (ㄴ)의 경우의 법을 따라서, (ㄱ)의 경우의 것도 갈라적기로 하였다.

낮(晝), 낮이, 낮은, 낮에, 낮으로.
낯(面), 낯이, 낯은, 낯에, 낯으로.
낱(個), 낱이, 낱은, 낱에, 낱으로.
낟(穀), 낟이, 낟은, 낟에, 낟으로.

와 같이 하였다. 그러나 이는 다만 그것들 사이에 억지로 무슨 차이와 구별을 붙이기 위하여 한 것이 아니오, 실제의 언어 사실(事實)에 터잡아서 법대로 적은 것이다. 갈라적은 결과는, 그것이 말의 법에 맞을 뿐 아니라, 또 말의 소리남에도 맞기 때문에, 그것은 읽기와 깨치기에 두루 편리한 결과를 가져온다.

간단히 말하면, ㅅ 하나보다 ㅈ, ㅊ, ㄷ, ㅌ 들의 여럿은 어려운 것도 어느 정도로 사실이지만, 그것은 조금 어려운 대신에 크게 쉬운 것임을 우리는 배운다.

셋째, '두 자 받침'은 어렵다 한다.

《한글 맞춤법》에는 두 자 받침을 많이 쓴다. 그 이유는,

① 낱말을 확립하기 위함이다. 낱말을 확립하기 위하여 우리가 전에 쓰지 않던 새 받침 ㄷ, ㅈ, ㅊ, ㅌ 들을 쓰게 된 것은 앞에 이미 말한 바와 같다. 그런데 낱말의 확립에는 이 밖에 또 '두 자 받침'을 쓰지 않을 수 없었다. 그래서,

ㄳ, ㄵ, ㅄ

을 받침으로 쓰게 되었다. 곧

삯(賃), 삯이, 삯은, 삯에, 삯으로
돐(朞), 돐이, 돐은, 돐에, 돐으로
값(價), 값이, 값은, 값에, 값으로

와 같다.

② 말의 본(法)을 세우기 위함이다. 앞에 말한 이름씨와 토씨와를 서로 분간하여 적음도 낱말의 확립인 동시에 말의 본을 세움이 된다. 우리는 말의 본을 세우기 위하여, 다시 나아가, 풀이씨(用言=動詞·形容詞·指定詞)의 줄기와 씨끝과를 서로 분간해 적기로 하였다. 그러한 결과로, 새 맞춤법에서는 새로운

외자 받침 ㅎ
두 자 받침 ㄲ, ㄵ, ㄶ, ㅀ, ㄾ, ㄿ, ㅆ

을 더 쓰게 되었다. 곧

먹다(食), 먹어, 먹으니.
좋다(好), 좋아, 좋으니.

와 같이,

닦다(拭),	닦아, 닦으니.
얹다(置上),	얹어, 얹으니.
많다(多),	많아, 많으니.
싫다(厭),	싫어, 싫으니.
핥다(舐),	핥아, 핥으니.
읊다(詠),	읊어, 읊으니.
있다(有),	있어, 있으니.

로 적기로 한 것이다.

이에 관하여, 여러 가지로 문제를 제기할 수가 있다.

첫째, "먹다, 먹어, 먹으니"로 적지 말고, "먹다, 머거, 머그니"로 적으면 더 쉽지 아니할까?

이렇게 적으면 좀 더 쉬워진다고 말할 수가 있을 것이다. 옛날의 훈민정음 시대의 맞춤법에서는 이렇게 적었으며, 또 장래에 우리 글을 풀어서 가로글씨로 하는 경우에는 줄기 '먹'과 씨끝 '어'를 구별해서 띄어쓰지 아니하여도 좋을 것이다. 이러한 의미에서 우리 글을 가로글씨로 함이 반드시 실현되어야 할 것이라고 생각한다. 그러나 훈민정음 시대는 이미 지나갔고, 가로글씨는 아직 실현되지 아니하고 있다. 오늘의 맞춤법으로서는 반드시 "먹다, 먹어, 먹으니"로 적지 않으면 안 된다. 왜 그런가?

훈민정음 시대의 "머거, 머그니" 식으로 적던 것이, 그 뒤에 시대의 나아감을 따라, 낱말과 말본에 대한 의식이 점차로 발달하여, 누구가 했다고 할 것 없이, 저절로, "바람, 바라미, 바라믄, 바라메"가 차차로 "바람이, 바람은, 바람에, ……"로 적게 됨과 같이, "먹다"도 "먹어, 먹을, 먹으니, 먹으면, ……"으로 적게 되었다. 이렇게 적음이

'먹다'의 중심 관념을 나타내는 줄기 '먹'의 꼴(形)이 일정하여서, 그 꼴을 보잡기(看取하기)에 유리하다고 생각한 때문이다. 이러한 줄기와 씨끝과의 갈라적기는 구한국 끝무렵에 주 시경 스승이 한글 연구를 시작하기 전부터 이미 그리 된 것이오, 그 뒤 과학 교육의 진보와 주 스승의 국어 교육으로 말미암아, 이 방식이 더욱 보편화되었으며, 고정화되었다. 그러므로, 이제 이를 되고쳐서, 《훈민정음》에서의 적기(記法)로 돌아간다는 것은 시대에 역행하는 과학에의 반역이라 아니할 수 없다.

다음에, 장래에 가로글씨로 될 것 같으면, 줄기 '먹'과 씨끝 '어, 으니, ……'와를 갈라적지 아니할 터인 즉, 이제라도 그리하면 좋지 아니하냐고 할 수도 있을 듯하다. 그러나, 이는 그렇지 아니하다. 가로글씨에서는 줄기와 씨끝과를 갈라서 띄어 적지는 아니하지만, 줄기의 꼴만은 언제든지 고정하여 변함이 없고 다만 그 씨끝만이 변동하게 된다. 이를테면,

(ㄱ) ㅁㅓㄱㄷㅏ　ㅁㅓㄱㅈㅣ　ㅁㅓㄱㄴㅡㄴ　ㅁㅓㄱㄱㅗ
　　ㅁㅓㄱㅓ　ㅁㅓㄱㅡㄴㅣ　ㅁㅓㄱㅡㅁㅕㄴ.
(ㄴ) ㅓㅂㅅㄷㅏ　ㅓㅂㅅㅈㅣ　ㅓㅂㅅㄴㅡㄴ　ㅓㅂㅅㄱㅗ
　　ㅓㅂㅅㅓ　ㅓㅂㅅㅡㄴㅣ　ㅓㅂㅅㅡㅁㅕㄴ.

에서 'ㅁㅓㄱ'과 'ㅓㅂㅅ'이 고정 불변함과 같다.

이제 만약, 오늘의 낱내(音節) 표준의 맞춤법에서,

(ㄱ) 먹다, 먹지, 먹는, 먹고; 머거, 머거도, 머그니, 머그면.
(ㄴ) 업다, 업지, 업는, 업고; 업서, 업서도, 업스니, 업스면.

으로 적는다면, 줄기의 꼴과 씨끝이 꼴이 함께 일정하지 아니하여서, 그 뜻을 얼른 보잡기에 곤란이 많다. 읽기에도 매우 불리를 입을 것이다.

이러한 이유에서, 오늘의 맞춤법으로서는, '먹다, 먹고, 먹지, 먹는'으로 적을 적의 줄기의 꼴을 그대로 지니어서 '먹어, 먹음, 먹으니, 먹으면, ……'으로 적어야 함을 우리는 군이 세우는 바이다.

다음에 '닭다', '있다', '많다', '핥다'와 같은 두 자 받침을 폐지하고서,

닥다, 닥고, 닥가, 닥그니.
잇다, 잇고, 잇서, 잇스니.
만타, 만코, 만하, 만흐니.
할따, 할꼬, 할타, 할트니.

로 함이 더 쉽지 아니하냐 할 것이다. 이도 마찬가지로 아니, 더 명백하게 그 불합리함이 드러났다고 나는 생각한다. 곧 두 자 받침으로 된 낱말의 이러한 적기(記法)에서는, 그 줄기와 씨끝의 부정 동요함이 더욱 현저하여, 도저히 그 말뜻을 얼른 보잡을(看取할) 도리가 없으므로 읽기에서의 불편과 불리가 더욱 심함을 면치 못할 것이다. 그러므로, 이를, 새 맞춤법에서는,

닭다, 닭고, 닭아, 닭으니.
있다, 있고, 있어, 있으니.
많다, 많고, 많아, 많으니.
핥다, 핥고, 핥아, 핥으니.

로 적어서, 그 줄기와 씨끝을 고정시켰으니, 이로 말미암아 말뜻은 더욱 잘 나타나 있어, 첫눈에 얼른 잡아가질 수가 있게 되었다.

《한글 맞춤법 통일안》에서, 두 자 받침을 쓰는 까닭을 대강 말하였다. 무릇 이론이 반듯하고, 법칙이 서고, 체계가 짜인 것은 이해하기와 사용하기가 쉽고, 그렇지 못한 것―이론도 서지 못하고, 법칙도 짜이지 못한 것은 배우기와 사용하기가 도리어 어려운 것은 일반스런 진리이다. 한글의 새 맞춤법에서,

임자씨(體言) 아래에 ㄳ, ㄵ, ㅄ

풀이씨(用言) 줄기 아래에 ㄲ, ㅆ, ㄵ, ㄶ, ㄾ, ㄿ, ㄽ

의 두 자 받침을 쓴 것은 역사적 연원이 있음은 물론이오, 현재의 언어 사실의 근거가 확실하며, 언어 과학적 원리와 일치하며, 우리말의 말본의 논리와도 부합한 처리이다. 이러한 처리로 된 새 맞춤법이 혹은 얼른 보기에는 복잡하고 어려운 듯하기도 하겠지마는, 한 번 잠심하여 익히고 보면, 하루아침이면 그 이치를 깨칠 것이오, 한 열흘이면 그 사용에 막힘이 없게 될 것이다. 그러므로, 우리는 말하노니, 두 자 받침은 결코 어려운 것이 아니라 도리어 쉬운 것이다.

넷째, 된소리를 어깨시옷(속에 '된시옷'이란 것)을 붙이지 않고, 같은 자를 '갈바씀'(同子並書·雙書)은 어렵다고 한다.

나는 여기에서, 된소리의 적기(記法)로서 같은 자의 갈바씀이 바르다는, 역사적 근거와 소리갈스런(音聲學的) 이론과 글자 심리학(文字心理學)의 까닭을 말할 겨를을 가지지 못하였다. 다만, 갈바씀(並書)이 어깨시옷 하기(된시옷 하기)보다 도리어 쉬운 점만을 말하고자 한다.

보기를 들어 말하건대, '가'에다가 'ㅅ'을 왼쪽 어깨에 붙이면, 어

째서 된소리로 나는가? 여기에는 아무런 이유가 없다. 만약 다소의 이유가 있다면, 그것(ㅅ)이 실질적으로 /ㄷ/로 화하여, 목에서 나오는 소리를 꽉 막는 작용을 하기 때문에 '가'의 된소리가 난다할 것이다. 만약, 이러한 이유라면, '어깨 시옷'보다는 '어깨 디귿'을 함이 훨씬 쉬울 것이다. 곧 "쟈, 쨔, 쨔, …" 대신에 "댜, 땨, 땨, …"를 사용함이 더 쉽다 할 것이다. 또, 만약 어깨시옷으로써 된소리의 표로 보고서 어깨시옷으로 함이 쉽다 하는 이도 없지 아니하다. 그러나, 이는 부당하다. 첫째, 어깨시옷을 하나의 된소리 표로 본다는 것은 아무런 역사적 근거도 없고 아무런 이론적 근거도 없는 것이다. 만약, 어깨시옷이 표이기 때문으로 해서 더 쉽다 할진대, 하필 어깨시옷에만 한할 문제가 아닐 것임도 절로 환한 이치이다. 무슨 글자로써 그 된소리의 표로 하더라도 마찬가지가 되지 아니할 것인가?—이러하고 보니, 어깨시옷함이 더 쉽다는 것은 다만 이미 이뤄진 버릇에 끌리어 하는 소리일 뿐이오, 아무 다른 정당한 이유가 없는 것이라 하겠다.

이에 대하여, 같은 글자의 갈바쓰기로써 된소리를 표시함은 심리적으로 매우 합당한 일이오, 따라서 이해하기도 쉽다. 홀소리 (ㅏ)에다가 닿소리 하나(보기하면, ㄱ)를 앞붙여서 /가/ 소리로 되었은즉, 같은 소리 둘을 /ㅏ/에 앞붙일 것 같으면, /가/ 보다는 된소리 /까/가 된다는 것은 누구든지 얼른 알아듣기 쉬운 일이다. 동전(銅錢) 하나보다는 둘이 더 무거운 것과 마찬가지로, 실오리 하나보다는 둘이 더 단단한 것으로 생각함은 떳떳한 심리적 사실이다. 닿소리 하나보다는 둘이 짝한 것이 그 소리가 더 진하고 단단하다고 함은 심리적으로 자연스런 견해이라 하겠다.

3

한글의 새 맞춤법이 어렵다 하는 이유의 하나로서, 두 자 받침—
특히 쌍기역, 쌍시옷의 받침이 외자 받침보다. 글씨쓰기(書字하기)에
시간이 많이 걸리니 어렵다, 불경제적이다 하는 것이 있다.

이 의문은 어느 한도까지는 정당하다. 이를테면, "있다, 있고, 있
지, ……"는 "잇다, 잇고, 잇지, ……"보다 쓰기(書)에 시간과 품이
더 드는 것은 사실이다. 그러나, 요만한 이유로써는 '있'을 폐지하고
'잇'으로 하자는 것은 옳지 못하다. 좀더 주도하게 생각해 본다면,
'있다'(有)가 '잇다(有)'보다 훨씬 더 바르고 더 쉽고 더 편리한 줄을
깨칠 것이다. 이는 다름이 아니다. 실제의 언어 사실이 〈有〉는 "있
다, 있어, 있으니, ……" 이오, 〈連〉은 "잇다, 잇어(이어), 잇으니(이으
니), ……"인즉, 그 맞춤법도 언어 사실과 부합시키어서, 〈連〉은 '잇
다'로, 〈有〉는 '있다'로 함이 말뜻잡기에, 글읽기에 훨씬 유리하다.
다시 말하면, '있다'가 '잇다'보다 쓰기(書)에는 좀 불편 하지만, 쓰기
(使用) 곧 읽기(讀書)에는 훨씬 편리한 즉, 읽기의 이익으로써 쓰기의
불리를 메우고도 훨씬 남는다.—이것이 우리가 '있다'를 고집하는
까닭이다.

4

무릇 어렵다 쉽다 함은 각 개인의 제멋대로 말하기는 쉽지마는,
과연 객관적으로 어느 것이 쉽고 어려우냐 하는 문제는 속단하기
어려운 것이 많다. 이 세상에 《한글 맞춤법》이 어렵다고 떠드는 사

람들의 심리는 여러 가지로 부당한 것이 많이 섞여 있는 것은 지울 수 없는 사실이다. 나는 이제로부터 꼭 20년 전에 '한글 어렵다' 하는 사람의 심리를 가늘게 분석하여, 온 천하의 비평을 청한 일이 있었다(1934년 7월《신동아》지상에 실은 〈한글 難解의 心理 分析〉을 얼러보라). 심리 문제는 그리로 미루기로 하고, 여기에서는 한글의 어려움과 쉬움을 판단하는 가장 합리적 방법을 하나 들기로 한다.

무릇 한 물감(染料)이 잘 드는가 못 드는가를 판단하려면, 이미 어떤 빛깔로 물든 종이에 시험하기보다는 아무 빛깔로도 물들지 아니한 백지에다가 시험하여 봄이 바른 방법이다. 한글의 쉬움과 어려움을 정당하게 판단하려면, 이것으로써 기성 지식인에게 시험하기보다는 백지와 같은 어린아이—초학자에게 시험함이 옳다. 그런데, 해방 이후의 경험에 의하건대, 문자를 많이 다루는 집안에서는, 그 어린아이가 학교에 들어가기도 전에 벌써 한글을 읽을 줄을 아는 것이 예사이며, 국민학교에 입학한 아이들은, 그 가정 환경의 여하를 불구하고, 2학년이 되면 70 내지 80 퍼센트는 글읽기의 능력이 붙는다 한다. 이것은 엄정한 사실이다. 이 사실을 사실대로 시인하는 다음에는, 한글 새 맞춤법을 어렵다고 앙탈할 수가 없을 것이다. 누구든지 《한글 맞춤법》이 어렵다고 생각하는 사람은 반드시 제 집안에 어린아이를 가지지 못한 불행한 사람일 것이다. 국민학교 아이를 가진 집에서는 그 학자 아버지가 그 아이에게서 한글을 배우는 기회를 가지는 것은 우리 사회의 장래가 촉망되는 놀랄 만한, 일반스런 현상이다. 그러한즉, 한글이 어렵다고 하는 불평객·불행인은 모름지기 먼저 국민학교에 가서 어린아이들의 글읽는 능력이 얼마나 놀라운가를 정성들여 살펴보아야 할 것이다. 오늘날 20세기는 과학의 세기이다. 과학의 세기에 처하여, 과학적으로 판단하고 과학적으로 삶을 건설하려면, 반드시 관찰과 실험을 존중할 것이니, 이러한 관찰과 실험의 기초 위에 서지 않고는 모든 사고와 판단과 처사가 독단이오 독선에 빠진 것임을 명념하여야 한다.

5

한글 새 맞춤법이 어렵다는 것은 어떠한 그릇된, 치우친 심리에 사로잡힌 독단이오 곡론이다.

어렵기 때문에 새 나라 국민의 전진을 방해하는 것은 한글 새 맞춤법이 아님은 명백한 사실이다. 국민학교, 중등 학교의 아이들이 한글이 어렵기 때문에 답보를 하고 있는 것이 아니라, 한글로 된 읽을 만한 좋은 책들이 부족하기 때문에 지식에 주리고 행렬에 뒤떨어지고 있음을 우리는 알아야 한다. 이 나라를 사랑하고, 이 나라의 소년·청년을 사랑하는 이는 모름지기 한글로 된 좋은 책을 지어 공급할 도리를 강구하지 아니하면 안 된다. 여기에 우리 사회의 지식인·지도자의 책임이 있는 것이다.

다시 눈을 높이 들어 살펴보건대, 우리에게 어려움을 주는 적은 한글이 아니라, 한(漢)의 글이다. 한자(漢字)·한문(漢文)은 확실히 용진하는 새 나라의 국민을 막아 멈추는 방해물이오, 겨레의 정성과 생명을 좀먹는 대적(大敵)이다. 이 대적놈을 완전히 쳐물리치지 않고는 우리 겨레의 문화와 생활을 세계의 수준에 끌어올릴 수가 도저히 없는 것이다. '대한의 청년'들은 모름지기 '중공 오랑캐'라는 이름을 가지고 들어온 총 든 도둑과 함께, '대국의 진서'라는 훌륭한 이름을 가지고 들어온 도둑놈을 압록강 건너로 몰아내어야 한다.

이 두 도둑을 몰아내어야만 우리가 잘 살 수가 있을 것이다. 이것이 우리 민족 이성의 지상의 명령이오, 국민 생활의 최대의 요구이다.

-〈수도평론〉 2호(1953. 7.)-

한글 풀어씨기의 뜻과 글자

〈사룀〉 나는 이 글에서 "쓰다"(用, 冠)와 "씨다"(書寫)와를 구별하여 쓴다(使用한다.) 보기: "한글을 쓴다"(한글을 使用한다), "한글을 씬다"(한글을 書한다). 그렇게 눌러 보아 주심을 청합니다.

1

내가 일제 말기 옥살이 3년 동안에, 수십 년래의 연구를 계속하여, 한글을 풀어 가로씨기의 글자체를 완성하여, 이를 사회에 내보내어서 후세에 전하고자 갖은 고심을 다하다가, 천행으로 8·15 해방으로 인하여, 나의 목숨과 함께 가로글씨를 온전히 함을 얻은 깃은 나의 일생의 기쁨이다. 해방된 우리 사회에는 한자 안 쓰기, 한글만 쓰기, 한글의 풀어 가로쓰기의 운동이 전반적으로 일어났다. 이러한 겨레 문화 강화의 당연 또 자연의 운동도 여러 모양의 방해를 받기는 하였지마는, 반만 년의 역사스런 문화 의욕과 20세기의 과학스런 진보주의의 사상은 필경에는 한글 운동의 승리를 가져오게 되었음은 이 겨레, 이 나라를 위하여, 경하하지 않으면 안 될 일이다.

'한글 가로글씨 연구회'에서 그 글씨체를 발표한 지는 이제 10년이 넘었으며, 가로글씨의 공과를 국민학교 국어 교과서에 넣어 달라는 청원이 문교부에 제출된 지도 이미 오래다. 이 일은 '국어심의회'의 '한글 분과'의 한 과제로 되어 있으니, 그 실현의 날이 멀잖아 올 것을 우리는 믿는 바이다.

작년 이래로, 문교부에서는 한글 타자기의 글자판을 일정(一定) 하고자 수십 번의 회의로써 진지한 토의를 거듭하여, 이제 거의 최종적인 표준 글자판을 결정한 계단에 도달하였다. 여기에서 내가 특히 한글 타자기의 글자판을 말하는 까닭은 다름이 아니다. 그 글자판이 풀어쓰기를 위주하였다는 점이다. 곧 먼저 '전신타자기'(teletype)의 글자판이 풀어쓰기로 되어, 이미 그 공포를 정부에서 하였으며, 그 뒤 모아쓰기 글자판도 여러 가지로 토론되었는데 필경에는 전신타자기의 글자판을 기준하기로 결정되었으니, 그것이 곧 국무 회의의 결제를 받아서 공포될 것이다. 이리하여, 우리 나라의 전신타자기는 물론이오, 모아씨기의 보통타자기의 글자판도 다 풀어씨기를 찍을 수 있게 되었다. 다시 말하면, 한글이 그 본래에 가지고 있는 과학성을 발휘하여, 현대스런 기계화를 하게 되는 동시에, 모든 기계(타자기)는 풀어씨기를 찍을 수 있게 되었다. 전신타자기(텔레타이프)의 풀어씨기는 군부·체신부·교통부 에서 이미 실시되고 있으며, 또 모든 타자기가 다 풀어씨기가 가능하게 되었은 즉, 한글의 풀어씨기는 이 앞으로 더욱 급속도로 전진될 것으로 생각한다.

이것을 저 연전에 문교부의 국어 심의회가 한글 간소화 문제를 토론하다가, 그 최종의 결론으로서 "한글을 가로 풀어씨는 것이 한글 간소화의 최선의 방법임을 인정한다."는 결의를 하였던 것과 아울러 생각할 때에, 우리는 우리의 한글이 이 뒤떨어진 한국의 문화 생활을 세계 수준에 급속도로 높이는 데에 그 과학적 우수성을 충분히 발휘하게 되어 가는 것을 기뻐하여 마지 아니하는 바이다

2

우리가 한글을 풀어서 가로씨기로 하자고 주장함에 대하여, 혹은 이로써 단순한 서양 모방 심리에서 나온 것이라고 평하는 사람이 아주 없지 아니하다. 그러나, 우리는 결코 사대주의적으로 남을 흉내 내자고 덤비는 사람은 아니다. 우리가 이러한 주장을 함에는 상당한 과학적, 이론적 근거가 있어서 하는 일이다.

⑴ 한글을 풀어서 가로글씨로 하면, 그 맞춤법의 벌림의 차례가 말소리의 나는 차례하고 일치하게 된다.

소리글이 그 글자 맞춤의 순서가 그 말소리 그것의 순서와 일치함은 가장 자연스럽고 가장 합리스런 것이다. 오늘날 우리가 쓰고 있는 한글은 그 본바탈에서 낱소리글자(音素文字)이건마는, 그 실제의 사용에서는 마치 낱내글자(音節文字)처럼 다루게 되어 있다. 곧 ㄱ ㄴ ㄷ ㄹ ㅁ ㅂ ㅅ ㅈ ㅊ ㅋ ㅌ ㅍ ㅎ ㅇ ㅏ ㅑ ㅓ ㅕ ㅗ ㅛ ㅜ ㅠ ㅡ ㅣ의 24자가 그 운용의 단위가 되지 못하고, 닿소리 14자와 홀소리 10자와로써 맞춰 이룬 낱내(音節)를 단위로 하여 운용하고 있다. 그런데, 그 각 낱내의 맞춤법은 그 낱자의 순서와 위치가 상하·좌우로 여러 모양으로 얽히어서 참 복잡한 몰골을 보이고 있다.

①　　②　　　③　　　　④　⑤　⑥　　⑦　　⑧
1-2　1-2-3　1-2-3-4　1　1　1　　1-2　1-2-3
　　　　　　　　　　　　｜　｜　｜-3　｜　　　｜
　　　　　　　　　　　　2　2　2　　3　　　4
　　　　　　　　　　　　　　｜
　　　　　　　　　　　　　　3

⑨　　　⑩　　　⑪　　　　⑫　　⑬　　　⑭　　⑮
1-3　　1-2　　1　　　　1-2　　1-2-3　1　　1-2
｜｜　　｜-4　｜-3-4　｜｜　　｜｜　　｜　　｜
2 4　　3　　　2　　　　3 4　　4 5　　2　　3
　　　　　　　　　　　　　　　　　　　｜｜　｜｜
　　　　　　　　　　　　　　　　　　　3 4　4 5

⑯　　　　　⑰　　　⑱　　　⑲　　　⑳
1-2-3-4　1-2　　1-2　　1-2　　1
｜　　　　｜-4　　｜-4-5　｜-4-5　｜-3-4
5　　　　3 ｜　　3　　　3 ｜　　2 ｜｜
　　　　　　5　　　　　　　6　　　5 6

　모두 20 가지의 얼거리 순서이다. 이 얼마나 어수선한 일인가? 독자 여러분은 이 순서와 위치로써 그에 맞는 글자(낱내)를 하나씩 써 보기를 바란다. 사람의 말소리가 앞·뒤의 순서 한 가지만으로써 잇달아 나는 것인데, 왜 우리의 한글은 어떻게 기괴 복잡하게 20 가지의 꼴을 이루어야만 하게 되었는가? 그것은 한글이 낱소리글자이건 마는, 그 실제적 사용법이 낱내글자처럼 낱내를 단위로 삼으며, 또 낱내는 그 모양이 네모꼴(□) 안에 들도록 하여서 저 한자(漢字)와 조화를 이루도록 함에 있었기 때문이다. 이는 《훈민정음》에서 규정된 것이니, “· ᅳ ᅩ ᅮ ᅭ ᅲ는 첫소리(初聲) 아래에 붙여 쓰고 ｜ᅡ ᅣ ᅥ ᅧ는 그 오른쪽에 붙여 쓰라.”고 한 것이 곧 그것이다.

　그러나, 오늘날 우리로서 생각한다면, 가장 과학스런 한글 24자를 낱내글자처럼 사용하며, 더구나 그 모양을 한자와 조화시키기 위하여 그 순서와 위치를 이렇듯 복잡하게 함은, 비하건대, 천리마를, 그 사족을 얽고 무거운 짐을 싣고서 양장 구곡의 길을 걷게 하는 것과 다름이 없다 하겠다. 오늘날 20세기 후반기는 모든 과학 정신의 실현의 시기이다. 우리는 한자 문화의 멍에를 완전히 벗어 버리고, 자유스러운 과학 정신으로써 위대한 세종 대왕의 업적—한글을 온전히 그 본연의 성능에 좇아 자유스럽고 간편·용이한 방법과 순서로써 사용하지 아니하면 안 된다. 그것은 별다른 법이 아니다. 다만 한글을 풀어서 가로글씨로 하는 것이다. 여기에서는 모든 한글 24자는 다만 1-2-3-4-5...의 순서와 위치로써 한결로 벌려 적을 뿐이니, 이 얼마나 소리의 순서와 일치하는 동시에 쓰기와 읽기에 간편한 것인가?

(2) 가로글은 생리적으로 씨기(書寫)가 쉽다.

사람의 팔굼(肱)을 한 자리에다가 붙여 놓고서 손가락으로 붓대를 잡고 글을 씨는 경우에, 철필 글씨라도, 세로글씨에서는 다섯 자를 넘기기 어렵지마는, 가로글씨에서는 다섯 줄을 넉넉히 씰 수가 있다. 이는 앞팔의 운동 얼안(範圍)이 세로글씨와 가로글씨의 경우가 각각 다르기 때문이다. 그래서, 세로글씨에서는 그 팔굼을 옮기지 않고서는 단 한 줄을 못다 씨고 만다. 이러한 관계로, 대학생이 강의를 필기하는 경우에 세로글씨로써는 도저히 따라가지 못하지마는 가로글씨(줄만이라도)로써는 넉넉히 따라가게 되는 것임은, 누구나 경험하는 바이다.

또 가로글씨(풀어씨는)에서는, '아 야 어 여 오 요 우 유 으 이……'의 소리가 없는 '이'는 쓰지 않기 때문에, 쓸데없는 노력과 시간이 많이 덜한다. 글자 쓰기(使用)의 잦기(頻度) 조사에 따르면, 'ㅇ'의 잦기가 전체의 10% 이상을 차지한다. 그러면, 'ㅇ'를 안 쓰는 것은 쓸데없는 수고와 시간을 10% 이상 절약하게 되는 잇점이 있는 것이다.

(3) 가로글은 세로글보다 보기가 훨씬 쉽다.

사람의 두 눈은 세로 나란히 되지 않고, 가로 나란히 박혀 있다. 그래서, 그 두 눈의 촛점은 상하로보다 좌우로가 움직일 범위가 넓다. 그뿐 아니라, 눈 하나의 모양도 상하로 찌어지지 않고 좌우로 찌어져 있다. 그리하여, 눈알(眼球)의 움직이는 범위도 상하는 극히 작되 좌우로는 매우 넓다. 이는 사람의 눈이 상하보다. 좌우로 더 많이 운동하고 있음을 중시하는 바이다. 그뿐 아니라, 눈알을 해부해 보면, 눈알의 상하에는 각각 약한 힘줄이 하나씩 붙어 있음에 대하여, 좌우에는 각각 두 개씩의 튼튼한 힘줄이 붙어 있다 한다. 이것은 곧 눈알의 운동이 상하보다 좌우가 수배나 많은 때문에, 그 힘줄이 대장장이의 팔뚝, 인력거꾼의 다리 모양으로 굳세게 발달한 것임을 보이는 것이다.—이와 같이, 상하로보다 좌우로 보기를 더 많이 한다는 사실은 곧 상하보다 좌우를 보는 것이 더 쉬움을 뜻함이 된다.

심리학에서 정상 착시(正常錯視)를 말한다. 이는 건전한 사람이라도 다 한가지로 잘못 보는 현상을 이름이다. 이 정상 착시에 대한 연구에 따르건대, '수직선(垂直線)은 수평선(水平線)보다 7분의 1 이상이 더 커 보인다. 곧 한 수평선을 긋고, 그 복판에 그 수평선과 같은 길이의 수직선을 세우면(⊥), 그 수직선은 수평선보다 더 길어 보인다. 진정한 정방형(正方形)은 그 세로선이 길어 보이고, 눈으로 대중하여 그려 놓은 정방형은, 재어 보면 그 폭이 더 넓다. 이는 다 눈을 수직으로 운동하는 것이 수평으로 운동하는 것보다 곤란한 때문에

더 많이 피로를 느끼는 관계로 그러한 착각의 결과를 나타내는 것이다.'

이 이치를 글에 가져온다면, 다른 조건이 다 같은 경우에, 세로글(縱書)을 보는 것이 가로글(橫書)을 보는 것보다는 힘이 더 들며 피로가 속히 온다 할 것이다. 학자들의 조사 연구에 의하면, 글 읽는 속도에서 세로글은 가로글에 대하여 1.13배의 시간이 든다 한다.

(4) 풀어쓰는 가로글씨는 박기(인쇄하기)에 유리하다.

가로글씨에서는 한글 24자 그대로 쓰면 고만이므로 활자의 가지 수도 24 자만이면 된다. 혹 무슨 필요로 불우는 일이 있다 하더라도, 그다지 큰 변동이 있을 리가 만무하다.

활자의 수가 적으니까, 그것을 설비하기에 공간과 비용과 수고가 적게 들 것이다. 활자의 가지수가 적기 때문에, 그것으로 판짜기에 수고가 적다. 채자·식자 내지 해판·환원에까지 품(手數)이 적게 든다.

이와 같이, 그 시설이 간단, 염가로 되며, 그 운용이 또한 간편하므로, 그 조판비·인쇄비가 헐하게 치인다. 인쇄비가 헐한 때문에, 그 책값이 싸게 되며, 책값이 싸기 때문에 그 책을 사보는 사람이 많으며, 사보는 사람이 많기 때문에 그 책값은 더욱 싸게 하여도, 출판자의 수지는 잘 들어맞게 된다. 따라, 책값은 더욱 싸게 되며, 따라 책의 전파가 빠르고 넓으며, 따라 그 나라의 지식의 보급, 문화의 향상이 쉽고 빠르게 성취된다.―이 얼마나 놀라운 유리한 결과인가?

그뿐 아니라, 가로글씨로 하면, 타자기와 라이노타이프 같은 문명이기를 이용하기 매우 간단·용이하여, 문화 생활의 향상·발달에 큰 이익을 가져오게 되는 것이다.

사람은 말을 가진 동물이다. 그 말을 글자로 나타내게 되어, 사람의 생활이 한층 발달하였고, 그 글자를 손으로 쓰는 외에, 또 활자를 이용하게 됨에 미치어, 사람의 문화 생활은 갱일층의 발달을 이루었으니, 근세의 문명은 실로 활자 사용의 결과인 것이다. 이에 이어, 활자 사용의 방법이 여러 모양으로 발달함에 따라, 문명 생활의 향상·발전은 더욱 현저하게 나아가고 있는 것이 오늘날 20세기의 형편이다. 그러한 즉, 한글을 풀어쓰는 것이 박기에 편리하다는 한 점만 가지고 보더라도, 그 개혁이 국민 생활의 향상, 겨레 문화의 발달에 막대한 효과를 가져올 것이니, 이를 어찌 심상하게 보고, 등한히 버려 둘 수 있겠는가?

(5) 가로글은 읽기에 편리하다.

우리가 글을 읽는다는 것은 그 소리를 읽는 데에만 목적이 있는 것이 아니오, 그 뜻을 읽는 데에 그 목적이 있는 것이다. 종래의 모아씨는 세로글에서는 순전히 소리내는 것을 주장하여 낱내마다 한 덩이로 적고 낱말은 돌아보지 않았기 때문에, 그 소리는 읽기가 쉽다 하겠지마는, 그 뜻을 잡기에는 불리함이 막심하였다.

보기로 "가마귀가"의 넉 자가 죽 달아 있다 하면, 이를 다음과 같이 갈아 읽기를 한 것이다.

① 가, 마귀가   ② 가마, 귀가   ③ 가마귀, 가   ④ 가, 마, 귀가
⑤ 가마, 귀, 가 ⑥ 가, 마귀, 가 ⑦ 가, 마, 귀, 가 ⑧ 가마귀가

이렇게 여덟 번이나 갈아 읽어도, 그 어느 것이 바로 읽음인지도 불분명하다. 만약, 이렇게 갈아 읽는 동안에, 요행히 문맥이 통하게 되면 다행이지마는, 그렇지 못한 경우에는, 끝내 그 뜻이 무엇인지를

확인하지 못하고 말게 된다.

　이와 같이, 네 낱내(音節)만 잇기어 있어도, 그것을 여덟 번이나 갈아 읽게 되는데, 이제 만약 한 자를 더하여서 다섯 자로 한다면, 그 갈아 읽기가 몇 번이나 될 것인가(?) 하면, 놀라지 말라. 그 곱절인 열 여섯 번이나 된다.

① 가, 마귀가지　　　　② 가마, 귀가지

③ 가마귀, 가지　　　　④ 가마귀가, 지

⑤ 가, 마, 귀가지　　　　⑥ 가마, 귀, 가지

⑦ 가마귀, 가, 지　　　　⑧ 가, 마귀, 가지

⑨ 가마, 귀가, 지　　　　⑩ 가, 마귀가, 지

⑪ 가, 마, 귀, 가지　　　　⑫ 가마, 귀, 가, 지

⑬ 가, 마귀, 가, 지　　　　⑭ 가, 마, 귀가, 지

⑮ 가, 마, 귀, 가, 지　　　　⑯ 가마귀가지

만약, 다시, 다섯 자에다가 한 자를 더 보태어서 여섯 자로 한다면, 그 갈아 읽기의 번수는 또 그것의 곱절 곧 16×2=32가 된다.

연속된 4자 .... 그것을 갈아 읽기 8번

연속된 5자 .... 8×2=16번

연속된 6자 .... 갈아 읽기 16 ×2=32

연속된 7자 .... 갈아 읽기 32×2=64

연속된 8자 .... 갈아 읽기 64×2=128

이와 같이 여덟 자만 연속되어 있어도, 그것의 갈아 읽기는 128번이

나 된다.

물론 우리는 그것을 꼭 이렇게 여러 번까지 꼬박꼬박 갈아 읽기까지는 아니 해도, 그 간에 그 뜻을 잡아가지는 경우가 많다. 그러나 이는 요행일 따름이오, 그 간에 무슨 일정한 기계적인 방법이 있는 것은 아니다. 다만 그 글의 적은 내용이 무엇에 관련되어 있음을 미리 짐작하고 또 종래의 경험을 활용하여서 그렇게 갈아 읽지 않고서도 흔히 그 뜻을 잡는 수가 많음은 사실이다. 그러나, 이는 그 글의 내용이 일상 생활에 관련되어 있는 평범하고 용이한 것인 경우에 한할 것이오, 만약 그 글의 내용이 너무 어렵고 생소할 적에는, 그만큼 다 갈아 읽어도 끝내 그 뜻을 잡지 못하고 마는 경우가 있는 것이다. 다시 말하면, 그만큼 갈아 읽기를 하였어도, 그 뜻을 잡지 못하는 것은 그 갈아 읽기의 어느 것이 꼭 바른 읽기인지를 잡지 못하기 때문에, 어느 것은 아는 것이오, 어느 것은 모르는 것임을 능히 결정하지 못하고 만다.

이렇기 때문에, 옛이야기 책은, 그것을 읽을 적에 소리를 내면서 일변으로는 그 소리로써 낱말을 구성하여 가지 않으면 안 된다. 그런 까닭에, 옛이야기 책은 그것을 소리내어 읽는 당자보다 그것을 옆에 누워서 듣고 있는 사람이 그 뜻을 빨리 또 편히 잡아 깨치게 된다. 읽은 사람은 그 달아 써 놓은 글을 소리내어 읽기에 힘을 들이기 때문에 그 뜻을 잡는 활동이 도리어 불리하게 되는 때문이다.

이러한 난점은 오늘날의 맞춤법에서 띄어씨기를 하기 때문에, 많이 경감되었다 할 수 있지마는, 풀어씨기를 완전 실현하기까지는 아직도 그 불리가 완전 제거되기는 어려운 것이다. 금후에 풀어씨기가 실행되는 날에는, 낱말을 한 단위로 적기 때문에, 한 덩어리가 단 하나의 뜻을 나타내는 것임으로 인하여, 그 뜻잡기에 매우 유리하게 되어, 글 읽는 목적 달성에 크게 유리할 것이다.

(6) 가로글은 가장 자연스런 글이다.

우리가 한글을 풀어서 가로씨기로 하자고 주장하는 것을 보고, 어떤 완고인은 그것은 서양의 글을 흉내내는 짓이니 옳지 못하다 한다. 다시 말하면, 우리의 풀어씨기 운동을 단순한 모방 심리, 호기 심리 내지 신식 사대주의로 그릇잡는 사람이 없지 아니하다. 그런 사람들의 생각에는 무릇 글이란 것은 위에서 아래로 내리씨는(縱書)하는 것이 당연 또 자연의 것이라 하는 것이다. 그러나 알고 보면, 이런 사람의 눈은 한자 문화에 국한되어 있어, 스스로 만족하고 말았기 때문에, 한 치도 그 테두리 밖으로 나가지 못한 것임을 보이는 것일 따름이다.

한 번, 눈을 높이 들어, 크게 세계 각지의 인류들이 발명·사용 하고 있는 각종의 글자를 살피면, 그 절대 다수가 가로글임을 확인할 수가 있다. 영국의 서울 런던에 있는 내외국 성서 공회에서 펴낸《만국말 복음》(*The Gospel in many Tongues*, 1912)을 보면, 이 책은 성경의 〈요한 복음〉 제3장 어느 절을 세계 각 겨레말로 옮긴 보기 498 가지를 모은 것인데, 그것은 432 가지의 국어 및 방언을 수백 가지의 글자로 표기한 4×6판 110 쪽의 소책자이다. 이 제 그 책을 피어 보면, 쪽마다 기이하고 괴이한 글자가 보는 사람의 눈을 놀라게 하는데 그 중에서 세로글로 되어 있는 것은 몽고·만주·중국·한국·일본의 글자 댓가지에 그치고, 그 나머지는 전부 가로글로 되어 있다. 이는 곧 온 세계의 각처 각 종족들이 수천 년 동안에 그 자연스런 생각함(思考)과 자연스런 방법에 따라, 각기 필요한 나날 소용의 긴요한 글자를 생각해 낸 것이, 거의 전수가 가로글로 되어 있으니, 이는 곧 가로글은 다만 이론적 유희도 아니오, 서양 글자의 단순한 모방도 아니오, 실로 온 세계 인류의 자연스런 글자임이 이에 명백히 증명되었음을 인식하지 아니할 수 없다고 생각한다. 동양 글자와 한자 문화의 세력권에 있는 댓 가지만이 세로글로 되었고, 그 나머지는 전부 가로글로 되었은 즉, 가로 나란히 박힌 두 눈을 가진 사람의 글로서는, 세로 글이 차라리 특별한 이상스런 글이지, 가로글은 결코 이상한 것이 아니다. 다시 말하면, 가로글은 가장 자연스런 글이다.

이와 같이, 한글을 풀어 가로글씨로 하는 것은 과학적 이론으로 보나, 실용적 편익으로 보나, 인류 문자의 대세로 보나 당연하고 또 극히 필요한 일이다. 5백 년 전에 과학성을 띠고 난 우리 한글을 오늘날, 20세기에 비쳐서 십분 그 우수한 성능을 발휘하기 위하여, 그리함으로 말미암아 겨레 문화를 최고속도로 발달시키기 위하여 풀어씨기와 기계삼기(機械化)를 꾀하지 않으면 안 된다.

3

그러면 한글을 풀어 가로글씨로 함에는 종래의 글자 그대로 할 것인가? 또는 얼마큼 꼴바꿈(變形)을 하여야 할 것인가? 도대체, 가로글씨는 어떠한 조건을 갖추어야만 이상적 글씨가 될 것인가?—이에는 여러 가지의 이론스런 문제가 있다. 그러나, 여기에서 일일이 그것을 베풀 겨를이 없다. 다만 가로글씨는 씨기(書寫)가 쉬우며, 박기가 편하며, 보기가 편하며, 아름다우며, 또 사용상 100% 효과를 거둘 수 있어야 한다고만 말하여 두고자 한다.

이러한 견지 밑에서, 한글을 가로씨기로 하자면, 다소의 꼴바꿈이 없을 수 없다. 앞에서도 말한 바와 같이, 우리 한글은 낱내를 단위로 쓰되, 그것이 바로 네모꼴 안에 들도록 만들었기 때문에,

① 직선이 직각적으로 교차된 것이 대부분이며,

② 곡선이 매우 적으며(ㅇ, ㅎ 둘뿐),

③ 홀소리 글자는 공간을 둘러싼 것이 도무지 없으며,

④ 'ㅏ'와 'ㅓ', 'ㅑ'와 'ㅕ', 'ㅗ'와 'ㅜ', 'ㅛ'와 'ㅠ', 'ㄱ'과 'ㄴ'은 다만 좌우 또는 상하로 마주서는 다름으로써 서로 구별되어 있으며,

⑤ 'ㅅ'과 'ㅈ'과 'ㅊ', 'ㅏ'와 'ㅓ', 'ㅣ'와 'ㅗ'와 'ㅜ'가 겨우 점이나 획 하나의 있고 없음으로써 서로 구별되었으며,

⑥ 소리값은 없으면서 쓰이기는 퍽 잦은 'ㅇ'이 공연히 홀소리에 붙어 쓰이고 있는,

불리한(가로글씨에) 허색을 가지고 있다. 그러므로, 한글을 풀어 가로씨기로 함에는, 적어도 다음과 같은 꼴바꿈은 하여야 한다.

(1) 소리 없는 ㅇ를 없이 할 것.

(2) '아이'와 '애', '어이'와 '에', '오이'와 '외' 따위를 서로 구별하기 위하여, 딴이(ㅣ)를 따로 둘 것이다. 딴이만 따로 분명하게 둘 것 같으면, 소리 없는 ㅇ를 폐지하더라도, '아이'와 '애' 따위가 쉽게 구별될 것이다.

(3) '오아'와 '와', '우어'와 '워'를 구별하기 위하여, '오'와 '우'에다가 무슨 표를 하여서라도, 그것이 극히 짧은 반홀소리임을 표시하면 좋은 것이다.

(4) 홀소리의 모든 글자가, 될 수 있는 대로, 다소 둥근 맛이 나도록 할

것이다. 특히 'ㅣ'는 반드시 그리 꼴바꿈하여야 한다.

4

인제는 한글의 가로씨기의 자체(字體)를 보여야 하겠다. 내가 한글 가로글 씨기의 벼름(案)을 세상에 발표하기는 1922년에 대학생 시대였다. 그 뒤로 사회 각 방면에서의 동지들의 제안과 비평을 받아들이어, 한글 학회 동지들과 회합하여 검토·협의를 하였으며, 얼른 성과를 얻지 못하였더니, 일제 말 함흥 감옥에서 3년 동안에 전심으로 별러서 겨우 성안을 얻었다가, 8·15 해방 후에 여러 동지들과 한글 가로글씨 연구회를 조직하여 여러 벼름을 검토 한 끝에, 나의 벼름을 다소 수정하여, 이를 세간에 발표하였다.

한글 가로글씨(24+5=29)

1. 큰 박음(大正)

ㄱㄴㄷㄹㅁㅂㅅㅈㅊㅋㅌㅎㅇ
ㅏㅑㅓㅕㅗㅛㅜㅠㅡㅣ

2. 작은 박음(小正)

ㄱㄴㄷㄹㅁㅂㅅㅈㅊㅋㅎㅇ
ㅏㅑㅓㅕㅗㅛㅜㅠㅡㅣ

3. 큰 흘림(大草)

ＪＬＣＥＤＵＷＪＴＪＥＺＥＯ
ＶＫＪＲＬＬＬＰＮＵＪ

4. 작은 흘림(小草)

ＪＬＣＥＤＢＷＴＴＪＥＺＢＯ
ＹＫＧＹＤＵＰＭＵＬ

5. 꼴바꾼 자

큰 박음(大正)

ㅗ ㅜ ㅡ ㅣ ㅣ

작은 박음(小正)

ㅗ ㅜ ㅡ ㅣ ㅣ

큰 흘림(大草)

ㅗ ㅜ ㅡ ㅣ ㅣ

작은 흘림(小草)

ㅗ ㅜ ㅡ ㅣ

꼴바꾼 자의 이름

ㅗ 짧은 오, ㅜ 짧은 우, ㅡ 짧은 ㅡ, ㅣ 짧은 ㅣ, ㅣ 딴이.

딴이(ㅣ)는 큰자에만 점을 쳐서, 그 키를 같이하였다.

이 벼름에 대한 약간의 풀이,

(ㄱ) 글자꼴(字形)에 관한 풀이

(1) "ㅡ"는 꼬부려서 "U"로 하였다.

(2) 소리값 없는 "ㅇ"를 아주 없애 버리고, 그 대신에 소리값 있는 이응(ㆁ)의 꼴을 아주 동그래미 "O"로 하였음. 곧 동그래미는 언제든지 이응으로 읽을 것이다.

(3) ʌ은 박음에서는 종래의 관습을 돌보아서 본꼴(本形)대로 하고, 다만 흘림에서만 w로 하였다. (그러나, 큰박음에는 w로 함도 좋을 것이요, 또 더 나아가서는 작은 박음에서도 w로 하면 읽기 효가상 좋을 것이다)

(4) 박음 "ㅍ"은 그 흘림체(草體)를 따라서 "ᴤ"로 하였다.

(5) ㅗ, ㅛ, ㅓ, ㅕ는 그 점의 모양을 좀 달리하여서, 될수있는대로, 그 보힘의 분수가 좋도록 하였다.

(6) ㅗ와 ㅜ, ㅛ와 ㅠ와의 상하(上下)로 마주서는 다름을 피하기 위하여, ㅜ와 ㅠ와의 내리획의 꼴을 고부리었다. 이러함으로 말미암아, 모든 글자(인쇄소에서는 활자)가, 그것을 아무리 굴려 놓더라도 결코 서로 석갈리는 패만이 없이, 잘 구별 될 것이다.

(7) 꼴바꾼 글자 다섯가운데 짧은 소리 Ĭ, Ť, Ŭ, ĭ 넷은 그 본 글자에다가 짧음의 표 "◡"를 더한 것이니 이 따위는 곧 이른바 반 홀소리란 것이다.

(8) 딴이는 예사의 I를 특히 짧게 만들었으며, 그 큰 박음에서 만 그 위점(•)을 치기로 하였다.

(ㄴ) 꼴바꾼 자의 쓰힘(用法) :

꼴바꾼 자 Ĭ, Ť, Ŭ, Ĭ 넷은 다른 홀소리와 겹칠 적에만 쓰히나니, 그 소리남이 매우 짧아서 닿소리의 성격을 띠게 되는 것이다.

ĭh=와, ŭq=워, ŭI=위, ŭI=의, ĭh=야, ĭq=여, ĭι=요, ĭι=유

이에서 만약 그 짧은 소리표를 떨어버리면,

ιμ=오아, τq=우어, τI=우이, υI=으이, ιh=이아, Iq=이어,
Iι=이오, IΤ=이우,

그런데, ㅑ, ㅕ, ㅛ, ㅠ가 이미 있은즉, "ĭ"는 예사로는 쓰지 않아도 조금도 부족함이 없겠다. 그러나, 특별한 경우 이를테면 "그리어〉그려"의 말본스런 관계를 보이기 위하여, ɔυεIq〉ɔυεĭq〉ɔυεq로 함도 필요할 것이다.

(ㄷ) 딴이(1)의 쓰힘 :

딴이는 항상 다른 홀소리(ㅓ, ㅕ, ㅗ)와 겹하여서 그 사이소리 곧 홀홀소리(ㅐ, ㅖ, ㅚ)가 되는 경우에 쓰힌다.

hι=애, qι=에, ιι=외

이때에 만약 딴이를 쓰지 않고, 예사의 긴 "ㅣ"를 쓸 것 같으면,

hI=아이, qI=어이, ιI=오이

로 된다. 세간에는 종래에 "위", "의"의 1도 "딴이"라 불러 왔지마는 이 경우의 "1"는 딴이가 아니요(곧 "위" "의"가 홀홀소리가 아니요), 예사의 "1"이다. 그러므로

위=ㅜI, 의=uI

로할 것이다. 만약, 딴이를 사용하여 "ㅜ1", "u1"로 할것같으면, "ㅜ1는 전과도 말소리 "위"가 되어, 그 소리말이 ㅜ와 ㅣ와의 사잇소리(홀홀소리)가 될 것이다.

그러나, "위"의 대중소리는 "ㅟ"이요, 전라도식의 "ㅜ1"는 아니니라. 그래서 다음과 같이 적기로 한다.

(ㄱ) 애   애   에   예   외

hı   kı   qı   ʮı   ᴚı

(ㄴ) 위   의

ᴚ̌I   ǔI

(ㄷ) 왜   웨

ᴚ̌hı   ᴚ̌qı

위에 풀이한 바와 같이, 꼴바꾼 자들은 언제든지 반듯시 다른 홀소리와 겹하여서만 쓰히되, ᴚ̌, ᴚ̌, ǔ, I는 다른 홀소리의 앞에 쓰히고, 1(딴이)는 다른 홀소리의 뒤에만 쓰히느니라.

끝으로 가로글씨로써 말을 좀 적어 보기로 하자.

Lhᴢh ᴢuᴢ ʌhᴢhoȯhqk ȯhυɒh
Lhᴢh ᴢuᴢ whᴢhobhyk bhυᴄh
나라를 사랑하여야 한다.

öhԼɔuՇ uԼ TՇI ɔʁՏʁI ʊĬ ᵾⱵuhI Iᵽh.

ՃhԼɔuɘ uԼ ℓℯl ɔyՇqℯ ʊℓ
ℯdℯhℯ ℓch

한글은 우리 겨레의 보배 이다.

JĬhöhɔʌuՇqʌɔqI ᴅhԼcuՇq ʌlԼ ɔuՇ
uɘ ccⵑöhԼ JĬhöhɔʌuՇqʌɔqIℓ ʌhⱮo-
öhԶI hԼIöhᴅqԼ hԼ cⵑlⵑch.
JᴕhᴂhɔʌuՇqℯՇqℯ ᴅhԼcuՇq
ⵑlԼ ɔuɘ uℯ ccdᴂhԼ Jᴕhlh-
ɔʌuՇqℯՇqℯ whⱮoᴃhⵑl yԼ-
ℓᴃhՈqԼ hԼ cdℯԼch.

과학스럽에 만들어진 글을 또한 과학스럽게 사용하지 아니하면 안 된다.

ʌqⵑᴢlo ChĬho uԼ ʌqoɔⵑԼ lʌlℼ.
ʌhʌhoɔh Iʌlⵑ. ccⵑ ⱵhՇᴅꝗoɔh
lʌlch. ᵾhⵑchʌ ɔʁՏʁI ꝗɔʌh lʌʌuԼ
ʌI ʌhᶻqⵑᶻ ℓꝗԼ ꝗl. ᶻⵑlchⵑ ʊℓ ᶻℓԼԼ
lʌlℼ. ccⵑ ᶻⵑlchⵑ ʊℓ uԼԼ lʌch.

세종 대왕은 성군이시요, 또 발명가이시다. 배달 겨레 역사 있은지 사천
년에 최대의 위인이시요, 또 최대의 은인이시다.

〈뒤적음〉 이 제목의 부탁을 받고, 바쁨을 불고하고 이를 쓴 것은
이를 널리 세상에 전파하고자 함이다. 이 글에서 한 걸음 더 들어가
고자 하는 이는 나의 《글자의 혁명》을 읽기를 바란다.

-〈한국평론〉(1958. 9.)-

한글의 차례잡기에 관하여

"한글 맞춤법 통일안"에 한글의 낱자의 차례가 "ㄱㄴㄷㄹㅁㅂㅅㅇ
ㅈㅊㅋㅌㅎㅏㅑㅓㅕㅗㅛㅜㅠㅡㅣ"로 되었는데, 나는 여기에서 그 중의
"ㅇ"을 옮겨 닿소리의 맨 끝에 두어서 "ㄱㄴㄷㄹㅁㅂㅅㅈㅊㅋㅌㅍㅎㅇ
ㅏㅑㅓㅕㅗㅛㅜㅠㅡㅣ"로 할 것을 제안한다. 그 까닭을 간단히 풀이하
면, 대략 다음과 같다.

(1) "통일안"에서의 닿소리의 차례잡기는, 저 종래로 항간에서 전
해오는 "한글 본문"의 열 넉 줄의 차례 "가나다라마바사아자카타파
하"에 따라, "ㄱㄴㄷㄹㅁㅂㅅㅇㅈㅊㅋㅌㅍㅎ"로 하였다. 그런네, 여기
닿소리 열 넷의 "ㅇ"은 "아"줄의 "ㅇ"가 아니요, 받침으로 쓰히는 "ㅇ"
곧 "이응"인 것이다. 그러므로, 홀소리 "아야어여오요우유으이"의
한 줄이 "사"줄과 "자"줄과의 사이에 들어갈 이유가 없다.

(2) "훈민정음"에서의 한글 28자의 차례잡기는 "ㄱㅋㆁㄷㅌㄴㅂㅍ
ㅁㅈㅊㅅㆆㅎㅇㄹㅿ·ㅡㅣㅗㅏㅜㅓㅛㅑㅠㅕ"로 되어 있다. 이 차례잡기
가 뒷 세상의 그것과는 많은 차이가 있기는 하지마는, 한 가지의 변
함없는 차례잡기의 원칙은 모든 닿소리가 앞에 가고, 모든 홀소리가
그 다음에 간다는 것이다. 이 대원칙은 "훈몽 자회"에서도 지켰나니,
곧 차례잡기 "ㄱㄴㄷㄹㅁㅂㅅㆁㅋㅌㅍㅈㅊㅿㅇㅎㅏㅑㅓㅕㅗㅛㅜㅠㅡ

ㅣ.”(27 자)에서도 여전히 “닿소리 먼저, 홀소리 나중”의 원칙 그대로 되어 있다.—“한글 맞춤법 통일안”의 글자 벌림의 차례가 또한 “훈민 정음” 이래의 대원칙을 그대로 따른 점에서 보더라도, 모든 홀소리 의 차례는 마땅히 모든 닿소리 뒤에 자리 잡아야 할 것임은 두말할 필요조차 없을 것으로 생각한다.

그러면, “통일안”에서 닿소리가 다한 뒤에 비로소 홀소리가 차례 잡는 대원칙을 지켰음에도 매이쟎고, 세간에서 “사”줄 다음에 곧 “아”줄을 벌리어서 여태까지 나온 말광(사전)들이 다 한 가지로 그리 되어 있으니, 이는 확실히 “훈민 정음”, “훈몽 자회”, “한글 맞춤법 통일안”의 한결같은 뚜렷한 대원칙을 어긴 짓이라 하겠다. 이제, 그 원인을 살펴본다면, 첫째는 종래의 “한글 본문”에서의 열녁 줄 벌리 는 방법을 무비판적으로 맹종한 것이요; 두째는, 닿소리 “ㆁ”이 “ㅅ” 다음에 자리잡아 있기 때문에, 24 자 중의 한자인 “ㅇ”(이응)과 24 자 밖의, 글자 아닌 “ㅇ”(옛적의 伊로 읽던)와를 혼동한 때문이다.

어떤이는 한글 24 자 중의 이응자(ㅇ)는 첫소리로서는 소리값없 는 ㅇ이고 받침소리로서는 소리값있는 ㅇ이라 한다. 그러나, 이는 첫 째로, “한 자에 한 소리”이란 “훈민 정음”이래 우리 한글의 대원칙에 위반되는 일이며; 두째로 “훈민 정음”에서 소리값없는 순동글(ㅇ)과 소리값있는 꼭지동글(ㆁ)과를 따로따로 규정하였으며, “훈몽 자회” 에서부터 내려 오는 한글 낱자의 명칭이 소리값 없는 순동글(ㅇ)은 “이”(伊)임에 대하여, 소리값있는 꼭지동글(ㆁ)은 “이응”(異凝)이라 하 여, 서로 구별하여 온 역사적 사실에도 위반된다. “통일안”에서 한글 24 자 중의 “ㅇ”을 “이응”이라 함은 반드시 “훈몽 자회” 이래의 소리 값있는 “이응”이요, 결코 소리값없는 동글(圓)을 가리킴은 아니라고 보아야 바르다고 생각한다. 다만 오늘날 우리가 “이응”자를 반드시 꼭지를 붙여서 "ㆁ"으로 씨기를 요구하지 않는 것은, 그것이 옛날의 소리값없는 순동글(純圓)로 되었다고 인정한 때문이 아니요, 다만 소리값없는 순동글(ㅇ)을 글자 수 밖으로 내어버렸기 때문에(설령, 오늘날 아직 낱내식 맞훔에서 쓰고(사용하고) 있더라도, 그 위치가 명백히 독특하게 한정되어 있기 때문에), 그러한 꼭지표로 구별지을 필요가 없게 된 때문이다. 곧 씨기의 간편을 위한 때문일 뿐이다.

그러므로, "닿소리 먼저, 홀소리 나중"의 "훈민 정음" 이래의 대원칙을 살리고, 글자인 "ㅇ"(이응)과 글자 아닌 "ㅇ"(동글)와의 혼동을 피하기 위하여, 또 우리말의 벌림의 일을 한결 더 규칙있고 정제하게 하기 위하여, 곧 "아"줄을 "ㅅ"줄 바로 다음에 가져가는 잘못이 생기지 않게 하기 위하여, 이 "ㅇ"자를 아주 닿소리의 맨 끝에 자리잡게 함이 상책이라고 생각하고서, 또 먼저 번 문교부의 "말수 조사"에서 이를 시행하여 많은 편익을 거둔 경험을 살리어, 이에 그 안을 제의한 것이다.

그러나, 이는 결코 나의 새로운 제안이 아니라, "훈민 정음"을 바로 읽는 이는 누구나 다 같이 인정 내지 주장하리라고 생각한다. 물론 "ㅇ"자를 그 자리에 그대로 두고서도 "아"줄만은 "하"줄 다음에 둘 수 있는 것이다. 곧

ㄱ	ㄴ	ㄷ	ㄹ	ㅁ	ㅂ	ㅅ	ㅇ	ㅈ	ㅊ	ㅋ	ㅌ	ㅍ	ㅎ
가	나	다	라	마	바	사		자	차	카	타	파	하	아
야	냐	댜	랴	먀	뱌	샤		쟈	챠	캬	탸	퍄	햐	야
⋮	⋮	⋮	⋮	⋮	⋮	⋮	⋮	⋮	⋮	⋮	⋮	⋮	⋮	⋮

이렇게 할 수도 있겠다. 그러나, 이렇게 하면, 가운데에는 이 빠진 모양이 될 뿐 아니라, "ㅇ"와 "ㆁ"과의 구별에 관한 명백한 생각이 없는 일반 사람들에게는 섞갈리기 쉽고, 매우 불편한 일이 되기도 할 것

이다. 그보다는 "ㅇ"을 닿소리의 맨끝에 두어서,

ㄱ	ㄴ	ㄷ	ㄹ	ㅁ	ㅂ	ㅅ	ㅈ	ㅊ	ㅋ	ㅌ	ㅍ	ㅎ	ㅇ
가	나	다	라	마	바	사	자	차	카	타	파	하	아
갸	냐	댜	랴	먀	뱌	샤	쟈	챠	캬	탸	퍄	햐	야
⋮	⋮	⋮	⋮	⋮	⋮	⋮	⋮	⋮	⋮	⋮	⋮	⋮	⋮

로 함이 기억과 사용에 훨씬 편리할 것이다. 더구나, 뒷 날에 한글을 아주 가로 풀어씨기로 함에 있어서는, 모든 홀소리가 모든 닿소리 다음에 가는 것 곧 "훈민 정음" 이래의 원칙대로 하는 것이 더욱 편리함을 실감할 것이다.

원래, 우리 한글은 낱소리 글자이지만, 그 맞춤을 한자의 모습과 맞후기 위하여, 네모꼴로 하는 낱내 글자 같이 사용하고 있기 때문에, 말광 같은 데에서 수많은 낱말을 그 소리 차례로 벌리는 일에는 많은 다른 방식과 의혹이 있게 된다. 이 점에 관하여는, 내가 일찍 "한글" 잡지에 기다란 논문을 씬 일이 있었다. 그 잡지를 일제 경찰에게 다 잃어 버렸기 때문에, 여기에 다시 베풀기가 힘들 뿐 아니라, 또 그리할 겨를조차 없기로, 생략하는 터이다. 여기에 그 문제점을 간략히 적으면, 대강 다음과 같다

(1) 닿소리 ㄱㄴㄷㄹㅁㅂㅅㅇㅈㅊㅋㅌㅍㅎ의 순서를 어떻게 잡을 것인가?

(2) 옛글자 ㅿㆆㅇ(소리값은 순동글, "伊") 및 홀소리 "ㆍ"의 넉 자의 차례를 어떻게 잡을 것인가?

(3) ㄲ,ㄸ,ㅃ,ㅆ,ㅉ,ㆅ의 자리를 어떻게 잡을 것인가?

(4) ㅐㅒㅔㅖㅚㅟㅠㅢㅣ의 자리?

(5) 특히 ㅘㅝ 및 ㅙㅞ의 자리?

이러한 문제를 해결할 이론스런 방식을 그 가능한 대로만 벌린 대

도, 실로 근 백 가지의 방식이 성립된다.

이제, 이렇게 다종다양의 방식을 여기서 벌리려고는 아니하지마는, 다만 한 가지 문제만을 들어, 약간 그 경위를 말하고자 하노니, 그것은 "ㅘ, ㅝ"의 자리 문제이다. 옛날 "한글 본문"("반절")애는 "ㅘ ㅝ"를 각 줄(가, 나, 다, 라……)마다의 끝에 두어서

　　가　야　거　겨　고　교　구　규　그　기　ㄱ　과　궈
　　나　냐　너　녀　노　뇨　누　뉴　느　나　ㄴ　놔　눠

와 같이 하는 방식 (ㄱ)과, "ㅘㅝ"를 열 넉 죽 끝, 곧 "하"줄 다음에, 따로 "과궈, 놔눠, …… 화훠"를 두는 방식(ㄴ)이 있었다.

이제, 만약 그 "한글 본문"의 방식을 이용하여, 모든 홀소리 차례를 잡으려면, 앞의 방식(ㄱ)이 가장 "본문" 되기에 합당하다 할 만하다. 왜냐하면, 그 배열을 기초로 하여서, 딴이붙임(ㅏ+ㅣ, ㅓ+ㅣ, ……)과 모든 받침을 벌리기에 순서 정연하기 때문이다.

그런데, 오늘날 우리 나라의 각종 말광들이 그 낱말의 차례잡기 가지각색이면서도, 이 "ㅘㅝ"만은 거의 일정하여, "ㅘ"는 "ㅗ" 다음에, "ㅝ"는 "ㅜ" 다음에 두기로 하였음을 본다. 이 순서는 과거 왜정 시대에 일인들이 "조선어 사전"을 편찬할 적에 그렇게 하기를 비롯하였음에 따른 것으로 한글 학회의 "큰 사전"이 먼저 그것에 따른 데에 말미암은 것이다. 나는 이제 이 방식에 찬성을 하노니, 그 뜻인 즉 이것이 한글 스믈 넉 자의 근본 순서에 따른 것이기에, 만대불변의 순서가 될 수 있다고 본 때문이다.

한글 학회의 "중사전"에서는 ㄲㄸ 따위의 낱말들의 벌림을 "큰 사전"과는 달리 하여, ㄱ이 다한 뒤에 ㄲ을, ㄷ이 다한 뒤에 ㄸ을 두기로 하였다. 이는 (1) 한글 24 자의 독립적인 권위를 인정하며, (2) 사전에서의 말수 찾기는 그 낱 글자의 순서에 따라, 기계적으로 찾아

낼 수 있어야 함을 원칙으로 하는 것이기 때문이었다. "큰 사전"에서 가령 "까"를 "가"의 무상(無常)한 변태로 생각하여, 그것에다가 독립적 자리를 주지 아니하였음은 저 일본인의 일어 사전에서, 가령 "カ行(행)"을 "カ行(행)"의 일시적 변태로 보아, 그에 독립의 자리를 주지 아니하였음을 본뜬 것이라 하겠다. 금번 "중사전"에서는 이를 바로 잡아 ㄲ, ㄸ, ㅃ, ……에 그 독특한 자리를 허여한 것이다.

그러면, 일찍 "큰 사전"에서 일인의 방식을 따라, 차례잡기를 한 것 "ㅘ, ㅝ"와 "ㄲ, ㄸ, ㅃ, ……"의 두 가지 중에, "ㅘ, ㅝ"는 그냥 두고, "ㄲ, ㄸ, ㅃ, ……"만은 위와 같이 고친 것은 오로지 우리 한글 24에 독립적 지위를 인정하여, 모든 말수(올림말)의 배열이 기계적 순서로 되는 것이 과학적이라고 생각한 때문이다.—이러한 처리를 원리적으로 생각하고 보면, "훈민 정음" 이래 "닿소리 먼저, 홀소리 나중" "한 자에 한 소리"의 대원칙에 좇아, 소리값있는 이응자(ㅇ)를 닿소리 맨끝에 자리하고, "아줄"을 닿소리 있는 줄(끝의 "하"줄)이 다 한 뒤에 자리함이 가장 이론스럽다(rational)고 생각하고, 위와 같이 제안하여, 한글 동지들의 숙고를 청하는 바이다. (4291. 12. 14)

-〈한글〉124호(1959)-

홀소리 고룸(母音調和)

이 홀소리고룸(Vocal harmony)이란 것은 우랄알타이(Ural-altai) 語族(어족)의 特有(특유)한 現象(현상)이니 으뜸되는 말의 홀소리가 그 담에 달아 오는 말에 影響(영향)을 밎어서 그로 하여곰 제를 닮게 하여 계(自己)와 한 가지의 홀소리로 또는 계와 갓갑은 種類(종류)의 홀소리 되게 하는 것을 이름이다. 이를터면 으뜸되는 말의 홀소리가 「ㅣ」일 것 같으면 그 담에 달아오는 말의 홀소리가 다모 「ㅣ」이거나 「ㅣ」예 갓갑은(갓갑다고생각하는) 갈래의 소리가 되는 따위이니라. 우랄알탁이 語族(어족)에 붙는 말은 그것이 비록 이제는 이 홀소리고룸의 現象(현상)이 없드라도 그 根源(근원)에 遡及(소급)하여 보면 다 한 가지로 이 現衆(현중)이 없었나니다. 그런데 그 중에 이 現衆(현중)이 가장 顯著(현저)하게 많이 있는 말은 土耳其語(토이기어)이다. 이제 그보기(例)를 하나 들면

　　　agarhdïĕimïznïnglar(미쟁이 들의)

이라는 單語(단어)의 成立(성립)을 分解(분해)하여 보면

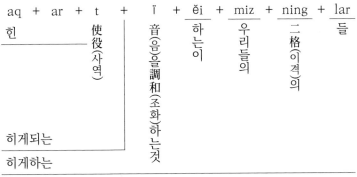

우리들의것을히게하는이들의(미쟁이들의)

그러한데 그 소리의 變化(변화)를 보면

a q a r t i ĕ i m i z n i n g l a r
  gh d ï   ï   ï
    a g h a r d l e l m i z n i n g l a r

即(즉) q가 gh로 t가 d로서 i가 ï로 變(변)한 것은 音(음)의 調化(조화)를 爲(위)함이니 그中(중) 母音(모음)의 變化(변화)는 곧 母音調和(모음조화)에 屬(속)할 現象(현상)이다.

이 母音調和(모음조화)에 關(관)한 言語學上(언어학상)의 說明(설명)은 여러가지가 있는데 ㅂ운드(wundt)의 說明(설명)이 더욱 자미스럽다. 그 說(설)에 依(의)하면 印歐語(인구어)에는 語尾(어미)의 母音(모음)이 主(주)가 되아서 語幹(어간)의 母音(모음)이 그 를 닮아서 드디어 曲音(곡음)(Umlaut)의 現象(현상)을 取(취)한다. 보기를 들건대

Busch + l — Busche 와 같은 것이다.

또 文法上(문법상)의 境遇(경우) 밖에도 뒤의 母音(모음)의 影響(영

향)이 앞의 母音(모음)에 미치는 일이 있다. 우랄알다이語族(어족)에
서는 語幹(줄기)이 主(주)가 되고 語尾(가지)가 從(종)이 되어서 그 첨
의 發音(발음)의 입버릇이 그 말의 끝까지 남는다. 그러한 즉 우랄語
(어)에서는 한 낱말 가온대에서 뒤에 發音(발음)할 것을 첨부터 생각
하고 있는 때문에 그리 되는 것이다. 딸아 印歐語(인구어)는 思想(사
상)의 흐름이 빠르고 우랄語(어)는 그것이 느리며, 하나는 進步的(진
보적)이오, 하나는 退步的(퇴보적)이다.

母音調和(모음조화)는 要(요)컨대 音(음)의 整理上(정리상) 일어나
는 現相(현상)인데 같은 입짓으로 되는 一定(일정)한 母音群(모음군)
이 相關的(상관적)으로 서로 그어당김으로 되는것이다.

日本(일본)말에도 이 홀소리고룹의 흔적이 없지 아니하다. 그러나
퍽 희미하다. 흔히 들히는 例(예)를 끄어올 것 같으면 動詞(동사)로부
터 形容詞(형용사)을 만들 적에 홀소리가 닮아짐이 생기는것이니

　　オソル－オソロシキ

　　タノム－タノモシカ

와 같은 것이다. 이밖에도 疊語(첩어)에서 홀소리 고룹을 볼 수가 있다.

우리 조선말에는 이 홀소리고룹의 現象(현상)이 제법 뚜렷한 편이
다. 첫재 소리흉낸말(擬聲語)이나 움즉임을 흉낸 말에

　　「솔솔」과 「술술」(바람부는 소리)

　　「졸졸」과 「줄줄」(물 흐르는 소리)

　　「팔팔」과 「펄펄」(나는 모양)

　　「짤짤거리」와 「철철거리」(짓거리 모양으로 된 動詞(동사))

　　「척척」과 「축축」(빨래하는 소리)

　　「깜작깜작」와 「껌적껌적」(눈감는 모양)

　　「빨닥빨닥」과 「뻘덕뻘덕」(물먹는 모양)

「꼼작꼼작」과 「꿈적꿈적」(움즉이는 모양)

「팔락팔락」과 「펄럭펄럭」(나붓기는 모양)

들과 같이 그 뜬은 대강 서로 같은 말이로되 첫낱내(齊一 綴音)의 홀소리를 박구면 그 담에오는 낱내(綴音)의 홀소리도 다그를 딸아서 같은 소리로 박구며 또

「깜짝깜짝」과 「꿈쩍꿈쩍」(놀라는 모양)

「콩닥콩닥」과 「쿵덕쿵덕」(방아찟는 모양)

「촐랑촐랑」과 「출렁출렁」(물흔들히는 모양)

들과 같이 첫재와 셋재의 낱내의 홀소리를 박구면 딸아 둘재 넷재의 낱내의 홀소리도 그와 갓갑은 소리로 박구힌 것을 볼지니라.

　둘재, 動詞(동사)나 形容詞(형용사)에 「아」나 「어」가 잇을(連續할) 적에 그 원말의 끝의 낱내의 홀소리의 다름을 딸아서 혹은 「아」가 잇고 혹은 「어」가 잇는다. 보기를 들면

막　막아 (아-아)

먹　먹어 (어-어)

보　보아 (오-아)

부　부어 (우-어)

그　그어 (으-어)

잇　있어 (이-어)

들과 같은 따위이니라.

　우에든 두가지의 보기(例)를가지고 보건대 우리 조선말에는 대강 담과 같은 홀소리고룸의 現象(현상)이 있음을 짐작할 수가 있나니라.

　一(일), 첫재 낱내에 ㅏ가 있으면 그담의 낱내에는 ㅏ, ㅐ가 오고

　二(이), 첫재 낱내에 ㅗ, ㅏ가 있으면 그담의낱내에는 ㅓ, ㅔ가 오고,

　三(삼), 첫재 낱내에 ㅗ가 있으면 그담의 낱내에는 ㅗ, ㅏ가 오고

四(사), 첫재 낱내에 ㅜ가 있으면 그 담의 낱내에는 ㅜ, ㅓ가 오고,

五(오), 첫재 낱내에 ㅡ가 있으면 그담의 낱내에는 ㅡ, ㅓ가 오고

六(육), 첫재 낱내에는 ㅣ가 있으면그 담의 낱내에는 ㅣ, ㅏ가 오나
　　　니라.

이로써 보건대 우리말에서는 ㅗ, ㅓ가 서로 갓갑은소리이 오, ㅣ,
ㅡ, ㅜ, ㅓ가 서로 갓갑은 소리임을 알거니라. (끝)

-〈한글〉 2권 1호(동)(1928)-

홀소리(母音)와 닿소리(子音)의 뜻

우리 한글은 소리글 중에도 홀소리와 닿소리가 明白(명백)히 區別(구별)되어 있는 가장 進步(진보)한 소리글이다. 그러한 즉 우리가 우리글을 硏究(연구)함애는 무엇보다도 먼저 이 홀소리(母音)와 닿소리(子音)의 뜻을 잘 알아야만 한다. 이 두가지 소리의 뜻에 對(대)한 가장 普通(보통)의 解釋(해석)은 이러하다. 「홀소리는 올 것만으로 곧 제 홀로 나지마는 닿소리는 제홀로는 나지 못하고 홀소리에 붙어야 나나니라.」

홀소리 닿소리의 이름도 이러한 區別(구별)에서 지은 말이니 홀소리는 홀로 나는 소리란 뜻이오 닿소리는 닿아서 (홀소리에) 나는 소리란 뜻이다. 元來(원래) 잉글리쉬에서 이른바 Vowel(홀소리)은 롸틴말 Vox에서 나온 말이니 소리 곧 有聲音(유성음)을 뜻한 것이며 Consonant(닿소리)는 Can(함께)과 Sona(소리)가 모혀서 된 말이니 곧 다른 소리에 닿아서 함께 울히는 소리란 뜻이니라. 支那(지나)사람은 明(명)末(말)에 Vowel을 自鳴字(자명자), Cnosonant를 同鳴字(동명자)라고 翻譯(번역)하였으며 日本(일본)사람은 Vowel을 父音(부음), Consonant를 母音(모음), Vowel과 Consonant가 서로 合(합)하야 된 소리 卽(즉) 綴音(철음)을 子音(자음)이라 翻譯(번역)하였다가, 뒤에 차々

改正(개정)되어서 오늘과 같이 Vowel을 母音(모음), Consonant를 子音(자음)으로 翻譯(번역)하였나니 이는 文字(문자)의 發音關係(발음관계)를 人倫關係(인륜관계)에 譬喩(비유)하야서 지은 것이다.

그러나 이러한 區別(구별), 딸아 이러한 名稱(명칭)은 正鵠(정곡)을 얻지 못한 것이다. 웨 그러냐하면 홀소리가 제홀로 나는 소리인 것은 틀림이 없지마는 닿소리 중에도 S, P, B 가튼 것은 제 홀로라도 넉넉이 난다. 우리말에서는 ㅅ ㅍ ㅂ 같은것들이 제 홀로는 잘 나지 못하는 것 같지마는 이는 一種(일종)의 慣習(관습)에 不過(불과)한 것이오 音理上(음리상)으로는 當然(당연)히 제 홀로 나는 소리인 것이 分明(분명)하다.

그러한 즉 우에 말한 모든나라말의 이름은 모다 不完全(불완전)하다고 아니할 수 없다. 그러나 다른 一邊(일변)으로 생각해보면 어떠한 이름이든지 이름 그것이 그가 代表(대표)하는 事物(사물)의 眞相(진상)을 남김없이 表示(표시)하는것이 없으며 또 있을 수도 없다. 이름은 우리의 槪念(개념)을 代表(대표)하는 보탐(符號)이 될 뿐이오 그가 代表(대표)하는 槪念(개념)의 內容(내용)은 人智(인지)의 發達(발달) 人文(인문)의 進步(진보)를 딸아서 작고 變遷(변천)해 가는 것이다. 그러한즉 우리는 槪念(개념)의 內容(내용)을 充分(충분)히 表示(표시)하지 못한다고 그이름을 버리지 않고 그양 홀소리, 닿소리라 한다.

元來(원래) 홀소리, 닿소리는 周時經(주시경) 스승님의 지으신 말인데 닿소리는 먼저 붙음소리라고 한 적도 있었다. 이 홀소리, 닿소리 란말은 남이 혹 批難(비난)하는 바와 같이 不自然(부자연)한 造語(조어)인 感(감)이 없지 아니하지마는 한아는 周(주) 스승님을 記念(기념)하며 또 한아는 이미 廣布(광포)된 功果(공과)를 헛되게 버리지 아니하고자 하는 뜻으로 그양 쓰기로 한다.

世宗大王(세종대왕)께서 우리 한글을 처음 내신 訓民正音(훈민정음)에서는 닿소리를 初發聲(초발성) 또는 줄이어서 初聲(초성)이라 하고 홀소리를 中聲(중성)이라 하였다. 하야서 오늘날 어떤 이는 그 이름을 그대로 쓰자 하는 이도 있으며 어떤이는 그것을 우리말로 옴기어서 첫소리, 가운대소리 이라고 하는 이도 있다. 그러나 나의 생각에는 이에 贊成(찬성)할 수가 없다. 웨그러냐 하면 元來(원래) 訓民正音(훈민정음)에서 初發聲(초발성) 或(혹)은 初聲(초성)이라 함은 우리 한글 自體(자체)를 이름지은 것이 안이라 그소리를 漢字音(한자음)에 對照(대조)하여서 說明(설명)하자니까 그것이 漢字音(한자음)의 初發聲(초발성)(初聲) 或(혹)은 中聲(중성)에 該當(해당)하다 함에 지나지 아니한 것이다. 그럼으로 한가지 닿소리가 漢字音(한자음)의 終聲(종성)에 當(당)할 적에도 또 終聲(종성)이라 일컬었다. 그러한 즉 그것은 첨으로 만들어낸 글의 소리를 說明(설명)하는 方便(방편)에 지나지 못하는 것이오. 그 正當(정당)한 이름은 되지 못한 것이다. 그러한 즉 오늘날 우리가 우리글을 漢字(한자)의 初聲(초성) 或(혹)은 中聲(중성)이라는 理由(이유)로써 그 이름을 삼는 것은 넘어나 치사스럽은 일이라 아니할 수 없다. 그뿐아니라 世宗大王(세종대왕)때에는 漢字(한자)의 音(음)은 반듯이 初中終(초중종)의 三聲(삼성)으로 되었다 하야 오늘날 우리로서는 있다고 認定(인정)할 수 없는 初聲(초성)(例(예), 안(安), 운(雲)……들) 終聲(종성)(例(예), 강(家), 징(之)……들)도 꼭 있는양으로 적었으니까 그리 이름하였지마는 우리글 自體(자체)로서만 볼 것같으면 닿소리가 반듯이 初聲(초성)이나 終聲(종성)만 되는 것이 아니오 또 홀소리가 반듯이 中聲(중성)만으로 되는 것은 아니다. 그러한 즉 그 이름을 그대로 쓰는 것이 넘어도 不合理(불합리)한

짓이라고 생각한다.

둘재, 홀소리는 얼마 동안이든지 잇어 낼 수가 잇지마는 닿소리는 그리 길게 잇어 내지 못한다는 區別(구별)이다. 가령 「가」를 길게 소리내면 「ᅡ」만이 길어지고 「ㄱ」은 길어지지 아니하는 따위이다. 그러나 이것도 絶對的(절대적) 다름은 아니니 닿소리라도 ㅅ 같은 갈아내는 소리는 길게 달아낼 수가 잇나니라. 그러므로 「갓」의 소리는 잉글리쉬의 kas와 같이 낼 것이오, 「갓」「갖」「갇」이 서로 다를 터이다. 그러나 우리말에는 이것만이오 그 알에 다른소리(홀소리같은 것)가 없으면 「갓」「갖」「갇」을 다 같이 내나니 이는 다만 習慣(습관)이오, 音(음)의 理致(이치)에는 덜맞은 것이니라.

셋재 홀소리는 어느 것이든지 다 한 낱내(音節Syllable)를 일우는 힘이 잇지마는 닿소리는 그렇지 못하니라. 그러나 이것도 絶對的(절대적) 다름은 되지 못하나니 잉글리쉬의 "dl" 같은 것들은 홀소리 없이 닿소리로만 낱내를 일우나니 그럴 理致(이치)이다. 우리말에서 ㄸㅃ 같은 것을 한 낱내를 일우지 못하는것으로 보나니 이는 다만 우리말의 習慣(습관)이라 할 만한것이다.

우에 든 세 가지의 區別(구별)은 다 絶對的(절대적)의 것이 되지 못한다.

그러하면 홀소리와 닿소리의 사이에는 判然(판연)한 區別(구별)을 세울 수가 없을가? 잇다면 어떠한 것인가? 이제 우리는 소리의 發生上(발생상) 差異(차이)로부터 보고자 한다.

(ㄱ) 홀소리는 반듯이 목청을 떨어울이는 有聲音(유성음)(濁音)이지마는 닿소리는 목청을 떨어울이는것(有聲音)도 잇으며 또 그렇지 아니한 것(無聲音, 淸音)도 잇나니라. 이를터면 닿소리 ㅁ은 목청을 떨어울이는 것이오 ㅍ은 울이지 아니하는 것이니라.

홀소리에도 맑은홀소리(淸母音)가 있다 할 수 있으나 이는 어느 나라에서든지 標準音(표준음)으로 삼지 아니하는 모양이러라.

(ㄴ) 홀소리는 律的(율적) 波動(파동)을 일우는 풍악소리(樂音)이지마는 닿소리는 規律(규율) 없는 波動(파동)을 일어키는 떠들소리(噪音)이니라. 이는 닿소리는 몸 밖으로 나오는 길에 입살, 니, 입웅, 혀의 모든 調音部分(조음부분)의 干涉(간섭)을 因(인)하야 或(혹)은 막히기도 하고 或(혹)은 갈이기도 하지마는 홀소리는 이러한 障碍(장애)를 입지 아니하는 때문이니라.

(ㄷ) 홀소리는 다 입소리(口音)이지마는 닿소리는 입소리인 것도 있으며 코소리인 것도 있나니라. 假令(가령) ㅂ, ㅍ 같은것은 입소리, ㅇ ㄴ 같은것은 코소리이니라.

(ㄹ) 홀소리는 반듯이 혀바닥을 쓰는 혀바닥소리(Dorsal laut)이지마는 닿소리는 그렇지 아니하니라.

우에 든 네 가지의 다름은 比較的(비교적) 正確(정확)한 것이다 이제 이 區別(구별)에 基(기)하야 홀소리와 닿소리의 定義(정의)를 하랴면 담과 닮으니라.

홀소리란것은 목청(혹은 소리청)을 振動(진동)시켜 울음(Voice 聲)으로 되어 목 안으로 나온 空氣(공기)가 입으로 지나나올 적에 그리 큰 막음(障碍)을 입지 아니하야 끝끝내 規律(규율) 있는 소리결(音波)을 가지고 입 밖으로 나오는 소리를 이름이니라. 그러한데 이 홀소리에 여러가지의 다름이 생기는 것은 입안을 지나 나올 적에 입안의 꼴「形(형)」이 여러가지로 되어서 함께 울히는「共鳴(공명)하는」狀態(상태)가 닮아지는 때문이다. 우리글의 홀소리는 ㅏ ㅓ ㅗ ㅜ ㅡ ㅣ ㅐ ㅔ ㅚ 아홉인데 이 아홉 홀소리가 서로 거듭하여 여러가지의 홀소리가 되나니라.

닿소리란것은 목안으로 나온 울음(Voice 聲)이나 숨이 몸 밖으로 나오는 길에 여러가지의 막음「障碍」을 입어서 規律(규율)없는 소리결「音波」을 가지고 혹은 코로, 혹은 입으로 나오는 소리를 이름이니라. 이에도 여러가지가 있는 것은 그나오는 길에 여러가지의 막음을 입은 때문이니라. 우리글의 닿소리는 ㄱ ㄴ ㄷ ㄹ ㅁ ㅂ ㅅ ㆁ ㅈ ㅎ 열인데 이 열 닿소리가 서로 거듭하야 여러가지의 닿소리가 되나이라.

-〈한글〉 1권 5호(동)(1927)-

훈민 정음의 홀소리 체계

주 시경의 소견

"·는 ㅣㅡ의 거듭소리이다"

한힌샘 주 시경 스승은 그 지음 《조선어 문전 음학》과 《조선어 문법》에서, "·"가 ㅣㅡ의 겹소리이라 단정하였나니, 그 증거로써 여러 가지를 들었다. (정 인지가 ㅣㅡ의 거듭을 따로 말하였음)

그러나 최근에 발견된 정 인지의 《훈민정음해례(訓民正音解例)》의 "합자해(合字解)"에 "ㅡ가 ㅣ소리에서부터 일어나는 것은 우리말에 소용이 없으나, 아이들의 말과 벽촌의 말에 혹 있는데, 마땅히 두 글자를 합해서, 'ㄲ'의 따위와 같이, 세로된 것이 먼저 가고 가로된 것이 나중 가서, 다른 것과 다르니라"고 하였다. 이는 ㅣㅡ의 거듭은 "ㅗ"로 적으라 한 것이니, 만약 '·'가 ㅣㅡ의 겹일진대, 무슨 까닭으로 또 따로 ㅣㅡ의 거듭을 말할 필요가 있으리오. 정공(鄭公)의 이 소견은 매우 유력하여, 한글 제작의 원 뜻을 보이는 것인 즉, 다른 이론은 차치하고라도 그리 승인하지 않을 수 없다.

-〈고친 한글갈〉-

訓民正音(훈민정음)의 글자의 모양과 벌림에 對(대)하여

- 한글 製作(제작)의 技巧的(기교적) 考察(고찰) -

감   메

一(일)

우리 한글이 글자로서의 가장 完美(완미)한 것이라 함은 古今(고금)을 勿論(물론)하고, 또 內外(내외)를 不問(불문)하고 눈을 한 번 한글의 우에 던진 일이 잇는 사람은 異口同聲(이구동성)으로 모두 感嘆(감탄)하여 말지 아니하는 바이다. 혹은 그것이 天地自然(천지자연)의 聲音(성음)의 妙義(묘의)에 맞음을 稱讚(칭찬)하며, 혹은 글자의 數(수)는 簡少(간소)하면서 그 轉換綜合(전환종합)이 無窮(무궁)함을 讚揚(찬양)하며, 혹은 우리나라 말만 적을 뿐 아니라 萬方(만방)의 語音(어음)과 乃至(내지) 風聲(풍성) 鶴唳(학려) 鷄鳴(계명) 狗吠(구폐)까지라도 다 能(능)히 적어 낼 수 잇음을 기리며, 혹은 그것이 形(형)은 簡單(간단)하면서 用(용)은 具備(구비)한데 배우기 쉬움을 稱頌(칭송)하며, 혹은 그 製作(제작)의 趣意(취의)가 日常生活(일상생활)을 便利(편리)케 하여 民生(민생)의 福利(복리)를 꾀하며 下情上達(하정상달)의 國政(국정)의 理想(이상)을 세워서 完全(완전)히 民衆文化(민중문화)의 利器(이기)를 삼고저 하신 堅意(견의)를 感泣(감읍)하며, 혹은 訓民正音(훈민정음)의 出現(출현)이 곧 近世(근세) 朝鮮民族意

識(조선민족의식)의 自覺(자각)의 源頭(원두)임을 소중이 여기며, 혹은 그 組織(조직)의 科學的(과학적)임이 世界(세계) 全(전)人類(인류)가 가지고 잇는 數百(수백)種(종) 文字(문자)가운데에 첫재 감을 許揚(허양)하며, 혹은 한글이 世界文字史上(세계문자사상)에서 獨特(독특)의 發達(발달)과 地位(지위)를 가짐을 자랑하며, 혹은 이러틋 簡易(간이)하면서 精妙無比(정묘무비)한 文字(문자)가 다른 나라 旣存(기존)한 文字(문자)의 祖述(조술)이 아니요 純全(순전)히 世宗大王(세종대왕)의 天從(천종)의 聖德(성덕) 睿智(예지)에서 나온 것임을 特(특)히 說明(설명)하며, 혹은 한글의 오늘 조선의 文化活動(문화활동)에 주고 잇는 偉功(위공) 大德(대덕)을 느끼며, 혹은 그 萬全(만전)한 靈能(영능)의 充分(충분)한 發揮(발휘)를 將來(장래)의 世界(세계)에 豫期(예기)하니, 이는 다 決(결)코 虛無(허무)한 自矜(자긍)도 아니요, 孟浪(맹랑)한 阿諛(아소)도 아니요, 다만 오로지 眞理(진리)에 基(기)하며 事實(사실)에 因(인)한 良心(양심)의 發言(발언)임을 確言(확언)하기를 躕躇(주저)하지 아니하노라.

이 훌륭한 한글의 임자고 우리 조선사람들은 여러가지 方面(방면)으로 그 임자될 만한 노릇을 하여야 할 것이다. 혹은 理論的(이론적) 方面(방면)에서 좃고 갈아서 그 흐러진 光彩(광채)를 들어내어 더욱 빛나게 할 것이요, 혹은 實際的(실제적) 方面(방면)에서 널리 가르치고 배워서 그 옴친 靈能(영능) 妙機(묘기)를 十分(십분) 發揮(발휘)하도록 하야, 써 그 科學上(과학상) 完美性(완미성)과 그 製作上(제작상) 大理想(대이상)을 完成(완성)하게 하여야 할 것이다. 그런데 이제 나는 이 조그만한 글월로써 그 낱낱의 글자의 생김생김과 그 여러 글자의 벌림을 考察(고찰)하여서 訓民正音(훈민정음) 製作(제작)의 技巧的(기교적) 方面(방면)을 闡明(천명)하여 보고저 한다. 그러나, 나의

研鑽(연찬)이 아직 깊지 못하매, 그 精義(정의)와 妙理(묘리)를 다 들어낼 수 없음을 몯내 애닲아 하노라.

二(이)

먼저 말해 가는 便宜(편의)를 爲(위)하여, 訓民正音(훈민정음)의 二十(이십) 八(팔) 字(자)의 字形(자형)과 分類(분류)와 排列(배열)를 表示(표시)하면 다암과 같다.

(1). 닿소리(初聲) 十七字(십칠자)

牙音(아음)	舌音(설음)	脣音(순음)	齒音(치음)	喉音(후음)	半舌音(반설음)	半齒音(반치음)
ㄱㅋㆁ	ㄷㅌㄴ	ㅂㅍㅁ	ㅈㅊㅅ	ㆆㅎㅇ	ㄹ	ㅿ

(2). 홀소리(中聲) 十一字(십일자)

· ― ㅣ ㅗ ㅏ ㅜ ㅓ ㅛ ㅑ ㅠ ㅕ

三(삼)

먼저 닿소리의 모양과 벌림을 살펴보자.

첫재로, 각갈래의 소리에 共通(공통)한 基本形(기본형)을 찾아 보니,

舌音(설음)에는 ㄴ(半舌音(반설음)도 같음).

脣音(순음)에는 ㅁ

齒音(치음)에는 ㅅ(半齒音(반치음)도 같음).

喉音(후음)에는 ㅇ

그런데, 다만 牙音(아음)에만 三字(삼자)에 共通(공통)한 字形(자형)을 찾기 어렵다. 만약 다른 種類(종류)에서와 같은 形式(형식)으로 한다면

牙 (아
音 음)

⌒

ㄱㅋㄱ

이러케 될 것이다. 그러면, 牙音(아음)의 共通(공통)한 基本形(기본형)은 ㄱ이 될 것이다. 웨 이만한 整齊(정제)의 完美(완미)를 꾀하지 아니하엿을까? 혹은 이러케 한다면, 그것이 온통 舌音(설음)의 倒置形(도치형)과 같아서 錯亂(착란)될 念慮(염려)가 잇다 해서 아니하엿던가? 半(반)千年(천년) 뒤에서 能(능)히 推測(추측)할 수 없도다. 어떤 이는 말하기를, 原形(원형)대로 牙音(아음)에도 넉넉이 基本形(기본형)이 잇어 整齊(정제)하다 한다. 곧 牙音(아음)의 共通的(공통적) 基本形(기본형)은 ㅣ인데, 이대로 두어서는 홀소리의 ㅣ와도 상치될 뿐 아니라, 그 字形(자형)이 닿소리로서는 홀소리다 잘 調和(조화)되지 아니하겟는 故(고)로, ㅣ를 고브려서 ㆁ으로 만들엇다 하니, 또한 妙味(묘미)잇는 觀察(관찰)이라 할 것이다.

그러면, 그 각 갈래에 共通(공통)한 基本形(기본형)은 무엇을 뜻하는가? 우리는 이것으로 써 一種類(일종류)의 이름이 보이는 發音器官(발음기관)을 象徵(상징)한 것이라고 본다. 곧 牙音(아음)의 共通的(공통적) 基本形(기본형) ㄱ 혹은 ㅣ는 그 소리의 나는 자리 어금니(牙)를 본뜬 것이요, 舌音(설음)의 基本形(기본형)인 ㄴ은 그 갈래 소리의 나는 자리 혀(舌)를 본뜬 것이요, 脣音(순음)의 基本形(기본형)

인 ㅁ은 그 갈래의 소리의 나는 자리 입살(脣)을 본뜬 것이요, 齒音
(치음)의 基本形(기본형)인 ㅅ은 그 갈래 소리의 나는 자리 니(齒)를
본뜬 것이요, 喉音(후음)의 基本形(기본형)인 ㅇ은 그 갈래 소리의 나
는 자리 명구멍(喉)을 본뜬 것이다. 이는 이미 訓民正音圖解(훈민정
음도해)에서 指摘(지적)한 바이다.

또 訓民正音圖解(훈민정음도해)에서는 訓民正音(훈민정음)의 닿소
리 글자로써 그 發音(발음)되는 狀態(상태)를 象徵(상징)한 것이라 하
엿다. 곧 喉音(후음)(宮)은 合(합)함을 主(주)하는 故(고)로 그 象(상)이
ㅇ이 되고, 牙音(아음)(角)은 湧出(용출)함을 主(주)하는 故(고)로 그
象(상)이 ㆁ이 되고, 舌音(설음)(徵)은 分(분)함을 主(주)하는 故(고)로
그 象(상)이 ㄴ이 되고, 齒音(치음)(商)은 張(장)함을 主(주)하는 故(고)
로 그 象(상)이 ㅅ이 되고, 脣音(순음)(羽)은 吐(토)함을 主(주)하는 故
(고)로 그 象(상)이 ㅁ이 되엇다 한다. 그런데, 이 發音(발음) 狀態(상
태)의 象徵說(상징설)은 많이 五行說(오행설)을 加味(가미)한 것이기
때문에 좀 牽强附會(견강부회)에 가까운 點(점)이 없지 아니하다. 그
러치마는 發音狀態(발음상태)의 象徵(상징)이라 함은 매우 자미스러
운 說明(설명)이라 할 만하다고 생각한다.

그 說(설)의 緊切(긴절)의 度(도)에는 差(차)가 잇지마는 訓民正音
(훈민정음)의 닿소리 글자로써 그 發音器官(발음기관)과 發音(발음) 狀
態(상태)의 象徵(상징)으로 보는 것은 極(극)히 適切(적절)한 說明方法
(설명방법)이라 할 것이다. 大體(대체) 소리글로서 그 소리나는 틀과
소리나는 본세를 본뜬 것은 世界(세계) 許多(허다)한 文字(문자) 中
(중)에 唯一無二(유일무이)한 理想的(이상적) 創意(창의)라 아니할 수
없는 것이다. 世上(세상)에는 한글의 ㄱ이 蒙古字形(몽고자형)과 비
슷하다 하여 한글을 蒙古字(몽고자)를 본뜬 것이라 하며, 혹은 우리

의 ㅁ이 梵字形(범자형)과 비슷하다 하여 한글로써 梵字(범자)에서 본떠 온 것이라 하는 이가 잇지마는, 이는 다 枝葉(지엽)의 偶然的(우연적) 類似(유사)로써 한글의 根本義(근본의)를 揣摩(췌마)하는 誤謬者(오류자)임을 免(면)치 못할 것이다.

둘재로 그 차레 벌림을 살펴 보건대, 그 基本形(기본형)을 各種(각종)音(음)의 맨 끝에 두엇으며, 그 基本形(기본형)에 한 획이나 또는 조금의 變化(변화)를 더하여서 그 각 갈래의 첫재 글자를 만들엇으며, 다시 그 첫재 글자에 한 획이나 또는 조금의 變作(변작)을 더 하여서 그 各(각) 갈래의 가운대 글자를 만들엇음을 알겟도다. 곧,

牙音(아음)(ㄱㅋㆁ)의 基本形(기본형)을 ㅣ로 잡으면, ㅣ에 한 획을 더한 것이 첫재 글자 ㄱ이 되고, ㄱ에 다시 한 획을 더한 것이 가운대 글자 ㅋ이 되엇으며,

舌音(설음)(ㄷㅌㄴ)의 基本形(기본형) ㄴ에 한 획을 더한 것이 첫재 글자 ㄷ이 되고, ㄷ에 다시 한 획을 더한 것이 ㅌ이 되엇으며,

脣音(순음)(ㅂㅍㅁ)의 基本形(기본형) ㅁ에 조금의 變形(변형)을 더한 것이 ㅂ이 되고, ㅂ에 다시 조금의 變化(변화)를 더한 것이 ㅍ이 되엇으며,

齒音(치음)(ㅈㅊㅅ)의 基本形(기본형) ㅅ에 한 줄을 더한 것이 첫재 글자 ㅈ이 되고, ㅈ에 다시 한 점을 더한 것이 그 가운대 글자 ㅊ이 되엇으며,

喉音(후음)(ㆆㅎㅇ)의 基本形(기본형) ㅇ에 한 줄을 없은 것이 첫재 자 ㆆ이 되고, ㆆ에 다시 한 점을 친 것이 그 가운대 자 ㅎ이 되엇으며,

半舌音(반설음)과 半齒音(반치음)도 各各(각각) 그 基本形(기본형)에 多少(다소)의 變作(변작)을 더한 것이다.

그리고 다시 한번 더 그 配置(배치)를 보건대, 各(각) 갈래의 가운

대 소리는 그 첫재 소리에 목갈이소리(喉頭摩擦音) ㅎ을 더하여 만든 有氣音(유기음)이다. 곧,

牙音(아음)(ㄱㅋㆁ) 가운대 소리 ㅋ은 그 첫재 소리 ㄱ에 ㅎ을 더한 有氣音(유기음)이며,

舌音(설음)(ㄷㅌㄴ)의 가운대 소리 ㅌ은 그 첫재 소리 ㄷ에 ㅎ을 더한 有氣音(유기음)이며,

脣音(순음)(ㅂㅍㅁ)의 가운대 소리 ㅍ은 그 첫재 소리 ㅂ에 ㅎ을 더하여 만든 有氣音(유기음)이며,

齒音(치음)(ㅈㅊㅅ)의 가운대 소리 ㅊ은 그 첫재 소리 ㅈ에 ㅎ을 더하여 만든 것이며,

喉音(후음)(ㆆㅎㅇ)의 가운대 소리 ㅎ은 그 스스로 有氣音(유기음)이니, 모든 갈래의 가운대 소리의 共通音(공통음)이다. 우리가 여기에서도 共通性(공통성)의 字音(자음)이 맨 끝에 잇음을 보겟다. 元來(원래) 支那(지나)의 五音(오음)의 順序(순서)는 宮(궁)(喉音(후음)) 商(상)(齒音(치음)) 角(각)(牙音(아음)) 徵(치)(舌音(설음)) 羽(우)(脣音(순음))인데 어째서 牙舌脣齒喉(아설순치후)(洪武韻(홍무운) 三十一(삼십일) 字母之圖(자모지도)에도 이러케 되엇다)의 順序(순서)로 되엇는지? 그 理由(이유)는 자세히 알 수 없거니와 혹은 喉音(후음)의 ㅎ을 맨끝에 두라고 한 생각에서 나오지나 아니하엿나 한다.

四(사)

다음에 홀소리의 모양과 그 벌림(排列)을 살펴보자.

먼저 그 살핌(考察)을 쉽게 하기 爲(위)하여, 우리는 홀소리를 三段

(삼단)으로 갈라놓음이 必要(필요)하다. 곧 이러케—

(1). ·   ─   ㅣ

(2). ㅗ ㅏ ㅜ ㅓ

(3). ㅛ ㅑ ㅠ ㅕ

우리가 여기에서 看破(간파)할 수 잇는 것은 첫재 그 字形(자형)의
簡單(간단)한 것을 앞에 두고 차차 그 雜複化(잡복화)함을 따라서 벌
린 것이다. 곧 가장 簡單(간단)한 꼴인 ·를 맨 먼저 두고, 그 ·가 가
로 퍼져서 ─가 되고, 세로 퍼져서 ㅣ가 되엇음이 곧 첫재 줄(第一系
列)이다. 그리고 둘재 줄에서는 그 첫재 줄의 · ─ ㅣ가 서로 上下(상
하)와 左右(좌우)로 合(합)하여서 ㅗ ㅏ ㅜ ㅓ가 되엇으며, 셋재 줄에
서는 둘재 줄이 基本(기본)이 되고, 거기에 다시 한 점(·)이나 한 획
을 더하여서 ㅛ ㅑ ㅠ ㅕ가 되엇다. 이것을 한 말로 할 것 같으면 訓
民正音(훈민정음)의 홀소리는 그 形狀(형상)으로 보아 다 ·의 變化
發展(변화발전)한 것이라 할 수 잇을 것 같다. 이러한 觀察點(관찰점)
에서 訓民正音(훈민정음)을 太極說(태극설)에서 導出(도출)한 것이라
하는 이(訓民正音圖解의 昔者 申舜民)가 잇나니, ·는 太極(태극)이요,
─는 陽(양)이요, ㅣ는 陰(음)이니(其實(기실)은 그는 ·로써 太極(태극)에
서 始生(시생)한 一陽(일양)이라하엿음) 모든 것을 이 陰陽(음양)의 配合
(배합)으로 보는 것이다. 그러나 이는 純全(순전)한 한 想像(상상) 臆
測(억측)일 따름이니, 무릇 簡單(간단)에 複雜(복잡)으로 進展(진전)함
은 모든 經濟的(경제적) 事象(사상)과 科學的(과학적) 成果(성과)의 항
상 取(취)하는 길임은 東西古今(동서고금)이 한 가지인 즉, 訓民正音
(훈민정음)의 홀소리의 配列(배열)의 그러타 하여 곧 訓民正音(훈민정
음)을 太極說(태극설)로써 說明(설명)하랴 함은 그저 한 자미난 附會
(부회)애 지나지 아니한 것이리라 하노라.

다시 訓民正音圖解(훈민정음도해)에서는 訓民正音(훈민정음)의 모든 홀소리의 字形(자형)을 그 發音時(발음시)의 脣舌(순설)의 모양을 본뜬 것이라 하엿다. 곧 「·」는 소리낼 때에 혀는 조금 움기지고 입살은 조금 여나니 그 소리는 極(극)히 가볍고 그 氣(기)는 極(극)히 짜름을 徵象(징상)한 것이요, ㅡ는 혀가 평평하여 上下(상하)하지 아니하고, 입살은 조곰 여는 듯하여 벌리지도 아니하고 닫치지도 아니함을 본뜬 것이요, ㅣ는, 혀는 우에서 내려오고 입살은 조금 다무는 듯이 함을 본뜬 것이요, ㅗㅛ는 혀는 말리고(卷) 입살은 오물어 안으로 들어가는 故(고)로 縱(종)(ㅣ)이 은에 가서 初聲(초성)과 橫(횡)(ㅡ)의 사이에 잇게 한 것이요, ㅜㅠ는 혀는 나오고 입살은 뾰죽하게 밖으로 나오는 故(고)로 縱(종)(ㅣ)이 알에 가서 初聲(초성)과 橫(횡)(ㅡ)의 밖에 잇게 한 것이요, ㅓㅕ는 혀와 입살이 열기는 열되 조금 合(합)하는 故(고)로 橫(횡)(ㅡ)이 왼쪽에 가서 初聲(초성)과 縱(종)의 사이에 잇게 한 것이요, ㅏㅑ는 혀와 입살이 열고 또 여는 것인 故(고)로 橫(횡)(ㅡ)이 올흔쪽에 가서 初聲(초성)과 縱(종)의 밖에 잇게 한 것이라 하엿다. 이는 닿소리를 發音器官(발음기관)의 象徵(상징)이라 함과 또 發聲(발성)의 性質(성질)을 象徵(상징)한 것이라 함과 함께 자미스러운 說(설)이라 아니할 수 없다.

또 訓民正音(훈민정음)의 홀소리 ㅗㅜ가 梵字(범자)의 形(형)과 近似(근사)하다 하여, 訓民正音(훈민정음)이 梵字(범자)에 由來(유래)한 것이라 하는 이가 잇으나, 이것도 또한 한 附會(부회)에 지나지 아니한 것이라 하노라. 勿論(물론) 世宗(세종)과 그 補臣(보신)들이 何必(하필) 梵字(범자) 蒙古字(몽고자) 할 것 없이 그 當時(당시) 東方(동방)의 모든 文字(문자)에 能通(능통)한 이도 잇엇을 것이며, 또 參考(참고)도 하엿을 것이겟지마는, 이러한 枝葉的(지엽적) 部分的(부분적) 類似(유사)로써 곧 梵字(범자)의 脫化(탈화)라든지 또 蒙古字(몽고자) 의 變作(변작)이라든지 함은 너무도 事大主義的(사대주의적) 拜他主 義的(배타주의적) 說明法(설명법)이 아닌가 하노라.

이제 한 가지 큰 疑問(의문)이 되는 것은 「·」의 性然(성연)이다. 곧 訓民正音(훈민정음)의 字形(자형)과 그 排列(배열)의 順序(순서)로 보 면, ·가 複音(복음)이라 하기보다 單音(단음)이라 함이 近理(근리)한 듯하다. 그 理由(이유)를 說明(설명)하면 大略(대략) 이러하다.

訓民正音(훈민정음)의 홀소리의 벌림이 簡單(간단)에서 複雜(복잡) 으로 나아갓다 함은 다만 그 字形(자형)에서만 그러할 뿐아니라, 그 소리에서도 그러함을 보겟다. 이제 上記(상기) 三段表(삼단표)의 첫재 줄(· ㅡ ㅣ)은 위선 그만 두고, 둘재 줄(ㅗ ㅏ ㅜ ㅓ)은 모두 홋소리(單 音)이요, 셋재 줄(ㅛ ㅑ ㅠ ㅕ)은 둘재 줄의 소리에 ㅣ를 먼저 거듭한 거듭소리(複音)임이 分明(분명)하다. 그러한데 첫재 줄의 ㅡ ㅣ도 홋 소리인즉 그 맨 처음에 놓인 ·만이 거듭소리이라고는 推斷(추단)하 기 어려울 것 같다. 다시 말하면 첫재 줄 · ㅡ ㅣ 가 字形(자형)으로 그 基本(기본)이 되는 同時(동시)에 또 소리로서도 다른 것의 第二項 的(제이항적) 變作(변작)이 아니요, 單一(단일)한 소리일 것 같다. 그러 하여, 大綱(대강) 어림하건대

(1). · ㅡ ㅣ는 半開口音(반개구음)이요

(2). ㅗ ㅏ ㅜ ㅓ는 開口音(개구음)이요

(3). ㅛ ㅑ ㅠ ㅕ는 半開(반개)와 開口(개구)의 合(합)한 것인 듯하다.

周(주)스승님은 일즉 ·를 ㅣ ㅡ의 거듭소리라 하섯다. 나는 拙著 (졸저) 우리말본 첫재 매에서 여기에 對(대)하여 많은 疑惑(의혹)을 붙 이면서도 위선 스승님의 說(설)에 贊同(찬동)하는 뜻을 表(표)하여 두

엇다. 그러치마는 ·가 ㅣ ㅡ의 거듭이란 說(설)에 對(대)하여 다시
贊同(찬동)하기 어려운 點(점)을 많이 보겟다. 곧,

  (1). ㅣㅡ의 거듭소리가 어찌해서 아레 ㅏ字(자)로 작정이 되엇는가?

  (2). 그뿐아니라 ·가 ㅏ ㅓ ㅗ ㅜ ㅡ ㅣ로 두루 남은 무슨 까닭인가?

  이 두 가지 疑問(의문)은 내가 이미 우리말 본에서 말한 바이어니와

  (3). ㅣ ㅡ의 거듭소리라는 ·가 ㅓ ㅜ ㅡ ㅣ와 調和(조화)되지 아니
하고, 도리어 ㅏ ㅗ와 調和(조화)됨은 무슨 까닭인가.

  (4). 訓民正音(훈민정음)의 홀소리 벌림에서 ·가 첫재 줄에 맨 먼저
놓혓음은 무슨 까닭인가? 그 字形(자형)으로나 音(음)의 性質(성질)
로나 簡單(간단)한 것이 아닌가?
의 새 疑問(의문) 두가지를 더 붙이지 않을 수 없도다.

  그러나, ·가 設令(설령) 홋소리라 함이 確認(확인)되엇다. 하드라
도, 나는 아직 그 實質的(실질적) 音價(음가)는 무엇이라고 確言(확언)
하기 어렵다 한다. 이것은 아직 더 後日(후일)의 硏究(연구)를 기다려
야 할 것이라 하노라. 어떤 이는 ·를 原始音(원시음)이라 하지마는,
이는, 純然(순연)한 假想的(가상적) 方便的(방편적) 臆說(억설)이니 論
(논)할 것이 없으며, 어떤이는 ·를 ㅏ ㅗ의 間音(간음)이라 하니, 이
도 또한 根據(근거)가 確實(확실)하지 몯할 뿐아니라, 設令(설령) 그러
타 認定(인정)한다 할지라도 그것이 ㅏ ㅗ뿐아니라 ㅓ ㅜ ㅡ ㅣ로 두
루 소리남은 무슨 까닭이며, 또 아래 ㅑ字(자)로 認定(인정)되어 왓음
은 무슨 까닭일가? 차라리 그 보다는 ·는 ㅏ ㅓ ㅗ ㅜ ㅡ ㅣ의 中間
(중간) 소리라 하든지 또 한층 나아가서 아주 ㅏ에 가까운 소리라 함
(ㅡ가 ㅓ에 가까운 것임과 같이)이 더 약바른 得策(득책)이 아닐가?—左
右間(좌우간) ·의 音價(음가)는 아직 積極的(적극적)으로 闡明規定
(천명규정)하기 어렵지마는, 그것이 홋소리일 것만은 큰 錯誤(착오)없

이 斷言(단언)할 수 잇을 듯하다. ·의 音價(음가)에 關(관)한 論(논)은 本題(본제)에서 좀 옆길로 들어간 것 같다. 이제는 다시 本題(본제)의 속으로 도라오자. 그리하여, 이 本論(본론)을 맺기 前(전)에 概括的(개괄적)으로 한 마디 말을 하고저 한다.

五(오)

한글의 홀소리와 닿소리의 글자 모양이 몇 자를 빼어 놓고는 거의 다 直線(직선)과 直線(직선)과의 交叉(교차)로 되엇으며(點(점)도 直線(직선)으로 보고), 더구나 흔히는 直角的(직각적) 交叉(교차)로 되엇다. 이것으로써 또이취 사람으로 조선 文化(문화)의 硏究(연구)에 造詣(조예)가 깊은 Eckardt님은 조선 한글은 門(문)살(暎窓(영창)은 英宗(영종)에 처엄 發明(발명)한 것이라 하니, 事實(사실)이 그러타면 덧문의 살이라도 좋을 것이다)을 보고 暗示(암시)를 얻어 지어낸 것이라 하엿다. 딴은 그러키도 하다, 우리가 試驗的(시험적)으로 居室(거실)의 暎窓(영창)살을 靜觀(정관)하면, 거기에 ㄱ도 잇고, ㄴ도 잇으며, ㅏ도 잇고, ㅗ도 잇어, 우리 한글의 거의 全部(전부)가 그 속에서 나타남을 볼 수 잇다. 앞에 든 蒙古字(몽고자) 起源說(기원설)이니 梵字(범자) 起源說(기원설)이니 古篆(고전) 模倣說(모방설)이니 하는 것들의 外來的(외래적) 模倣的(모방적) 歷史的(역사적)임에 비기면, 엑갈트 님의 문살 起源說(기원설)은 全然(전연) 自主的(자주적) 獨創的(독창적) 經驗的(경험적) 實證的(실증적)이라 하겟다. 그러나 이것이 한글 起源(기원)에 關(관)한 說(설)의 한 자미난 方式(방식)은 되겟지마는, 아직 事實的(사실적) 眞(진)을 얻은 것이라고 누가 斷言(단언)할 수는 없을 것이다.

訓民正音(훈민정음)에서 二十(이십) 八(팔) 字(자)의 運用(운용)을
말하되, ㅡ ㅗ ㅜ ㅛ ㅠ는 初聲(초성) 아래다가 쓰고(그 고 구 교 구
규……와 같이), ㅣ ㅏ ㅓ ㅑ ㅕ는 初聲(초성)의 바른편에 쓰라(니 나 너
냐 녀……와 같이)하엿다. 이것은 무엇을 뜻하는가? 우리의 보는 바에
依(의)하면, 이는 한글의 字形(자형)을 될 수 잇는 대로 正四角(정사
각)안에 넣기 爲(위)한 것이다. 그러하여 받침을 할 적에도 그 받침
글자가 하나인 경우에는 原字(원자)의 正下(정하)에 쓰고(달……과 같
이), 만약 받침이 둘인 경우에는 原字(원자)의 下(하)에 左右(좌우)로
벌려 적는다(닭……과 같이). 그리하여, 글씨의 맞훔(組合)이 혹은 左
(좌)에서 右(우)로 橫書(횡서)하고, 혹은 上(상)에서 下(하)로 縱書(종
서)하고, 혹은 左(좌)에서 右(우)로 橫書(횡서)하다가 다시 轉(전)하여
上(상)에서 下(하)로 縱書(종서)하고, 혹은 그 우에 다시 橫書(횡서)하
여, 一字(일자)(假令(가령), 닭, 밝……) 가운데 橫書(횡서)와 縱書(종서)
와 橫書(횡서)가 次例(차례)로 斷起(단기)하여 하나로 綜合(종합)되어
잇다. 이는 도모지가 모든 字形(자형)을 그 簡煩(간번)을 勿論(물론)
하고 正四角(정사각)안에 넣으려고 한 意圖(의도)에서 생긴 일이니,
이 點(점)은 確實(확실)히 漢字(한자)의 影響(영향)이라 할 만하다고
생각된다. 「字倣古篆(자방고전)」이라 함이 혹 이러한 點(점)을 말함
인지 알 수 없다.

우에 적은 觀察(관찰)로써 우리 한글의 製作(제작)에 精細周密(정
세조밀)한 技巧(기교)가 들엇음을 일고, 그리하여, 世界文字中(세계문
자중) 第一位(제일위)의 科學的(과학적) 榮譽(영예)를 占(점)한 것이 偶
然(우연)이 아님을 생각할 적에 다시 한 번 우리 聖王(성왕) 世宗大王
(세종대왕)의 文化上(문화상) 功德(공덕)을 感謝(감사)하지 아니할 수

없다. 어어, 갸륵하시다 世宗(세종)의 聖德(성덕)이여! 아아, 고마우시다 世宗(세종) 임금의 높으신 은혜여!

이 글이 能(능)히 밝혀 내지 못한 한글에 技巧(기교)의 奧義(오의)가 많을 줄로 아오니, 이 글을 읽으시는 여러 學者(학자)는 빠진 것을 가르쳐 주심을 바랍니다. (1932.9.19.)

-〈한글〉 1권 5호(1932)-

외솔의 해적이

1894. 10. 19.	경남 울산군 하상면 동리 나심
1910.~1915.	관립 한성고등학교(경성고등보통학교) 입학, 졸업
1910.~1913.	스승 주시경의 조선어 강습원에서 한글과 말본을 배움
1915.~1919.	일본 히로시마고등사범학교 문과 제1부 입학, 졸업
1920.~1921.	경남 사립 동래고등보통학교 교원
1922.~1925.	일본 교토제국대학 문학부 철학과 입학, 졸업
1926.~1938.	연희전문학교 교수
1926.~1931.	이화여자전문학교 교수
1938.	흥업구락부 사건으로 강제 실직
1941.~1942.	연희전문학교 복직, 도서관에 근무
1942.~1945.	조선어학회 수난으로 옥고를 치름
1945.	조선어학회 상무이사
1945.~1948.	미군정청 문교부 편수국장
1949.~1950.	한글 전용 촉진회 위원장, 한 글학회 이사장
1953.~1970.	한글학회 이사장.
1954.	학술원 회원
1954.~1961.	연희대학교 교수, 문과대학장, 부총장, 명예교수
1956.~1968.	세종대왕기념사업회 부회장 겸 이사
1962.	건국훈장 독립장 받음
1962.	한글 기계화 연구소 소장
1964.~1966.	동아대학교 교수
1969.	제2회 민족상 받음
1968.~1970.	세종대왕기념사업회 회장
1970.	국민회 이사
1970. 3. 23.	돌아가심

외솔의 주요 저서

1. 《조선민족갱생의 도》, 정음사(1926)

2. 《우리말본》(첫째매), 연희전문 출판부(1929)

3. 《중등조선말본》, 동광당(1934)

4. 《시골말 캐기 잡책》(1936)

5. 《중등교육 조선어법》, 동광당(1936)

6. 《우리말본》(온책), 연희전문 출판부(1937) / 정음사(깁고 고침 1955, 세 번째 고침 1961, 마지막 고침 1971)

7. 《한글의 바른길》, 조선어학회(1937)

8. 《한글갈》, 정음사(1942)

9. 《글자의 혁명》, 문교부 군정청(1947) / 정음문화사(1983)

10. 《중등말본 초급》, 정음사(1948)

11. 《참된 해방(배달 겨레의 제풀어 놓기)》(원고)(1950)

12. 《우리말 존중의 근본 뜻》, 정음사(1951)

13. 《민주주의와 국민도덕》, 정음사(1953)

14. 《한글의 투쟁》, 정음사(1954)

15. 《고등말본》, 정음사(1956)

16. 《중등말본》 Ⅰ~Ⅲ, 정음사(1956)

17. 《나라사랑의 길》, 정음사(1958)

18. 《고친 한글갈》, 정음사(1961)

19. 《나라 건지는 교육》, 정음사(1963)

20. 《한글 가로글씨 독본》, 정음사(1963)

21. 《배달말과 한글의 승리》, 정음사(1966)

22. 《외솔 고희 기념논문집》, 정음사(1968)

23. 《한글만 쓰기의 주장》(유고), 정음사(1970)

외솔 최현배의 문학·논술·논문 전집 2
- 논술 편, 하나: 우리말과 글에 대하여

1판 1쇄 펴낸날 2019년 3월 19일

지은이 최현배
엮고옮긴이 외솔회(회장: 성낙수)

펴낸이 서채윤 펴낸곳 채륜
책만듦이 김미정 책꾸밈이 이한희

등록 2007년 6월 25일(제2009-11호)
주소 서울시 광진구 자양로 214, 2층(구의동)
대표전화 02-465-4650 팩스 02-6080-0707
E-mail book@chaeryun.com Homepage www.chaeryun.com

책값은 뒤표지에 있습니다.
ISBN 979-11-86096-95-6 94800
ISBN 979-11-86096-93-2 (세트)

이 도서의 국립중앙도서관 출판예정도서목록(CIP)은 서지정보유통지원시스템 홈페이지(http://seoji.nl.go.kr)와 국가자료공동목록시스템(http://www.nl.go.kr/kolisnet)에서 이용하실 수 있습니다. (CIP제어번호 : CIP2019007944)

채륜서(인문), 앤길(사회), 띠움(예술)은 채륜(학술)에 뿌리를 두고 자란 가지입니다.
물과 햇빛이 되어주시면 편하게 쉴 수 있는 그늘을 만들어 드리겠습니다.